Bradley Somer

Der Tag, an dem der Goldfisch
aus dem 27. Stock fiel

Bradley Somer

Der Tag, an dem der Goldfisch
aus dem 27. Stock fiel

DUMONT

Die amerikanische Originalausgabe erscheint 2015 unter dem Titel
›Fishbowl‹
bei St. Martin's Press, New York.
© 2015 Bradley Somer

Erste Auflage 2015
© 2015 für die deutsche Ausgabe: DuMont Buchverlag, Köln
Alle Rechte vorbehalten
Übersetzung: Annette Hahn
Umschlag: Lübbeke Naumann Thoben, Köln
Satz: Angelika Kudella, Köln
Gesetzt aus der Dante
Gedruckt auf säurefreiem und chlorfrei gebleichtem Papier
Druck und Verarbeitung: CPI books GmbH, Leck
Printed in Germany
ISBN 978-3-8321-9783-4

www.dumont-buchverlag.de

Für B. Tyler

Kapitel 1

Welches die Essenz des Lebens
und alles andere beleuchtet.

Es gibt ein Behältnis, das das Leben und alles andere enthält.

Es ist kein metaphorisches Behältnis aus alten Überlieferungen, keine Schachtel voll Papierstapel, die gesammelt, zusammengebunden und mit den Farbwerken der Zuversicht gefüllt wurden, um damit die Schwächen und Widersprüche der menschlichen Spezies zu beschreiben. Das Gefäß verströmt nicht den modrigen Geruch antiker Weisheit und schimmelnden Papiers. Es ist kein mikroskopisch kleiner Raum mit DNA-Nukleinbasen, der zwischen Zellwänden eingebettet ist und Spuren von allem enthält, das je gelebt hat – vom heutigen Tag bis durch den Sternenstaub des Urknalls zurück zu dem, was auch immer bereits existierte, bevor die Zeit begann. Das Behältnis kann nicht zerteilt, neu zusammengesetzt oder einer Therapie unterzogen werden. Es ist nicht das Werk eines Gottes oder der Evolution nach Darwin. Es sind auch nicht tausend andere Ideen, wie konkret oder abstrakt sie auch sein mögen, die die Seiten dieses Buches füllen könnten. Es ist nicht ein Einziges von alledem, sondern alles zusammen und mehr.

Nun, da wir wissen, was es nicht ist, sehen wir uns doch einmal an, was es ist. Es ist ein Kasten, der das Leben selbst enthält. Lebewesen bewegen sich darin, und zu einem bestimmten Zeitpunkt wird dieser Kasten lange genug da gewesen sein, um absolut alles einmal enthalten zu haben. Nicht alles gleichzeitig. Aber über die Jahre hinweg, indem sich unendlich viele Schichten übereinanderlegen, wird alles früher oder später darin landen. Die Zeit wird alle Erfahrungen zusammentragen, sie aufeinanderschichten, und während jeder Augenblick an sich flüchtig ist, bleibt die spürbare Erinnerung daran unvergänglich. Allein dass ein bestimmter Augenblick vergeht, kann die Tatsache nicht auslöschen, dass er einmal existiert hat.

Auf diese Weise weist der Kasten über das Organische hinaus ins Übernatürliche. Die herzergreifende Süße der Liebe, der zerfleischende Hass, die schlüpfrige Lust, der Kummer über den Verlust eines Familienmitglieds, die Qual der Einsamkeit, alle Gedanken, die je gedacht, alle Worte, die je gesagt wurden, und selbst die, die ungesagt blieben, die Freude über ein neugeborenes Leben, die Trauer über den Tod und alles andere wird in diesem einen Behältnis durchlebt werden. Die Luft ist drückend vor Ahnung all dessen. Und wenn es vorbei ist, wird die Luft schwer sein von allem, was geschah.

Es ist ein Kasten, der von menschlicher Hand erschaffen wurde, und ja, wenn Ihr Glaube in diese Richtung geht, damit auch indirekt durch die Hand Gottes. Unabhängig von seinem Ursprung bleibt sein Sinn bestehen, und seine Form beruht auf diesem Sinn. Der Kasten ist in kleine Einheiten unterteilt, die all die Erlebnisse der Zeit bewahren, auch wenn diese sich nicht nach Ort oder Abfolge ihres Geschehens ordnen lassen.

Es sind aufeinandergestapelte Einheiten, siebenundzwanzig hoch, drei breit und zwei tief, die dieses Sammelsurium beherbergen. Melvil Dewey, Schutzpatron der Bibliothekare, würde sich beim bloßen Gedanken daran im Grab umdrehen, die Merkmale dieser einhundertzweiundsechzig Einheiten klassifizieren zu müssen. Es besteht keine Möglichkeit, das, was hier geschieht, zu ordnen oder zu strukturieren, keine Möglichkeit, es zu steuern oder zu systematisieren. Es muss schlicht als Chaos belassen werden.

Zwei Aufzüge verbinden all diese Abteile. Für sich genommen sind es ebenfalls kleine Kästen, jeder mit dem Fassungsvermögen von zehn Personen. Jeder mit einem kleinen, neben dem Tastenfeld an der verspiegelten Wand befestigten Schild, das genau darauf hinweist. Der verstörende Alarmton, der bei zu hoher Belastung schrillt, weist ebenfalls darauf hin. Die Aufzüge gleiten unablässig in ihren dunklen Schächten auf und ab und liefern beflissen die Artefakte und ihre Hüter in die verschiedenen Ebenen. Tag und Nacht fahren sie erst in das eine Stockwerk, dann ins nächste und wieder zurück zur Eingangshalle. Es gibt auch ein Treppenhaus für den Fall, dass es brennt oder der Strom ausfällt, damit die Hüter ihre liebsten Artefakte greifen und den Kasten sicher verlassen können.

Der Kasten ist ein Gebäude, ja. Genauer gesagt ist es ein Wohngebäude. Da steht es, als wirklicher Ort in einer wirklichen Stadt. Es hat eine Adresse, damit Menschen, die sich in der Gegend nicht auskennen, es finden können. Es hat auch feste Koordinaten, damit Anwälte und Stadtplaner es finden können. Es ist auf vielerlei Arten gekennzeichnet. Für die Stadt ist es ein orangefarbenes Rechteck mit schwarzer Kreuzschraffur auf dem Flächennutzungsplan. »Geschosswohnbau, Hochhaus mit hoher Wohndichte« steht in der Legende. Für viele seiner Bewohner bedeutet es »eine Zweizimmer-Mietwohnung mit Tiefgarage und Münzwaschkeller«. Für andere bedeutet es »die unglaublich günstige Chance auf die Annehmlichkeiten einer Stadtwohnung zum bezahlbaren Preis – diese 2 ZKB-Eigentumswohnung mit ungehindertem Ausblick auf die Stadt muss man gesehen haben, um es zu glauben« – und ist jetzt ihr Zuhause. Für einige wenige ist es ein Ort, an dem sie während der Woche arbeiten. Für andere ist es ein Ort, um am Wochenende Freunde zu besuchen.

Das Gebäude wurde 1976 errichtet und behauptet sich seither gegen die Zeit. Im Neuzustand war es das höchste Gebäude der Straße. Nun, da es älter ist, gibt es drei höhere. Und demnächst ein viertes. Anfangs war es ein elegantes und stattliches Gebäude. Inzwischen wirkt es veraltet, einer architektonischen Epoche zugehörig, die einen eigenen Namen trägt. Dieser Name existierte zur Bauzeit noch nicht, wird jetzt im Nachhinein aber mit wissendem Lächeln verwendet.

Vor Kurzem erst wurde das Haus renoviert, denn das war dringend notwendig. Es wurde neu gestrichen, um den abgeplatzten Beton und die Graffiti zu überdecken. Die zugigen Fenster und undichten Balkontüren wurden ersetzt, um die Abendkühle fern und die warme Luft im Gebäude zu halten. Im letzten Jahr wurde der Heizkessel erneuert, um angemessen heißes Wasser zum Waschen zu liefern. Die Elektrik wurde modernisiert, weil es neue Gebäudevorschriften gibt. Früher war es ein Gebäude, in dem ausschließlich Mieter wohnten. Heute ist es eine Eigentumswohnanlage, in der die meisten Besitzer auch selbst leben, einige jedoch lieber vermieten, um andere Investitionsrisiken auszugleichen, um »ihr Portfolio zu diversifizieren«.

Das Haus erfüllt die Funktion einer Arche, alles bisher Erwähnte, den Geist und das Chaos des Lebens und all jene Wesen, denen dies innewohnt, durch die Fluten zu tragen und in Sicherheit zu bringen, bis das Wasser zurückweicht. Je nachdem, wo Sie wohnen, könnte dieser Kasten einfach ein Stück die Straße hinauf stehen. Er könnte sich sogar fußläufig von dem Ort befinden, an dem Sie gerade diese Worte lesen. Vielleicht fahren Sie auf dem Nachhauseweg an ihm vorbei, wenn Sie im Stadtzentrum arbeiten und in einem der Vororte leben. Vielleicht wohnen Sie ja selbst darin.

Wenn Sie das Gebäude sehen, bleiben Sie einen Moment stehen und führen sich vor Augen, was für ein wundersames Geheimnis es ist. Es wird noch da sein, lange nachdem Sie die letzte Seite dieses Buches umgeblättert haben, lange nachdem wir tot und diese Worte vergessen sind. Anfang und Ende der Zeit werden innerhalb dieser Mauern stattfinden, zwischen Dach und Tiefgarage. Doch im Moment, nur eine Handvoll Dekaden alt, ist es ein sich entfaltendes Wunderding in seiner Entstehungsphase und dieses Buch eine kurze Chronik seiner Jugend.

Über der Eingangstür steht als schwarzer, metallener Schriftzug, von dessen Befestigungsbolzen rostige Tränenspuren über die Backsteinfassade laufen, der Name des Gebäudes: *The Seville on Roxy.*

Kapitel 2

*In dem sich unser Protagonist Ian
in unheilvoll freiem Fall befindet.*

Unsere Geschichte beginnt nicht mit dem verhängnisvollen Sprung eines Goldfisches namens Ian vom Balkon im siebenundzwanzigsten Stock, wo er, soweit er es begreifen kann, nur einen Augenblick zuvor noch von seinem Glas aus den Ausblick auf die Skyline des Stadtzentrums genossen hat.

In den langen Schatten der späten Nachmittagssonne bildet die Silhouette der Stadt einen Palisadenzaun aus Häusern. Die einen tragen staubrosa Glasfassaden, die eine marsianische Sonne reflektieren. Andere sind graublaue Spiegel und wieder andere einfache Beton- oder Backsteinklötze. Es gibt Büroturmthrone, die stolz ihr Firmenlogo als Krone tragen, und es gibt Hotels und Wohngebäude, deren vertikale Linien durch stachlig abstehende Balkone wie gerippt erscheinen. Sie alle sind nach einem Raster in den Boden gerammt worden, das eine gewisse Ordnung in ihr unterschiedliches Erscheinungsbild bringt.

Ian blickt über diesen megalithischen Blumengarten aus Wolkenkratzern hinweg und sieht nur so viel an Wunderbarem, wie sein Geist erfassen kann. Er ist ein Goldfisch, dem sich eine Vogelperspektive auf die Welt bietet. Ein Goldfisch, der von seiner erhöhten Position aus die Sicht Gottes erlebt, eine Sicht, die vergeudet ist an ein Gehirn, das nicht begreifen kann, was es betrachtet, was aber diesen Ausblick im Grunde noch viel wunderbarer macht.

Ian springt erst in Kapitel 54 vom Balkon, als ihm eine tragische

Folge von Ereignissen die Chance eröffnet, seinem wässrigen Gefängnis zu entfliehen. Trotzdem fangen wir aus diversen Gründen mit Ian an. Der erste ist, dass er als entscheidendes Element die Menschen verbindet. Der zweite ist, dass ihm Ort und Zeit aufgrund der beschränkten Kapazität seines Fischhirns wenig bedeuten, welches beides fortwährend neu entdeckt. Ob er gerade jetzt fällt oder fünfzehn Minuten später oder fünfzehn Minuten früher, ist vollkommen egal, weil Ian weder Zeit noch Ort begreifen kann noch die Reihenfolge, mit der das eine das andere bedingt.

Ians Welt ist eine Reproduktion von Ereignissen ohne logische Abfolge, ohne Vergangenheit, ohne Zukunft.

In diesem Moment, zum Beispiel, zu Beginn seiner Laufbahn als cyprinoider Klippenspringer, erinnert sich Ian, dass sein nasses Zuhause immer noch auf einem gebraucht gekauften Klapptisch mit abblätternder grüner Farbe steht. Abgesehen von ein paar Kieselsteinchen, einer pinkfarbenen Plastikburg, einer Schicht Algen an der Glaswand und seinem Mitbewohner Troy, der Schnecke, ist das Glas jetzt leer. Eine rasant wachsende Strecke leerer Luft entsteht zwischen dem Glas und seinem ehemaligen Bewohner. Ian ist egal, dass dieses Ereignis erst in Kapitel 54 erfolgt, weil er bereits vergisst, wie es zustande kam. Gleich wird er auch das Glas vergessen, in dem er über Monate hinweg gelebt hat. Er wird die alberne pinkfarbene Burg vergessen. Mit der Zeit wird der mäßig erträgliche Troy nicht nur zur fernen Erinnerung werden – er wird ganz und gar aus Ians Bewusstsein verschwinden. Es wird sein, als hätte er nie existiert.

Während er an einem Fenster im fünfundzwanzigsten Stock vorbeisaust, erhascht Ian einen Blick auf eine Frau mittleren Alters und beachtlicher Größe, die durch ein Wohnzimmer schreitet. Es ist der kurze Blick, ein flüchtiger Blitz im Geist einer Kreatur ohne Gedächtnis, auf eine Frau in einem wunderschönen

Abendkleid, deren elegante, anmutige Bewegungen dem Kräuseln und Fließen des edlen Materials entsprechen, aus dem die Robe geschneidert ist. Das Gewand ist von einem überwältigenden Rot. Ian würde es »karminrot« nennen, wenn er das Wort dafür wüsste. Die Frau bewegt sich mit dem Rücken zu Ian, der den Schnitt des maßgefertigten Kleides bewundert und die Art, wie er ihre üppige Figur betont, die Mulde ihres Rückgrats zwischen den muskulösen Schulterblättern. Sie ist gerade dabei, einen Couchtisch zu umrunden. Die Art, wie sie sich bewegt, verrät eine gewisse Schüchternheit sowie einen Anflug von Panik. Ihre Füße sind leicht nach innen gestellt, ihre Knie berühren sich sanft. Die Hände hält sie auf einer Seite ineinander verschränkt, dabei liegt ein Arm entschuldigend über ihrem Bauch, und der andere ruht auf ihrer Hüfte. Ihre Finger sind zu einem Nest verknotet.

In der Mitte des Wohnzimmers steht ein stämmiger Mann. Er streckt einen stark behaarten Arm nach der Frau aus und sieht sie mit leuchtenden Augen an. Sein Gesicht strahlt Ruhe aus, was einen Gegensatz zur Nervosität der Frau bildet. Auf seinen Lippen liegt der Anflug eines Lächelns. In seinem Blick liegt etwas, das sich wie die Umarmung eines geliebten Menschen anfühlt.

All das zieht blitzartig vorüber, während Ian auf dem Weg zu seiner Höchstgeschwindigkeit den fünfundzwanzigsten Stock passiert. Mit der Vernunft eines Goldfisches kann Ian das seltsam Göttliche an der Existenz einer konstanten, linearen Beschleunigung nicht begreifen. Könnte er es, würde er über die schöne und messbare Ordnung staunen, die die Schwerkraft dem Chaos der Welt auferlegt, die partnerschaftliche Harmonie zwischen einer konstanten Beschleunigung und einer Höchstgeschwindigkeit, die alle Objekte im freien Fall erreichen, aber nicht durchbrechen. Ist diese universelle Größe tatsächlich göttlich oder bloß reine Physik, und könnte sie, falls Letzteres, doch das Werk des ersten sein?

Da er kaum Kontrolle über seinen Fall besitzt, taumelt Ian in der Luft und sieht plötzlich den weiten, blassblauen Himmel über sich und Hunderte weißer Papierbögen, die anmutig durch die Luft gleiten, ihm schaukelnd und flatternd folgen wie eine Schar Seevögel einem Schlepper. Um Ian herum schweben exakt zweihundertzweiunddreißig Seiten einer unvollendeten Dissertation. Eine der trudelnden Seiten ist das Deckblatt, das als Erstes davonwehte und jetzt unterhalb der anderen auf einem Windhauch dahintreibt. In Fettdruck steht darauf: »Phytolith-Funde aus dem Jungpleistozän und Holozän im unteren Salmon River Canyon, Idaho«, und darunter in Kursivschrift: »von Connor Radley«.

Der Fall der Blätter gestaltet sich weitaus graziler als der unbeholfen korkenartige Sturz des Goldfisches, den die Evolution schlecht dafür ausgerüstet hat, die rasant schwindende Menge an Stockwerken eines innerstädtischen Hochhauses zu passieren. Tatsächlich hat die Evolution nicht vorgesehen, dass Goldfische fliegen. Und Gott auch nicht, wenn es das ist, woran Sie glauben. Es ist im Grunde auch egal, denn Ian kann weder das eine noch das andere begreifen oder glauben, und das Resultat seines Unvermögens ist dasselbe. Die Ursache ist in diesem Moment nicht relevant, weil das Resultat unwiderruflich ist.

Während seine Welt trudelt und taumelt, erhascht Ian kurze Blicke auf den Gehsteig, den Horizont, den weiten Himmel und die sanft fallenden weißen Blätter. Der arme Ian denkt nicht darüber nach, dass er bedauerlicherweise keine Ameise ist, eine Kreatur, die bekanntermaßen das Tausendfache ihrer Körperlänge fallen und ihren Weg danach fröhlich auf den sechs Beinchen fortsetzen kann. Er beklagt nicht, dass er nicht als Vogel geboren wurde, eine Tatsache, die im Moment durchaus beklagenswert ist. Ian war nie sonderlich introspektiv oder melancholisch. Eingehendes Sinnieren oder Klagen liegt nicht in seiner Natur. Sein

Wesen ist ein simples Amalgam aus Carpe diem, Laisser-faire und Namaste.

»Weniger denken, mehr tun« lautet die Philosophie eines Goldfisches.

»Ein Plan ist der erste Schritt zum Scheitern«, würde er anmerken, wenn er sprechen könnte.

Ian ist ein Bonvivant, ein Lebemann, und hätte er Denkvermögen, hätte er es als bemerkenswert erachtet, dass die englische Sprache kein eigenes äquivalentes Wort dafür besitzt. Er war als Goldfisch immer glücklich. Er hat beim Passieren weiterer fünfundzwanzig Stockwerke keinen blassen Schimmer, dass, wenn nicht etwas dramatisch Unvorhergesehenes und Wunderbares geschieht, er später mit beträchtlicher Geschwindigkeit auf dem Gehweg aufschlagen wird.

Wenn man so will, ist dieser nicht analytische Goldfischgeist für Ian ein Segen. Anstelle der Sorgen, die aus tiefschürfenden Gedankengängen erwachsen, besitzt er einen Urinstinkt sowie ein Gedächtnis, das den Bruchteil einer Sekunde umfasst. Ian ist mehr Reaktionär als Macher oder Planer. Er sinnt oder grübelt nicht lange über irgendetwas nach. Kaum erkennt er seine missliche Lage, gleitet er sofort wieder in glückselige Ahnungslosigkeit, um die Situation kurz danach aufs Neue zu erfassen. Daher schläft er gut, hat weder Sorgen noch aufrührende Ideen.

Andererseits ist die sich ständig wiederholende schaurige Erkenntnis des Sturzes für einen Körper höchst ermüdend. Die schnellfeuergewehrartige Ausschüttung von Adrenalin und das beständige Auslösen des Fluchtreflexes erzeugen in dem kleinen goldüberzogenen Klumpen Fischfleisch höchsten Stress.

»Also ... was hab ich gerade gemacht? Ach herrje, ich krieg keine Luft! Oh, Scheiße, ich fall von einem Hochhaus! Also ... was hab ich gerade gemacht? Ach herrje ...«

Gesegnet sind wahrhaftig die, die arm sind im Geiste.

Aber wie ich vorhin, nachdem er vom Balkon im siebenundzwanzigsten Stock getaumelt war und kaum den fünfundzwanzigsten erreicht hatte, bereits bemerkte: Unsere Geschichte beginnt nicht mit Ian.

Kapitel 3

In dem Katie das Seville on Roxy
in einer wichtigen Mission ansteuert.

Unsere Geschichte beginnt, etwa eine halbe Stunde bevor Ian zum Sprung ansetzt. Sie beginnt mit Katie, Connor Radleys Freundin. Da ist sie, an der Tür des Drugstores zwei Blocks vom *Seville on Roxy* entfernt, und blickt in die späte Nachmittagssonne hinaus. Sie legt eine Hand auf den Türgriff, doch anstatt die Tür zu öffnen und das Geschäft zu verlassen, blickt sie den Roxy Drive entlang. Auf dem Gehweg drängen sich Schulter an Schulter die Fußgänger, und die Straße ist Stoßstange an Stoßstange verstopft mit dem immer dichter werdenden Berufsverkehr.

Neben dem Drugstore ist eine Baustelle, vor der eine Reklametafel verkündet: »Hier entsteht *The Baineston on Roxy*, 180 Luxuswohnungen jetzt zu verkaufen«. Eine klare Liniengrafik zeigt ein kastenförmiges, gläsernes Hochhaus mit grünen Bäumen und Menschen, die davor entlanglaufen. Die Bäume und Menschen sind nur abstrakte Skizzen im Vergleich zur Detailliertheit, mit der das Gebäude dargestellt ist. Quer über einer Ecke besagt ein Aufkleber: »40 % verkauft«. Seine Ränder lösen sich bereits, und Katie fragt sich, wie lange der Aufkleber dort wohl schon hängt. Ihr Blick wandert zu den Menschen auf dem Bild, die anonym und in verschwommener Bewegung eher wie raumfüllende Körper aussehen denn wie Menschen, die ein Leben haben.

Vor zehn Minuten, als sie den Drugstore betrat, war die Baustelle noch voll glotzender Bauarbeiter mit Schutzhelmen. Die Luft stank nach verbranntem Diesel und Betonstaub. Katie ignorierte ihre Blicke. Sie konnte die Männer reden hören, schnappte aber nur gerade so viel an lüsternen Kommentaren auf, dass sie wusste, sie sprachen von ihr. Es reichte aus, um sich unwohl zu fühlen, aber nicht, um die Meute ob ihrer Unhöflichkeit zur Rede zu stellen, falls Katie überhaupt den Mut dazu aufgebracht hätte.

Jetzt liegt die Baustelle verlassen, die Maschinen sind verstummt. Am Maschendrahtzaun steht ein einzelner Mann. Er trägt eine blaue Uniform mit dem Emblem von »Griffin Security« auf der Schulter und dem gestickten Namen »Ahmed« auf der Brust. Neben ihm steht ein Stuhl, aus dessen rissigem Bezug der orangefarbene Füllschaumstoff quillt.

Katie ist eine hübsche junge Frau mit kurzem, braunem Haar, kajalumrandeten blassblauen Augen und spitzem Kinn. Sie hat nicht so sehr die Straße beobachtet als darauf gewartet, dass die Arbeiter ihre Brotdosen einpacken und verschwinden. Sie drückt die Tür des Drugstores auf und geht hindurch, und ihr kleiner, schmaler Körper prallt gegen einen weichen, rundlichen Riesen von einem Mann namens Garth.

Garth ist ein ungepflegter, unrasierter Kerl mit betonverschmierter Arbeitshose und Schutzhelm. Er riecht nach körperlicher Anstrengung, nach Schweiß und Arbeit und Dreck. Über den Schultern trägt er einen Rucksack und in der Hand eine ausgebeulte schwarze Plastiktüte. Mit der freien Hand greift er nach vorn, um Katie aufzufangen, als sie nach dem Zusammenprall einen unsicheren Schritt zurücktaumelt.

»Tschuldigung«, murmelt Katie. Sie ist leicht verlegen, wenn auch mit den Gedanken nicht ganz bei der Sache. Ihre bevorstehende Aufgabe lenkt sie so sehr ab, dass sie die Welt um sich herum ausgeblendet hat.

Garth lächelt. Ihm ist permanent bewusst, wie einschüchternd er auf Leute wirkt, die ihn nicht kennen, und so versucht er von

Natur aus, jeden Gedanken zu zerstreuen, dass er eine Bedrohung darstellen könnte.

»Ist schon okay«, sagt er und bleibt eine Weile unbeholfen schweigend stehen, um abzuwarten, ob Katie noch irgendetwas sagt. Als sie es nicht tut, nickt er ihr zu und setzt seinen Weg fort.

Katie beobachtet, wie Garth bei Rot die Straße überquert und den sich vorwärtsschiebenden Autos ausweicht. Mit eilig schlurfenden Schritten geht er den Roxy Drive in Richtung des *Seville* hinauf. Sie bleibt noch einen Moment vor der surrenden Neonreklame des Drugstores stehen, weil es nicht so aussehen soll, als würde sie ihm folgen, denkt aber nicht weiter darüber nach, warum es ihr etwas ausmachen sollte, falls jemand das glaubt. Sie wartet lange genug, dass Ahmed vom Griffin-Sicherheitsdienst sie misstrauisch beäugt. Katie sieht nicht, wie Ahmed nach seinem Walkie-Talkie tastet und die andere Hand auf seinen Ausrüstungsgürtel sinken lässt, genauer gesagt auf die dort befestigte taktische *240-Lumen-Guard-Dog*-Taschenlampe. Tatsächlich weiß Katie nicht einmal, dass eine Taschenlampe taktisch sein kann oder was sie dazu macht.

Während Katie im Verkehrslärm steht, der durch die Straße rauscht, denkt sie an Connor, denkt an ihre erste Begegnung an der Uni. Er war wissenschaftlicher Mitarbeiter in einem der Kurse, die sie besucht hat, und sie hat ihn in seiner Sprechstunde aufgesucht, um sich über eine bevorstehende Prüfung zu informieren. Sie gingen Kaffee trinken und redeten über alles Mögliche, nur nicht über den Kurs. Connor war charmant und sah gut aus, und sie fühlte sich geschmeichelt, im Zentrum seiner Aufmerksamkeit zu stehen. Er schien sich sehr für ihre Gedanken und Ideen zu interessieren, und sie spürte sofort eine Verbindung, eine Chemie, die sie überlegen ließ, ob es Liebe auf den ersten Blick womöglich tatsächlich gab. Die Vorstellung erschien ihr absurd, denn sie hatte immer geglaubt, so etwas gäbe es nur in Liebesfilmen und Romanen. Dann denkt Katie an den körperlichen Aspekt ihrer Beziehung der letzten drei Monate – es fehlen nur noch ein paar Tage. Als Katie gesagt hatte, dass sie ihn liebe, hatte er, nach ihrem hitzigen Liebesakt in die zerknüllten Laken gehüllt, nur gegrunzt und war offenbar eingeschlafen.

Im Nachhinein betrachtet, hat es abgesehen von ihrem ersten gemeinsamen Kaffeetrinken genau zwei selbst gekochte Abendessen, drei Kinobesuche und acht Kneipennächte mit exzessivem Alkoholgenuss und Tanz gegeben (im Gegensatz zu den meisten Männern ist Connor ein erstaunlich einfühlsamer Tänzer, der körperlich auf ihre Gefühle zu reagieren scheint). Die übrige gemeinsame Zeit verbrachten sie fast ausschließlich mit Bettgymnastik in Connors Wohnung.

Katie weiß um ihre Schwäche, sich schneller und unbedachter zu verlieben als die meisten anderen. Obwohl sie sich des Liebeskummers bewusst ist, den ihr das bereits beschert hat, weigert sie sich, ihre romantische Neigung zu unterdrücken, weil es sie dennoch glücklich macht. Sie denkt an all die Männer zurück, die sie nur allzu gern zum Abendessen eingeladen hat, um sie ihren Eltern und ihrer Schwester vorzustellen. Sie erinnert sich an das durchdringende, wohlige Gefühl, wenn alle am Tisch sich unterhielten und lachten. Dann denkt sie an die vielen nachfolgenden Familienessen, zu denen sie wieder allein kam, nachdem sie sich wegen der einen oder anderen Unzulänglichkeit getrennt oder selbst zu hören bekommen hatte, es liege nicht an ihr, sondern an ihm. Diese Abendessen münden dann in leise nächtliche Gespräche mit ihrer Mutter und ihrer Schwester, die ihr gebrochenes Herz verarzten, während ihr Vater in seinem Wohnzimmersessel schläft. Über das Flüstern in der Küche hinweg hören sie dann immer die Fernsehstimmen aus dem Wohnzimmer, von »Jesus ist die Antwort« bis zu »Ruf jetzt an, Hunderte heißer Singlefrauen warten auf dich«.

Katie ist sicher, dass es auf dieser Welt noch andere Menschen mit ihrer Fähigkeit zum Verlieben gibt. Sie sieht ihre Schwäche als etwas Gutes und weigert sich, von den vielen Zurückweisungen bitter zu werden. Auch glaubt sie fest daran, dass die Liebe einen Menschen nicht schwach macht, sondern im Gegenteil. Sie hält ihre Fähigkeit, sich zu verlieben, für ihre Superkraft. Dadurch wird sie stark.

Heute will Katie endgültig wissen, ob Connor Radley sie ebenfalls liebt.

Lautes Hupen ertönt aus dem Verkehrsstrom und reißt Katie aus ihren Gedanken. Sie blinzelt, sieht die Straße hinunter und kann Garth in der Menschenmenge nirgends mehr erblicken. Sie beschließt, dass sie genug gewartet hat. Die Zeit der Wahrheit ist gekommen. Entweder werden ihre Gefühle erwidert, oder sie geht allein nach Hause, isst die Fertigmahlzeit, die sie vorsichtshalber gerade im Drugstore gekauft hat, streicht Connor Radley aus ihren Gedanken und fängt morgen neu an. Derart entschlossen, setzt Katie sich auf dem überfüllten Gehsteig in Bewegung. An der Ecke wartet sie darauf, dass die Fußgängerampel auf Grün schaltet, und überquert die Straße.

Nun, da die Bedrohung vorüber ist, kann Ahmed vom Griffin-Sicherheitsdienst seine Muskeln wieder entspannen. Er spürt einen Anflug von Enttäuschung, dass er die Bewegungsabläufe mit seiner taktischen Taschenlampe, die er immer ohne T-Shirt vor dem Schlafzimmerspiegel übt, nicht ausführen kann. Er nimmt die Hand von der Taschenlampe und den Finger von der geriffelten Plastikoberfläche des Walkie-Talkie-Knopfs.

Katie legt den Kopf in den Nacken und späht im Näherkommen zum siebenundzwanzigsten Stock des *Seville* hinauf.

Da oben ist er, denkt sie, im obersten Betonkasten.

Sie kann die Unterseite seines Balkons sehen und das kleine gläserne Karree seines Fensters. Dann, viel zu schnell, steht sie vor dem Tastenfeld der Sprechanlage am Hauseingang. Die Türen sind zum Schutz vor Obdachlosen verschlossen, und hinter der im Glas reflektierten Straße erstreckt sich die Eingangshalle. Ein paar Reihen fluoreszierender Lämpchen tauchen die Halle in schwaches Licht, und sie wirkt traurig und leer.

Katie drückt vier Tasten auf dem Bedienfeld und lauscht dem Klingeln. Nach ein paar Sekunden erwacht die Sprechanlage zum Leben. Zitterndes Einatmen ist zu hören, dann eine zaghafte Stimme.

»Hallo?«

Katie wird von einem kleinen Jungen abgelenkt, der ihr gegen das Bein läuft. Sie sieht in sein überraschtes Gesicht, bis ein Mann herbeieilt und das Kind unter den Armen packt.

»Hab ich dich!«, ruft er, und der Junge quietscht und lacht seinem Vater ins Gesicht. Sie gehen weiter.

Katie dreht sich wieder zur Sprechanlage und beendet die Verbindung. Falsche Apartmentnummer. Sie überprüft das Verzeichnis. Sie hatte aus Versehen die Nummer von »Ridgestone, C.« gewählt, eine Reihe unter Connor und damit eine Ziffer daneben. Sie fährt mit dem Zeigefinger über die Namen, um sich noch einmal zu vergewissern, und tippt dann die vier Zahlen für »Radley, C.« ein. Es klingelt zwei Mal, ehe jemand abhebt.

»Jep?«, krächzt Connors Stimme aus dem kleinen vergitterten Lautsprecher der Sprechanlage.

»Ich bin's«, antwortet Katie.

Statisches Rauschen, dann Stille. Dann wieder Connors Stimme, diesmal erheblich lauter. »Wer?«

»Hier ist Katie.«

Erneutes Rauschen. Es klingt, als würde jemand am anderen Ende etwas über die Sprechmuschel reiben.

Dann summt die Tür, und das Schloss klickt auf.

Kapitel 4

In dem wir den Bösewicht Connor Radley kennenlernen sowie Faye, die verruchte Verführerin.

Connor sitzt nur mit der Jogginghose bekleidet auf dem Balkon, den kühlen Betonboden unter den bloßen Füßen, an deren Sohlen eine Schicht aus Staub und Sand klebt. Es ist ein erfrischendes Gefühl, ein willkommener Ausgleich zur Nachmittagshitze. Sein Plastik-Gartenstuhl klebt vor Schweiß. Connor lehnt sich vor, um den verschwitzten Rücken abzulösen, und stützt die Ellbogen auf die Knie.

Einhundertzwanzig Blatt Papier stapeln sich auf seinem Schoß, und zwischen seinen Lippen klemmt ein Kugelschreiber. Ein Stapel von weiteren einhundertzwölf Seiten liegt auf Ians Goldfischglas, beschwert von einem halb vollen Kaffeebecher, um eventuellen Windstößen standzuhalten. Ians Glas wiederum steht auf einem kleinen Klapptisch, der in der Ecke des Balkons gegen die Brüstung geschoben wurde. Zusammen ergeben all diese Dinge – Kaffeebecher auf Papierstapel auf Goldfischglas auf Klapptisch auf oberstem Balkon – ein Denkmal, das auf den Grund ihres Daseins verweist.

Connor sitzt auf dem Balkon, weil er sich in der Enge seines Studio-Apartments bei der Arbeit behindert fühlt. Die Wohnung ist zu klein für seine Gedanken. Er ist damit beschäftigt, den ersten Korrekturdurchgang, den er von seinem Betreuer zurückbekommen hat, in seine Dissertation einzuarbeiten, und steht unter dem selbst auferlegten Termindruck, so schnell wie möglich fertig zu werden, um sich endlich von der Uni verdrücken zu können. Im Freien und mit dem weitreichenden Ausblick, den sein Balkon ihm bietet, kann Connor besser denken, also hat er ihn zu seinem Arbeitszimmer ernannt. Hier steht sein Gartenstuhl, ein Relikt der Siebziger, den er bei einem Garagenflohmarkt gefunden hat. Er besteht aus Hunderten um einen Aluminiumrahmen gewickelten Plastikschläuchen in Hellbraun, Dunkelbraun und Olivgrün. Hier steht auch sein splitternder, verwitterter Klapptisch, und hier steht Ian. Oh, und da steht sein Kaffeebecher mit der Aufschrift »Paläoklimatologen haben's gern schmutzig«. Ein cleveres Geschenk von Faye … oder war das Ding von Deb? Oder vielleicht Katie?

Connor starrt auf die Seite vor ihm.

Jeder gedruckte Buchstabe ist ein einfaches Symbol, das für sich allein nichts bedeutet. Kombiniert bilden die Buchstaben Wörter, die ohne ihre Nachbarn ebenfalls nicht viel bedeuten. Alle Wörter zusammen jedoch vermitteln einen tieferen Sinn, weil sie die Thesen der statistischen Analyse seiner Forschungsarbeit näher erläutern. Für sich allein ist der Abschnitt bereits interessant, wie sein Betreuer in den Randnotizen sogar vermerkte, aber im Gesamtkontext der Dissertation erhält er noch mehr Bedeutung. Ebenso wären die Ergebnisse aus Connors Untersuchung über den Einfluss paläoklimatischer Fluktuationen auf die frühen menschlichen Bewohner von Idaho ohne den Kontext der weltlichen Urgeschichte weniger interessant, als sie es tatsächlich sind.

Im Moment jedoch denkt Connor nicht in solchen Dimensionen. Er ist fleißig bemüht, immer mehr über immer weniger zu lernen, und verliert den Überblick über das Gesamtbild, als er zu entziffern versucht, was sein Betreuer diagonal über eine Gleichung gekritzelt hat. Connor runzelt die Stirn. Es könnte »Ungeschickt. Verbessern.« heißen. Er überlegt, was eine derart vage, bissige Bemerkung zu bedeuten hätte.

Das ist Mathematik. Mathematik kann nicht ungeschickt sein

und ist naturgemäß entweder richtig oder falsch. Was also soll er daran verbessern? Connor kaut auf dem Stiftende herum und blickt an Ian vorbei auf die unter ihm liegenden Gebäude.

Ian überlegt gar nichts. Diese Fähigkeit ist ihm fremd. Dass sein Glas auf diesen Klapptisch mit Ausblick verbannt worden ist, hat einen Grund. Wenn Connor an seiner Dissertation arbeitet, wird er zumeist von zwei Leidenschaften getrieben: Er konzentriert sich in fast schon ungesundem Maß auf seine Korrekturen und zum anderen auf die Befriedigung eines machtvoll drängenden Sexualtriebs. Allerdings ist es Connor peinlich, vor dem Fisch nackt zu sein, denn unter dessen lidlosem Starren kann er keinesfalls tätig werden. Dabei interessiert sich Ian überhaupt nicht für Connor, weder angezogen noch nackt, weder masturbierend noch kopulierend.

Das schnurlose Telefon klingelt. Connor hört es, und Ian spürt es als Schwingung im Wasser.

Connor nimmt das Gerät vom Kartentisch, drückt auf den Sprechknopf und hält es an sein Ohr.

»Jep.«

»Ich bin's«, ertönt eine hohle Stimme, und das statische Rauschen lässt darauf schließen, dass jemand vor der Eingangstür des Wohnhauses steht.

Connor erwartet niemanden und kann die Stimme nicht zuordnen. Es ist eine weibliche Stimme. Und sie kommt definitiv von der Haustür. Der Verkehrslärm, der zum Balkon aufsteigt, und der, der durch den Hörer dringt, der Dopplereffekt des vorbeirasenden Motorrads und das nachfolgende Hupen erreichen seine Ohren beinahe synchron.

»Wer?«, fragt er nach.

»Hier ist Katie.«

Connor legt eine Hand über das Mikrofon. »Scheiße.«

Er drückt die 9, um die Haustür zu öffnen, und legt auf.

Dann streicht er die Blätter auf seinem Schoß glatt und packt sie zu dem Stapel auf Ians Glas. Den Kaffeebecher stellt er als Papierbeschwerer wieder obendrauf. Die Angst, dass ein plötzlicher Windstoß die Blätter aufwirbeln und über die Brüstung wehen könnte, überwiegt bei Weitem die vor Kaffeeflecken. Er stellt sich hin und zieht die Jogginghose hoch.

»Sitz«, befiehlt Connor, als wäre Ian ein Hund und kein Goldfisch.

Connor wollte immer einen neuen Hund haben. In dem Vorort, in dem er relativ einsam aufwuchs, da die Nachbarschaft vornehmlich aus Rentnern bestand, war sein Hund Ian sein bester Freund gewesen. Die zwei verbrachten lange, träge Sommer im Garten oder am Abzugskanal, der hinter ihrem Grundstück durch die Wiese verlief. Wenn Connor aus der Schule kam, wartete Ian bereits auf ihn und schien genau zu wissen, wann die Schlussglocke läutete. Gelegentlich irrte er sich, dann sah Connor durch das Fenster seines Klassenzimmers, wie Ian bei den Fahrradständern saß und wartete, manchmal stundenlang.

Dann, eines Morgens, wurde Ian vom Schulbus überfahren. Connor war so verzweifelt, dass seine Eltern sich nicht trauten, einen neuen Hund zu kaufen, weil sie fürchteten, Connor würde dessen Tod nicht verkraften. Also verbrachte Connor den Rest des Sommers damit, im Garten Comics zu lesen oder halbherzig allein am Kanal zu spielen.

Diese Geschichte hat er Katie erzählt, worauf sie dieses mitleidige Lächeln zeigte, das gleichzeitig »Ach, du Armer« und »Das ist ja so süß« und »Das kann ich gut nachempfinden« bedeutet. Dann schenkte sie ihm den Goldfisch Ian – als neuen Freund und um die Erinnerung an seinen traumatischen Verlust zu lindern.

»Hier ist jemand, der dir Gesellschaft leistet, wenn ich nicht da bin«, sagte sie, lächelte ihr wunderhübsches Lächeln und überreichte ihm die Plastiktüte mit Ian.

Tief in seinem Innern, im Unterbewusstsein, ist Connor mittlerweile überzeugt, dass Ian, der Goldfisch, spirituell mit Ian, dem Hund, verbunden ist, vielleicht sogar in dem Maße, dass der Fisch die Reinkarnation des Hundes ist.

Im *Seville on Roxy* sind weder Hunde noch Katzen erlaubt, sonst hätte Katie ihm bestimmt eins von beiden gekauft. Haustiere dürfen nur mit Genehmigung des Hausmeisters gehalten werden, eines fülligen Mannes namens Jimenez. Und Jimenez genehmigt keine Haustiere, höchstens einzelne Fische in kleinen Gläsern. Er ist der Ansicht, dass Tiere nicht ins Haus gehören, alle Haustiere schmutzig sind und große Aquarien aufgrund möglicher Wasserschäden ein zu hohes Risiko für das Gebäude und seine Bewohner darstellen. Daher die Beschränkung auf ein Fischglas mit höchstens vier Liter Fassungsvermögen.

Connor schnappt das schnurlose Telefon und schiebt die Balkontür auf. Seine Augen brauchen eine Weile, um sich nach der Sonne an das Dunkel der Wohnung zu gewöhnen. Die Luft an seinem Rücken, der vom Gartenstuhl verschwitzt ist, fühlt sich kühl an.

Nach einer Weile blickt er auf den zerknüllten Haufen Kissen und Decken auf seiner Matratze und sagt: »Du musst gehen. Sofort. Meine Freundin kommt gleich rauf.«

Connor geht durchs Zimmer, stolpert über eine Bierflasche, schwankt ein wenig und fängt sich wieder. Er tritt gegen die Matratze. »Nimm deine Sachen und geh. Ich ruf dich später an.« Er wartet einen Moment, bevor er die Decken wegzieht und auf den Boden wirft.

Faye stöhnt auf und rollt sich auf den Rücken. Sie liegt vor ihm auf der Matratze, ungeniert nackt, schamlos entblößt und unglaublich sexy. Sie blinzelt Connor gegen das helle Nachmittagslicht an.

Kapitel 5

In dem der unermüdliche Jimenez versucht,
den Fahrstuhl zu reparieren,
obwohl er dafür nicht qualifiziert ist.

Jimenez lehnt sich in seinem Stuhl zurück und seufzt. Er kippt die zwei vorderen Stuhlbeine vom Boden und balanciert auf den hinteren. Der Stuhl antwortet mit einem Knarren auf die Gewichtsverlagerung. Das kleine Zimmer, das ihm als Büro dient, ist heiß und laut und weiß und wird von alten, brummenden Neonröhren beleuchtet. An der Tür, die zwar offen steht, durch die jedoch kein bisschen Frischluft weht, klebt ein Plastikschild mit der Aufschrift »Hausmeister«.

Im Nebenraum springt etwa alle fünfzehn Minuten mit lautem Zischen der Brenner des riesigen Boilers an. Hinter einem rostigen Metallgitter heizt eine spitze blaue Erdgasflamme für die Bewohner des *Seville on Roxy* einen großen Bottich voll Wasser auf. Die Flamme entzündet sich mit einem »Plopp« und einem »Wusch«. Durch die gestrichenen Wände aus Schlackenbeton ist das Geräusch deutlich zu hören und wird durch den Entlüftungsschacht zwischen den Räumen noch verstärkt.

Jimenez findet das Geräusch des mechanischen Monsters beruhigend und erstaunlich zugleich, es klingt wie ein Drache, der pünktlich den Kessel für die Massen aufheizt.

Diese Maschine ist wie ein Herz, das Blut durch das Gebäude pumpt. Sie arbeitet bedingungslos und wird von niemandem wahrgenommen außer von Jimenez. Das heiße Wasser läuft durch die Heizungsrohre, die an den kühlen Herbstabenden Wärme in die Wohnungen leiten. Morgens, wenn sich die Mieter vor der Arbeit duschen, und abends, wenn sie sich vor dem Zubettgehen waschen, strömt Wasser aus den Duschköpfen. Es reinigt ihr Geschirr und ihre Kleidung. Es füllt ihre Putzeimer, wenn sie am Wochenende ihre Böden wischen. Es ist mit im Zimmer, wenn sie Freunde zu Besuch haben, und wartet still in den Rohren auf seinen nächsten Einsatz, wenn sie schlafen. Es ist ein sorgsamer, nicht beachteter Diener.

Genau wie der Boiler würde auch das *Seville on Roxy* nach und nach altersschwach werden und auseinanderfallen, würde sich der unermüdliche Jimenez nicht so gewissenhaft darum kümmern. Genau wie der Boiler ist auch Jimenez ein unverzichtbarer und häufig übersehener Grundpfeiler der Zuverlässigkeit des Gebäudes, ohne den es schnell und unaufhaltsam zugrunde gehen würde. Beide hausen im Keller, und beide sind herzzerreißend einsam.

In dem Moment, da er den Boiler anspringen hört, faltet Jimenez seine fleischigen Hände und verschränkt die behaarten Finger. Er streckt die Arme über den Kopf und legt dabei den herben Geruch seiner Achselhöhlen frei, an denen er kurz und nüchtern schnuppert. Wäre jemand bei ihm, würde er an dieser Haltung ablesen: »Ja, ich habe gerade unter meinem Arm gerochen, und das Ergebnis ist zwiespältig. Einerseits rieche ich ein wenig streng. Andererseits habe ich den ganzen Tag hart gearbeitet und darf ruhig ein bisschen stinken.«

Es sind nur noch zwei Reparaturanfragen offen, jede auf einem kleinen Zettel vermerkt und auf einen Metallstift gespießt, der neben dem alten Telefon mit Wählscheibe an der hinteren Ecke seines Schreibtisches steht. Obwohl sein Arbeitstag offiziell schon vor einer Stunde geendet hat, gehört Jimenez nicht zu den Leuten, die Reparaturanfragen unerledigt liegen lassen. Außerdem liebt er das Gefühl, Ordnung in dieses Gebäude zu bringen. Genau wie der Boiler arbeitet er unbemerkt und ohne Dank, doch er ist stolz darauf, dass alles wie am Schnürchen läuft und er für jeden Bewohner das Leben ein wenig leichter macht.

Er lässt den Stuhl auf seine vier Beine zurückkippen und zieht die letzten beiden Anfragen vom Zettelspieß.

Auf der ersten steht: »Leck unter der Küchenspüle. Apartment 2507.« Diesen Zettel schiebt er in die Hosentasche. Den anderen zerknüllt er und wirft ihn in den Mülleimer. Er weiß, was draufsteht. Er hat es den ganzen Tag vor sich hergeschoben, und nun ist die Zeit gekommen.

Seufzend steht er auf, nimmt seinen Werkzeuggürtel vom Haken neben der Tür und schnallt ihn um, während er durch den schwach beleuchteten Kellergang zur Treppenhaustür geht und diese aufzieht.

Unter dem Klirren und Klappern der herabhängenden Werkzeuge steigt er die Treppe hoch und überlegt, warum es ihm nichts ausmacht, so spät noch zu arbeiten. Es passiert häufig, dass er länger in seinem Büro im Keller sitzt, als er es laut seiner Stellenbeschreibung tun müsste, oft um Stunden länger. Für seine Arbeit erhält Jimenez ein bescheidenes Gehalt und eine vergünstigte Wohnung im zweiten Stock. Dabei hätte er über all die Jahre weitaus mehr verdient als einen Balkon über der Tiefgarageneinfahrt, einen Blick auf die unansehnliche Nebengasse und den Gestank aus den Mülltonnen unterhalb seines Schlafzimmerfensters.

Er kennt die Antwort. Er arbeitet so hart, weil er einsam ist. Er hat niemanden, der zu Hause auf ihn wartet, und damit keinen Grund, nicht länger zu bleiben. Hier bekommt er das Gefühl, gebraucht zu werden. Wichtig zu sein. Auch wenn kaum jemand an ihn denkt, wenn gerade kein tropfender Wasserhahn repariert oder das Wasser einer übergelaufenen Toilette aufgewischt werden muss.

Man würde mich nur vermissen, wenn ich nicht da wäre, denkt Jimenez. »Wo ist der Typ, der hier immer alles repariert?«, würden sie fragen und: »Wo ist der Hausmeister? In meinem Abfluss kommt Zeug hoch, das wie saure Milch stinkt.«

Jimenez erreicht das Treppenende, drückt die Tür auf und betritt die Eingangshalle. Er bleibt stehen und blickt durch den weiten Raum auf seine Gegner, die Aufzüge. Einer funktioniert schon seit Monaten nicht mehr, deshalb hängt ein »Außer Betrieb«-Schild daran. Der andere ist irgendwann am Vormittag ausgefallen. Er hat sich selbst, leer, ins Erdgeschoss zurückgefahren und seitdem nicht mehr bewegt. Wenn jemand den Knopf drückt, öffnet er sich nach wie vor mit einem fröhlichen »Ping«. Die Türen gleiten wieder zu, aber wenn die Leute dann den Knopf für ihr Stockwerk drücken, rührt der Aufzug sich nicht vom Fleck. Zum Glück gehen die Türen immer wieder auf, um die Leute herauszulassen.

Irgendwann wurde Jimenez der Beschwerdeanrufe überdrüssig, also schrieb er auf einen seiner Reparaturanfragezettel mit Filzmarker »Außer Betrieb. Wird bald repariert. Bitte Treppe benutzen« und klebte ihn an die Aufzugtür.

Dann rief Jimenez den Hausverwalter an.

»Marty, hier ist Jimenez. Der andere Aufzug ist jetzt auch kaputt.«

»Reparieren Sie ihn«, forderte Marty. Er klang, als würde er Kartoffelchips essen.

Jimenez dachte einen Moment lang nach. Er wusste sehr wenig darüber, wie Aufzüge funktionieren. »Was, wenn ich das nicht kann?«

»Dann ruf ich jemanden an, der es kann. Aber versuchen Sie es erst mal selbst«, meinte Marty. »Techniker, Mann! Die kosten ein Vermögen, wenn man sie rauskommen lässt. Rufen Sie mich wieder an. Sagen Sie mir, ob es geklappt hat.«

Um die Angelegenheit noch ein wenig länger hinauszuschieben, hat Jimenez vor etwa einer halben Stunde die Pflanzen in der Lobby gegossen. Dabei hat er beobachtet, wie dieser Junge aus dem fünfzehnten Stock, der zu Hause unterrichtet wird, von der Tür zum Treppenhaus aus quer durch die Eingangshalle ging. Der Junge scheint nett zu sein, hat nie Probleme gemacht, nie das Treppenhaus beschmiert oder Sachen vom Balkon geworfen. Aber irgendetwas an ihm war heute anders, irgendetwas fehlte.

Während Jimenez die Pflanzen wässerte, schlurfte der Junge von der Treppenhaustür zum Aufzug und drückte auf den Knopf. Es machte »Ping«, die Türen glitten auf. Das Kind schlurfte in die Kabine. Die Türen glitten zu. Jimenez goss noch ein paar Pflanzen und wurde dann neugierig, was der Junge in dem unbeweglichen Aufzug wohl machte. Er stellte die Gießkanne ab und wartete. Schließlich ging die Tür wieder auf, der Junge kam heraus, sah sich um und sagte:»Entschuldigung, aber das ist nicht mein Stockwerk. Wo ist meine Wohnung?«

»Nimm die Treppe, Junge. Der Fahrstuhl ist kaputt.«

Den ganzen Tag schon hat Jimenez es vor sich hergeschoben, den Aufzug zu reparieren. Der Stapel an Reparaturanfragen wurde mit jeder Stunde kleiner, da Jimenez ihn nach und nach abarbeitete. Das Flusensieb im Münztrockner ist nicht mehr verstopft. Die Feuertür zum Treppenhaus im siebzehnten Stock klemmt nicht mehr. Der Uringeruch in der ersten Parkebene ist beseitigt, und nun sind nur noch zwei Anfragen übrig. Er hat diesen Augenblick so lange hinausgeschoben, wie er konnte, aber jetzt wird es Zeit.

Die Tür zum Treppenhaus schließt mit einem Zischen, während der hydraulische Arm sie langsam zuzieht. Das Schloss klickt, Jimenez geht durch die Lobby und beäugt im Näherkommen den Aufzug. Die Bodenfliesen glänzen, und die Lüftungsanlage lässt Frischluft zirkulieren. Durch die verstärkte Eingangstür ist der Verkehrslärm draußen kaum zu hören. Jimenez' Hammer schwingt am Werkzeuggürtel hin und her und stößt gegen seinen Oberschenkel.

Welches Werkzeug braucht man, um einen Aufzug zu reparieren?, überlegt Jimenez und zieht den schweren Gürtel wieder ein Stück nach oben. Was ist daran überhaupt kaputt?

Er drückt den Knopf. Mit einem Flüstern gleiten die Türen auf und legen den Blick auf das mit Spiegeln versehene Innere frei. Jimenez betrachtet sein Spiegelbild. Hinter ihm, an der Eingangstür, sieht er den großen Kerl, der im fünfundzwanzigsten Stock wohnt. Er trägt einen Schutzhelm und hält eine große, schwarze Einkaufstüte in der Hand. Jimenez nickt dem Mann im Spiegel kurz zu. Der Mann nickt zurück.

Wie schwer kann es schon sein, einen Fahrstuhl zu reparieren? Jimenez steigt in den Fahrkorb und fängt an, die Messingschrauben vom Tastenfeld zu lösen.

Die Türen gleiten zu.

Er lehnt die Abdeckung gegen die Kabinenwand und stochert unsystematisch in der Elektrik herum, auf der Suche nach irgendeinem Hinweis darauf, wie dieses Ding funktioniert und was daran kaputt ist.

Was soll schon passieren?, denkt er. Die Kiste läuft sowieso nicht, und schlimmer kann es ja nicht werden, oder?

Kapitel 6

*In dem Petunia Delilah ein merkwürdiges Ziehen
im Unterleib spürt.*

Dr. Ross hat Petunia Delilah drei Wochen vor dem errechneten Termin ermahnt, anstrengende Aktivitäten zu vermeiden sowie alles, das ihren Blutdruck erhöhen oder sie aufregen könnte. Er sagte, sie leide unter Hyperdingsda und solle keine unnötigen Risiken eingehen, um ihre Gesundheit und die des Babys nicht zu gefährden. Sie darf ihr Essen nicht mehr salzen, weshalb ihr Dr. Ross eine Diät zusammengestellt hat, die zu gleichen Teilen aus »geschmacklos« und »langweilig« besteht. Er hat ihr zwei Listen mit Nahrungsmitteln gegeben, eine auf einem grünen und eine auf einem roten Blatt Papier. Während seine Lippen sich weiter bewegten, überflog Petunia Delilah das rote Blatt mit den verbotenen Lebensmitteln und dachte dabei nur, wie sehr sie sich gerade nach einem verdammten Eiscreme-Sandwich sehnte. Und da stand es nun auf Dr. Ross' roter Seite. Offenbar enthalten sie ziemlich viel Natrium.

Petunia Delilah hat mittlerweile schon die gesamte Wohnung aus der Horizontalen betrachtet. Sobald diese kribbelnde Taubheit durch ihr linkes Bein zieht, legt sie sich sofort auf den Rücken, weil irgendwo ein Nerv eingeklemmt ist. Sie legt sich auf die Couch und rutscht dort genauso oft hin und her, wie sie die Fernsehkanäle wechselt, um irgendeine angeblich »gute« Sendung im Tagesprogramm zu erwischen. Sie legt sich auf die Balkonliege, gerne am Nachmittag, wenn die Sonne noch warm ist, aber vor dem Einsetzen der Rushhour, deren Lärm am Gebäude entlang zu ihr aufsteigt und ihr den Aufenthalt im Freien verleidet. Da liegt sie jetzt allerdings nicht mehr oft, weil es schwierig geworden ist, ohne Hilfe wieder auf die Füße zu kommen.

Im Moment liegt sie an einen hohen Kissenberg gelehnt im Bett und liest ein eselsohriges Taschenbuch. Es ist eine alte Science-Fiction-Geschichte, in der untadelige, höfliche Helden in vollständigen Sätzen sprechen. Beim Umblättern reibt Petunia Delilah gern die spröden Seiten zwischen Daumen und Zeigefinger. Sie mag den Geruch von altem Leim und vergilbtem Papier, weil er einem das Gefühl gibt, als würde man die Vergangenheit berühren.

Petunia Delilah hört auf zu lesen und blickt fragend zur Decke, weil sie ein merkwürdiges Ziehen im Unterleib spürt. Nein, nicht im Unterleib, sondern tiefer, nahe der Stelle, wo ihre Beine sich treffen. Aber innen. Sie kann das alles da unten schon seit Wochen nur noch mithilfe eines Spiegels sehen, weil ihr Bauch zu dick geworden ist, um über ihn hinweggucken zu können.

Da ist es wieder, dieses merkwürdige Ziehen. Sie neigt den Kopf zur Seite und legt das Buch auf dem Bauch ab.

Dann schiebt sie sich zum Bettrand und schwingt die Beine auf den Boden. Stöhnend vor Anstrengung stemmt sie sich hoch und watschelt auf staksigen Beinen und mit auswärts gedrehten Knien wie eine Heuschrecke vom Schlafzimmer ins Bad.

Dr. Ross hat ihr Bettruhe verschrieben, nachdem sie bei der Arbeit an ihrem Schreibtisch ohnmächtig geworden war. Sie hatte nichts Anstrengendes gemacht, nur die üblichen eingehenden Dokumente geprüft und einsortiert, und im nächsten Augenblick lag sie im Krankenhaus. Die Erinnerungslücke zwischen beiden Ereignissen war wie ein unbeholfener Szenenwechsel, nicht so sehr beunruhigend wie unangenehm.

In dem Beerdigungsinstitut, in dem sie arbeitete, hatte ihr Kollaps wohl einige Aufregung verursacht. Wenn in einem Beerdigungsinstitut ein regloser Körper liegt, geht man natürlich erst einmal von einem Todesfall aus. Ein älteres Pärchen, das gerade die Trauerfeier eines kürzlich verstorbenen Freundes besuchte, wusste in Petunia Delilahs Fall jedoch durch die eigenen bitteren Erfahrungen mit dem Sensenmann besser Bescheid. Sie riefen den Notarzt und blieben bis zum Eintreffen der Sanitäter bei ihr.

Das ältere Paar, das nach der Beerdigung keine dringenden Termine hatte, besuchte sie sogar noch im Krankenhaus. Die beiden brachten Blumen mit und blieben gut eine Stunde bei ihr, ebenso untadelig und höflich wie die Helden in einem alten Science-Fiction-Roman.

Kurz darauf kam auch der Leiter des Beerdigungsinstituts. Ernst und besorgt teilte er ihr in seinem typischen, belustigend monotonen Tonfall mit: »Sie sind beurlaubt, Petunia Delilah. Zu Ihrem eigenen Besten. Bekommen Sie ein fröhliches, gesundes Baby, und wir sprechen uns bald wieder.«

Und so begann ihre Inhaftierung in der eigenen Zwei-Zimmer-Wohnung.

Petunia Delilah dreht sich in ihrem kleinen Bad zur Seite. Sie knöpft das Nachthemd bis zur Mitte auf und betrachtet im Spiegel des Badezimmerschränkchens das Profil ihres Unterleibs. Die Haut ist straff über die dicke Wölbung gespannt und an einigen Stellen verfärbt, nichts Ungewöhnliches; mit dem merkwürdigen Ziehen hat sich also nichts Sichtbares geändert. Sie lächelt, reibt sich über den Bauch und knöpft das Nachthemd wieder zu.

Danny, ihr Freund, nennt ihren Bauch liebevoll ihre »Bumskugel«.

Sie hat sich heute schon mehrmals so betrachtet, denn das merkwürdige Ziehen im Unterleib weckt ihre Hoffnung auf den Beginn der Geburt, die Hoffnung auf das Ende der Unbequemlichkeiten und der noch schwerer zu ertragenden Langeweile.

Das Ziehen hat sie seit dem frühen Morgen. Sie ist davon aufgewacht und hat Danny geweckt in der Hoffnung, es würde endlich losgehen. In der morgendlichen Stille, in der die Stadt vor dem Fenster nur leise atmet, lagen sie Seite an Seite im Bett und hielten sich in gespannter Erwartung an den Händen.

Aber nichts passierte.

Danny ging zur Arbeit, und Petunia Delilah las ein Buch.

Petunia Delilah fürchtet sich nicht vor der Geburt oder vor dem Baby. Ihre Hebamme hat ihr eine aufschlussreiche Wahrheit vermittelt: Seit Hunderttausenden von Jahren bringen Frauen ohne die Hilfe moderner Medizin ihre Kinder zur Welt. Es geschieht einfach. Wenn überhaupt, dann ist Petunia Delilah so sehr von glücklicher Aufregung erfüllt, dass kein Raum für Ängste bleibt.

»Mit positiven Gedanken und einem Gefühl der Ruhe ist eine Geburt ganz leicht«, hat Kimmy, ihre Hebamme, gesagt. »Was du denkst, kann deinen Körper tatsächlich verändern. Gute Gedanken verursachen die Ausschüttung biochemischer Stoffe in dein Blut, die den Schmerz zu einer glücklichen Erfahrung machen. Gedanken werden zu Dingen.«

Petunia Delilah hat keine Angst davor, allein zu sein, wenn die Wehen einsetzen. Tatsächlich sehnt sie sich nach der Erfahrung der Geburt und der engelsgleichen Gesellschaft ihres kleinen Lieblings, die folgen wird. Sie hatte ausreichend Zeit, sich ausschweifenden, ausgefeilten Fantasien hinzugeben, in denen sie backt und kocht und stillt und sich liebevoll um das Baby kümmert, weil sie seit Wochen tatenlos in ihrer Wohnung herumliegt. Sie wird Danny jeden Tag, wenn er von der Baustelle nach Hause kommt, einen Kuss geben. Danny wird sie ebenfalls küssen und danach dem Kind einen Kuss auf die Stirn drücken. Sie werden zusammen zu Mittag essen und zusammen lachen und eine großartige Familie sein.

Und wenn es mit den Wehen dann richtig losgehen sollte, arbeitet Danny ja nur ein paar Blocks entfernt, weil er für das neue

Baineston on Roxy Beton gießt. Er könnte innerhalb weniger Minuten zu Hause sein. Petunia Delilah und Danny haben sich extra neue Handys gekauft, damit sie ihn anrufen kann, wenn sie etwas braucht. Sie sieht auf die Wanduhr über der Toilette und rechnet aus, dass seine Schicht bald vorbei ist. Aber wahrscheinlich wird er mit den Kollegen noch ein Bier trinken gehen, bevor er nach Hause kommt.

Petunia Delilah löst sich von ihrem Spiegelbild und watschelt in die Küche. Sie öffnet den Gefrierschrank und starrt eine Weile auf die Schachtel Eiscreme-Sandwiches, bevor sie sie aufreißt. Sie fährt mit dem Zeigefinger über den Stapel der eingepackten Sandwiches und spürt verzückt das glatte, rhythmische Klicken beim Übergang von einem Sandwich zum nächsten. Jede Verpackung knistert verführerisch. Die seidenweiche, kalte Plastikfolie kühlt ihre Fingerspitze.

Sechs einzeln verpackte verdammte Eiscreme-Sandwiches in meinem Gefrierschrank, denkt sie. Und ich darf nicht mal eins davon essen.

Petunia Delilah klappt den Kartondeckel wieder zurück, knallt die Gefrierschranktür zu und stellt den Wasserkocher an.

Keinen Kaffee, keinen koffeinhaltigen Tee, nur dieses geschredderte Unkraut, denkt sie.

Sie durchsucht gerade eine Keramikdose mit Kräuterteebeuteln, als es passiert, das merkwürdigste aller merkwürdigen Ziehen, das sie bisher gefühlt hat. Sie lässt die Dose fallen. Der Boden bricht, und ein pudriger Fleck aus Keramikstaub breitet sich neben der Spüle auf der Arbeitsplatte aus. Die Dose rollt scheppernd ein Stück zur Seite und dann halb wieder zurück.

Instinktiv greift Petunia Delilah nach unten und umfasst ihren Bauch. Sie tastet tiefer und spürt nassen Stoff, aber sie könnte sich auch täuschen, denn die Flüssigkeit hat dieselbe Temperatur wie ihre Haut. Doch der Stoff ist unverkennbar schwerer als noch vor ein paar Minuten. Sie beobachtet, wie sich unter ihr auf dem Linoleum eine rostfarbene Pfütze ausbreitet, und wundert sich, warum sie nicht klar ist, wie Kimmy, die Hebamme, ihr vorausgesagt hat.

Meine Fruchtblase ist geplatzt, denkt sie. Es geht los. Das Baby kommt. Ich muss Danny anrufen. Unser Kind ist unterwegs.

Petunia Delilah und Danny haben Dr. Ross' ermunternde Aufforderungen zu Ultraschalluntersuchungen, einer Amniozentese und sogar einem geplanten Kaiserschnitt ausgeschlagen, den er Petunia Delilah aufgrund ihres schmalen Beckens und einer familiären Vorgeschichte mit schweren Geburten empfohlen hatte. Sie wollten das Kind auf natürlichem Weg bekommen, ohne Schmerzmittel oder möglicherweise radioaktive Bilder ihres Kindes im Mutterleib.

Denn wie Kimmy anmerkte, haben Frauen schließlich schon Hunderttausende von Jahren vor der modernen Medizin Kinder zur Welt gebracht.

Nicht zum ersten Mal fragt sich Petunia Delilah, ob es wohl ein Junge oder ein Mädchen wird. Kimmy hat auf einen Jungen getippt, so, wie ihre Bumskugel geformt sei. Aus irgendeinem Grund ist Petunia Delilah aber sicher, dass es ein Mädchen ist. Sie spürt es einfach. Sie hat es Danny nicht gesagt, und auch nicht, dass ihr die Namen Chloe, Persephone und Lavender gefallen. Dafür wird später noch genug Zeit bleiben.

Mit ausgestreckten Armen und gebeugten Knien wankt Petunia Delilah vorwärts, als wäre sie gerade nach wochenlangem Ritt vom Pferd gestiegen, und hangelt sich wie eine Betrunkene an der Wand entlang zum Schlafzimmer. Als sie auf dem Nachttisch nach dem Handy tastet, muss sie unweigerlich grinsen.

Beim nächsten heftigen Ziehen, das ihr durch den Unterleib schießt, krümmt sich Petunia Delilah zusammen. Es ist ein unangenehmes Gefühl, aber nicht so schmerzhaft, wie man ihr im Vorbereitungskurs angekündigt hat. Sie drückt Dannys Kurzwahltaste. Sein Handy klingelt drei Mal, ehe die Mailbox anspringt.

»Sie haben Dannys Handynummer gewählt. Bitte hinterlassen Sie eine Nachricht.«

Petunia wartet das Piepen ab und sagt: »Danny, das Baby kommt. Wo bist du? Komm nach Hause. Melde dich. Ich ruf Kimmy an.«

Kapitel 7

In dem Garth das Seville on Roxy
mit einem geheimen Päckchen betritt.

»Oh, guck mal, guck mal, guck mal!«, sagt Danny, und die Worte ziehen sich zu einem einzigen hektischen Geräusch zusammen. Er hört auf, den Betonmischer zu füttern, und stützt sich auf seine Schaufel. Mit den Augen folgt er einer jungen Frau, die am Maschendrahtzaun vorbeigeht. »Scheiße, ist das gut! Das könnt ich den ganzen Tag ansehen und jede Sekunde was neues Schönes dran entdecken.«

Garth dreht den Kopf und sieht in dieselbe Richtung wie Danny. Er erhascht einen kurzen Blick auf die Frau, die am Zaun vorbeigeht. Sie hat kurze braune Haare, geheimnisvolle, schwarz umrandete Augen und eine tolle Figur: schmale Schultern und eine kräftige Rundung unterhalb der schlanken Taille. Trainiert, aber dennoch weich, glatte Haut auf festen Muskeln mit nur einer dünnen Fettschicht darüber. Der leichte Sommerrock, den sie trägt, kräuselt sich wie Wasser und lässt auf sinnliche Weise Details ihres Körpers erahnen, wann immer der Stoff daran anliegt. Jedes Mal, wenn ihr Körper gegen den Stoff drückt, bietet er eine verlockende, elektrisierende Momentaufnahme dessen, was sich darunter verbirgt. Das Material spannt sich über ihren Pobacken, als sie die einzelne Stufe zum Drugstore direkt neben der Baustelle erklimmt.

Dieser eine Moment, in dem nichts weiter passiert, als dass Fleisch durch sanften Druck den darüberliegenden Stoff strafft, dieser Moment wird Garth den restlichen Nachmittag lang und bis weit in den Abend verfolgen. Er erkennt darin alles, was er sich je gewünscht hat, etwas wunderbar Schönes und Starkes und doch eindeutig Feminines. Ein spontanes Wunder, das einfach da ist, nicht bewusst in Szene gesetzt, einfach hier in diesem Universum.

Garth schließt die Augen, während sich in seinem Brustkorb Wärme ausbreitet, und genießt das Bild, das seine Fantasie heraufbeschwört. In vollen Zügen taucht er in seine Vorstellung von der jungen Frau ein, badet in ihrem Bild, das sich in das Dunkel seiner Lider eingeprägt hat. Fast kann er selbst das Kitzeln des Gewebes spüren, das sich über seine Haut spannt und jeder Bewegung seines Körpers gleitend nachgibt.

»Hey! Hab ich Geschmack, oder was? Den würd ich rannehmen. Absolut. Und dann schön ein paar Klapse drauf. Dass er weiter wackelt.« Dannys lüsterne Stimme zerstört Garths friedliches Bild.

Und schon schiebt sich Danny in Garths Fantasie. Wie aus dem Nebel ist er plötzlich da: Danny, der nackt hinter der Frau steht, ihr mit einer Hand auf den Hintern klatscht und in die andere einen schlabbernden Speichelfaden tropfen lässt, um seinen Schwanz damit einzureiben.

Wie gut, dass wir auf dieser Seite des Zauns sind, denkt Garth, und sie da draußen. Hier sind die Tiere. Wir alle sind Tiere in diesem Zoo.

»Halt die Klappe«, brummt Garth, immer noch mit geschlossenen Augen, und versucht, die Vision von Danny hinter der Frau loszuwerden. Er kann sie nicht abschütteln. Nach wenigen Sekunden atmet er frustriert aus und öffnet die Augen. Er bekommt das Bild nicht mehr zu fassen und wird warten müssen, bis er sich zu Hause darauf konzentrieren kann, ohne dass der dreckige Danny seine Fantasie beschmutzt.

Danny ist schon wieder bei der Arbeit und schaufelt Zementpulver in den rotierenden Betonmischer, als hätte ihn keine Frau je davon abgelenkt. Garth wartet noch einen Moment, sieht auf seine Armbanduhr und dann die Straße hinunter zum *Seville on Roxy*. Dort wohnt er. Das *Baineston* ist die bequemste Baustelle, auf der er je gearbeitet hat, weil sie nur ein paar Blocks von zu Hause entfernt liegt. Obwohl Danny ebenfalls im *Seville* wohnt, zusammen mit seiner Freundin, reden oder sehen sich Danny und Garth außerhalb der Baustelle kaum. Garth weiß, dass Dannys Freundin schwanger ist, weil Danny viel davon erzählt. Er freut sich auf das Kind mit ihr. Garth weiß, dass sie im achten Stock wohnen, weil Danny die paar Mal, die sie zusammen im Aufzug fuhren, dort ausgestiegen ist. Ansonsten bleibt Garth lieber für sich.

Garth wohnt und arbeitet gern am Roxy Drive, weil ganz in der Nähe auch sein Lieblingsgeschäft liegt, nur zwei Blocks in entgegengesetzter Richtung des *Seville*. Fast täglich stiehlt er sich in der Mittagspause davon und geht kurz die Straße hinunter. Weil so viele Arbeitskollegen in der Gegend sind, hat er den Ladenbesitzer nun gefragt, ob er durch den Hintereingang kommen darf. Er möchte nicht riskieren, beim Betreten gesehen zu werden, kann es sich aber auch nicht verkneifen, den Laden zu besuchen.

Der Besitzer nickte, dass das natürlich in Ordnung gehe: »Garth, Sie sind doch einer unserer besten Kunden.« Und mit diesen Worten überreichte er ihm ein in braunes Papier gewickeltes Päckchen in einer einfachen schwarzen Plastiktüte. Am Morgen war seine Sonderanfertigung eingetroffen.

Garth war so aufgeregt, dass er durch den Hinterausgang in die Gasse rannte, das Paket an sich drückte und nicht wagte, es auszupacken und den Inhalt anzusehen. Das Päckchen war so groß wie ein Telefonbuch und gab leicht nach, wenn Garth es drückte. Das Packpapier knisterte, und die entweichende Luft entlockte der Plastiktüte ein leises Flüstern. Mit einem breiten Grinsen lief Garth durch die Gasse zur Straße. Auf dem kurzen

Weg bis zur Baustelle versuchte er sich zu beruhigen und unterdrückte den Impuls, in die Luft zu springen oder mit siegreich erhobener Faust loszusprinten. Als er den Maschendrahtkäfig erreichte, hatte er sich einigermaßen beruhigt und wieder die harte Fassade des Bauarbeitermachos aufgesetzt. In der verbleibenden Viertelstunde schlang er sein Mittagessen hinunter, und zum Ende der Pause war Garth wieder sein normales, bedächtiges Selbst und das Päckchen sicher hinter seiner staubigen Lunchbox im Spind des Baustellenbüros verstaut.

Während der Nachmittag dahinkroch, musste Garth unablässig an das Päckchen denken. Als er im Laden erfahren hatte, dass es angekommen war, hatte er den Verkäufer gebeten, es doppelt einzuwickeln und in eine Tüte zu stecken. Zuerst hatte er gezögert, es mit zur Baustelle zu nehmen – er hätte es auch nach der Schlusssirene abholen können –, aber der Gedanke, bis nach der Arbeit warten zu müssen, war ihm unerträglich gewesen. Er wollte damit direkt von der Baustelle nach Hause gehen, den Aufzug zu seiner Wohnung im fünfundzwanzigsten Stock nehmen und hören, wie die Tür hinter ihm ins Schloss fiel. Die Vorfreude ist so süß und unerträglich, dass er nicht weiß, ob er früher nach Hause gehen und das Päckchen öffnen oder die Versuchung, eben das zu tun, noch länger auskosten soll.

Den ganzen Nachmittag über schwafelt Danny ihn voll. Macht ihn auf die eine oder andere heiße Biene aufmerksam, die vorbeigeht. Garth stimmt zu, einige davon sind attraktiv. Bei anderen fragt er sich, ob Danny nur eine Show abzieht. Garth sagt nicht viel, er grunzt bloß, wenn Danny tatsächlich eine Antwort erwartet, was selten passiert. Dannys Stimme klingt wie die Maschinen im Hintergrund, ein konstantes Geräusch, das Garth mit der Zeit kaum noch wahrnimmt.

Am Ende des Tages geht Garth zu seinem Spind und holt seine Lunchbox und die schwarze Plastiktüte. Die Kollegen quatschen noch ein bisschen und verabreden sich auf ein paar Bier und Burger im nahen Pub. Garth kann sich nur mit Mühe zurückhalten, blind durch den Verkehr zum *Seville* zu rennen, in seine Wohnung hochzufahren, die Tür hinter sich zuzuschlagen und abzuschließen. Er platzt fast vor Aufregung.

Stattdessen nickt er, als jemand einen Witz erzählt, dem er nicht zuhört, und packt lässig seine Sicherheitsweste und die Ohrenschützer in den Rucksack, als hätte er nichts weiter vor. Er verabschiedet sich von den Jungs, nein, tut mir leid, ich kann heute kein Bier mehr trinken, muss was erledigen, winke, winke, Schulterklopfen, dann sieht er zu, dass er einigermaßen gefasst in Richtung *Seville* losmarschiert. Als er sich nach dem Winken umdreht, stößt er mit ihr zusammen, der Frau, die Danny ihm gezeigt hat, der Frau von der anderen Seite des Zauns mit dem leichten Sommerkleid und den schwarz umrandeten Augen. Diese perfekte Frau läuft direkt in ihn hinein, als sie aus dem Drugstore kommt.

»Tschuldigung«, murmelt sie und bleibt schwankend stehen.

»Ist schon okay.« Garth lächelt und ist sich nur zu sehr seines massigen Körpers bewusst, seines Bauches, seiner haarigen Arme, der haarigen Brust, des haarigen Hinterns, seines strengen Geruchs nach Arbeit, der dreckigen Haut, des verschwitzten Haars, seiner affenartigen Statur, seines hängenden Penis, der breiten Schultern, seiner allgemein bedrohlichen Männlichkeit, von der er wünschte, sie wäre in Momenten wie diesem nicht so ... nicht so ... offensichtlich.

Während seiner beschämten Selbstanalyse stehen Garth und die Frau einfach da und starren einander an. Garth schließt die Augen und sieht wieder ihr Bild hinter seinen Lidern. Dann setzt er seinen Weg zum *Seville* fort. Er presst das Päckchen gegen die Brust. Sein Herz klopft, als wollte es zerspringen.

Das wird ein magischer Abend.

Und diesmal kann er einen kleinen, schnellen Hopser nicht unterdrücken. An der Ecke wartet er nicht auf Grün, sondern geht einfach so zwischen den Autos hindurch über die Straße. Er kann nicht mehr warten.

Kapitel 8

*In dem die einsiedlerische Claire
ein rätselhaftes Klingeln hört.*

Claires Wohnung im achten Stock ist makellos. Die späte Nachmittagssonne scheint durch das Fenster und strömt durch die Balkontür, sodass die ganze Wohnung vor Sauberkeit strahlt wie ein himmlisches Leuchtfeuer. Die Espressomaschine aus Edelstahl auf der Küchentheke blitzt und glänzt. Die Kacheln an der Wand reflektieren das glitzernde Licht und werden selbst zur zweiten Sonne. In dieser fast brutalen Lichtattacke ist kein einziges Körnchen Staub oder verirrtes krauses Haar auf irgendeiner der glatten Oberflächen zu sehen, nicht einmal unter dem Sofa oder dem Couchtisch, sollte dort jemand nachsehen wollen.

Claire hasst diese Fernsehsendungen über Leute, die nie ihre Wohnung verlassen. Da stapeln sich turmhoch die Zeitungen und sammeln sich dreckige Dosen in Bergen aus Blech hinter fleckigen Polstersesseln. Claire musste aufhören, sich solche Sendungen anzusehen, weil diese Leute mit ihren schmuddeligen Schleichwegen durch Haufen aus Plastiktüten und alten Computerteilen sie wütend machten. Nicht alle Einsiedler sind so.

Nein, denkt Claire, nicht »Einsiedler«. Genau genommen leiden die meisten einfach nur unter Agoraphobie, der Angst vor weiten Plätzen, doch sie bevorzugt die Beschreibung »auf aggressive Weise introvertiert«.

Diese Leute im Fernsehen, denkt Claire, während sie die Zellophanhülle eines sterilen Einmal-Plastiktrinkbechers abzieht, in deren Wohnungen sich die Suppendosen auf den Küchentheken stapeln und die schmutzigen Teller in der Spüle, sind einfach psychisch krank. Sie öffnet eine Flasche mit Wasser, gießt es in den Becher, trinkt und wirft beides in den Recycling-Müll. Danach reißt sie ein steriles Erfrischungstuchpäckchen auf und wischt erst ihre Handflächen sauber, dann die Zwischenräume zwischen den Fingern, dann die Handrücken.

Claire ist nicht immer aggressiv introvertiert gewesen. Als kleines Mädchen ist sie mit den Nachbarskindern durch die Straßen ihres Vororts geradelt. Sie hat Kieselsteinchen aus ihren abgeschürften Knien gepickt und im Garten Würmer ausgegraben. Als sie älter wurde, ging sie mit ihren Freundinnen zur Schule und spielte während der Pausen auf dem Schulhof. Mit Anfang zwanzig besuchte sie die überfüllten Hörsäle und Seminarräume des örtlichen College. Freitagabends ging sie mit ihren Freundinnen in schweißtreibende, wogende Nachtclubs und trank Wodka Slime aus fleckigen, altmodischen Gläsern. Hin und wieder nahm sie einen Jungen mit nach Hause, und wenn, dann haben sie es fast immer miteinander getrieben. Einmal, nach Barschluss, lief sie sogar durch die Kneipe und trank die Reste aus allen Gläsern und Flaschen von der Theke und den Tischen. In jener Nacht war sie fürchterlich betrunken. Falls man sie fragte, würde sie wenig überzeugend leugnen, so etwas jemals getan zu haben. Falls man sie drängte, würde sie behaupten, sich an solcherlei Dinge nicht zu erinnern, und der Ausdruck auf ihrem Gesicht würde nahelegen, dass das stimmte.

Dann, in den späten Zwanzigern, als ihre Freunde sich paarten und vermehrten und mit der großen Verantwortung für Kinder und Hypotheken aus ihrem Leben verschwanden, bekam sie mehr und mehr das Gefühl, eigentlich nicht sehr viel Spaß zu haben. Sie fing an, auf ihre Kindheit und Jugend zurückzublicken, und empfand nur Leere bei dem Gedanken an die Menschen, bei denen sie das warme Gefühl lebenslanger Freundschaft und Kameradschaft hätte überkommen müssen. Wenn solche Bindungen so leicht zu brechen waren, wenn Jahre der Freundschaft so leicht dahinschwinden konnten, dann brauchte sie so etwas nicht.

Claire hörte auf, aus dem Haus zu gehen.

Ihr Apartment hat zwei Telefonanschlüsse, einen, dessen Nummer nur ihre Mutter kennt, und einen anderen für die Arbeit. Lebensmittel bestellt sie online und lässt sie an die Haustür liefern. Filme und Fernsehserien sieht sie am Computer. Sie liest Bücher, die sie aus dem Internet heruntergeladen hat. Manchmal bestellt sie aus Nostalgie ein Taschenbuch oder kauft eine Schallplatte und lässt sich die Sachen zuschicken. Sie findet es einfacher, ihre vier Wände nicht zu verlassen. Sie betrachtet lieber ihre Zimmerdecke als den Himmel und lieber ihren Fußboden als die Erde.

Die Sonne geht auf, die Sonne geht unter, und Claire ist glücklich. Sie wohnt in einer sicheren Blase, einem hellen, sonnigen Apartment mit Blick auf den Roxy Drive, auf dem das geschäftige Treiben der Menschheit vorbeizieht – nahe genug, dass sie sich beteiligt fühlt, aber nicht so nah, dass sie daran teilnehmen muss. Sie ist rundherum glücklich, glücklicher, als sie es in ihrer Erinnerung jemals war.

Aber da nun mal Rechnungen zu bezahlen sind, weiß Claire, dass sie auch arbeiten muss. Sie hat einen tollen Job, den sie sehr liebt. Er erfüllt ihre minimalen sozialen Bedürfnisse, und sie kann ihn per Telefon erledigen. Ihre Arbeitgeberin erstattet ihr alle Auslagen und sogar die Kosten für ihr Heimbüro. Da sie in einem Zwei-Zimmer-Apartment wohnt, steht ihr Computer samt Telefon auf der Kücheninsel.

Claire geht ans Fenster, die Hände auf den Hüften, und beobachtet eine Weile den vorbeiziehenden Verkehr, bevor sie sich wieder der Kücheninsel zuwendet. Sie setzt sich auf ihren Hocker und blickt zum Computer, der ihr die letzten neun Minuten ihrer

Schicht anzeigt. Ihre Arbeitsleitung klingelt, und Claire drückt einen Knopf, um das Headset zu aktivieren.

»Hallo?«, sagt Claire. »Mit wem spreche ich?«

Schweigen.

»Jason?«, fragt Claire. »Dein Name spielt keine Rolle mehr, Jason. Ich werde dich ›Schweinchen‹ nennen, weil es das ist, was du bist. Und jetzt sag mir, wie verdammt hart dein Schwanz ist und wo du ihn reinstecken willst.« Sie nickt stumm und sieht auf die Uhr: acht Minuten noch bis Schichtwechsel. »Halt's Maul, Schweinchen. Für mich bist du nichts weiter als ein harter Schwanz, den ich reiten will.«

Acht Minuten. Das wäre schnell, aber bei Weitem kein Rekord. Deshalb berechnen sie bei jedem Anruf für die erste Minute mehr als für die folgenden.

Ich kann es schaffen, denkt sie, und dann ... Quiche zum Abendessen.

Claire ist froh, dass sie nicht die Abendschicht bekommen hat. Die Freitagabende sind die schlimmsten. Sie findet es seltsam, dass an einem Abend der Woche deutlich mehr los ist als an anderen, aber so ist es. Freitagabends ist beim Telefonsex immer am meisten zu tun. Vielleicht liegt es daran, dass der Trieb eine volle Woche lang unterdrückt wurde, wie bei einem Stausee, der sich nach heftigem Regen füllt und dann auf sein normales Niveau zurückfallen muss. Vielleicht ist es nur das Bedürfnis nach natürlichem Stressabbau. So viele Leute, die anrufen, die endlich loslassen möchten, die gedemütigt werden wollen oder sich selbst demütigen und dann am nächsten Morgen zum Brunch mit ihren Eltern gehen oder zu Garagenflohmärkten auf der Suche nach Secondhandsachen für ihre Kinder.

Freitagabends geht es für viele um einsame, schmutzige, obszöne Verderbtheit, für Claire aber geht es um Quiche. Nach dem Rezept ihrer Mutter. Der Trick besteht darin, Mineralwasser mit viel

Kohlensäure in den Teig zu geben. Aus irgendeinem Grund wird der Boden dann lockerer und weniger fettig. Claire stellt sich gern vor, dass das von all den kleinen Bläschen kommt, aber sie weiß, dass wohl eher etwas Chemisches der Grund ist. Selbst wenn sie die Freitagabendschicht übernehmen müsste, würde sie eine Quiche machen.

Claire schaut wieder auf die Uhr – noch sieben Minuten, bis sie sich ausloggen kann.

»Du bist ein geschwätziges kleines Luder, Schweinchen. Ich glaube, ich werde dir dein Maul mit meinem schmutzigen Slip stopfen müssen, damit du still bist, und dir dann den Arsch versohlen, bis er glüht, um dich zu bestrafen. Vielleicht muss ich mir ja einen Dildo umschnallen und es dir besorgen. Würde dir das gefallen? Vielleicht werde ich einfach deinen Ar…«

Das Telefon klingelt.

Claire blinzelt.

Es ist die andere Leitung. Die, auf der es nicht klingeln sollte.

Schweinchens Stöhnen ist fast schon klaustrophobisch – grotesk und dicht an ihrem Ohr. Sein feuchtes Keuchen scheint ihr direkt ins Hirn zu hauchen. Sie erschauert.

Das Telefon klingelt erneut.

Nur ihre Mutter kennt diese Nummer, und sie ruft nur sonntagmorgens an.

Claires Herz rast.

»Hey, Jason, hier ist grad was Dringendes. Ich muss auflegen«, sagt Claire in ihr Headset, ohne die Augen vom Telefon zu nehmen. Erwartungsvoll starrt sie es an, ob es wohl wieder klingeln wird, und hat gleichzeitig Panik davor. »Ich weiß nicht … mach es dir zur Abwechslung mal selbst«, sagt sie und legt auf.

Als es tatsächlich wieder klingelt, zuckt Claire zusammen.

Irgendetwas stimmt nicht. Geht es Mom gut? Wer könnte es sonst schon sein?

Ruckartig greift sie nach dem Telefon, hebt es ans Ohr und lauscht. Sie hört Straßenlärm. Eine Autohupe dröhnt durch den Hörer, exakt in dem Moment, als sie sie durchs Fenster hört. Jemand steht vor dem Haus, acht Stockwerke unter ihr, und wartet im Licht des späten Nachmittags vor der Sprechanlage auf ihre Antwort. Das Gebäude wirft sicher schon einen langen Schatten und taucht den Gehweg vor dem Eingang, wo der Anrufer steht, in tiefes Blau.

»Hallo?«, sagt sie, wobei ihre Stimme unweigerlich zittert.

Sie hört das gedämpfte Geräusch einer Bewegung, einer schnellen Bewegung. Die Stimme am anderen Ende knurrt: »Hab ich dich!« Dann tönt ein gellender Schrei durch die Leitung, gefolgt vom statischen Rauschen nach einer heftigen Erschütterung, wie etwa einem schnellen Schlag.

Die Leitung verstummt.

Claire verharrt reglos. Nach einer Weile wird das gleichmäßige Freizeichen an ihrem Ohr zu einem dauerhaften Piepen. Im Hausflur ertönt ein Krachen. Claire zuckt zusammen, knallt den Hörer auf die Gabel und flitzt zur Wohnungstür, um sich zu vergewissern, dass sie abgeschlossen ist. Sie ist es. Sie ist niemals unverschlossen. Claire atmet tief durch und späht durch das Guckloch. Durch den fischäugigen Tunnel sieht sie nichts als den verlassenen Korridor vor ihrer Wohnungstür.

Beruhigt, dass die Tür sicher ist, eilt sie zum Fenster und blickt auf die Straße. Sie ist so bemüht, die Eingangstür zu sehen, dass sie fast das Glas berührt. Abrupt fährt sie zurück, als stände es in Flammen. Unten auf dem Roxy Drive drängen eine Menge Menschen vorbei, jeder von ihnen könnte geklingelt haben.

Sie reckt noch einmal den Hals, um die Eingangstür zu sehen, doch wegen des schlechten Winkels gelingt es ihr nicht. Sie wünschte, sie könnte auf den Balkon gehen, sich über die Brüstung lehnen und nachschauen, wer da unten auf sie wartet.

Kapitel 9

*In dem Hausunterricht-Herman das Bewusstsein
wiederfindet, das er vor Kurzem verlegt hat.*

Manchmal machen sich andere Kinder über Herman lustig. Er weiß, das kommt daher, dass er kleiner und klüger ist als sie alle. In den letzten drei Jahren hat er zwei Klassen übersprungen. Er weiß, das kommt daher, dass er eine Brille trägt und wenig Interesse an sportlicher Betätigung hat, wie etwa in der Pause Völkerball zu spielen oder Fußball nach der Schule.

Er weiß, es kommt außerdem daher, dass er den anderen Kindern mal erzählt hat, er könne durch die Zeit reisen, was ganz anders sei als in den Filmen. Man brauche dabei keinen Blitz vom Himmel, keinen plutoniumbetriebenen DeLorean oder ein Raumschiff, das um die Sonne katapultiert wird. Es geschehe im Gehirn, durch ein aus den Dimensionen gelöstes Bewusstsein, und sei eher ein Mischmasch aus unübersichtlichen, verwirrenden Fragmenten als die Klarheit der Gegenwart. Manchmal sieht er die Zukunft, meistens aber die Vergangenheit. Im Nachhinein betrachtet, war es definitiv ein Fehler, es den anderen Kindern zu erzählen.

Es ist nicht so, dass sich die Kinder über Herman als Person lustig machen, wie er sich oft selbst erklärt, sie spotten eher über Dinge, die er sagt und tut. Sein eigentliches Wesen als Mensch wird nicht ausgelacht, sondern nur der Mensch, für den sie ihn halten. Jedes Mal, wenn er etwas Eigenartiges sagt oder tut, reagieren sie auf dieses spezielle Ereignis und nicht auf Herman selbst. Herman ist sich wohl bewusst, dass der haarfeine Unterschied zwischen den beiden eine Bewältigungsstrategie ist.

Wenn die anderen ihn also in einen Spind sperren oder »Buuh!« rufen, wenn er kommt, ist es dementsprechend auch nicht er selbst, den sie nicht leiden können. Es ist eher eine generelle Abneigung all dem gegenüber, was anders ist. Diese Abneigung hat nichts mit Herman als Person zu tun, sondern mit einer tiefen, grundlegenden Angst vor dem Unbekannten und einem primitiven, instinktiven Hass gegenüber dem Extremen.

Niemand mag Zeitreisende, überlegt Herman vernünftig. Warum auch? Er hat die Vergangenheit erlebt und die Zukunft gesehen und ist deshalb eine Bedrohung. Die anderen stolpern wie Gefangene durch ihre drei geografischen Dimensionen, beschränkt in ihrer Zeit und eifersüchtig auf ihn, der sich frei darüber hinwegsetzen kann.

In Wirklichkeit sind ja alle Zeitreisende, mit der konstanten Geschwindigkeit von einem Tag pro Tag. Für Herman jedoch kann sich die Geschwindigkeit der Zeit ändern, ebenso wie ihre Richtung. Herman hat es recherchiert. Wenn die anderen wüssten, was Herman weiß, wenn auch sie die letzte, größte Dimension manipulieren könnten, würde man sie ebenfalls als Bedrohung der Gegenwart ansehen.

Genau wie damals, als ich teleportiert wurde, denkt Herman. Da hat mir auch niemand geglaubt außer Grandpa. Ich bin auf dem Schulhof ohnmächtig geworden und im Krankenzimmer wieder aufgewacht. Alle anderen meinten nur, ich soll beweisen, dass ich mich teleportieren kann.

»Mach es noch mal«, haben sie gesagt. »Jetzt sofort, Blödbirne.«
Aber so funktioniert es nicht.

Ach, denkt Herman, könnte ich es doch nur kontrollieren, dann wäre die Zeit, in die ich gehen würde, ganz weit weg von dieser Zeit jetzt.

Die anderen Kinder haben Angst vor Herman, und diese Angst empfinden sie selbst als Bedrohung, weshalb Darrin Jespersen ihm auch vor einem Jahr in die Rippen geboxt hat. Sie standen bei den Fahrradständern an der Schule, kurz nach dem Läuten der Schlussglocke. Darrin und seine Bande drängten Herman an die hintere Wand. Darrin sagte kein Wort, sondern boxte Herman drei Mal und brach ihm dabei drei Rippen. Nein, zwei Rippen, eine war nur angebrochen, aber das alles geschah aus Angst.

Darrin fürchtete sich vor allem, was anders war, und Herman machte ihm Angst.

Herman neigt dazu, in Stresssituationen ohnmächtig zu werden. Er weiß, dass es ein Abwehrmechanismus ist, der aus einem frühen Stadium der Evolution stammt. Er hat es recherchiert und gelesen, dass es Ziegen gibt, die bei Angriffen ohnmächtig werden. Manche Hunde und andere Tiere machen es auch, etwa Opossums. Tot zu spielen mindert den instinktiven Tötungstrieb angreifender Raubtiere. Die dunkle Gestalt, die ihn verfolgt und die manchmal Darrin heißt oder Charlie oder einmal auch Gail, dieser raubtierhafte Verfolger verliert das Interesse, sobald Herman ohnmächtig wird. Die bedrohliche Gestalt, die ihn jagt, bleibt Herman zwar in Ermangelung eines nach hinten gerichteten Blicks verborgen, aber er weiß, dass ihn das schattenhafte Biest jederzeit anfallen könnte und dass im Moment der Panik keine Zeit bleibt, um nach hinten zu sehen. Manchmal ist ein Körper, der sich zum Zusammenbruch zwingt, die beste Verteidigung, die man haben kann.

Ohne Beute gibt es nichts zu jagen.

Oft sind Hermans Ohnmachtsanfälle von lebhaften Visionen begleitet, an die er sich nicht erinnert, weil ihnen zudem ein Gedächtnisverlust folgt. Genauer gesagt sind sie vom Verlust von Minuten, manchmal auch Stunden vor und nach dem Anfall umgeben, sodass mit den Erinnerungen auch die auslösenden Traumata vergessen sind.

Manchmal kehren die Erinnerungen nach und nach bruchstückweise zurück, manchmal bleiben sie für sein Bewusstsein verloren. Wenn sie wiederkommen, dann oft fragmentarisch und aus Perspektiven, die in der menschlichen Erfahrung unüblich sind. Die Erinnerungen kehren wie Detailbetrachtungen aus großer Distanz wieder oder in mikroskopischer Nahaufnahme. Selten werden sie aus sicherer oder normaler Entfernung erlebt. Geräusche fehlen oder sind in schiefe, verkantete Töne verzerrt. Falls Worte erklingen, sind sie selten erkennbar.

Bei den Fahrradständern beispielsweise brach Herman nach Darrins erstem Schlag bewusstlos auf dem Kies zusammen und spürte die folgenden zwei Hiebe nicht mehr. Nach dem ersten Schlag nahm Herman nur noch Schwärze wahr. Darrin hatte bald genug davon, auf ein regloses Stück Fleisch einzuprügeln, und sein einfacher, urtümlicher Geist wurde durch die Bewegung eines anderen Kindes auf dem Schulhof abgelenkt. Er ging weg, und seine Lakaien folgten.

»Herman«, drang eine Stimme durch die Schwärze, »Herman, ist alles in Ordnung?«

Es war die körperlose Stimme seines Großvaters, die durch die dunkle Bewusstlosigkeit irgendwo in die linke Hälfte seines Kopfes drang.

Grandpa hatte auf der gegenüberliegenden Straßenseite im Auto gewartet, um Herman abzuholen. Er wusste von Hermans Veranlagung, von seinen Zeitreisen und seinem einmaligen Erlebnis der Teleportation und dass er nie ein beliebter Mitschüler sein würde. Als Jugendlicher hatte Grandpa ähnlich gelitten, aber das Ausmaß von Hermans Opferdasein wurde ihm erst bewusst, als er den Vorfall an den Fahrradständern beobachtete. Hermans Großvater, der in der Wirklichkeit mehr war als nur eine körperlose Stimme, konnte alles mit ansehen.

Am folgenden Tag verlangte er ein Gespräch mit dem Rektor, und da er mit dem Ergebnis der Unterredung unzufrieden war, nahm er Herman von der Schule. Er beschloss, seinen Enkel zu

Hause zu unterrichten, so, wie er selbst einst unterrichtet worden war, Vermittlung von Weisheit und Erkenntnis auf altehrwürdige Art, und so wurde Herman zu Hausunterricht-Herman.

In diesem Moment wird Herman wach. Er liegt mit dem Gesicht auf einem kühlen Fliesenboden. Er liebt diese ersten Momente des wiederkehrenden Bewusstseins, jedes Mal von Neuem. Es ist ein Gefühl, als würde die schwebende Schwärze sich auflösen und die Welt von weither friedlich an ihn herantrudeln. Das auslösende Trauma, weswegen er in Ohnmacht fiel, wird später nach und nach und in besser zu bewältigender Form zu ihm zurückkehren. Bis dahin genießt Herman die friedliche Ruhe der wiederkehrenden Realität. Alles vor diesem Moment ist verschwunden. Er weiß nicht, wie er in diese ausgestreckte Position geraten ist und wie er überhaupt hierherkam, wo auch immer er ist. Er gerät jedoch nicht in Panik, weil es keine ungewöhnliche Erfahrung für ihn ist.

Er weiß, solche Momente vergehen langsam. Herman bewundert die schlichte Perspektive der Fliesenfugen, die als lange Linien von seinen Augen aus in eine verschwommene Entfernung reichen. Langsam kehren auch die Geräusche zurück. Die Neonröhren über ihm summen einen hypnotischen Ton, und er kann das leise Seufzen der sich bewegenden Luft hören, auch wenn er sie auf der Haut nicht spürt.

Nach einer Weile stemmt sich Herman auf die Knie. Dann setzt er sich auf seine Fersen, und kurze Zeit später steht er auf.

Jetzt erkennt er den kleinen Raum. Es ist der Aufzug in seinem Wohnhaus. Die Spiegel um ihn herum reflektieren eine Version seiner selbst, die sich – immer kleiner werdend – in jede Richtung in eine smaragdgrün gefärbte Ewigkeit ausbreitet. Eine Weile lang überlegt er, ob er versuchen soll, die Anzahl der gespiegelten Hermans zu zählen, findet die Aufgabe dann aber zu monumental und sinnlos.

Unendlichkeit ist Unendlichkeit, denkt er. Es ist nicht meine Aufgabe, ihre Zählbarkeit zu untersuchen, sondern nur, sie zu akzeptieren.

Der Aufzug steht, also drückt Herman den Knopf, der die Türen öffnet, und sie öffnen sich.

Als er aus der Kabine tritt, sieht er den stämmigen Hausmeister die Pflanzen gießen. Auf seinem Bowlinghemd prangt ein Aufnäher mit dem in geschwungener Kursivschrift aufgestickten Namen »Jimenez«.

»Wo ist meine Wohnung?«, will Herman wissen. Er beschließt, den Mann nicht darauf hinzuweisen, dass die Blumen, die er gießt, nicht echt sind.

»Nimm die Treppe, Junge. Der Fahrstuhl ist kaputt«, sagt Jimenez und wirkt vorübergehend verwirrt.

Herman blickt umher und erkennt, dass er sich immer noch im Erdgeschoss des *Seville on Roxy* befindet. Er geht durch die Lobby zum Treppenhaus.

Die ersten Fragmente des Traumas, das seinen Blackout auslöste, kehren zurück. Nichts Konkretes, keine Abfolge von Geschehnissen, nur das Gefühl, dass irgendetwas ganz verkehrt ist. Er geht durch die Feuertür und beginnt mit dem Aufstieg. Nach und nach beschleunigt er die Schritte, und bald, als sich immer mehr Erinnerungsschichten übereinanderlegen, hat er geradezu Sprintgeschwindigkeit erreicht.

Kapitel 10

In dem wir zu Ians verhängnisvollem Sturz zurückkehren, der noch immer nicht begonnen hat.

Wie einen Engel, der vom Himmel gestoßen wurde, wie einen Meteoriten, der durch die Troposphäre rast, haben wir Ian bei etwa hundert Metern in der Luft verlassen, zwei Stockwerke unter seiner ehemaligen Wohnstätte – dem Fischglas auf dem Balkon – und fünfundzwanzig Stockwerke über dem sonnenwarmen, unglaublich harten Betonbürgersteig vor dem *Seville on Roxy*.

»Also ... was hab ich gerade gemacht? Ach herrje, ich krieg keine Luft! Oh, Scheiße, ich fall von einem Hochhaus! Also ... was hab ich gerade gemacht?«

Solange er sich erinnern kann, hat Ian eine Sehnsucht nach Freiheit verspürt. Wie bereits erwähnt, verfügt er über ein Goldfischgehirn, und »solange er sich erinnern kann« entspricht einer Zeitspanne von nur dem Bruchteil einer Sekunde. Demnach muss der ständige Wunsch nach Freiheit tiefer wurzeln als das Gedächtnis. Er ist unter seinen orangefarbenen Schuppen eingebettet, wohnt tief in seinem kalten, rosa Fleisch und stellt eine wichtige Facette seines Wesens dar. So, wie Hunde Katzen jagen und Katzen Vögel, haben Fische das Verlangen zu fallen. Der Instinkt ist so tief in Ians Familienstammbaum verwurzelt, dass diese Sehnsucht allen heutigen Goldfischen von irgendeinem lang verstorbenen Vorfahren vererbt worden sein muss.

Tatsächlich ist das Bedürfnis, sich fortzubewegen und neues Territorium zu erkunden, allen aquatischen Tieren schon lange zu eigen, und ihre diesbezüglichen Erfolge sind durch Hunderte

Ereignisse dokumentiert, bei denen sie wie schwere Regentropfen vom Himmel fielen. Dazu gibt es Tausende mehr solcher Ereignisse, die nicht von Menschen beobachtet wurden. Ian ist sich dieser Historie nicht bewusst, er spürt nur das Drängen seiner Muskeln. Historie bedeutet für Ian das Fischglas, das er gerade verlassen hat, die pinkfarbene Burg im Kies und sein schwachköpfiger, leicht nerviger, aber zumeist liebenswerter Glasgenosse Troy, die Schnecke.

Unabhängig von Ians zeitlicher Wahrnehmung, schon vor dem ersten geschriebenen Wort, das in Ocker und Kohle an Felswände gemalt wurde, durch die biblischen Plagen hindurch bis ins letzte Jahr existiert eine lange Geschichte von Fischregen. Es ist viel zu häufig und über einen viel zu langen Zeitraum immer wieder einmal geschehen, um es als Zufall oder Schicksal oder Laune der Natur auszulegen. Seien es Frösche, Kröten, Fische oder gelegentlich auch ein mit Tentakeln bewehrter Kopffüßler – es liegt in der Natur der Wassertiere, über große Distanzen hinweg auf weit auseinanderliegende Schauplätze zu fallen. Mangels Wasser gehen sie dabei oft zugrunde. Bei ihrer Sehnsucht nach Freiheit agieren sie als Individuen, so wie Ian, oder als Schwärme von Tausenden Exemplaren, so wie bei eher gewitterartigen Fischregen.

Mit seiner Sehnsucht ist Ian also nicht abnorm und sollte nicht als Anomalie betrachtet werden.

Konfrontiert mit den terrestrischen Bestrebungen dieser Fische, postulieren die hellsten Köpfe der Hydrobiologie als einzig logische Erklärung den sogenannten »Dorothy-Komplex« oder auch die »Zuhause ist es am schönsten«-Hypothese. Für diese Wissenschaftler ist offensichtlich, dass eine Wasserhose die Fische aufgesogen und sie mit Winden von mehreren Hundert Stundenkilometern Geschwindigkeit über große Entfernungen hinweg durch die Luft getragen hat, um sie dann unversehrt und gesund irgendwo an Land abzuladen.

Offensichtlich.

Kalkutta, September 1839. Charles Tomlinson berichtet in seinem Buch *Die Regenwolke – Eine Darstellung von Beschaffenheit, Eigenschaften, Gefahren und Nutzen von Regen in verschiedenen Teilen der Welt* von einem Tag, an dem gegen zwei Uhr nachmittags während eines Regenschauers eine große Anzahl lebender Fische von jeweils etwa sieben Zentimetern Länge herabfiel. Augenzeugen berichteten, dass die Fische, die auf harte Oberflächen fielen, durch den Aufprall starben, während diejenigen, die im Gras einer nahe gelegenen Wiese landeten, noch lebten. Die Fische seien mit dem Regen niedergeprasselt, und es wurde spekuliert, dass eine Wasserhose sise aufgesogen und über dem Dorf wieder ausgespuckt habe. Wenn es tatsächlich so geschehen ist, warum wurde dann nur von einer Sorte Fisch berichtet?

Ian hat das Buch nicht gelesen, aber er kennt die Antwort. Die Fische waren auf Erkundungsreise. Als Vehikel für Erkundungsreisen zu dienen, wie etwa die Sojus-Rakete, ist eine Aufgabe von Regenwolken, die in Mr Tomlinsons Buch übersehen wird. Es ist erstaunlich, wie man solch einen Einfallsreichtum übersehen konnte.

Offensichtlich.

Was Ian an Troy, der Schnecke, besonders nervig fand, war dessen willenlose Akzeptanz seiner ökologischen Nische und geografischen Beschränkung. Troy war damit zufrieden, Tag und Nacht Algen zu schlürfen, und hatte dabei keine größeren Ideen, als seine scheinbar unersättliche Radula zu bewegen, ohne die Wunder der weiten Welt außerhalb der Sicherheit ihrer Glaskugel wahrzunehmen.

Singapur, 22. Februar 1861. Tausende *Clarias batrachus* fielen vom Himmel auf ein Dorf. Die Dorfbewohner sagten, es habe geklungen, als klopften alte Frauen mit Stöcken auf die Dächer ihrer Hütten. Nachdem sie die Fische von den Straßen gesammelt, aus Gräben und Pfützen gezogen und von den Bäumen geholt hatten, als würden sie Beeren von Sträuchern in ihre Körbe pflücken, schlugen sich die Menschen drei Tage lang die Bäuche voll.

Wurden diese Fische ebenfalls von einer Wasserhose aufgesogen? Wurden sie auf magische Weise von der reißenden, wirbelnden Kraft der Hose transportiert und später völlig intakt wieder fallengelassen? Wo waren die anderen Arten Meeresgetier? Es wurde von keiner einzigen Schnecke oder auch nur einem Stück Seegras berichtet.

Ian kennt die Antwort, auch wenn er von dem Fischregen in Singapur noch nie etwas gehört hat. Es war das tragische Ende einer fortschrittlichen Erkundungsreise auf der Suche nach einer neuen Welt, eines gefährlichen Unternehmens, auf das die Fische sich eingelassen hatten.

Was Troy, die Schnecke, sehr wohl verstanden hat, ist, dass einem ein abenteuerloses Leben mit Sicherheit ein beeindruckend langes Leben beschert. Aber hat es sich gelohnt, das Fischglas aus Angst vor dem Unbekannten nie zu verlassen? Dieser Meinung ist Ian nicht. Ein ganzes Leben in einem Fischglas führt dazu, dass man als alter Fisch stirbt, ohne auch nur ein einziges Abenteuer erlebt zu haben.

Aber Rhode Island ... das wäre was gewesen!

Rhode Island, Mai 1900, war der Schauplatz zweier Fisch-Erkundungsreisen. Während zweier voneinander unabhängiger Gewitter fielen Flussbarsche und Katzenwelse vom Himmel. Es gibt Tausende von Spezies in den Gewässern Nordamerikas – alle erdenklichen Arten von Fischen und Wirbellosen und Pflanzen und Schalentieren –, aber im Fischregen von Rhode Island tauchten nur zwei Spezies auf. War dies wieder eine selektive und sehr behutsame Wasserhose, oder hatten sich zwei Spezies zusammengetan, um nach einem neuen Territorium zu suchen?

Durch die Jahrzehnte hindurch, und selbst in diesem Jahr, haben Indien, der Südosten der Vereinigten Staaten, das Northern Territory von Australien und die Philippinen allesamt Fischregen erlebt. Und die Liste lässt sich fortsetzen. Naturwissenschaftler können gern weiter ihre Tornados und Wasserhosen und extremen Wettersituationen als Vehikel postulieren, aber sie haben vergessen, wie clever die Natur ist.

Offensichtlich.

Lassen Sie es sich gesagt sein, dass Fische nach dem höchsten erreichbaren Punkt streben, um von dort hinunterzufallen und irgendwo anders zu landen. Sie sind edelmütige Kundschafter, die lediglich durch das Wasser beschränkt sind, eine Umgebung, die sich immer an den niedrigsten Punkten sammelt. Und nach genau dieser geringen Höhenlage sehnen sich ihre Körper, auch wenn ihre Seelen in die Höhe streben. Sie sind furchtlose Abenteurer, die in Aquarien gefangen oder in Gläser gezwängt leben. Sie sind unterdrückte Freigeiste auf der Suche nach dem Rand der Welt, auf der Jagd nach dem Unbekannten. Prädisponiert, unter höchster Gefahr aus großen Höhen zu fallen, um neue Territorien zu finden.

In der Haaresbreite an Zeit, die er braucht, um die Distanz zwischen dem vierundzwanzigsten und dem zwanzigsten Stock zu überwinden, weiß Ian davon. Selbst während seine Erinnerung an Troy, die Burg und das Fischglas verblassen, bleibt diese Gewissheit fest und wahrhaftig in ihm verankert. Seine grundlegende Sehnsucht nach Erkundung, der eigentliche Grund für seine Existenz, hat ihn in den Himmel gehängt.

Lasst die Langeweile den Schnecken!

Und so stürzt Ian dem Gehweg entgegen.

Kapitel 11

*In dem Katie Befriedigung im Drücken
des Fahrstuhlknopfes findet.*

Hinter Katie schließt sich leise die Eingangstür. Das kleine hydraulische Gelenk zieht sich zusammen, und der Lärm der vorbeifahrenden Autos wird durch eine Schicht aus Glas und Stahl gedämpft. Während Katie die Lobby durchquert, fällt ihr weder auf, dass die verwelkten braunen Topfpflanzen durch ein üppiges Atrium mit Seidenblumen ersetzt wurden, noch registriert sie, wie gut die neuen Kunstpflanzen gewässert sind. Sie nimmt nicht wahr, dass die Kacheln so blank geputzt sind, dass man sich darin spiegeln kann, und keine einzige Schramme zu sehen ist. Der noch in der Luft hängende Geruch von Zitronen, Bleichmittel und Essig kann allerdings nur schwer ignoriert werden.

Katie erreicht die Aufzüge und drückt den Knopf mit dem Pfeil, der früher einmal zur Decke zeigte, diese nun jedoch verfehlt, weil er sich über die Zeit um etwa dreißig Grad zur Seite gedreht hat. Jetzt zeigt der Pfeil auf eine Wandleuchte rechts oben neben der Fahrstuhltür und klickt hörbar, als Katie ihn drückt. Während sie wartet, herrscht eine Stille, die eigentlich mit dem fernen Brummen des sich in Bewegung setzenden Aufzugs erfüllt sein sollte. Sie starrt auf den Knopf und drückt ihn erneut. Wartet. Drückt dann noch ein paarmal so heftig darauf, dass der Knopf in der Stille der Lobby wie eine aufgeregt zirpende Grille klingt.

Das erste Drücken dient dem Herbeiholen der Fahrkabine, wo auch immer die in der siebenundzwanzig Stockwerke hohen

Dunkelheit des Aufzugschachts hängen mag, der sich von hier aus himmelwärts erstreckt. Das zweite Drücken folgt, weil der Knopf beim ersten Mal nicht aufgeleuchtet hatte, das störrische Ding. Nach diesem zweiten Drücken leuchtet das durchscheinende Plastik cremefarben auf. Das letzte mehrfache Drücken ist ein frustriertes Stechen und Stochern, das letztlich zu einer tauben Fingerkuppe führt.

Katie hält ihre Gefühle nur mühsam unter Kontrolle und will es hinter sich bringen. Auch wenn das wiederholte Drücken des Knopfes nicht dazu beiträgt, den Aufzug in Bewegung zu setzen, so hilft es ihr doch, ihrem Unmut Ausdruck zu verleihen. Katie will Connor endlich gegenübertreten. Sie kann es nicht erwarten, ihn zur Rede zu stellen, eine Entscheidung zu treffen und dann mit ihrem Leben weiterzumachen. Der Nachmittag hat sich gezogen, unendlich langsam tröpfelten die Sekunden dahin, bis endlich eine Minute verstrichen war, und diese Minuten dehnten sich noch quälender in die Länge, um eine Stunde zu ergeben. Davon mussten wiederum noch viele vergehen, bis ihre Schicht im Supermarkt beendet war und sie den Weg von dort hierher zurückgelegt hatte. Sie war nicht in der geistigen Verfassung zu staunen, dass jede Sekunde für sich ein nutzloses Standbild war, dass aber alle zusammen ein zusammenhängendes großes Ganzes schufen.

Ihr Finger drückt wiederholt auf den Knopf.

Ihr oberstes Fingerglied wird nach hinten gebogen, und die rosa Haut unter dem Fingernagel wird weiß dabei. Die Bewegung beruhigt sie, vermittelt ihr das gleiche trügerische Gefühl von Kontrolle über eine aussichtslose Situation wie Schwimmwesten in Passagierflugzeugen, die zwölftausend Meter über dem eiskalten Atlantik fliegen. Diese Westen werden bei einem achthundert Stundenkilometer schnellen Aufprall auf den rauen Ozean nicht viel nützen. Selbst wenn man wie durch ein Wunder überlebt, helfen diese Westen nicht gegen die Unterkühlung und den unweigerlichen eiskalten Tod. Dennoch ist es beruhigend zu wissen, dass sie da sind, nur für den Fall. Es ist genau so, wie wenn Katie sich den Knopf als Connors Brust vorstellt: Sie weiß, dass das wiederholte Piken rein gar nichts ändern würde, aber jedes mit einem Stich des Fingers betonte Wort würde sie ruhiger machen.

»Du ...«, pik, »hast ...«, pik, »meine ...«, pik, »Gefühle ...«, pik, »viel zu ...«, pik, »lange ...«, pik, »vernachlässigt.« Schluchz. »Ich muss wissen, ob du mich auch liebst.« Pik.

Katie stellt sich Connors tiefe, weiche Stimme vor, die eine Antwort stammelt. Sie sieht den dummen Ausdruck auf seinem hübschen Gesicht vor sich, den überraschten Blick. Es ist der Blick eines Tieres, das in die Falle getappt ist. Sein kantiges Kinn klappt herunter, sein perfekter Kussmund klafft, seine Stimme, zögernd und stockend, sagt: »Baby, äh ... das weißt du doch, äh ... du bist die Beste.« Pause. »Ich finde dich wirklich toll, äh ...«

Sie muss die richtigen Worte von ihm hören, und das wird sie ihm sagen.

»Ich liebe dich. Du hast jetzt genau zwei Möglichkeiten, darauf zu antworten.« Pik. »Such dir eine aus und sag es. Ich werde merken, wenn du lügst.«

Katie weiß nicht, was er sagen wird, aber sie wird nach dem kleinen Zucken oder kurzen Wegsehen Ausschau halten, das einer Lüge oder irgendwelchen Ausflüchten vorangeht. Wenn er die richtigen Worte sagt und sie auch wirklich so meint, wird sie auf der Stelle mit ihm schlafen. Wenn er an der falschen Stelle zögert, wird sie es merken. Wenn er lügt oder es nicht sagen kann, wird sie ihre Zahnbürste nehmen, ihren Lieblingsbecher, ihr rosa Nachthemd und gehen. Beim Verlassen der Wohnung wird sie die Tür zuknallen, so fest sie nur kann. Scheiß auf die Nachbarn!

Das »Ping« des Aufzugs bringt Katies Gedanken wieder zurück in die Lobby. Die Türen öffnen sich langsam, wie bei einem Guckfenster in einer Peepshow-Kabine, und Jimenez erscheint. Er sieht aus wie der unattraktivste Peepshow-Tänzer der Welt. In der einen fleischigen Faust hält er einen Schraubendreher, und mit der anderen umschließt er eine winzige goldene Schraube. Der Werkzeuggürtel ist ihm von den Hüften gerutscht, zusammen mit der Hose, sodass sein Bauch unter dem Bowlinghemd hervorlugt. Katie versucht, nicht auf den fleischigen Wulst zu sehen, kann aber nur schwer widerstehen.

Katie weiß nicht, wie Jimenez mit Vornamen heißt. Sie hat ihn gelegentlich im Gebäude gesehen und kennt seinen Nachnamen durch seine scheinbar unendliche Anzahl von Bowlinghemden, auf deren Brusttasche jeweils ein ovales Stoffschild mit dem eingestickten Namen »Jimenez« prangt. Sie haben im Vorbeigehen schon ein paar Worte gewechselt und lächeln oder nicken jedes Mal, wenn sie sich begegnen. Er scheint ein netter Mann zu sein.

Jimenez und Katie starren sich einen Moment lang an, Jimenez mit hochgezogenen Brauen und gerunzelter Stirn, Katie immer noch mit ausgestrecktem Zeigefinger wie ein Cowboy, der gerade aus der Hüfte geschossen hat. Beide sind offensichtlich überrascht, den anderen zu sehen.

»Die Aufzüge sind kaputt, Lady«, sagt Jimenez. »Die fahren weder rauf noch runter. Sie müssen die Treppe nehmen.«

Die Treppe, denkt Katie. Bis zum siebenundzwanzigsten Stock muss ich Hunderte von Stufen hochlaufen. Da oben wird mir höchstwahrscheinlich das Herz gebrochen, dann muss ich die Hunderte von Stufen wieder runterlaufen und dabei das Echo meines eigenen Schluchzens ertragen. Ihre Gefühle schwanken zwischen Selbstmitleid und Wut über Connor, eine erschütternde, unbeständige Mischung, bei der sie sich fragt, wie viel Selbstkontrolle sie wohl wird aufbringen können.

Katies Magen krampft sich zusammen bei der Vorstellung, sich siebenundzwanzig Stockwerke lang beim Weinen zuzuhören.

Sie hätte gute Lust, sofort loszuheulen, nur, um es hinter sich zu bringen. Je eher sie damit anfängt, desto eher wird sie die Katharsis erleben, und wenn es vorbei ist, werden ihre Gefühle heilen können, so gut es geht, um für neue Erfahrungen bereit zu sein. Stattdessen steht sie mit trockenen Augen da, verlegen, exponiert vor dem Hausmeister. Sie verzieht die Oberlippe zu einem zaghaften Lächeln. Sie spürt, wie sich ihr Kinn kräuselt, und seufzt kurz auf, bevor sie sich zusammenreißt.

Sie ist stark.

Sie ist auf alles gefasst.

»Tut mir leid«, sagt Jimenez.

Katie wird bewusst, dass sie einen unbehaglich langen Moment geschwiegen und Jimenez nur angestarrt hat.

Armer Jimenez, der gute Mann, denkt sie. Ich mache es ihm schwer. Er kann ja nichts dafür. Und er ist so ein netter Kerl. Immer grüßt er mich.

»Ist ja nicht Ihre Schuld«, sagt Katie und nimmt sich Zeit, ein glaubwürdigeres Lächeln zu zaubern. »Danke, ich nehme die Treppe.«

Warum habe ich mich bedankt?, wundert sie sich, während sie durch die Lobby Richtung Treppenhaus geht. Er hat nichts falsch gemacht, aber auch nichts richtig. Schließlich hat er ihr keine guten Neuigkeiten überbracht.

Sie hört das »Ping« der Fahrstuhltüren und das leise schürfende Geräusch, als sie sich wieder schließen. Ohne einen Blick zurück zieht sie die Tür zum Treppenhaus auf und beginnt mit dem Aufstieg.

Kapitel 12

*In dem die verruchte Verführerin Faye
dem Bösewicht Connor Radley Adieu sagt.*

Faye rollt sich auf die Seite. Die Matratze unter ihr wispert. Kein Knarren oder Ächzen, es ist nur eine Matratze auf dem Boden. Die Bettwäsche auf ihrer Haut fühlt sich himmlisch an, eine federleichte Umarmung des gesamten Körpers, die ihr jeden Quadratzentimeter nackter Haut deutlich bewusst macht. Ein Schweißtropfen rinnt ihr kitzelnd aus der Achsel über die Brust. Das Gefühl lässt sie erschauern, und sie atmet in kleinen Stößen aus. Sie ist körperlich erschöpft, aber immer noch wie elektrisiert.

In dem kleinen Studio-Apartment, das wie eine Krone auf dem *Seville on Roxy* sitzt, ist es heiß und stickig. Die Luft ist feucht und verbraucht, als wäre jeder Atemzug darin schon hundert Mal geatmet worden. Die späte Nachmittagssonne scheint durch die Balkontür. Faye zieht die Decke über den Kopf, um die Helligkeit abzuwehren. Dann späht sie durch den Tunnel der Stofffalten auf Connor Radley, der barfuß und mit nacktem Oberkörper, aus dem die kleinen Knubbel seiner Wirbelsäule hervorstehen, über einen Stapel Papier gekrümmt sitzt und arbeitet. Schon der kurze Anblick reicht aus, um ihre Lust aufs Neue zu entfachen, ihn zu besteigen und erbarmungslos zu reiten, bis er völlig ausgelaugt ist.

Faye seufzt. Die Bettwäsche riecht nach einer süßen Mischung aus Connors Körper und den berauschenden Höhen ihres Liebesspiels, nach keuchendem Atem und verschwitzter Haut, nach zwei Zellgeweben, die geschmeidig gegeneinanderrieben. Es ist der Geruch nach schweißfeuchtem Haar, das beim Hineingreifen zwischen den Fingern hervorquillt. Es ist der Geruch nach den schlüpfrigen Stellen zwischen den Beinen des anderen. Nach den wunderbaren Schweinereien, die sie miteinander anstellen. Fayes Körper riecht genauso, auch ihr Atem, und sie kann immer noch seine Haut schmecken. Faye hat bewusst nicht geduscht oder die Zähne geputzt. Sie will den ganzen Nachmittag hindurch schlafen und den Überresten ihrer gemeinsamen Zeit nachspüren.

Es ist kein besonders angenehmer Geruch, keiner, der je in einem Lufterfrischer landen würde, eher ein scharfer Tiergeruch als der einer duftenden Blume. Doch er weckt die Erinnerung an den Moment, als sie ringend, sich umschlingend dem Höhepunkt ihrer Lust zustrebten, gemeinsam dagegen ankämpften und den anderen doch mit jeder treibenden Sekunde der Erfüllung entgegendrängten. Sie hat einen säuerlichen Geschmack im Mund, der sie unablässig daran erinnert, woher sie ihn hat. Zusammen bewirken diese zwei biochemischen Aphrodisiaka, dass sie wieder feucht wird. Faye presst die Knie zusammen. Sie ist froh, dass sie ihre Sexualität so überwältigend deutlich spürt und sich deswegen so lebendig fühlt.

Die Balkonschiebetür quietscht in ihrer Schiene. Als sie den Straßenlärm der Menschen und Fahrzeuge unten auf dem Roxy Drive wahrnimmt, schließt Faye die Augen. Connor kommt. Sie hört ihn außerhalb ihres Deckenkokons rumoren und hofft, dass es Zeit ist für Runde drei. Zeit, seinen sehnigen Körper wieder um ihren geschlungen zu spüren, die Wärme seiner Haut auf ihrer. Ein warmer Windhauch bläst frische Luft in die Wohnung und streicht über die Decke, die sie einhüllt. Die Balkontür steht offen, der abgestandene Geruch wird weggelüftet, der Lärm von draußen dringt herein.

»Du musst gehen. Sofort.« Connor rüttelt an der Matratze. »Meine Freundin kommt gleich rauf.« Seine Stimme klingt panisch. »Nimm deine Sachen und geh. Ich ruf dich später an.«

Faye liegt da und stöhnt, als Connor ihr die Bettdecke wegzieht. Sie öffnet die Augen und sieht sein Gesicht verkehrt herum, weil er sich über das Kopfende der Matratze beugt. Sein Blick wandert über ihren Körper. Faye lächelt, räkelt sich ihm zuliebe ein bisschen, streckt dann die Arme aus und schlingt sie um seinen Hals. Sie zieht ihn zu einem Kuss zu sich herunter, und er gibt nach, aber sie spürt, dass er in Eile ist. Es ist ein oberflächlicher, besorgter und gehetzter Kuss, ein »Okay, ich küsse dich, aber dann schaffst du besser deinen Arsch hier raus«-Kuss.

Die Macht ihres Körpers über seinen ist gebrochen, und er entfernt sich, verschwindet aus ihrem Blickfeld.

Faye rollt auf der Matratze herum und beobachtet ihn kurz. Dann steigt sie aus dem Bett und zieht die Jeans an, die sie zusammengefaltet auf den Nachttisch vom Trödelmarkt gelegt hat. Sie sieht sich um. Sie kann sich nicht erinnern, ob sie einen Slip anhatte, ehe Connor über sie herfiel, also macht sie sich darüber jetzt keine großen Gedanken. Ob sie mit Slip oder ohne herumläuft, ist ihr egal.

Connor durchforstet das Zimmer mit einer Plastiktüte in der Hand, in die er herumliegende zerknüllte Taschentücher und Pornohefte und fremde Kleidungsstücke stopft. In der Kochnische zupft er ein kunstvoll drapiertes Kondom von der Ecke der Besteckschublade. Wie es so zwischen seinem Daumen und Zeigefinger baumelt, sieht es aus wie ein toter Fisch … ein grellgrüner, zu ihrem Genuss geriffelter Ein-Dollar-Kneipenklo-Automaten-Fisch mit Saurer-Apfel-Geschmack.

Falls Faye sich je fragen sollte, was sie da eigentlich mit Connor macht, müsste sie ihn nur ansehen. Es ist ganz einfach. Er ist das beste Sexspielzeug, das eine Frau sich nur wünschen kann. Gott hat ihn als Werkzeug erschaffen, und das nur aus einem Grund: sie zum Orgasmus zu bringen. Er ist ein paar Jahre älter und fast dreißig Zentimeter größer als sie, schlank mit glatter, fester Haut über einem Körper, der für eine Anatomielehrstunde über Muskeln herhalten könnte. Er sieht gut aus, mit kantigem Kinn, und ist für ihren Geschmack perfekt bestückt, groß, aber nicht gigantisch. Er ist kräftig genug, sie hart ranzunehmen, wenn ihr danach ist, aber nicht so stark, dass er eine Bedrohung darstellt. Manchmal kann er ein Arschloch sein, aber das ändert nichts an ihrem Begehren, und sie verlangt nicht mehr von ihm, als er geben kann.

Deshalb weiß sie, dass sie perfekt zusammenpassen. Keiner will den anderen ändern. Es geht allein darum, das richtige Werkzeug für die richtige Aufgabe zu nutzen.

Nimm nie einen Löffel, um ein Steak zu schneiden, denkt Faye und sieht sich erneut in dem Durcheinander um.

»Ich kann mein T-Shirt nicht finden«, sagt sie. »Und meine Wasserflasche.«

Seufzend zieht Connor ein rosafarbenes Schlafshirt von der Küchentheke. »Hier, nimm das.« Er geht durchs Zimmer. »Und hier.« Er greift nach der Sportflasche mit extra weitem Hals auf dem Couchtisch. Sie gluckert, als er sie ihr gibt. Faye zieht sich das Nachthemd über den Kopf, kämmt mit den Fingern durch ihr Haar und fischt ein Haargummi aus der Jeanstasche, um sich die Haare zu einem Pferdeschwanz zusammenzubinden.

Binnen weniger Minuten stehen sie an der Wohnungstür, Connor immer noch mit Jogginghose und nacktem Oberkörper, Faye in Jeans und rosa Schlafshirt. Er barfuß, mit haarigen Zehen, und sie schlüpft in ihre Ballerinas. Sie stützt sich an seiner Schulter ab und fährt mit der Hand über seine Brust, um die Balance zu halten. Ihr Herz beginnt schneller zu schlagen, als sie mit der Handfläche seine Brustwarze berührt, doch er widersteht ihr heldenhaft, obwohl die wachsende Wölbung seiner Jogginghose ihn verrät.

Schließlich, um den Moment des Abschieds zu unterstreichen, lehnt er sich vor und gibt ihr einen Kuss. »Nimm die Treppe«, sagt er, »meine Freundin kommt sicher mit dem Aufzug.« Dann, als sie ihn leicht genervt ansieht, fügt er ein gedehntes »Bitte« hinzu.

Faye lächelt, nickt und hat schon zwei Schritte auf die Treppenhaustür zu gemacht, als er sie zurückruft. Sie bleibt stehen, grinst und dreht sich zu ihm um. Die Flurbeleuchtung geht aus, sodass sie von der Sonne angestrahlt dasteht, die durch die Wohnungstür scheint, und er gegen das Licht eine kantige Silhouette bildet.

»Faye, Baby. Hier.« Das Licht geht wieder an, und er hält ihr die Tüte mit dem Müll entgegen. Das klebrige Apfelkondom klebt flach und nass gegen das durchscheinende Plastik gedrückt.

»Könntest du das noch eben in den Müllschacht werfen?«

Kapitel 13

*In dem Jimenez es wagt, den blauen Draht zu lösen
und den roten zu belassen.*

Er hört ein entferntes, wiederholtes Klicken. Es klingt, als würde irgendwo außerhalb des Fahrstuhls ein aufgeregtes Wüsteninsekt feststecken. Jimenez bläst auf das blanke Ende eines dünnen Kupferdrahts mit schwarzer Plastikumhüllung und legt den Kopf schief. Er lauscht und überlegt, ob als nächste Service-Anfrage morgen früh »Insektenbefall« auf dem Metallspieß stecken wird. Er analysiert das Geräusch noch einen Moment lang, dann biegt er das Drahtende über der Spitze seines Schraubendrehers zu einem Haken, klemmt ihn über das Gewinde einer halb herausgedrehten Schraube im Bedienpaneel des Fahrstuhls und zieht die Schraube wieder an, sodass der Draht Kontakt bekommt.

Der Strom fließt, die Mechanik knirscht, und die Fahrstuhltüren gleiten auf. Das klickende Geräusch bricht ab, und Jimenez schaut vom Bedienfeld zu Katie, die mit ausgestrecktem Zeigefinger wie in Imitation einer Pistole auf den Fahrstuhlknopf zeigt und vor ihrem nächsten Drücken innehält.

Jimenez kennt Katie, nicht wie eine Freundin oder Bekannte, sondern nur vom Sehen und von ein paar gewechselten Worten her, und er mag sie. Einige Male sind sie sich in der Eingangshalle über den Weg gelaufen, und einmal hat sie sich aus der Wohnung ausgesperrt und kam, nur mit einem rosa Nachthemd bekleidet, zu ihm. Jimenez hat weggesehen, um nicht aufdringlich zu erscheinen, aber es ist ihm schwergefallen, nicht heimlich doch zu gucken. Er mag sie gern, nicht auf romantische Weise, aber auf eine Art, in der er sie vor der Welt beschützen möchte. Sie ist sehr hübsch und grüßt ihn jedes Mal, wenn sie kommt und er gerade die Pflanzen in der Eingangshalle gießt.

Was sie von diesem *chico* aus dem siebenundzwanzigsten Stock will, weiß er allerdings nicht. Okay, der Kerl ist groß und schlank und gut aussehend und hat schöne, sehr weiße Zähne, aber es ist offensichtlich, dass er sie nicht liebt. Außerdem ist Jimenez zweimal in den letzten sechs Monaten von Marty zu ihm geschickt worden, um geplatzte Mietschecks nachzukassieren. Und Jimenez hat ihn mit anderen Frauen durch die Lobby gehen sehen. Er konnte beobachten, wie der Kerl sie berührte, wie er ihnen eine Hand auf den unteren Rücken legte, knapp oberhalb der Stelle, wo die Rundung ihres Hinterns ausläuft. Seine Absicht war klar zu erkennen. Die Art, wie er sich ihnen beim Sprechen entgegenlehnte, wie er seinen Körper vorbeugte, um ihnen süße Dinge ins Ohr zu flüstern – das leichte Säuseln seines Atems auf ihrer Haut, die Gänsehaut, die seine sinnlichen Worte auslösten, mehr gefühlt als gehört –, war unmissverständlich. Vermutlich hatte er für jede Frau dieselben Worte. Vermutlich dieselben, die er benutzt hat, um sich die Zuneigung auch dieses armen Mädchens zu erschleichen, das gerade auf den Fahrstuhlknopf einstach.

Jimenez denkt an Einsamkeit und wie sie sich in guten Menschen wie ihm und dieser Frau vor dem Aufzug einzunisten scheint, dieser Frau, deren Schicksal es ist, irgendwann die Wahrheit über ihren *chico* und all die anderen Frauen zu erfahren, die er mit in seine Wohnung oben im Gebäude genommen hat.

Jimenez weiß nicht genau, ob Katie einsam ist, aber wenn sie sich weiterhin auf Typen wie den im siebenundzwanzigsten Stock einlässt, wird sie es werden. Nur der zarte, zerbrechliche Hauch der Illusion liegt zwischen den Worten »zusammen« und »allein«.

Diese Frau will zu ihrem Freund, und sie will einen Aufzug, der sie zu ihm bringt.

»Die Aufzüge sind kaputt, Lady«, sagt Jimenez und denkt, dass er sie, wenn er jünger und hübscher wäre, auf einen Kaffee einladen würde. Er würde neben dem beiseitegeschobenen Teller mit Plundergebäck auf dem Tisch ihre Hand halten, ihr alles über den *chico* erzählen und sie trösten, während sie weinte. Er würde ihr noch ein Stück Plunder bestellen, damit es ihr besser ginge. Sie würde Krümel im Mundwinkel haben und Tränen in den Augen, und er würde ihr von den festen Fasern des Herzens erzählen, die so sehr ausdünnen können, dass sie ohne ein anderes Herz wehtun. Während sie die Glasur von der Gabel leckte, würde er ihr erzählen, wie wunderbar diese Fasern vibrieren, wenn sie endlich jemanden mit einem ähnlichen Herzen finden.

Stattdessen sagt er: »Die fahren weder rauf noch runter. Sie müssen die Treppe nehmen.«

Manchmal verflucht er sein stümperhaftes Englisch. Manchmal verflucht er die anderen, weil sie die Schönheit seines Spanischs nicht begreifen und auch nicht, wie eloquent und romantisch er sein kann. Deshalb muss er sich mit gestammelter Grammatik und unpassenden Wörtern behelfen. Obwohl Jimenez die Sprache schon recht gut spricht, hat er dennoch das Gefühl, seine Ideen wären in diesem englischen Gefängnis eingesperrt. Er findet die Sprache praktisch, aber sie ist nicht für dieselbe Schönheit geeignet wie seine Muttersprache.

»Oh«, sagt Katie und macht ein enttäuschtes Gesicht. Jimenez' Herz ist ebenfalls enttäuscht. Er erkennt, dass ihr Schmerz größer geworden ist. Anstatt sie zu trösten, wie er es gern getan hätte, hat er die Sache schlimmer gemacht. Sie ist nicht unverhältnismäßig traurig, dass die Aufzüge nicht funktionieren. Er erkennt, dass es einfach nur noch eine Sache mehr ist, die sich zu den anderen gesellt und das Gewicht ihrer Probleme zu einer immer weiter wachsenden Last anschwellen lässt.

»Tut mir leid« ist alles, was er anbieten kann.

»Ist ja nicht Ihre Schuld«, erwidert sie und winkt ab. »Danke, ich nehme die Treppe.«

Er sieht ihr nach, wie sie zur Tür des Treppenhauses geht, aber dann schließt sich der Fahrstuhl wieder und versperrt ihm den Blick in die Lobby. Jimenez bleibt einen Moment lang stehen, seufzt, rollt die Schultern und betrachtet sich dann in den Spiegeln im Fahrkorb. Sie reflektieren ihn hin und her, in eine düstergrüne Unendlichkeit. Er überlegt, ob wohl einer dieser anderen Jimenez bedingungslos glücklich ist. Nach einem letzten Blick auf die Unendlichkeit des Jimenez, die in einer unermesslichen Ferne verschwimmt, widmet er sich wieder dem Bedienfeld des Fahrstuhls.

Der schwarze Draht ist es also nicht, denkt er und mustert das Bedienpaneel von oben bis unten. Da stecken sicher an die fünfzig Drähte drin. Keiner sieht lose, durchgebrannt oder sonst wie beschädigt aus. All diese winzigen Komponenten arbeiten zusammen, damit der Fahrstuhl funktioniert, aber wenn nur eine ausfällt, bleibt das ganze Ding kreischend stehen. Jimenez kratzt sich ungläubig den Kopf bei dem Gedanken, dass das simple Versagen eines einzigen Teils die ganze komplexe Maschine zum Stillstand bringt.

Das heißt, falls das Problem überhaupt in diesem Nest aus Kupfer und Plastik liegt, denkt er.

Als Nächstes der blaue Draht, überlegt Jimenez. Wenn ich nacheinander jeden einzelnen überprüfe, kann ich diejenigen, die Kontakt haben, von denen unterscheiden, die beschädigt sind. Vielleicht dauert es den ganzen restlichen Nachmittag und Abend, aber was soll ich sonst schon tun? In mein einsames Apartment mit meinem schmalen Bett gehen, ein Tiefkühlgericht auspacken und es in der Mikrowelle auf essbare Temperatur erwärmen? Und dann bei ausgeschaltetem Licht in der zunehmenden Dunkelheit sitzen und zusehen, wie mit dem Verschwinden der Sonne immer mehr Lichter angehen, wobei jedes erleuchtete Fenster für einen Menschen steht, der dahinter zu Abend isst oder sich darauf vorbereitet, morgen wieder alles von vorn zu beginnen?

Ich muss nirgendwohin, denkt er. Und es sind ja nur fünfzig Drähte.

Jimenez schraubt den blauen Draht los und hebt ihn vom Kontaktpunkt. Schlagartig wird es dunkel. Eine Weile bleibt Jimenez einfach in der Schwärze stehen, bis er seine Taschenlampe vom Werkzeuggürtel zieht und sie einschaltet. Ein paar Sekunden lang leuchtet der Fahrkorb in trübem, bernsteinfarbenem Licht auf, dann wird er wieder dunkel. Jimenez schüttelt die Taschenlampe, die zur Antwort klappert. Ein schwacher Lichtstrahl flackert zweimal auf. Die Batterien sind leer.

Jimenez drückt blind auf ein paar Knöpfe des Bedienfelds auf der Suche nach dem einen, der die Türen öffnet. Nichts passiert. Er drückt systematisch nacheinander jeden Knopf. Nichts passiert. Er fasst an die Türen und versucht, die beiden Hälften auseinanderzuziehen, indem er seine Finger in den Spalt schiebt und sie auseinanderdrückt. Er strengt sich an. Sie geben ein wenig nach und lassen einen fingernagelbreiten Lichtstrahl aus der Lobby in die Kabine. Jimenez zieht weiter. Seine Finger rutschen ab, und die Türen knallen zusammen. Sie sind fest verschlossen, und es ist wieder stockdunkel.

Jimenez flucht verhalten, dann tastet er langsam das Schaltpaneel nach der Schraube ab, mit der er den blauen Draht gelöst hat. Einmal bleibt sein Finger an einer scharfen Metallkante hängen, doch dann meint er, sie gefunden zu haben, die Kontaktschraube. Er drückt den blauen Draht dagegen. Es gibt einen blendenden Lichtblitz und das schnappende Geräusch eines Kurzschlusses. Jimenez zuckt zusammen, sein Arm verkrampft, und er lässt den Draht los.

Ein kleiner gelber Funke flammt auf, und das Paneel fängt Feuer.

Kapitel 14

*In dem Garth im Treppenhaus das Zentrum
reiner Einsamkeit entdeckt.*

Garth schließt die Tür auf und betritt die Lobby des *Seville*. Er stapft über die glänzenden Fliesen den Aufzügen entgegen. Abrupt bleibt er stehen und betrachtet den aufs Metall geklebten kleinen Zettel, auf dem »Außer Betrieb. Wird bald repariert. Bitte Treppe benutzen« steht. Garth sieht sich um, ob er diese Unannehmlichkeit mit jemandem teilen kann, einem Gleichgesinnten, dem gegenüber er die Augen verdrehen und den Kopf schütteln kann, doch die Lobby ist leer. Draußen gehen Leute vorbei, und während sie sich durch ihren Tag bewegen, flackert zwischen ihnen stroboskopisch das Tageslicht auf.

Garth wünscht, er hätte sich nicht im fünfundzwanzigsten Stockwerk eingemietet. Das sind viele Stufen, die es zu erklimmen gilt. Eine Erdgeschosswohnung wäre in dieser Situation ganz wunderbar.

Andererseits wird mir das Treppensteigen guttun, denkt er in dem Versuch, sich selbst zu trösten. Es ist ja nicht so, dass ich etwas anderes vorhätte und die Bewegung nicht gut gebrauchen könnte.

Garth steigt eine Treppe hoch, biegt auf dem Treppenabsatz um die Kurve und bewegt sich so in einer Spirale aufwärts, den Rucksack über die Schulter geschlungen und das Päckchen unter den Arm geklemmt. Während des Aufstiegs hält er sich am Handlauf fest und bleibt einen Moment lang stehen, um das Schild an der Wand des Treppenhauses zu betrachten. Unter einer kuppelartigen gelben Lampe in einem Drahtkäfig ist ein Plastikschild befestigt. Das Licht geht aus und taucht die Treppe ins Dunkel. Eine scharrende Unruhe hallt aus der Finsternis unter ihm herauf, ein panisches Geräusch irgendwo aus der Tiefe des Treppenhausschachts.

Das Licht springt wieder an. Schwach, verschwommen und erst einmal gelbstichig erwachen taumelnd die Schatten zum Leben.

Das Schild an der Wand zeigt den sechsten Stock an. Noch neunzehn! Garth keucht, klemmt das Päckchen unter den anderen Arm. Die Anstrengung, das Gebäude zu erklimmen, hat ihm ein wenig von der Vorfreude auf dessen Inhalt genommen. Nein, überlegt Garth dann, das erhöht nur die Spannung. Bald werden seine eifrigen Finger das Klebeband lösen, das den Inhalt dieses Päckchens vor der Welt versteckt hält, und ihn langsam, indem sie erst die eine Seite des Packpapiers zurückschlagen, dann die andere, enthüllen. Die Spannung ist schon die Hälfte der Vorfreude, denkt er.

Und so steigt Garth weiter die Stufen hinauf.

Das schlurfende, kratzende Geräusch von unten wird lauter, und Garth bleibt auf halber Treppe stehen, um zu sehen, was los ist. Ein Junge sprintet an ihm vorbei und springt auf dünnen, federnden Beinen zwei Stufen auf einmal hoch. Er taucht in die Lücke zwischen Garth und der Wand und verfehlt beide nur knapp. Doch er wird weder langsamer, noch blickt er zurück. Er entschuldigt sich nicht.

»Immer langsam, Junge«, ruft Garth, doch das Kind rennt weiter, verschwindet um den nächsten Treppenabsatz, gerät außer Sichtweite und ist bald nicht mehr als eine Kombination hallender Geräusche: schnaufender Atem, klatschende Schritte und ein gelegentliches Stöhnen. Garth hört, wie eine Tür geöffnet wird, dann wieder ins Schloss fällt, und das Treppenhaus verstummt. Einen Moment lang genießt Garth die Stille.

Nach der explosiven Präsenz des Kindes folgt eine spürbare Leere, der jegliche Bewegung fehlt, und Garth empfindet plötzlich ein Gefühl tiefer Einsamkeit. Im Herzen einer Stadt, an einer belebten Straße, überkommt ihn hier, in diesem Betonschacht, umschlossen von einem Gebäude voller Menschen, das schleichende Gefühl der Bedeutungslosigkeit. Er setzt seinen Aufstieg fort. Als er am Schild zur achten Etage vorbeikommt, stellt er sich vor, dass von diesem Punkt aus in jede Richtung Menschen sind. Er fühlt sich in dieses Gebäude voller Menschen eingewickelt wie in Geschenkpapier. Sie gehen über seinem Kopf, sitzen unter seinen Füßen, schlafen zu seiner Linken und schenken sich zu seiner Rechten Tee ein. Hunderte von ihnen in jeder Richtung, und dennoch kennt er keinen davon. Er weiß nichts über ihr Leben, kennt nicht ihre Namen. Sie alle sind für ihn Fremde. Und außerhalb dieser Hülle ist eine Stadt, die vor Menschen überquillt, Hunderte und Hunderttausende von ihnen. Von seinem Apartment aus kann er die anderen Häuser sehen, Lichter, die sich bis zum Horizont erstrecken, sobald die Sonne untergeht, all die einzelnen kleinen Behausungen zusammengestapelt ergeben diese Stadt.

Das Treppenhaus, denkt er, ist das Zentrum reiner Einsamkeit, und ich bin mittendrin.

Wie ist es möglich, in dieser Welt voller Menschen kaum jemanden zu kennen?, überlegt Garth. Wie kommt es, dass mich nach siebenunddreißig Jahren niemand wirklich kennt? Das in Papier gewickelte Päckchen knistert in der Tüte, als er es wieder vom einen zum anderen Arm wechselt.

Dieser Junge, denkt er, ist einfach gekommen und gegangen. Alles, was ich von ihm kenne, sind seine dünnen, kleinen Beine und seine roten Schuhe, und schon ist er weg. Und was bin ich für ihn? Ein dicker Kerl in einem Treppenhaus, der ihm den Weg zu seinen Computerspielen versperrt oder zum Abendessen mit seiner Mutter oder wohin auch immer er gelaufen ist.

Und schon bin ich weg.

Als wäre ich niemals hier gewesen.

Garth holt tief Luft, um sein Herz zu beruhigen, und drückt das Päckchen einmal kurz an sich, klemmt es fest zwischen Armbeuge und Oberkörper. Als Antwort gibt es ein beruhigendes Knistern von sich. Er nimmt es in beide Hände und drückt es erneut. Das Weiche im Innern gibt bis zu einem bestimmten Punkt nach, dann spürt er in der Mitte etwas Festes, Hartes. Er wiederholt die Bewegung und beschließt, dass er die restlichen Treppen hochrennen muss. Er muss diese grässliche Leere so schnell wie möglich hinter sich lassen. Er muss in seine Wohnung und sich die ganze Vorfreude zurückholen, die er verspürte, bevor das Treppenhaus sie aus ihm herausgesaugt hat.

Er rennt.

Eine Stadt voller Menschen und eine Welt voll Milliarden von ihnen, und das hier bin ich. Wie kann es nur ein einziges Ich geben?

Wer könnte ich sein, wenn ich nicht ich wäre?, überlegt Garth, während er die Stufen hinaufpoltert. Wer innerhalb dieser Wände, wer in dieser Stadt außer ich selbst? Niemand kennt diesen Garth – was sagt mir also, dass die Geschichte für einen anderen Garth anders wäre?

Der kleine Junge, der vor ein paar Sekunden an mir vorbeigerannt ist? Der kleine Kerl fängt gerade an, die Welt zu erkunden. Ich könnte auch einfach wieder anfangen, könnte alle Wunder und Eintönigkeiten und Aufregungen und Ängste neu erfahren.

Diese junge Frau, die Danny und ich an der Baustelle haben vorbeigehen sehen, diese Frau geht in den Drugstore und kauft … was? Schokolade und Modemagazine und was eine Frau in einem Drugstore so kauft? Wenn ich sie wäre, würde ich wissen, wie es sich anfühlt, angestarrt zu werden, Wortfetzen von Dannys Gerede zu hören, zu wissen, dass er über mich redet.

Ist das ein weniger einsamer Ort, als wenn man vollkommen übersehen wird? Es kennt einen trotzdem niemand wirklich, nicht so, wie man sich selbst kennt.

Garth schnauft und stöhnt. Nach ein paar Treppen verlangsamt sich sein Sprint zu einem gequälten Stampfen. Der Rücken seines Hemds ist selbst nach der kurzen Strecke von drei Stockwerken nass vor Schweiß. Pfeifend atmet er ein, um ausreichend Luft einzusaugen. Er ist fett. Er schnaubt verächtlich über sich selbst, über seinen feisten Körper, der die Stufen erklimmt, mit jedem Schritt langsamer wird, kaum mehr Energie hat.

Ich könnte kein anderer sein, denkt er. Ich kann mir die anderen nicht vorstellen und kann kaum ich selbst sein.

Im elften Stock hat er bereits ein schwerfälliges Tempo erreicht, macht einen langsamen Schritt nach dem anderen. Am nächsten Treppenabsatz bleibt er stehen, um zu verschnaufen. Er zieht das Päckchen unter dem Arm hervor und hält es in einer Hand. Die Plastiktüte ist halb verrutscht und gibt den Blick auf das braune Einwickelpapier frei, das an der Nahtstelle von durchsichtigem Klebeband zusammengehalten wird. Sein Achselschweiß hat das Papier schokoladenbraun gefärbt. Er hofft, dass nichts von seinem Feierabendschweißgeruch durchgesickert ist. Er fährt mit der Hand über eine Seite des Päckchens und glättet die Falten im Papier.

Garth lächelt und setzt sich wieder in Bewegung, ohne sein hämmerndes Herz und das angestrengte Keuchen zu beachten. Er geht weiter, aufwärts, vorbei an dem Schild, das den zwölften Stock anzeigt. In der sechzehnten Etage muss er wieder eine Pause einlegen. Er hat einen Krampf, der ihm mit jedem Atemzug in die Seite sticht. Er ist zu dick und von Natur aus zu träge, um das hier ohne Pause durchzustehen. Er lehnt sich gegen die Wand und beugt sich vor, um die Hände auf den Knien abzustützen.

Einen Moment lang überlegt er, was wohl passieren würde, wenn sein Herz jetzt stehen bliebe. Was würden sie von ihm und dem Päckchen halten? Wie würden sie seine übermäßige Anstrengung interpretieren, seine Vorfreude, die so offensichtlich ist, dass sie über den Tod hinaus sichtbar wäre? Es wäre egal, entscheidet er, weil er ja tot wäre. Und er war nie so egozentrisch zu denken, dass sein kümmerliches Vermächtnis irgendjemandem auch nur irgendetwas bedeuten würde.

Garth holt tief und schnaufend Luft und geht weiter, vorwärts und aufwärts.

Kapitel 15

In dem Petunia Delilah erkennt, dass eine Geburt kompliziert werden kann und ihre Haushaltsführung durchaus verbesserungswürdig ist.

Ein feiner Schweißfilm überzieht Petunia Delilahs Stirn. Ihr Körper steht unter Stress, er arbeitet reflexartig und ist dabei vorübergehend von ihrem Bewusstsein getrennt.

Bestimmt wird Danny sie bald zurückrufen. Sie sieht auf die Uhr. Er sollte jetzt Feierabend haben, aber vielleicht mussten sie noch etwas fertigstellen. Vielleicht hat er den Anruf über den Lärm der Baustelle hinweg einfach nicht gehört. Manchmal ist es da so laut, dass sie es bis auf den Balkon hört. Er wird den verpassten Anruf entdecken, die Nachricht abhören und loslaufen, um ihr zu helfen. Sie stellt sich vor, wie er den Roxy Drive entlangläuft und dabei ihre Nummer wählt. Klappernd fällt sein Schutzhelm hinter ihm auf den Gehweg, doch er bleibt nicht stehen, um ihn aufzuheben. Er sagt ihr, dass er noch eine Straßenecke entfernt ist … in der Lobby … im Aufzug … vor der Tür.

»Baby«, würde er sagen. »Das ist der schönste Tag meines Lebens, und das verdanke ich nur dir. Ich liebe dich so sehr.«

Sie tippt wieder eine Nummer ins Handy, drückt fest auf die Zahlen, die sie mit ihrer Hebamme Kimmy verbinden werden. Kimmy wohnt mit ihrer Lebensgefährtin nur ein paar Blocks entfernt, in einer Seitenstraße des Roxy Drive. Kimmy wird helfen. Alles wird gut werden, wenn Kimmy erst da ist. Das Baby wird kommen, und Danny wird herbeilaufen und sie auf dem Bett liegend vorfinden, das Neugeborene an die Brust gedrückt. Und sie wird endlich, endlich ein verdammtes Eiscreme-Sandwich essen.

Das Telefon klingelt fünf Mal. Gerade als sie denkt, der Anrufbeantworter springt an, kommt vom anderen Ende ein zaghaftes »Hallo?«.

Das ist nicht Kimmy. Scheiße, denkt Petunia Delilah, wie hieß ihre Lebensgefährtin gleich noch mal? Meg oder Mel oder irgend so etwas.

»Holen Sie Kimmy«, keucht Petunia Delilah. »Sagen Sie ihr, es ist Pet, und sie muss kommen und mir helfen, das Baby ist unterwegs.«

Es piepst drei Mal dumpf.

Petunia Delilah nimmt das Handy vom Ohr und starrt es an. Das Display ist schwarz. Sie drückt eine Taste und erhält das Bild einer leeren Batterie. Sie hat seit Tagen vergessen, es aufzuladen.

Wie viel von diesem Anruf ist wohl durchgekommen?, fragt sie sich, während sie hektisch das Nachtschränkchen abtastet, mit fahrigen Fingern nach dem Ladegerät sucht und sich verflucht, weil sie das Handy nicht ans Netz gehängt hat. Wahrscheinlich versucht Kimmy in diesem Moment, sie zurückzurufen. Sie atmet laut durch die Nase aus, ein frustriertes Schnaufen darüber, dass sie so etwas hat übersehen können.

Bestimmt wird Kimmy sofort kommen, sobald sie die Nachricht erhält. Auch wenn sie Petunia Delilah nicht erreichen kann, wird Meg/Mel ihr ausrichten, dass sie verzweifelt geklungen hat. Kimmy wird ihre Tasche schnappen und sie in den Korb vorn am Fahrrad werfen. Sie wird die paar Blocks zum *Seville* radeln, ihr Fahrrad anketten und mit der Konzentration einer professionellen Hebamme durch die Eingangshalle rasen, im Aufzug hochdüsen, durch die Eingangstür stürmen und rufen: »Ganz ruhig! Ich bin da. Alles wird gut.«

Petunia Delilah hält inne, schließt die Augen und atmet tief ein, während die nächste Wehe ihren Körper in Besitz nimmt. Atme hindurch, befiehlt sie sich selbst im Dunkel ihrer Augenlider. So, wie Kimmy es dir beigebracht hat. Draußen hupt es, also konzentriert sie sich darauf. Lenkt ihre Gedanken von der allmählich ansteigenden Schmerzwelle ab, die ihren Körper verkrampft. Während der Schmerz immer stärker wird, fragt sie sich, ob eine Hausgeburt wirklich die richtige Entscheidung war. Im Moment wäre ihr jede Art von Schmerzmittel recht, und die Wehen haben gerade erst angefangen. Langsam erreicht die Schmerzwelle ihren Höhepunkt, bricht und vergeht. Sie öffnet wieder die Augen.

Das war gar nicht so schlimm, denkt sie, und jetzt … wo ist das Ladekabel? Petunia Delilah mustert Dannys Nachtschrank auf der anderen Seite des Bettes. Dort liegt es nicht. Sie durchwühlt die Decken. Das alte Science-Fiction-Buch, das sie vor ein paar Minuten noch gelesen hat, fällt zu Boden, und das locker eingelegte Lesezeichen rutscht heraus.

»Nein«, stöhnt Petunia Delilah. Sie steht mit den zerknüllten Decken in der Hand da, starrt auf das Lesezeichen und könnte heulen. Sie kann sich nicht erinnern, auf welcher Seite sie war.

»Nein«, sagt sie wieder, lauter diesmal, und wirft die Decken mit Nachdruck aufs Bett, die jedoch, da sie Decken sind, kein befriedigend lautes Geräusch von sich geben. Petunia Delilah kann sich nicht einmal erinnern, was in dem Buch passiert, obwohl sie es gerade erst gelesen hat.

Die nächste Wehe bringt sie dazu, das Handy fallen zu lassen, das sie immer noch mit der linken Hand umklammert hielt. Sie bringt sie dazu, sich nach vorn zu krümmen und auf die Knie zu fallen, eine automatische Reaktion des Körpers auf Schmerz in dem verzweifelten Versuch, eine Position zu finden, in der er besser zu ertragen ist. Petunia Delilah findet diese Position auf allen vieren, neben dem Bett, neben dem fallen gelassenen Handy und dem Buch. Es ist die Position eines Tieres, eine unanständige Position, denkt sie, aber irgendwie erleichternd.

Sieh dir bloß den ganzen Staub an, denkt Petunia Delilah, da sie aus diesem Blickwinkel unters Bett sehen kann. Über Wochen hat sich dort Müll angesammelt. Da liegen eine Schokoriegelverpackung, eine Büroklammer, ein ungeöffnetes Kondompäckchen und etliche andere Dinge, deren Silhouetten sich gegen das Licht abzeichnen, das von der anderen Seite unter das Bett scheint. Seit kurz vor der Diagnose mit Hyperdingsda und der verordneten Bettruhe hat sie dort nicht mehr sauber gemacht, und Danny natürlich sowieso nicht. Ein ungeöffnetes Kondompäckchen? Wie lang ist es her, seit sie die Wohnung geputzt hat? Jedenfalls nicht mehr, seit das Teststäbchen blau wurde. Wenn sie so darüber nachdenkt, hat Danny noch nie beim Putzen geholfen, dieser Mistkerl.

Petunia Delilah beißt die Zähne zusammen, während der Schmerz wieder anschwillt, und denkt, das alles wird sich ändern. Damit kommt er jetzt nicht mehr davon. Sie schlägt zweimal mit dem Handballen auf den Boden. Der Schmerz erreicht seinen Höhepunkt, sie jault verzweifelt auf und atmet dann scharf aus. Von jetzt an wird er seinen gerechten Anteil beisteuern.

Sie öffnet die Augen, und da liegt es unter dem Bett, das Ladegerät.

Petunia Delilah greift erst nach dem Kabel, dann nach dem Handy und kommt auf die Knie, bevor sie sich mithilfe des Bettrands zurück auf die Füße stemmt. Sie bleibt einen Moment stehen, blickt noch einmal traurig auf das Buch und watschelt dann den Flur hinunter in die Küche. Dort befindet sich die einzige Steckdose, die sie erreichen kann, ohne sich bücken zu müssen. Vielleicht wird sie sich doch ein verdammtes Eiscreme-Sandwich gönnen, während sie darauf wartet, dass der Akku wieder genug geladen ist, um telefonieren zu können. Jetzt kann es doch eigentlich nicht mehr schaden. Das Baby kommt ja schon.

Nach den ersten Schritten weiß sie jedoch, dass irgendetwas furchtbar falsch läuft. Da sie noch nie eine Geburt erlebt hat, weiß sie nicht genau, woher sie es weiß, doch sie spürt, dass irgendetwas in ihr drin nicht stimmt. Sie spürt zwar Wehen, aber sie folgen bereits sehr dicht aufeinander. Gleichzeitig sind sie unbefriedigend unregelmäßig und schwach im Vergleich zu dem, worauf man sie vorbereitet hat.

Bestimmt sollte in ihrem Unterleib doch irgendein Druck aufgebaut werden. Bislang passiert alles im oberen Bauchbereich, und da unten spürt sie nicht besonders viel.

Als sie am Badezimmer vorbeikommt, lehnt sie sich gegen den Türrahmen und drückt auf den Lichtschalter. Das Licht flackert auf und geht wieder aus. Sie steht eine Sekunde im Dunkeln, bevor es wieder angeht. Im Spiegel spannt sich ihr Nachthemd nass zwischen den nach außen gekehrten Knien. Sie ist schweißgebadet und bemerkt einen Schatten nachwachsender Haare unter dem Arm, mit dem sie sich gegen den Türrahmen lehnt. Sie wünscht, sie hätte sich dort rasiert, wünscht, sie würde nicht so furchtbar aussehen. Sicher wird die Hebamme sie für ungepflegt und unhygienisch halten. Dann denkt sie, es ist doch Kimmy, bestimmt hat sie auch Haare unter den Armen und eine müffelnde Muschi.

Petunia Delilah fühlt sich schrecklich unattraktiv, auch wenn sie erkennt, dass dies ein willkürlicher, unbegründeter Gedanke ist. Sie weiß, sie bekommt ein Baby, und niemand kümmert sich um Achselhaarstoppeln oder gar Staub unter dem Bett, aber sie findet sich so lange schon unattraktiv, dass es einfach schön wäre, sich wieder mal hübsch zu fühlen. Sie sehnt sich danach, dass jemand mal eine Minute lang *sie* bewundert und nicht nur ihren Bauch. Sie will wieder als Frau wahrgenommen werden, nicht nur als Brutkasten mit Beinen.

Die nächste Wehe rollt heran. Sie beugt sich vor und greift mit steifen Armen nach dem Waschbeckenrand. Handy und Ladegerät fallen klappernd ins Becken, weil sie Angst hat, sie kaputtzudrücken, wenn sie sie weiter festhält. Der Akku springt aus der rückwärtigen Abdeckung und scheppert über das Porzellan. Im Spiegel sieht sie, wie ihre Kopfhaut am Scheitel von der Anstrengung rot aufleuchtet. Ihre Arme sind fest angespannte Muskelstränge. Ein Speichelfaden hängt ihr aus dem Mund. An ihrem Hals tritt eine lilagrüne Vene hervor, eine andere verläuft im Zickzack über ihre Stirn.

Während die Wehe ihren Höhepunkt erreicht, klammert sich Petunia Delilah am Waschbecken fest und rüttelt daran. Als der Schmerz nachlässt, greift sie sich an den Oberschenkel und krabbelt Stück für Stück mit den Fingern ihr Nachthemd nach oben, bis sie eine Handvoll Stoff in der Faust hält. Sie zieht den Saum über ihren Bauch und betrachtet sich im Spiegel, so wie sie es in den letzten Wochen viele Male getan hat. Anders als früher ist sie aber nicht fasziniert von dem, was sie sieht, bewundert nicht ihren gewölbten Bauch oder seinen Inhalt, noch ist sie von warmer Vorfreude auf die Ankunft des Kindes erfüllt.

Mit diesem einen Blick in den Spiegel weiß sie, dass ihr das Handy und das Ladekabel nicht rechtzeitig Hilfe bringen werden. Es wird Minuten dauern, das Mobiltelefon so weit aufzuladen, dass sie es benutzen kann. Und wer weiß, wie lange es dann noch dauert, bis Hilfe kommt.

Im Spiegel ist Petunia Delilah blass und glänzend und entsetzt. Ihre Augen sind weit aufgerissen und verschwollen, ihr Gesichtsausdruck ist verhärmt. Sie stützt sich mit einer Hand auf das Waschbecken, die andere hält das zusammengeknüllte Nachthemd über die Taille geschoben.

Im Spiegel ist an der Stelle, wo ihre gekrümmten Beine zusammentreffen, unterhalb ihres gedehnten Bauchnabels, mitten zwischen dem dunklen Gewirr ihrer Schamhaare, ein einzelner, wachsblauer kleiner Fuß zu sehen, mit fünf perfekten kleinen Zehen.

Kapitel 16

*In dem die einsiedlerische Claire
in essbare Geschichte eintaucht.*

Eiskaltes Mineralwasser. So kalt, dass kleine Kristallstückchen auf der Oberfläche schwimmen. Das ist der Trick, den Claires Mutter ihr für den besten Quiche-Teig aller Zeiten verraten hat. Kein anderer ist besser. Das Rezept wurde in Claires Familie über Generationen weitergegeben, von einer zur nächsten, nach lebenslangem Experimentieren und Optimieren der Zutaten und der Backzeit, und hier ist sie nun, nach etlichen Jahrzehnten, die perfekte Quiche.

Claire spürt sie um sich in ihrer Küche, diese Töchter und Ehefrauen und Mütter – wann immer sie die Quiche macht, sind sie bei ihr. Eine vergilbte Registerkarte mit ausgeblichenen Bleistiftmarkierungen, weitergereicht von der Mutter an die Tochter. Ein durchsichtiger Fleck auf der Karte, das Artefakt eines bestimmten Moments in einer sonnenhellen Küche, als ein Tropfen Öl vorbeileckerte. Sie spürt sie um sich, wie sie gerade von der Arbeit auf den staubigen Feldern in Frankreich kommen, ihre Hände mit grob gemahlenem Mehl bestäuben, während sie den Teig kneten. Das Rezept auf blau liniertem Papier, mit rauer Kante dort, wo es aus dem Tagebuch gerissen wurde, von Großmutter an Enkeltochter weitergegeben. Die Tinte ist verschmiert, wo eine Großmutter mit feuchter Hand das Mehl von der Seite wischte. Claire spürt sie um sich, wie sie unter den kohlestaubschwarzen Himmeln der Städte in einer nagelneuen Welt nach monatelanger Schifffahrt ihre Finger über das Nudelholz gleiten lassen. Das Ergebnis ihres Rezepts ist essbare Geschichte.

Claire putzt gleich hinter sich her, noch während sie die Quiche zubereitet. Mit einem rechteckigen Stück Küchenpapier fegt sie überschüssiges Mehl von der Arbeitsplatte in die Spüle. Ihren ersten Job als Teenager hatte sie am Hühnchenbratstand im Schnellrestaurant ein paar Straßenecken von der Wohnung entfernt, in der ihre Mutter heute noch lebt. Die intensive Lehrzeit mit den Hühnchen löste ein tiefes Bedürfnis nach Sauberkeit in ihr aus – und je mehr Zeit verstrich, umso mehr ging ihr das »Hinter sich herputzen«-Mantra in Fleisch und Blut über. Der Job damals begründete auch ihre Vorliebe für Männer in Uniform. Seit ihrer Kündigung hat Claire zwar kein Huhn mehr gegessen oder zubereitet, aber sie ist immer nur mit Männern in Uniform ausgegangen.

So hat sie Matt kennengelernt, ihre erste große Liebe. Matt stemmte jeden Tag Gewichte und spielte im Footballteam der Highschool. Er arbeitete in derselben Schicht wie sie und sah richtig gut aus in seiner Arbeitsuniform, auf der sich das Firmenlogo leicht über seinem wohlgeformten Brustmuskel wölbte: Ein kleiner aufgestickter Mann in Kellneruniform spurtete von Matts Achsel aus in Richtung Brustmitte, einen Burger in Kopfgröße auf einem Teller in der Hand. Drei aufgestickte Dampfsäulen über dem Burger wiesen darauf hin, dass das Essen frisch und heiß serviert wurde.

Stundenlang beobachtete sie Matt von ihrer Hühnchenstation aus, wie er in der Küche hantierte. Sie sah das Spiel seiner Muskeln, Kabelstränge unter der glatten Haut seiner sehnigen Unterarme, wenn er die Bratlinge aus dem Dampfgarer nahm. Sie beobachtete, wie er sich umdrehte, wenn er eine fertige Bestellung unter die Wärmelampe stellte. Wenn sich die Baumwoll-Polyester-Hose über seinem Pomuskel straffte, wann immer er die Taille drehte, zog das ihren Blick an – wie ein Raubtier, das auf die Bewegungen eines potenziellen Opfers reagiert.

Claire betrachtet ihre Arme. Eine feine Schicht aus Mehlstaub und Salz hängt in den wenigen blonden Härchen. Sie mischt die Zutaten in einer großen Schüssel, knetet sie gut durch und denkt an die Zeit, die seit Matt vergangen ist, und dass sie jetzt älter aussieht, auch wenn es ihr so vorkommt, als sei es nicht einmal eine Woche her. Sie spürt ein Gefühl der Melancholie in ihrem Bauch. Die Zeit ist vorbei, erkennt sie. Jede einzelne Stunde. Ist Matt dick geworden? Hat er sein Haar verloren oder seine Sonnenbräune?

Matt war wunderbar braun, was durch das orangefarbene Licht der Wärmelampe beim Dampfgarer noch verstärkt wurde. Claire stellte sich vor, wie er nackt aussah, der perfekte Kontrast seiner Bräune zu der blassen Haut unter der Kleidung. Sein Stirnband mit der Sonnenblende und das zerknüllte Hemd lagen auf ihrem Schlafzimmerboden. Die Baumwoll-Polyester-Hose mit dem Fettfleck an der Hüfte, wo er sich nach dem Herausholen des Bratlings immer die Hand abwischte, hing über die Ecke ihres Nachtschranks drapiert. In der Hand hielt er seine Boxershorts, die immer noch den strengen Geruch der Wärmelampe ausdünsteten, und sie sah ihn nur an. Sie ließ ihn sich immer dort hinstellen und zur einen oder zur anderen Seite drehen, damit sie ihn in dem Licht, das durch ihr Schlafzimmerfenster drang, immer wieder anders sehen konnte. Die Spiegelung des Lichts auf den Wölbungen und Kurven seines Körpers war faszinierend.

Claire muss lediglich die Augen schließen, und er ist da, in seiner Uniform, und schiebt einen Burger in den Garer. Sein linker Unterarm war dunkler gebräunt als der andere, weil er ihn beim Autofahren immer aus dem Fenster baumeln ließ.

Sie verabredeten sich. Aßen zusammen und machten zusammen Pause, setzten sich in der kleinen Ecke für die Angestellten neben der Hintertür zusammen, mit dem Geräusch des Ventilators als Hintergrundrauschen zu ihren Gesprächen. Eines Abends im Sommer, als sie die Tür zum Parkplatz aufgelassen hatten, um die Küche möglichst abzukühlen, saß er ihr gegenüber auf einer Plastikkiste und malte die Tischmatte für Kinder mit Buntstiften aus. Es war eine mit dicken Linien versehene Weltkarte. Matt malte irgendein afrikanisches Land orange.

»Welches Land ist das?«, fragte Claire.

»Weiß nicht.« Matt malte weiter. Ohne aufzusehen, fragte er: »Willst du mit mir da hingehen?«

Claire sagte Ja, und weil sie so jung war, war es leicht, es auch so zu meinen. Sie wäre mit ihm hingegangen. In der Nacht fuhr er sie nach der Arbeit nach Hause. Vor ihrem Haus küssten sie sich. Spürten den Körper des anderen durch ihre Uniformen hindurch, die immer noch nach Fastfood rochen, nach dem Rapsöl aus der Fritteuse.

Rapsöl, denkt Claire. Das ist der andere Trick. Niemals Rapsöl für den Teig verwenden. Eine Vierteltasse Olivenöl. Es ist ein schwereres, derberes Öl, bringt jedoch ein Aroma mit sich, das dem faden, leichten Rapsöl fehlt. Der Geschmack von Olivenöl birgt nicht dieselben Erinnerungen, die das dünne, goldene Rapsöl mit sich bringt.

Olivenöl erinnert sie weder an die Reihe unbefriedigender Männer in Uniform, die auf Matt folgten, noch daran, wie viel Zeit vergangen ist, seit sie dieses ... Besondere in ihrer Brust fühlte, das sie für Matt empfand. Sie hat Angst, dass das euphorische, überwältigende Gefühl für Matt vertrocknet, verschrumpelt und zu Staub zerfallen ist.

Der Ofen macht »Ping«, weil er ausreichend vorgeheizt ist. Plötzlich flackert der Strom, das Licht geht aus, und der Ofen verstummt. So schnell, wie es gekommen ist, erwacht aber alles wieder zum Leben, und der Ofen pingt erneut. Die Uhr blinkt eine Reihe Achter, und Claire drückt ein paar Knöpfe, um sie wieder einzustellen.

Sie und Matt waren noch so jung. Das Land, in das er sie mitnehmen wollte, war Gabun. Claire hat es nachgeschaut. Sie sind nie zusammen nach Gabun gereist. Sie haben nicht wieder darüber gesprochen. Stattdessen gingen sie auf unterschiedliche Colleges in unterschiedlichen Teilen des Landes und entfernten sich voneinander. Ihre Geografie passte einfach nicht zusammen.

Dann waren da die uniformierten Männer, die ihm folgten. Alle auf ihre eigene Weise wunderbar, aber keiner von ihnen war Matt. Keiner war gleichermaßen jung oder betörend, und mit jedem weiteren Tag fiel es ihr schwerer, dieses allumfassende Glück wieder heraufzubeschwören, das sie bei ihm empfunden hatte. Claire erkannte, dass sie selbst sich verändert hatte. Sie liebte mit weniger Leichtigkeit und mehr Vorsicht, je mehr Zeit verging. Sie würde nicht mehr nach Gabun reisen, so wie sie es früher getan hätte, als man sie so beiläufig fragte.

Da war Peter, der Eismann mit seiner fröhlich rot-weiß gestreiften Uniform. Er hatte immer kühle Hände und glänzende Augen, wie ein Kind. Ming, der Postbote, konnte mit einer hoheitsvollen dunkelblauen Uniform aufwarten. Er verließ immer vor Sonnenaufgang das Haus und kam mittags zurück. Er hatte tolle Waden, hart wie Stein, und sprach mit einer Singsang-Stimme, der sie stundenlang zuhören konnte. Chuck, der Hausmeister im Krankenhaus, trug immer frisch gestärkte, glatte weiße Button-down-Hemden und Leinenhosen. Claire liebte seinen Geruch. Seine Haut duftete nach Mandeln, immer frisch wie nach der Dusche.

Und dann war da noch Ahmed, der Wachmann. Seine Uniform war schmal, maßgeschneidert und schwarz. Ahmed machte sie nervös, auf eine Art, die ihr gefiel, aber nur für kurze Zeit. Es lag daran, wie er immer seine Kampfsporttechniken übte, mit nacktem Oberkörper vor dem Spiegel, wobei er seine Taschenlampe wie einen Schlagstock schwang und unsichtbare Angreifer niedermetzelte. Ahmeds Aggression hatte sich nie gegen Claire gerichtet, aber sie fühlte sich damit zunehmend unsicherer. Er verkraftete es nicht gut, als sie Schluss machte.

Claire vertreibt Ahmed aus ihren Gedanken und sieht zum Telefon. Sie denkt wieder an den seltsamen Anruf von der Eingangstür und versucht, das Unwohlsein zu ignorieren, das sie dabei überkommt.

»Hab ich dich!«, sagte die Stimme, kurz bevor dieses dumpfe statische Geräusch ertönte, das irgendwie gewaltsam klang. Bestimmt hatte sich nur jemand verwählt, aber trotzdem kam es von der Eingangstür und damit von so nah, dass sie unweigerlich daran denkt, dass jemand in ihrem Gebäude ernsthaft in Schwierigkeiten sein könnte. Die Vorstellung, dass es so nahe war, beunruhigt sie. Aber was kann sie schon tun?

Der Ofen macht ein weiteres Mal »Ping« und erinnert sie daran, dass er auf zweihundert Grad vorgeheizt ist und auf die Quiche wartet.

Kapitel 17

*In dem Hausunterricht-Herman
eine erschreckende Entdeckung macht.*

Hermans Herz hämmert in seinem Brustkorb, als würde es mit Fäusten gegen seine Rippen schlagen. Als er sich auf dem Fußballen herumdreht, quietscht sein Schuh wie ein aufgescheuchter Vogel. Das Plastikschild an der Schlackenbetonwand sagt: »5. Stock«. Das Licht flackert aus, das Treppenhaus wird dunkel, und das Schild verschwindet. Herman stolpert über eine Stufe, und ihm kommt blitzartig der Gedanke: Ist es wieder passiert? Bin ich noch da? Er greift nach dem Geländer und findet es im Dunkeln, aber erst, nachdem er sich das Schienbein an einer Stufenkante angestoßen hat.

Nein, denkt er, ich bin immer noch da. Der Schmerz verrät es mir. Er saugt scharf zwischen den Zähnen die Luft ein, um ein Aufjaulen zu unterdrücken.

Plötzlich geht das Licht wieder an, und genauso plötzlich sieht er eine halbe Treppe entfernt einen riesigen Mann vor sich. Der dicke Mann bleibt stehen, lehnt sich ans Geländer und blickt dann über die Schulter zurück. Er keucht vor Anstrengung. Unter seinen Armen sind dunkle Schweißränder zu sehen und auf seinem Rücken ein V-förmiger Fleck. Zwischen ihm und der Wand ist eine Lücke, und ohne seinen Lauf zu unterbrechen, schlüpft Herman durch diese Lücke zwischen Fleisch und Beton. Hermans Blick ist durch die Bewegung verzerrt, aber sein Geist ist flink und reagiert autonom. Er hat das Gefühl zu schweben, ohne Gedankenanstrengung einfach dahinzugleiten, die reine Bewegung.

»Immer langsam, Junge«, ruft der Mann.

Die Stimme verhallt hinter Herman zu einem Echo, während er den nächsten Absatz umrundet und eine weitere Treppe hinaufsprintet.

Herman weiß, dass er bald langsamer werden muss. Er ist nicht fit genug, um über lange Zeit Treppen hinaufzulaufen. Seine Aufmerksamkeit war immer mehr auf das Geistige gerichtet, zum Nachteil des Körperlichen. Als Folge davon ist er schmächtig und schwächlich. Er hat den Körper immer als ein Anhängsel betrachtet, ein Organ, über das die Gesellschaft mittlerweile hinausgewachsen ist und das die Zivilisation überflüssig gemacht hat, zugunsten des Gehirns. Jetzt erkennt er, dass seine Annahme falsch war.

Wie konnte ich nur so dumm sein, bei jeder Sportstunde am Rand zu sitzen?, denkt er jetzt. War »Gesellschaftstanz« wirklich so furchtbar? Ihm wird klar, dass man nie weiß, wann man starke Beine gebrauchen kann.

Noch zehn Stockwerke, für jedes zwei Treppen, insgesamt zwanzig, denkt Herman, während er den nächsten Satz Stufen hinaufspringt. Die Distanz ist nicht mehr allzu groß, aber er hat das Gefühl, sie nicht schnell genug überwinden zu können. Seine Beine brennen vor Anstrengung. Seine Lunge müht sich, Sauerstoff für seine Muskeln bereitzustellen. Herman weiß, dass etwas in seiner Wohnung nicht stimmt.

Lass es nicht wahr sein, fleht er in Gedanken. Aus seinem Augenwinkel rinnt eine Träne und malt einen glänzenden Bogen über seine Wange.

Er kann sich nicht erinnern, wann er das letzte Mal solche Angst und Beklemmung gespürt hat. Er befiehlt seinem Körper, nicht zu kollabieren, und seinem Geist, sich zu konzentrieren und nicht nutzlos zu sein in diesem entscheidenden Moment, da er ihn mehr braucht als je zuvor.

Wie so oft beginnt sein Gehirn, verzerrte Bilder zu erzeugen und die Lücken aus Zeit und Raum von seinem letzten Blackout zu füllen. Sie kehren als unverbundene Einheiten zurück, als ein Puzzle, aus dem er erst ein Bild konstruieren muss. Herman erinnert sich, dass er oben in der Wohnung war. Grandpa saß im Wohnzimmer und las die Zeitung. Auf dem Tischchen neben ihm stand eine Tasse Tee und schickte ein feines Dampfkräuseln ins Licht des späten Nachmittags.

Herman arbeitete an einer Trigonometrie-Aufgabe, die sein Großvater ihm gestellt hatte. Die Berechnung von Winkeln und Längen blitzt als eine Reihe von Zahlen durch seinen Kopf. Die Erinnerung an seinen Schreibtisch, das Blatt Papier, die darauf gekritzelten Gleichungen, manche durchgestrichen, andere eingekreist. Die Bleistiftstriche waren deutlich und vergrößert und aus einer solchen Nähe zu sehen, dass sie sich wie pockennarbige, dicke Linien aus Graphit über das faserige Papier zogen. Aus dieser Perspektive wirkte die Bleistiftspitze wie ein wächserner Mondstein.

Es herrschte Stille. Das Ticken der Uhr im Wohnzimmer, der Straßenlärm, der von draußen in die Wohnung kriecht, das Brummen des Kühlschrankkompressors aus der Küche, all die üblichen Geräusche, die das Gehirn normalerweise ignoriert, fehlten. Draußen war alles still. Die einzigen Geräusche kamen aus Hermans Innerem. Herman, der atmete. Herman, dessen Blut pulsierend durch seinen Körper rauschte. Herman, der einatmete, während er den Stuhl vom Tisch zurückschob und aufstand. Herman, der keuchend und schnaufend eine Treppe nach der anderen hochrennt. Das Geräusch seines Atmens wird durch die Enge im Treppenhaus verstärkt, wenn es von den massiven Oberflächen widerhallt. Das Geräusch seines Pulsschlags macht ihn fast taub.

Irgendwo sind Stimmen im Treppenhaus, ob von oben oder unten, kann er nicht erkennen. Was sie sagen, kann er nicht verstehen. Echos verfälschen die Klänge. Stimmen hallen so oft von den Wänden wider, dass sie verstümmelt und verzerrt sind. Um ihn herum ein Dickicht aus Stimmen, seine Erinnerung zieht eine aus dem Gewirr heraus ans Licht. Es ist seine eigene Stimme in der Stille der Wohnung, eine Stimme, die unter Haut und Knochen seines eigenen Kopfes gedämpft klingt, als sie nach kurzem Innehalten ruft.

»Grandpa!« Herman stand auf und wartete auf eine Antwort, die nicht kam.

Die Stille in der Wohnung war beunruhigend; alle Töne der Welt waren abgeschaltet. Die üblichen Wohnungsgeräusche – die Uhr, das Rascheln der Nachbarin, das Knacken der Heizung – waren verschwunden. Herman wusste, dass etwas nicht stimmte. Auch sein Körper wusste es. Diese Stille kam oft vor der Schwärze.

»Grandpa? Bist du da?« Seine Stimme klang dünn.

Ein weiterer Moment verging.

Wiederum keine Antwort.

Herman ließ den Stift auf den Tisch fallen. Er rollte über das Papier, über ein Kaleidoskop aus hingekritzelten Gleichungen, ehe er zu Boden fiel. Da war kein Klappern, wie es eigentlich hätte sein müssen, nur die Bewegung. Herman hörte sein eigenes Atmen, spürte die Anspannung in seinem Brustkorb und das Zusammenpressen der Luft, die durch die Hohlräume seines Körpers zog.

Auf dem Schild an der Wand steht »15. Stock«. Herman fasst an den Türgriff, drückt die Klinke hinunter, um die Schlossfalle zu lösen, stemmt sich mit der Schulter dagegen und stolpert durch den Türrahmen in den Hausflur. Das Licht ist gedämpft, der Teppich ist dunkel. Apartmentnummern, Messingziffern an den Türen, ziehen an ihm vorbei. Während er den Gang hinunterläuft, greift er nach dem Schnürsenkel, den er um den Hals gebunden trägt, und zieht den Wohnungsschlüssel unter seinem Hemd hervor. Das Metall ist auf Körpertemperatur erwärmt.

Herman fragt sich, wie er im Aufzug gelandet ist, warum dieser im Erdgeschoss stehen blieb und, das Wichtigste, warum diese beiden Dinge geschahen. Das waren die wichtigen Lücken in seiner Erinnerung. Die Art und Absicht seiner Bewegungen während der Blackouts sind ihm immer noch ein Rätsel. Allerdings vermutet er, dass er Antworten findet, sobald er die Wohnungstür öffnet.

Der Aufzug.

Er erinnert sich, dass der Fahrstuhl nicht kam, als er den Knopf drückte. Er hatte in die Lobby fahren wollen, aber es kam kein Laut, kein Brummen der Maschinen im Aufzugschacht hinter den Stahltüren, keine Räder, die sich drehten, oder Seile, die surrten. Trotzdem lag er, als er aufwachte, im Erdgeschoss.

Als er nach der Klinke greift, erinnert sich Herman, dass die Wohnungstür nicht verschlossen ist. Er ist gegangen, ohne abzuschließen. Daran erinnert er sich jetzt, als er die Tür aufstößt. Er läuft am Flurschrank und an der Küche vorbei ins Wohnzimmer.

Grandpas Leselampe brennt. Aus der Tasse neben ihm steigt kein Dampf mehr auf. In diesem Moment verschmelzen seine bruchstückhafte Erinnerung und die Wirklichkeit. Er ist schon vorher zu dieser speziellen Zeit an diesem Ort gewesen. Er ist bis zu dem Punkt seiner Entdeckung in der Zeit zurückgereist.

Grandpa sitzt in seinem Sessel, die Zeitung auf dem Schoß, den Arm auf der Lehne. Jemand, der zum ersten Mal Zeuge dieser Szene wäre, würde einen alten Mann sehen, der beim Zeitunglesen in seinem Lieblingssessel eingeschlafen ist. Herman ist jedoch schon vorher hier gewesen, und das Licht der Leselampe macht aus dem erschlafften Mund und dem stoppelbärtigen Kinn des Großvaters eine gestochen scharfe, runzlige Maske des Todes.

»Grandpa ist tot«, erinnert sich Herman. »Und ich bin schuld.«
Herman fällt in Ohnmacht. Sein Körper schlägt mit der Unachtsamkeit eines Bewusstlosen auf den Boden.

Kapitel 18

*In dem Ian den unwiderruflichen Verrat
seines Körpers wahrnimmt.*

Wir haben Ians kleinen Goldklumpenkörper verlassen, als er irgendwo neben dem zwanzigsten Stockwerk des *Seville on Roxy* verhängnisvoll frei im Himmel hing. Wir haben ihn verlassen, als er auf die typisch flüchtige Weise, wie nur ein Goldfisch sie beherrscht, über den spezifischen Wunsch nach Freiheit seiner Spezies nachsann, über die goldene Ära der Erkundung neuer Territorien, die frühen Tage des Fischregens. Wir haben ihn verlassen, als er mit beherzter Entschlossenheit entschied, dass ein Sprung vom Balkon für einen Goldfisch eine gute und vernünftige Entscheidung darstellt.

Und so, als einzelner Tropfen im Wolkenbruch der Fischregen, setzt Ian seinen Sturz fort. Was jedoch als lockeres Taumeln begann, wird schnell zu einer grauenvollen und schauderhaften Erfahrung. Nachdem er die Stratosphäre von Connor Radleys Dissertation durchquert hat, gibt es keine ästhetisch erfreulichen Ablenkungen mehr wie die friedlich schaukelnden Papierblätter, die immer noch über ihm schweben. Ian erhascht hin und wieder noch einen Blick darauf, wie sie im blassen, lufthauchlosen Licht des Nachmittags aufblitzen. Es ist ein friedlicher Anblick und damit ein starker Kontrast zu dem Gefühl von kräftigem Gegenwind, der Ian über die nadelbreiten Seitenlinienorgane aus sensiblen Nervenzellen bläst, die jede Fischart mehr oder weniger ausgeprägt besitzt.

Diese Seitenlinie ist zunächst einmal eine physiologische Anpassung, um Wasserturbulenzen wahrzunehmen, und unterstützt so das Schwarmverhalten. Zufällig, und von der Wissenschaft noch unentdeckt, ist sie auch dazu geeignet, Windgeschwindigkeit wahrzunehmen. Das Gefühl von Wind an seiner Seitenlinie ist Ian nicht unangenehm – es fühlt sich fast so an, als befände er sich in der Mitte eines großen Fischschwarms. Ein warmes Gefühl von Brüderschaft und Kameradschaft durchflutet Ians Geist, und wäre er mit der entsprechenden Muskulatur ausgestattet, würde er lächeln. Auch wenn er zu tieferen Gedanken unfähig ist, ist er dennoch auf niedrigstem Niveau reaktionär, und das Gefühl von Freundschaft und Familie ist etwas, das er versteht.

Im Moment fällt Ian auf die Seite gedreht durch die Luft. Aufgrund seiner Physiologie starrt dabei ein Auge in den blauen Himmel, an dem flatternde Papierseiten und Balkone vorbeiziehen, und das andere auf sein Ziel, den harten Boden unter ihm. Sein Gehirn ist somit verwirrt. Sollen ihn die friedliche Weite des klaren blauen Himmels und der wunderbar klare Tag beruhigen? In diesem Fall besäße Ian gern Lider, um die Augen vor der Helligkeit der späten Nachmittagssonne zusammenzukneifen. Oder soll er ob des rapide herannahenden Bürgersteigs in Panik verfallen? In diesem Fall besäße Ian gern Lider, um sie aus Angst vor dem drohenden Verderben zu schließen. Ian ist nicht sicher, was er fühlen soll. Das Resultat ist ein ausgeglichener Geisteszustand, der feine Punkt zwischen absoluter Panik und vollkommener transzendentaler Ruhe.

Sieben Stockwerke sind vorbeigezogen, seit Ian seinen Sturz begann, und er bewegt sich mittlerweile mit recht hoher Geschwindigkeit. Er ist ungefähr ein Viertel der Wegstrecke zwischen seinem Goldfischglas und dem Gehweg gefallen. Um ein paar Millisekunden aufgerundet, ergibt das eine bisherige Falldauer von etwa einer Sekunde. Über diese kurze Distanz hat er bereits eine Geschwindigkeit von fünfunddreißig Stundenkilometern erreicht. Ian spürt den immer stärker werdenden Gegenwind, der ihm zunehmend unangenehmer wird, in erster Linie, weil er ihn austrocknet. Und wiederum empfindet er den Mangel an Augenlidern und Tränendrüsen als deutlichen Nachteil.

Unter dem fallbedingten heftigen Rütteln und Schütteln seines Blickfelds registriert sein auf die Erde gerichtetes Auge unten auf der Straße etwas Interessantes, eine willkommene Ablenkung zu dem Mischmasch aus verwirrenden Gefühlen, die er durchlebt. Ian sieht, wie die schattige Straße immer wieder von blitzendem roten Licht erhellt wird.

Wann ist das passiert?, fragt er sich. War das immer schon da, oder hat das gerade erst angefangen?

Das Licht sitzt auf einem kleinen Kasten mit großen schwarzen Zahlen auf dem Dach. Vor dem *Seville* steht ein Krankenwagen. Der Verkehr auf dem Roxy Drive gerät dadurch ins Stocken, verlangsamt vor dem Krankenwagen und beschleunigt danach wieder. Ians Geist ist einen kurzen Moment von der Ästhetik des Anblicks erfüllt. Er ist fasziniert. Aus dieser Höhe wirkt das Fahrzeug, das eigentlich mit schrecklichen Notfällen assoziiert wird, außerordentlich beruhigend, was die Tatsache unterstreicht, dass aus großem Abstand selbst eine Katastrophe friedlich wirken kann.

Das geschäftige Treiben dort unten hat sich in Gegenwart des Notfallwagens verlangsamt. Es ist ein sich windender vielfarbiger Strang aus Fahrzeugen entstanden, der nach dem Passieren des Krankenwagens wieder zerfasert. Irgendwo ist eine verletzte Person oder irgendein anderer Notfall. Von hier oben aus jedoch vermitteln die kreisenden Rotlichtstreifen, die rhythmisch von Metall und Glas und Beton und allen anderen festen Oberflächen reflektiert werden, große Ruhe. Sie zeigen, dass Hilfe kommt. Autos verlangsamen zu Schrittgeschwindigkeit, und die kleinen Menschenpunkte lungern auf dem Gehsteig herum. Sie sammeln sich in Gruppen und fragen, was passiert ist.

Ian sieht die Menschentrauben. Er wünschte, Troy, die Schnecke, wäre hier, um den Ausblick zu teilen. Obwohl Troy enervierend dämlich ist, denkt Ian, dass er das hier gern gesehen und den Anblick genossen hätte.

Ian wird von der Szene weggerissen, als er auf Höhe des achtzehnten Stockwerks den unwiderruflichen Verrat seines Körpers wahrnimmt. Sein instinktiver Drang nach Freiheit hat bislang zu einigen Erkenntnissen geführt. Selbst in der kurzen Sekunde seines Sturzes waren seine Erfahrungen erbaulicher als in den Monaten zuvor im Fischglas. Er hat nicht nur erfahren, dass er in dieser Umgebung nicht atmen kann, sondern auch, dass Augenlider nützlich sind und die Evolution ihn schlecht auf das Fliegen vorbereitet hat. Nun lernt er auch die aerodynamischen Eigenschaften seines Körpers kennen, die ihm sonst erlauben, mühelos durchs Wasser zu gleiten: die richtige Menge an Windscherung macht ihn zu einer stromlinienförmigen, abwärts gerichteten goldenen Rakete. Sie zwingt seine Schwanzflosse Richtung Himmel und seinen Kopf Richtung Boden. Die Turbulenzen bringen seinen Körper dazu, sich zu winden, dem Schwimmen in starker Strömung nicht unähnlich. Er taumelt nicht mehr. Sein Absturz durch die dröhnende Luft wird immer geradliniger und unheilvoller.

Ian sieht jetzt weder den weiten blauen Himmel noch die wachsende lungernde Menschenmenge. Stattdessen saust er zwischen Häusern hinab, Türmen aus Beton, Metall und Glas, und sieht nichts außer dem verschwommenen rhythmischen Tick-Tick von Balkonen und Fenstern, die von Kopf bis Schwanzflosse an ihm vorbeirauschen. Mit der Geschwindigkeit und Bestimmung einer Bombe stürzt er am siebzehnten Stockwerk vorbei in einen weiteren, beängstigenden Gedächtniszyklus.

In diesem Zyklus denkt Ian: »Also ... was hab ich gerade gemacht?«

Er wird erneut erkennen, dass er fällt, und binnen kürzester Zeit wird er den Gehsteig vor dem Gebäudeeingang erreichen.

Kapitel 19

*In dem unsere Heldin Katie im Putzmittelraum
unter der Treppe dem Zauber der Liebe verfällt.*

Das Leben und alle damit verbundenen Geräusche sind im Treppenhaus gedämpft und verzerrt. Die Betonwände halten die innerhalb des Schachtes fest und lassen die von außen nicht hinein. So ähnlich sieht Katie ihr Herz. Es behält die Liebe und den Schmerz in seinem Inneren und lässt nichts anderes hinein. Über all ihre vergangenen Liebeskummer ist sie nie wirklich hinweggekommen. Ihr Herz bricht jedes Mal ein wenig mehr. Es heilt niemals – sie hat einfach gelernt, damit zu leben.

Katie hat Connor während seiner Sprechstunde in dem kleinen Büro unter der Treppe des Fachbereichs für Anthropologie kennengelernt. Es war ein staubiges, über hundert Jahre altes Gebäude, eine Collage aus brüchigem honigfarbenem Backstein, geriffelten Glasfenstern und unpassend modernen Klimaanlagen und Energiesparlampen.

Connors Büro lag in eine Kellerecke gezwängt. Es standen zwei Schreibtische darin, der eine unter die Schräge der darüberliegenden Treppe geklemmt, der andere zwischen zwei vertikale Rohrleitungen geschoben. Ein Rohr gab unablässig Wärme ab, und in dem anderen gluckerte und rauschte es, wenn jemand in der Herrentoilette im Stockwerk darüber die Spülung betätigte oder den Wasserhahn anstellte.

Auf jeder horizontalen Fläche lagen Bücher gestapelt, auf dem Boden türmten sich Kopien, und überall im Raum standen Kaffeebecher herum. Es war stickig und modrig und roch nach Staub und altem Papier. Das Licht aus den zwei Schreibtischlampen und der einzelnen nackten Glühbirne an der Decke war schwach und gelblich. An der Tür stand weder eine Nummer noch ein Name, nur das ausgebleichte, mit Schablone geschriebene Wort »Putzmittel«.

Die Tür stand offen, aber Katie klopfte trotzdem.

Connor drehte sich auf seinem Stuhl herum und sah sie an. »Willkommen.« Seine Augen leuchteten auf, als er sie sah. »Treten Sie ein.«

»Ihr Büro ist schwer zu finden«, sagte Katie und betrat den vollgestellten Raum. Connor lächelte und erhob sich, wobei er leicht gebückt blieb, weil er sonst an die Decke gestoßen wäre. Er nahm die Hand, die sie ihm entgegenstreckte, und schüttelte sie, während sie sich vorstellte.

»Ich weiß, wer Sie sind.«

Es war ein gutes Gefühl, dass er sie kannte, weil über hundert Studenten den Kurs besuchten. Katie fühlte sich dadurch weniger einsam in der Menge. Sie standen dichter zusammen, als Fremde das normalerweise tun, weil es in dem Raum so eng war. Dicht genug, dass sie seinen Atem auf der Haut spürte. Er roch nach Kaugummi mit Pfefferminzgeschmack, vielleicht war es auch Tutti-Frutti, dachte Katie.

»Tja, unter die Treppe gequetscht. Ein unbedeutender Ort für zwei unbedeutende Doktoranden, die an unbedeutenden Projekten arbeiten.« Er lächelte wieder, mit seinem perfekt geschwungenen Mund und den wunderbar weißen Zähnen darin. »Die wussten nicht, wo sie mich hinstecken sollten, also sitz ich jetzt hier mit Lonnie … aus den Augen, aus dem Sinn.«

Er reckte das Kinn in Richtung eines Typen, der am Schreibtisch unter der Treppe vor einem Laptop saß und tippte. Katie hatte ihn vorher nicht bemerkt. Sie hatte nur Augen für Connor gehabt. Der immer noch ihre Hand hielt.

Lonnie sah aus, als säße er schon tagelang vor dem Computer, ohne sich auch nur einmal zu duschen. Er verhielt sich, als wären sie und Connor überhaupt nicht da, was sogar so weit ging, dass er in dem kleinen Raum einen fahren ließ. Es konnte nur Lonnie gewesen sein. Connors Reaktion zeigte deutlich, dass er es nicht gewesen war. Lonnie hackte weiter auf die Tastatur ein, als wäre nichts geschehen.

Mit schmerzlich verzogenem Gesicht sagte Connor: »Sollen wir woanders hingehen? Darf ich Sie vielleicht auf einen Kaffee einladen?« Und mit diesen Worten begann Katies nächstes Abenteuer in Sachen Liebe.

Sie wird aus ihren Träumen gerissen, als im Treppenhaus des *Seville* das Licht ausgeht. Es ist so finster, wie es nur in einem fensterlosen Betonschacht sein kann. Hier im Dunkeln weigert sie sich, Connor als ihre nächste Pleite zu betrachten, ihre nächste gescheiterte Beziehung. Sie wird nicht wieder bei ihrer Mutter landen, bis spät in die Nacht schluchzend dasitzen und Ein-Wort-Fragen wie »Warum?« oder »Wieso?« stellen, Fragen, auf die es, wie sie weiß, keine Antworten gibt.

Nein, es besteht durchaus die Möglichkeit, dass Connor »Ich liebe dich« sagt. Es ist nicht vollkommen ausgeschlossen, dass er die Formulierung seiner Gefühle nur zurückgehalten hat. Manche Menschen sind so verliebt, dass sie es nicht sagen können aus Angst, das Objekt ihrer Begierde mit der Intensität ihrer Gefühle zu verscheuchen. Manche Menschen scheuen sich davor, ihre Gefühle zu offenbaren, weil sie fürchten, es könnte sie schwach und verletzlich machen. Vielleicht ist Connor so ein Typ, verletzlich und schüchtern.

Das Licht geht wieder an.

Katie seufzt, als sie das Schild an der Wand liest: »8. Stock«. Bei der nächsten Treppe nimmt sie zwei Stufen auf einmal. Die Plastiktüte aus dem Drugstore schlenkert an ihrer Hand. Sie hört

Geräusche, andere Leute, die über ihr die Treppe benutzen. Sie beugt sich über den Handlauf und späht nach oben, wo die eckige Spirale des Geländers in die verschwommene Undeutlichkeit verschwindet.

Sie sind außerhalb des Unigeländes einen Kaffee trinken gegangen. Auf dem kurzen Weg zum Café hat Katie all ihre Fragen zum bevorstehenden Examen gestellt, und Connor hat ausführlich und aufmerksam geantwortet, als wollte er nichts mehr auf dieser Welt, als ihr zu helfen. Als sie sich schließlich auf ihre Stühle setzten, die dampfenden Kaffeebecher zwischen sich auf dem Tisch, ging bereits die Sonne unter, und der Laden war voll mit Gästen, die zum Abendessen gekommen waren.

»Ich habe diesen Hund geliebt«, sagte Connor laut, um über das Stimmengewirr hinweg verstanden zu werden. »Und als er von diesem Bus überfahren wurde, hab ich geheult … Scheiße, mindestens eine Woche lang.«

Katie gab einen mitleidigen Laut von sich, obwohl sie dabei lächelte. Sie griff über den Tisch und legte ihre Hand auf seine.

Connor sah sie an und grinste. »Warum lachst du? Das war wirklich traumatisch.«

»Nein, nein«, erwiderte sie, konnte aber trotzdem nicht aufhören zu schmunzeln. »Darum geht's nicht. Es ist einfach so furchtbar. Und dann noch von einem Schulbus! Ich sehe dich direkt vor mir, der kleine Connor, ganz traurig und allein. Wie schrecklich!«

»Es war der einsamste Sommer meines Lebens. In der Nachbarschaft gab es überhaupt keine Kinder in meinem Alter. Nur alte Leute. Meine Eltern haben mich spät bekommen. Ich war eine Überraschung. So hat meine Mutter es formuliert. Dieses Wort hat nicht denselben Beigeschmack wie ›Unfall‹.«

»Du Ärmster«, erinnert Katie sich gesagt zu haben. »Und deine Eltern haben dir keinen neuen Hund gekauft?«

»Nein«, antwortete Connor. »Sie sahen, wie schwer es für mich war, über Ian hinwegzukommen, und dachten wohl, dass ich den Tod eines weiteren Haustiers nicht überleben würde. Wahrscheinlich hatten sie recht.«

An dem Abend ging sie mit in Connors Wohnung. Nachdem sie es getan hatten, nachdem er eingeschlafen war, lag sie noch eine Weile wach. Ihre Hand ruhte auf seinem Kopf, sie spürte sein weiches Haar zwischen ihren Fingern und dachte, dass sie sich in ihn verlieben könnte. Und das tat sie dann auch. Wie hätte sie es auch verhindern sollen? Er schien perfekt. Er sah gut aus und schien ein gutes Herz zu haben. Ein guter Mensch, ein bisschen verkommen, aber bereit, alles zu geben, damit sie glücklich war. So sah es damals aus, doch je mehr Zeit verging, desto mehr sehnte sie sich nach einer konkreten Bestätigung, dass ihre Gefühle erwidert wurden.

Connor hat nicht viel, aber aus dem, was er hat, macht er, was er kann. Dass er so reichlich und bereitwillig gab, obwohl er so wenig hatte, machte es umso bedeutsamer. Letzte Nacht, zum Beispiel, hatte sie eine Flasche Wein mitgebracht, und sie blieben bis spät in die Nacht auf, tranken und redeten. Dann, während im Apartment sanfte Musik spielte, zogen sie die Matratze über den Boden vor die Balkontür.

»Ich will, dass wir es unter den Sternen tun«, sagte er. »Das ist das Beste, was ich dir jetzt bieten kann, auf halbem Weg zwischen Erde und Himmel.«

Es war romantisch. Es schien ihm peinlich zu sein, dass er nicht mehr zu bieten hatte, aber was er bot, war mehr als genug. Dort oben, vom *Seville on Roxy* emporgehalten wie eine Opfergabe an den Himmel, liebten sie sich. Danach fiel ihr auf, dass die Lichter der Stadt viel zu hell waren, als dass man die Sterne hätte sehen können, aber das war egal. Sie lagen Arm in Arm und blickten stattdessen auf die blinkende Stadt hinaus.

»Ich liebe dich«, sagte sie. Ihr Herz klopfte, sie war nervös. Sie wollte, dass er die Worte ebenfalls sagte. Nach allem, was sie geteilt hatten, bestand kein Grund, weshalb er nicht in der Lage sein sollte, es zu sagen.

Connor gab ein zufriedenes, unbewusstes Grunzen von sich.

Obwohl er gerade noch wach gewesen war, sah es so aus, als würde er schon tief und fest schlafen.

Kapitel 20

*In dem der Bösewicht Connor Radley die Zeichen sieht –
und die sind überall.*

Connor sieht Faye nach, wie sie den Hausflur hinuntergeht. Sie schwankt ein wenig, als wäre sie abgelenkt, in Gedanken oder betrunken. Es gefällt ihm, wie ihr Arsch ihre Jeans ausfüllt, wie er sich bei ihrem unsteten Gang mitbewegt. Vor allem gefallen ihm die Falten im Stoff unterhalb ihrer Pobacken. Er seufzt, bevor er die zwei Schritte zurück in sein Apartment geht und die Tür schließt.

Connor atmet tief durch, dreht sich um und begutachtet das Chaos in seiner Wohnung. Auf dem Weg zur Balkontür hebt er noch ein eselsohriges Pornoheft, verstreute Kleidungsstücke und diversen Müll auf. Als er ankommt, hängt ihm eine Girlande aus Kondompäckchen über dem Arm, zwischen Ellbogen und Hüfte klemmt ein Bündel Klamotten, und in der Hand hält er einen Strauß zusammengeknüllter Papiertücher.

Er bleibt stehen und betrachtet den Ausblick.

Ian schwimmt in seinem Glas, zieht träge Kreise in eine Richtung und wechselt irgendwann spontan in die andere. Die Schnecke ist ein brauner Punkt auf halber Höhe der Glaswand. Ian hält inne, um das Tier ein paarmal zu stupsen, dann setzt er seine Kreise fort. Die Burg ist eine Erinnerung an schwerere, primitivere Zeiten – nicht, dass Burgen je pink gewesen wären oder aus Plastik oder im Ozean versunken.

Einen Moment lang sinniert Connor über die Absurdität der Burg nach, über die Miniaturbogenschützen zwischen den Zinnen, die sich fragen, wie ihre winzigen Pfeile wohl den gigantischen Goldfisch erlegen können, der sie ständig umkreist.

Die aufgestapelten Blätter seiner Doktorarbeit auf dem Fischglas flattern bei einem Windhauch kurz auf, werden aber vom Kaffeebecher sicher an ihrem Platz gehalten.

Connor schnüffelt. Sein Apartment stinkt nach stundenlanger schweißtreibender Anstrengung und Sperma. Er beschließt, die Tür offen zu lassen. Draußen ist es ohnehin genauso warm wie drinnen. Er legt eine Hand auf den Schiebetürriegel und starrt auf den Balkon. Irgendetwas stimmt nicht. Verwirrt bleibt er stehen und überlegt.

Was ist das nur?, fragt er sich. Irgendetwas ist hier grundlegend falsch, aber ich sehe einfach nicht, was.

Die frische Luft weht um ihn herum in die Wohnung, als wollte sie alles reinwaschen, was seit seinem Einzug hier passiert ist. Sie gleitet über seine nackte Haut, ein unsichtbares zartes Streicheln. Connor holt tief Luft und schließt die Augen. Vielleicht kann er so die Szenerie aus seinem Geist streichen, um sie gleich mit neuen Augen zu sehen und das Problem zu erkennen. Er atmet aus und öffnet die Augen wieder, um den Balkon ein weiteres Mal prüfend zu mustern.

Er hat ein einfaches Bild vor sich, nichts, was ihn in irgendeiner Weise beunruhigen sollte, vor allem nicht in Anbetracht des Zustands seiner Wohnung hinter ihm. Doch aus irgendeinem Grund macht es ihn fertig.

Auf dem Becher steht »Paläoklimatologen haben's gern schmutzig«.

Er ist plötzlich so sehr von Selbstvorwürfen geplagt, dass er das Apartment am liebsten verlassen und nie mehr zurückkommen würde. Was auch immer da draußen auf dem Balkon ist, weckt in ihm den Wunsch zu fliehen, einfach zum Fahrstuhl zu gehen, den Knopf zu drücken und in die Lobby zu fahren. Er würde dem Hausmeister die Schlüssel ins Fach werfen, mit der Schulter die Haustür aufstemmen und einfach immer weiter gehen. Über die Straße, durch das Viertel, über die Stadtgrenze hinaus und über den ganzen Kontinent, weg von allem, was er hat, und, durch die geistige Verbindung, auch von allem, was er ist. Er würde an Autobahnraststätten und Casinoplakaten vorbeigehen, an Kleinstadtkrämerläden und staubigen Tankstellenparkplätzen. Irgendwann würde er eine Küstenstadt erreichen, über die sandige Promenade und den Strandstreifen gehen und weiter ins Wasser hinaus, bis der Boden unter seinen Füßen versänke. Dann würde er schwimmen. Das Wasser würde von Blassblau zu Schwarz werden, wenn er die Schelfkante passierte und sich unter ihm der Kontinentalhang absenkte, tief hinab zu unbekannten, alienartigen Ungeheuern mit biolumineszenten Blasen, die an organischen Fäden vor ihren Augen hingen. Sein Körper würde zu einem winzigen menschlichen Fleck über einer fast unendlichen Tiefe aus Nichts werden. Seine Bewegungen im Wasser wären so schwach, dass sie, egal wie heftig er auch strampelte, nichts ausrichteten. Seine Beine würden sich selbst in die Erschöpfung strampeln, bis er schließlich ins Nichts versinken und verschwinden würde, als hätte es ihn nie gegeben.

Dann merkt Connor, dass es nicht das Apartment ist, aus dem er fliehen möchte, sondern etwas, dem zu entfliehen viel schwieriger ist. Er möchte vor sich selbst fliehen. Sobald er das erkennt, weiß er, dass es am Kaffeebecher liegt. Diesem kitschigen, speziell für ihn bedruckten Becher mit dem getrockneten Kaffeekuss am Rand.

Der Becher war ein Geschenk von Katie. Nicht von einer der anderen Frauen. Sie hatte ihn in einem besonderen Laden anfertigen lassen, wo sie auch individuelle T-Shirts, Buttons und Sticker bedrucken. Ian ist ebenfalls ein Geschenk von Katie. Sie schenkte ihm den Fisch, nachdem er ihr von seinem Hund erzählt hatte und dass er allein in einem Viertel voller Rentner aufgewachsen war.

Und jetzt ist sie auf dem Weg nach oben, um ihn zu besuchen, fährt in dem klapprigen Aufzug bis zu seiner Tür. Sie will ihn sehen, will mehr über ihn erfahren. Ihr liegt viel an ihm. Und während sie mit dem Aufzug nach oben fährt, geht Faye die Treppe hinunter. Seine Untreue ist ein sicher bewahrtes Geheimnis.

Connor dreht der Balkontür den Rücken zu und sieht die leere Weinflasche auf der Küchentheke. Katie hatte sie mitgebracht. Sie haben sie zusammen ausgetrunken und dann die Matratze vor die Balkontür gezogen, um im Dunkeln auf die tausend Lichter der Stadt zu blicken. Connor hatte ihr gesagt, er wolle sie unter den Sternen lieben, aber die Lichter der Stadt waren zu hell, als dass sie sie hätten sehen können.

Natürlich hatte er sie trotzdem auf der Matratze vor der Glastür gevögelt. Er wollte, dass sie nah am Fenster waren, weil er davon ausging, dass das Pärchen im Gebäude gegenüber sie durch das Teleskop beobachtete, das er in ihrer Wohnung gesehen hatte. Und das Pärchen hatte tatsächlich beobachtet, wie sie es trieben. Zweimal. Dann hatten er und Katie noch bis spät in die Nacht geredet, und er war zur sanften Musik ihrer Stimme eingeschlafen.

Ein Teebeutel liegt neben der Spüle.

Am nächsten Morgen hatte sie Tee gekocht, bevor sie zur Arbeit gegangen war.

Jetzt sitzt die Erinnerung an sie in einer eingetrockneten Teepfütze mit Earl-Grey-Aroma.

Diese Teile von ihr sind ständig und überall da. Alles erinnert Connor an sie. Sie steckt in dem wachsgelben Wattestäbchen im Abfalleimer im Bad und in der Haarsträhne an der Kachel in der Duschecke. Sie steckt in der Frauenzeitschrift, die aufgeschlagen auf der Sofalehne liegt – sie haben zusammen den »Sind

Sie bei Männern zu wählerisch?«-Test ausgefüllt. Katie: ja. Connor: nein.

Connors Magen zieht sich vor Reue zusammen. Wie konnte er das nur übersehen? Er ist ein winziger Bogenschütze auf der pinkfarbenen Burg, der den gigantischen Goldfisch vorbeiziehen sieht. Es ist so deutlich zu erkennen. Der Kontinentalschelf, die bodenlose Schwärze, der unmerkliche menschliche Fleck in unendlicher Weite. Mit ihr könnte er so viel mehr sein. Mit ihr würde er nicht weggehen. Mit ihr war er sicher und zu Hause, auch wenn er in bodenloser Tiefe trieb.

Das ganze Zeug, das sie in seiner Wohnung verstreut hat, die ständige Erinnerung an ihre Präsenz in seinem Leben, macht diesen Ozean ein bisschen weniger einsam. Und während er sich alles ansieht, erkennt er endlich, dass ihn nichts daran stört. Sie ist erst seit kurzer Zeit in seinem Leben, aber all diese Teile von ihr ergeben etwas Größeres. Sie ist das Schönste und Wunderbarste überhaupt. Wie hat er das nur nicht erkennen können?

Warum ist Faye in meinem Leben?

Und warum Deb?

Er blickt auf die Pornohefte in der einen und die Taschentücher in der anderen Hand, und sie sagen ihm, dass er ihr unrecht getan hat. Sie unterstreichen seine Schande und wecken in ihm den Wunsch, für Katie ein besserer Mensch zu sein. Sie lassen ihn erkennen, dass es ihm ernst ist mit ihr.

Was stimmt nicht mit mir, dass mir Katie nicht reicht?

Faye ... toll im Bett, klar.

Deb ... grandios im Bett, sagenhaft.

Beide sind es. Aber das ist alles. Mehr nicht. Der einzige Unterschied liegt darin, dass die eine blond ist und die andere rothaarig. Deb und Faye, austauschbare Körper bei unterschiedlicher Verfügbarkeit.

Katie, auch toll im Bett, und hübsch, mit einem Lachen, das ihn immer dazu bringt, sich zu öffnen, und er ahnt, dass er tatsächlich mehr sein kann. Connor denkt an den Moment zurück, als sie die Matratze vors Fenster zogen und redeten, während sie auf die nächtliche Stadt hinausblickten. Es machte keine Mühe, das Gespräch in Gang zu halten. Er musste sich nicht anstrengen nachzudenken, was er sagen sollte. Tatsächlich war es im Handumdrehen drei Uhr morgens gewesen.

Das hat etwas zu bedeuten, oder?

Wenn er sich in seinem Apartment so umsieht, seinem persönlichen Raum, sind darin noch viel mehr Teile von Katie verstreut, und das gefällt ihm. So ist es ihm mit einer Frau noch nie ergangen.

Warum also gibt es Faye und Deb in meinem Leben?

Seine Reaktion auf Katies Klingeln zeigt auf, was ihm wichtig ist. Es spiegelt seine wahren Gefühle wider. Er wollte nicht mit Faye erwischt werden, weil es Katie verletzt hätte, was bedeutet, dass ihm Katie wichtiger ist als jede andere, und auch das ist ihm noch nie zuvor passiert.

Könnte es das sein, worum es bei der Liebe geht?, überlegt Connor. Er fragt sich, ob das ein Zeichen ist, ein plötzliches Aufleuchten von »Das ist Liebe« in grellem Neonlicht.

Oder kommt die Liebe eher nach und nach? Etwas, in das man hineinwächst?

Ist es ein Zeichen? Ich brauche ein Zeichen.

Plötzlich wird alles still. Die Nachttischlampe geht aus. Der Kühlschrankkompressor verstummt. Eine Stille befällt das ganze Haus, eher ein Gefühl als ein Mangel an Geräuschen. Das leise Summen aller elektrischen Geräte ist verschwunden. Auch wenn man es vorher nicht bemerkt hat, ist sein Fehlen definitiv wahrnehmbar.

Connor lauscht dem Rauschen des Verkehrs unten auf der Straße.

Connor weiß, dass etwas mit ihm nicht in Ordnung ist.

Connor weiß, dass sich etwas ändern muss, aber er hat gerade erst angefangen zu erkennen, was es sein könnte.

Die Stehlampe in der Ecke geht wieder an, und der Kühlschrank klickt und beginnt zu brummen. An der Digitaluhr am Herd leuchtet eine Reihe grüner Achten auf.

Ich liebe Katie, denkt Connor. Noch nie war ich mir bei irgendetwas so sicher.

Kapitel 21

*In dem die verruchte Verführerin Faye die Überreste
ihres Liebesspiels beseitigt und einen langen Abstieg beginnt.*

Faye öffnet die Tür zum Raum mit der Müll-Entsorgungsklappe. Die Scharniere quietschen fürchterlich, und der Griff klebt vor Dreck. Während die Tür hinter ihr zuschwingt, wischt sie sich die Hand am rosa Schlafshirt ab. Die Wände sind cremefarben gestrichen und weisen Schmierflecke und Streifen in den verschiedensten Farbtönen auf – je näher an der Metallklappe zum Müllschacht, desto mehr. Faye fasst den Saum des rosa Schlafshirts und benutzt es als Handschutz, um die Klappe zu öffnen. Vom aufsteigenden Gestank muss sie würgen. Es ist ein warmer, übel riechender Dunst, der ihr wie faulige Flüssigkeit ins Gesicht schlägt.

Sie lässt die Mülltüte in den Schacht fallen. Der Anblick des Saure-Apfel-Kondoms, das feucht gegen die Seite der durchsichtigen Plastiktüte gedrückt wird, während diese in den dunklen Schlund fällt, weckt in ihr den Wunsch, sich die Hände zu waschen. Das dumpfe Klatschen, mit dem die Tüte gegen die Wände schlägt, wird immer leiser, und Faye lässt abrupt den Griff los. Der Knall der zuschlagenden Klappe wird durch die Enge des Raumes noch verstärkt. Wiederum nimmt Faye das Schlafshirt, um die Tür zu öffnen, und als sie in den Hausflur tritt, holt sie tief Luft und atmet durch die Nase aus, um den ekligen Gestank loszuwerden.

Fay folgt den Schildern zum Treppenhaus. Sie hat im *Seville* noch nie die Treppe benutzt, was kein Wunder ist, da Connor im obersten Stockwerk wohnt. Sie nimmt immer den Aufzug, aber diesmal wird sie eben die Treppe nehmen, so wie Connor sie gebeten hat, damit sie nicht zufällig seiner Freundin über den Weg läuft.

Nicht, dass ich die von irgendeiner anderen Tussi im Haus unterscheiden könnte, denkt Faye.

Faye weiß, dass es sie gibt, und kennt auch ihren Namen, weil Connor oft von ihr erzählt. Gesehen hat sie diese Freundin aber noch nie. Für sie ist Katie ein beliebiges Mädchen mit Beinen und Armen, mit Brüsten, Augen und Haaren. Nichts, das irgendwie besonders wäre.

Faye weiß, dass Connor neben ihr und dieser Freundin noch andere Frauen hat. Es macht ihr nicht viel aus, da ihre Beziehung rein körperlich ist. Faye hat ebenfalls andere Liebhaber. Sie spricht vor Connor offen darüber, nur um ihn zusammenzucken zu sehen. Was er auch tut.

Faye ist überzeugt, dass es da draußen aus unterschiedlichen Gründen unterschiedliche Menschen gibt, die jeweils einen bestimmten Zweck in ihrem Leben erfüllen. Sie kann von keinem erwarten, dass er alle ihre Bedürfnisse befriedigt. Mit manchen kann man toll reden und mit anderen toll ins Bett gehen. Manche helfen, wenn es schwere Sachen zu tragen gibt, mit manchen kann sie sich prima für's Kino verabreden. Sie hält sich selbst für zu komplex und Männer für zu einfach, als dass einer, ein *einziger* allein sie reizen könnte.

Siebenundzwanzig Stockwerke voll Stufen bis runter zur Lobby, denkt Faye, als sie auf den ersten Treppenabsatz tritt. Sie fragt sich, warum sie sich einverstanden erklärt hat, zu Fuß zu gehen. Dafür wird Connor bezahlen. Das hier und dass sie Müllfrau spielen musste, legt eindeutig die Grenzen ihrer Zuneigung zu ihm fest.

Nein, korrigiert sie in Gedanken, nicht Zuneigung, eher Lust. Es sind die Grenzen ihrer Lust für ihn. »Zuneigung« impliziert, dass da etwas Tiefergehendes ist als die rein körperliche Anziehung, die sie verbindet, etwas Bedeutenderes, als dass ihre Körper regelmäßig kollidieren.

Sie schickt einen kleinen Seufzer ins Treppenhaus, und das Treppenhaus seufzt zurück. Rechts von ihr führt eine kurze Treppe zu einer Falltür zum Dach. Sie hat eine Klinke und an der Klinke ein kleines Schloss. Links von ihr liegt der Beginn ihres Abstiegs, einladend geöffnet, spiralförmig nach unten führend. Sie lehnt sich über das Geländer und sieht in den Schacht aus Nichts inmitten der Treppenspirale hinunter. Eine archimedische Spirale aus Handläufen streckt sich unter ihr aus und schrumpft in der Tiefe immer weiter zusammen. Sie erhascht einen Blick auf eine Hand, die einige Etagen tiefer ans Geländer fasst, aber so schnell, wie sie da war, ist sie auch schon wieder weg, und Faye fragt sich, ob sie tatsächlich existiert hat oder nur Einbildung war.

Siebenundzwanzig verdammte Stockwerke, denkt Faye, als sie den Fuß auf die erste Stufe setzt. Sie fragt sich, ob sie sie alle zählen und das Ergebnis Connor präsentieren soll, um irgendeine Belohnung einzufordern. Es würde langweilig werden. Und wäre die Sache nicht wert. Sie würde ihn auch ohne Ergebniszahl büßen lassen.

»Nimm die Treppe«, hatte er gesagt.

Scheiß drauf, war das Erste, was sie dabei dachte, aber in einem seltenen Fall von Selbstkontrolle bewahrte sie die Fassung.

Normalerweise hätte Faye ihm die Meinung sagen müssen, aber er war so süß gewesen, sein Gesichtsausdruck so flehend, sein Körper so sexy und sehnig wie der eines animalisch männlichen, verschwitzten Fahrradkuriers nach einer langen Schicht im August. Seine Haut war von einer stumpfen Schicht aus altem Schweiß bedeckt, als Folge ihres Vögelns. Seine wohlgeformten Muskeln und die Art, wie ihm die Jogginghose von den Hüften hing, der nackte Oberkörper und dazu sein flehender Blick. Er war heiß. Er war heiß, sein Körper fantastisch und diese Jogginghose geladen.

Sie reibt die Knie aneinander, während sie nach unten geht, um sich an das Gefühl mit ihm zu erinnern, das Gefühl, wie er zwischen ihren Schenkeln gelegen, sie auseinandergedrückt hat.

Connor ist nur einer ihrer derzeitigen drei Liebhaber. Da ist noch der Typ aus der Unibibliothek. Faye weiß nicht genau, wie er heißt, aber er sitzt immer in der Psychologie-Abteilung in der Studier-Ecke, die durch einen Stoff-Paravent von den Bücherregalen abgetrennt ist. Er trägt eine runde Nickelbrille und einen gut gepflegten Bart, der sein scharfes Kinn betont. Er liest immer irgendwelche Bücher und ist auf nerdige Weise sexy. Sie reden nie, sondern ficken nur kurz und leise hinter diesem Paravent. Immerhin ist es die Bibliothek.

Dann ist da noch Janine vom Schwimmbad. Vor Janine hatte Faye noch nie etwas mit einer Frau gehabt. Janine ist sehr zurückhaltend, außer wenn sie beim Sex kreischende Tiergeräusche von sich gibt. Wie ein Pavian. Sie hat außerdem einen tollen Körper, durchtrainiert vom täglichen kilometerweiten Schwimmen, eine Bahn nach der anderen. Manchmal geht Faye ins Campus-Schwimmbad, um zu sehen, ob Janine da ist, und das ist sie oft. Faye sitzt dann auf der Tribüne und beobachtet ihre gleichmäßigen, geschmeidigen Bewegungen beim Zerteilen des Wassers. Manchmal schwimmen sie gemeinsam, ohne Worte, nur mit der kathartischen Wiederholung der Bewegungsabläufe und dem gluckernden Gurgeln des Wassers an ihren Ohren. Es bringt sie zur Ruhe. Janine ist eine tolle Abwechslung, weil Faye Männer allmählich anstrengend findet.

Und dann ist da Connor, den sie in jeder Hinsicht anstrengend findet, sowohl im guten wie auch im schlechten Sinne und manchmal beides zugleich.

Bei der Erinnerung an ihn muss Faye unweigerlich stöhnen,

während sie ein rechteckiges Plastikschild passiert, auf dem »21. Stock« steht. Sie schraubt den Deckel ihrer Trinkflasche auf und nimmt einen Schluck. Sie hört andere Leute im Treppenhaus. Gemurmel und Schritte und das gedämpfte metallische Dröhnen, wenn Hände nach dem Geländer greifen. Dann das leise schürfende Geräusch, als Faye den Deckel der Wasserflasche wieder aufschraubt. Sie wischt sich mit dem Handrücken über den Mund.

Faye kann nicht erkennen, ob die Geräusche von oben oder unten kommen, weil die Laute von den Wänden widerhallen. Sie fügt den Tönen einen befriedigten Seufzer hinzu und lächelt. Diesen Laut wird jeder deuten können, es ist das vollmundige Seufzen postkoitaler Zufriedenheit, und wenn es nach Faye geht, soll ruhig jeder wissen, dass sie gerade einen der längsten, härtesten und legendärsten Fi –

Faye stolpert auf halber Treppe. Ein Schuss Adrenalin fährt in ihr Herz, und sie greift nach dem Geländer. Dabei lässt sie die Trinkflasche fallen, die rhythmisch die Stufen hinunterklappert. Faye fängt sich wieder und muss kichern.

Das Klappern der Flasche hört abrupt auf.

»Alles in Ordnung?«, kommt eine Stimme vom nächsten Treppenabsatz.

Faye sieht einen großen, dicken Mann. Er presst ein Päckchen gegen die Brust und hält in der anderen Hand ihre Wasserflasche. Seine Zehen zeigen leicht nach innen, was ihm eine nervöse, kindliche Haltung verleiht, ein auffälliger Kontrast zu seiner Größe, dem stopplichen Bart und den mächtigen Armen.

»Ja«, antwortet Faye. »Ich hab nur einen Moment die Balance verloren. Einen falschen Schritt gemacht.«

»Ich weiß, was Sie meinen«, sagt der Mann. »Manchmal reicht das schon aus.«

Kapitel 22

*In dem Jimenez Zeuge einer spontanen Schöpfung
im Dunklen wird.*

Das Feuer beginnt als blauer Elektroblitz in der Größe eines Stecknadelkopfes. Es ist ein winziger, perfekter Stern mit Lichthof und Zacken, die sich in vier Richtungen erstrecken. Gleichzeitig ist ein simpler, knisternder Knall zu hören. Das Geräusch erinnert Jimenez an das alte Transistorradio seiner *abuelita*, seiner Großmutter. Wenn sie es anschaltete, um nach dem Abendessen die Nachrichten zu hören, knisterte und krachte es ebenso. Innerhalb des Aufzugs ist es im Verhältnis zu seinen Auswirkungen ein eher verhaltenes Geräusch.

Der Funke schwebt durch die Dunkelheit der Kabine, verharrt in der Luft und wird über die Spiegel nach allen Seiten hin in scheinbarer Unendlichkeit reflektiert. Er bildet sein eigenes kobaltblaues Sternbild, eine endlose Ansammlung leuchtender Punkte, unzählige strahlende Tupfen, die dem absoluten Schwarz Tiefe verleihen. Eine spontane Schöpfung im Dunkeln. Wäre die Ursache nicht bekannt, würde sie in ihrer Schönheit wie ein echtes Wunder wirken.

Aber Jimenez kennt die Ursache für ihr Erscheinen, und er hat Angst.

Wenn die Ursache von etwas bekannt ist, hat es nicht mehr denselben geheimnisvollen Zauber, wie wenn sie nicht bekannt wäre, was wunderbar und schrecklich zugleich ist. Wunderbar, weil es so ist, als würde man einen Blick ins Universum erhaschen und ein kleines Stück seiner Komplexität begreifen. Und schrecklich, weil mit jeder Entdeckung ein kleines Stück Magie von der Welt verschwindet.

Der elektrische Schlag, der mit dem Lichtblitz einhergeht, lässt Jimenez' Arm verkrampfen. Der Strom fließt über seine Fingerspitzen durch die Muskeln bis zur Schulter und nimmt dann den Weg über die Seite seines Körpers bis zum Boden, wobei alles für einen kurzen Moment in schmerzvollem Krampf erstarrt. Jimenez lässt das Kabel los. Er bekommt seinen Arm wieder unter Kontrolle und schüttelt ihn aus, als wollte er überschüssige Elektrizität fortschleudern und sich vergewissern, dass er wieder Herr seines Körpers ist. Was bleibt, ist ein brennender, erschöpfter Schmerz in den Muskeln, der bis tief ins Gewebe strahlt. Aber Jimenez hat wenig Zeit, sich um seinen Arm zu kümmern.

Binnen weniger Sekunden blüht der Funke auf, schwillt das stecknadelkopfgroße Licht zur Größe einer Streichholzflamme an. Das Dunkel im Aufzug vergeht. Die Flamme erzeugt einen so blendenden Kontrast aus tiefen Schatten und grellem Leuchten, dass sie die Farben aus Jimenez' Wahrnehmung vertreibt und ihn zwingt, gegen die Helligkeit die Augen zusammenzukneifen. Dann wächst sie weiter, lässt Finger und Zungen sprießen, wie ein lebendiges Wesen, das nach allem leckt, was sein hungriges Wachstum nähren könnte. Knisternd und Funken sprühend frisst es sich eine kurze Strecke über die Wand und hinterlässt eine schwarz verkohlte Spur.

Jimenez zieht seine Arbeitshandschuhe aus der Gesäßtasche und schlägt nach dem Gefunkel. Bei jedem Schlag scheint das Feuer seitlich auszuweichen und sich zu verteidigen, indem es nach den Handschuhen greift und sie in Flammen hüllt. Offenbar bekommt es sie aber nie richtig zu fassen. Es lodert protestierend auf und spuckt feurige Funkentropfen, die zu Boden fallen. Jimenez tritt auf die kleinen Feuerpfützen, während er mit den Handschuhen weiter auf die Flammen einschlägt.

Er kann jetzt alles klar erkennen. Statt Schwärze leuchtet Feuerschein, von allen Spiegeln reflektiert. Die kleine Kabine heizt sich schnell auf, und Jimenez steht der Schweiß auf der Stirn. Er fuhrwerkt im geballten Licht, holt aus und drischt immer wieder auf das Feuer ein. Die Flammen fauchen und schlenkern mit jedem Schlag. Der Angriff lässt sie schrumpfen und stocken, schwellen und schnauben. Jimenez' Ärmel fängt vorübergehend Feuer, wird aber durch heftiges Schütteln gleich wieder gelöscht.

Die Luft im Fahrstuhl trübt sich, eine Wolke aus beißendem Dampf rollt zur Decke. Zunächst ist sie ein feiner kräuselnder Hauch, dann zentimeterdick, dann eine breite Rauchschwade. Jimenez hustet, hebt den Arm vor das Gesicht, die Ellenbeuge über dem Mund, und atmet durch den Stoff seines Hemdes. Dabei setzt er unablässig den Kampf gegen das Feuer fort. Der Rauch ist widerwärtig, künstliche Chemikalien, vermischt mit brennendem Plastik. Zäh beißt er ihm in die Kehle, würgt ihm jedes Mal die Luft ab, wenn er versucht einzuatmen. Jimenez geht keuchend in die Knie, als sich die Rauchwolke von der Decke abstößt und nach unten wirbelt. Kurze Zeit später liegt er fast schon am Boden, damit sein Kopf nicht vollständig umhüllt ist.

Nur noch wenige Sekunden, weiß Jimenez, und er wird ersticken. Es wird nicht lange dauern, denkt er, der Raum ist eng und die Luft völlig verseucht.

Wenn sie mich finden, denkt er, dann mit rußgeschwärzten Arbeitshandschuhen in der Hand und einem verkohlten Ärmel. Ich werde rot geschwollene Augen von den Chemikalien haben und entweder teilweise oder vollständig verbrannt sein, je nachdem, wie hungrig dieses Feuer tatsächlich ist. »Er hat tapfer gekämpft«, werden sie sagen, »aber es hat nicht gereicht.« Dann werden sie fragen: »Weiß irgendjemand, wer dieser verkohlte Mann ist?« Und die Leute werden mit den Schultern zucken.

Wenn sie meine Habseligkeiten durchgehen, werden sie all die

Artefakte eines einsamen Menschen ohne Familie finden, ohne Geliebte und ohne Freunde. Sie werden mich bedauern. Die einzigen Hinweise auf mein Leben werden zwei Tiefkühlgerichte in meinem Gefrierschrank sein und der alte Liebesroman auf meinem Nachttisch, eine zerfledderte Ausgabe von Dee Dee Drakes *Piraten der Liebe*. Diese alten Romane, in denen es noch um Liebe geht und nicht nur um Sex, sind immer noch die besten.

Seine Gedanken rasen, während er das Feuer zu ersticken versucht, und er stellt sich vor, wie zwei Arbeiter seine Wohnung ausräumen. Sie werden das Tiefgaragentor rumpeln hören und die Vibrationen im Boden spüren und traurig den Kopf schütteln. Wahrscheinlich werden alle meine Sachen in eine einzige Kiste passen, denkt er. Vielleicht zwei. Die taugen nicht mal für einen Flohmarktverkauf. Alles zusammen ergäbe das einsame Testament eines halb gelebten Lebens und eines Erstickungstods im Fahrstuhl.

Wenn sie nach jemandem suchen, dem sie meine klägliche Lebensversicherung auszahlen sollen, werden sie niemanden finden. Die ist für die Wohlfahrt bestimmt. Wenn sie nach jemandem suchen, der einen Nachruf auf mich schreibt, wird niemand da sein. Von meinem Leben wird nichts bleiben, das mich überlebt. Ich werde ganz und gar in den trüben Strömen der Zeit verschwinden.

Ich kann nicht zulassen, dass sie dieses Leben finden, denkt Jimenez. Ich werde es nicht zulassen.

Er verdoppelt seine Anstrengungen, drischt doppelt so schnell auf das Feuer ein, schiebt seine Handschuhe mit aller Macht in die Flammen, um sie zu ersticken. Seine hastende Hand ist im aufblitzenden Nebel nur ein verschwommener Fleck. Der Brand wird kleiner und kleiner, je heftiger er sich vorarbeitet.

Und dann wird alles dunkel. Die Wände knistern und knacken, wo sie nach dem Feuer abkühlen.

Luft gibt es immer noch keine.

Jimenez hustet und keucht. Er wischt sich mit dem Arm über das Gesicht. Tränen strömen aus den brennenden Augen, sein Körper versucht, die Reizstoffe auszuschwemmen. Überall ist Rauch, seinen Lungen schreien nach einem Atemzug frischer Luft. Jimenez fühlt sich benommen. Er kann sich nicht erinnern, wann er das letzte Mal saubere Luft eingeatmet hat. Wann immer es war – dieses Quäntchen Luft in ihm ist jetzt verbraucht und will ausgeatmet werden. Dennoch behält er es in sich, weil es nichts gibt, womit er es ersetzen kann.

Jimenez erinnert sich an die Einstiegsluke in der Decke des Fahrkorbs.

Im luftlosen Dunkel tastet er über den Boden und die Wand hinauf. Er findet den Handlauf, der in Hüfthöhe über die Innenwände verläuft, und folgt ihm in eine Ecke. Dort steigt er, den Hintern in die Ecke gepresst, mit den Füßen auf die rechtwinklig aufeinandertreffenden Stangen und stützt sich mit seinem freien Arm an der Decke ab. Verzweifelt tastet er über sich nach der Luke. Da. Die Klappe befindet sich fast direkt über ihm. Er drückt dagegen, doch nichts rührt sich. Er hämmert mit der Faust dagegen, und nach ein paar kräftigen Hieben gibt die Luke nach und schwingt auf.

Jimenez ist zu groß, als dass er durch die Öffnung passen würde, aber nach kurzer Zeit schon teilt ihm seine Nase mit, dass das Abteil durchlüftet wird. Der Rauch steigt in den dunklen Hohlraum des Fahrstuhlschachts auf. Er kann wieder atmen, was er zunächst vorsichtig versucht und dann, als er die Luft für frisch genug hält, in tiefen Zügen tut. Es stinkt noch immer, aber er hat nicht mehr das Gefühl, daran zu ersticken.

Jimenez streckt den Kopf durch die Luke. Ein schwacher Lichtschimmer dringt durch den Spalt zwischen den Aufzugtüren im ersten Stock, knapp über ihm. In dem matten Licht entdeckt Jimenez keine Armeslänge von der Lukenöffnung entfernt einen Wählschalter, der horizontal aus dem Kabinendach aufragt. Er blinzelt, um klarer sehen zu können, und kneift dann die Augen zusammen. Der Schalter ist unten von Staub und Schmutz verklebt, was er vermutlich nicht sein sollte, denkt Jimenez. Er zwängt Arm und Schulter durch die Öffnung und legt den Schalter um. Das Licht im Aufzug geht an, und der Fahrkorb bewegt sich mit einem kurzen Ruck, als der Strom wieder fließt. Das Geräusch hallt in den schwarzen Hohlraum hinauf.

Jimenez lässt sich wieder in den Fahrkorb hinunter und schließt die Luke.

Kurze Zeit später bleibt ihm von dem ganzen Zwischenfall nichts weiter als ein übler Geschmack im Mund und der Geruch von verbranntem Kunststoff in der Nase. Seine Arbeitshandschuhe sind versengt, sein Hemdsärmel ist verkohlt, die Haut darunter ist zwar ein wenig gerötet, aber unverletzt.

Er begutachtet das aufgeschraubte Bedienfeld. Auch dort sind rußgeschwärzte Stellen zu erkennen, aber alles scheint noch intakt und so verbunden, wie es sein sollte. Er nimmt die Abdeckung und schraubt sie fest. Die Spuren des Brandes sind größtenteils unsichtbar, abgesehen von einem verschmierten Rußfleck unterhalb des Schaltpaneels.

Er drückt einen Knopf.

Die Türen gleiten auf.

Jimenez seufzt und schnuppert an seiner Kleidung. Er muss sich umziehen. Sein Ärmel ist angesengt, und er riecht nach Industriebrand. Er drückt den Knopf für den zweiten Stock. Beim ersten Mal leuchtet er nicht auf, beim zweiten Mal aber doch.

Die Aufzugtüren gleiten wieder zu.

Jimenez lächelt und wedelt kraftlos mit der Hand, als könnte er so den schlechten Geruch aus der Kabine vertreiben. Er schiebt die Hände in die Hosentaschen und lehnt sich zurück, um sein

Werk zu bewundern. In der linken Hosentasche fühlt er einen zusammengefalteten Zettel.

Er zieht ihn hervor und liest: »Leck unter der Spüle. Apartment 2507.«

Das dürfte vergleichsweise einfach sein.

Kapitel 23

*In dem Garth der verruchten Verführerin Faye begegnet
und den langen Aufstieg in seine Wohnung beendet.*

Garth kann keinen Schritt mehr weiter. Seine Beinmuskeln sind heiß und zittern vor Überanstrengung.

Das werde ich morgen noch spüren, denkt er und fragt sich, ob er überhaupt noch wird gehen können oder vor Erschöpfung gelähmt sein wird, wenn am nächsten Morgen die Sonne aufgeht.

Er lehnt sich gegen die Wand und spürt kühl den Beton durch den schweißfeuchten Stoff über seinem unteren Rücken. Er nimmt die schwarze Plastiktüte in die eine Hand und legt die andere auf die Hüfte, um den Krampf aus der Seite herauszudehnen. Zwanzigster Stock. Vor ihm liegen noch fünf, und er hat schon mehrere Eide geschworen, dass er mehr Sport treiben, abends weniger Bier trinken und den Organspendeausweis seiner Lebensversicherung ausfüllen wird, sofern er diesen Aufstieg überhaupt überlebt. Und wie bei selbigen Vorsätzen zum Jahreswechsel, ist er jetzt schon sicher, dass er keinen davon beherzigen wird. Er nimmt sie als das, was sie sind: Bewältigungsstrategien.

Plötzlich hört Garth weiter oben ein scharrendes Geräusch und einen kurzen Aufschrei. Eine hübsche junge Frau, die von oben herunterkommt, hat eine Stufe verfehlt und stolpert. Sie beginnt zu kippen, ihr Körper lehnt sich gefährlich weit vor, und sie droht kopfüber die Betontreppe hinunterzufallen. Garth springt los, um sie aufzufangen, erkennt dann aber, dass er zu weit weg ist. Bestenfalls wird er ihren Fall bremsen können, sobald sie den Treppenabsatz erreicht, aber vorher wird sie sich einige Male stoßen.

Zum Glück schießt eine Hand der Frau zur Seite, sie packt das Geländer, und ihr Fuß findet Halt. Allerdings verliert sie ihre Trinkflasche, die nun die Stufen hinunterpoltert und vor Garths Füßen liegen bleibt. Die Frau steht mit ausgestreckten Armen und weit gespreizten Beinen da, schafft es jedoch, nicht hinzufallen. Dann richtet sie sich auf und atmet tief durch. Sie scheint es lustig zu finden, denn sie kichert, als wollte sie sich für ihre eigene Ungeschicklichkeit schelten.

Garth hebt ihre Flasche auf, ehe er fragt: »Alles in Ordnung?« Mit der anderen Hand presst er sein Päckchen gegen die Brust.

Ihr erschrockener Blick verrät, dass sie ihn nicht gesehen hat. Aber sie erholt sich schnell und antwortet: »Ja, ich hab nur einen Moment die Balance verloren. Einen falschen Schritt gemacht.«

Sie geht weiter die Treppe hinunter, auf ihn zu, und hält sich dabei am Geländer fest. Ihre Bewegungen sind anmutig und fließend, ein Fuß tritt genau vor den anderen, wobei sich ihre Knöchel fast berühren, und ihre Hüften schwingen wie bei einem Model auf dem Laufsteg. Obwohl sie nur leichte Ballerinas trägt, eine Jeans und ein zerknittertes rosa Schlafshirt, sieht sie umwerfend aus. Ihr Haar ist zu einem unordentlichen Pferdeschwanz zusammengebunden, wirkt aber, als müsse es genau so sein. Sie trägt kein Make-up und hat es auch nicht nötig. Ihre Haut ist glatt und ebenmäßig – von ganz natürlicher Schönheit. Sie sieht aus, als käme sie gerade aus dem Bett, aber sie hätte ebenso gut ein festliches Abendkleid überwerfen und zu einer formellen Verabredung in die Stadt fahren können, anstatt ein rosafarbenes Schlafshirt anzuziehen und ein schmuddeliges Treppenhaus hinunterzusteigen.

»Ich weiß, was Sie meinen.« Garth denkt kurz darüber nach, wie wahr diese Aussage ist … zu dem vorübergehenden Verlust der Balance, dem falschen Schritt. »Manchmal reicht das schon aus«, fügt er hinzu.

Sie nickt, doch er merkt, dass sie den Sinn nicht versteht. Vielleicht hat er zu viel Bedeutung in seine Worte gelegt, und nun spürt er, wie er vor Verlegenheit rot wird, weil er so melodramatisch war. Er erkennt, dass sie in Gedanken woanders ist, und hofft, sie hat es nicht bemerkt.

»Ich heiße Garth«, sagt er, als sie seinen Treppenabsatz erreicht. Er hält ihr die Wasserflasche entgegen.

»Faye«, sagt die Frau und mustert ihn eine Weile, bevor sie die Flasche nimmt. Sie streckt eine Hand vor, damit er sie schütteln kann.

Garth fasst ihre zarte Hand mit seiner fleischigen und schüttelt sie zweimal kurz und unbeholfen. Dabei hält er den Ellbogen dicht am Körper, damit sie den Schweißfleck nicht sieht, der sein Hemd durchtränkt. Er ist sicher, dass er stinkt, und ebenso sicher, dass sie es nicht tut.

»Was für ein Aufstieg«, sagt er und lacht. »Ich muss schon das dritte Mal Pause machen.«

»Ja, ganz schön bescheuert, wenn man so viele Stufen rauflaufen muss, um zu seiner Wohnung zu kommen«, bestätigt Faye. »Oder so viele runterlaufen, um von einer wegzukommen«, fügt sie mit einem Blick über die Schulter nach oben hinzu, als wollte sie prüfen, dass sie nicht verfolgt wird.

»Wohnen Sie hier?«

Faye lacht. »Nein, tu ich nicht. Ich war nur zu Besuch.« Nach kurzer Pause sagt sie: »Ich habe mit einem Studienkollegen an einer Seminararbeit geschrieben.«

Faye und Garth sehen sich einen Moment lang an. Faye mustert Garths Plastiktüte. Garth mustert erneut Fayes unordentliches Haar. Stumm schätzen sie einander ab und entscheiden, dass beide ihre Geheimnisse haben, intime Geheimnisse, die sie nicht vertrauenswürdig machen. Als keiner mehr etwas sagt, geht Faye ohne einen Blick zurück an Garth vorbei nach unten.

»War nett, Sie kennenzulernen, Garth«, sagt sie und hebt kurz die Hand über die Schulter. »Machen Sie's gut.«

»Sie auch, Faye«, erwidert Garth. »Und passen Sie auf die Stufen auf.«

Faye gibt ein »M-hmm« von sich und nickt.

Garth sieht ihr nach, bis sie um die nächste Ecke verschwindet, dann poltert er die letzten fünf Etagen zu seiner Wohnung hinauf. Erleichtert liest er das Schild »25. Stock«. Das Treppenhaus zu verlassen fühlt sich an wie eine Wiedergeburt, als wäre ihm eine Last von der Seele genommen. Die aufgeregte Vorfreude von vorhin durchzieht ihn erneut, und er betritt den Flur der fünfundzwanzigsten Etage mit leichterem Schritt als den Anfang des Treppenhauses unten. Es ist eine Heimkehr, und als die Feuertür hinter ihm ins Schloss fällt, spürt er förmlich, wie sich seine Laune hebt. Er hat es geschafft. Er ist fast da. Mit beschwingten, beinahe hüpfenden Schritten geht er auf seine Wohnungstür zu.

Am Ende des Korridors, vor seiner Tür, sortiert er unbeholfen seine Schlüssel und schafft es endlich, das Schloss zu öffnen, die Klinke zu drücken, die Tür aufzustoßen. In der Wohnung lässt er den Rucksack von den Schultern gleiten und wirft ihn in den Einbauschrank im Flur. Krachend landet er dort an der Wand. Dann der Schutzhelm. Garth schleudert die Arbeitsschuhe hinterher und schließt die Schranktür. Er geht durch den Flur zur Küche und sieht sich um.

In der Spüle steht ein Glas, in das es aus dem Wasserhahn hineintropft. Heute Morgen war das Glas leer, jetzt läuft es über. Irgendwann im Laufe des Tages ist das tropfende Geräusch von einem leisen Plitschen zu einem klangvoll vibrierenden Platschen angeschwollen. Am Rand der Küchentheke steht ein Toaster, um den ein paar Krümel liegen, aber alles in allem, stellt Garth fest, sieht es hier ziemlich sauber aus. Allerdings nicht so sauber, dass es gestellt wirkt.

Garth legt sein Päckchen neben die Spüle und kontrolliert den Schrank darunter. Als er die Tür öffnet, fällt ein kleines Stück Zahnseide herunter, das zwischen Tür und Schrank eingeklemmt war. Garth schüttelt den Kopf, pickt es mit Daumen und Zeigefinger vom Boden auf und wirft es in den Mülleimer. Er schließt die Schranktür wieder.

Mit dem Päckchen im Arm geht er Richtung Schlafzimmer, bleibt aber noch einen Moment an der Balkontür stehen, um hinauszusehen. Von hier aus bietet sich ihm ein weiter Blick auf die gegenüberliegenden Gebäude und darüber hinaus, so weit das Auge reicht. Das war einer der Gründe, warum er beim Unterschreiben des Mietvertrags bereit war, zweihundert Dollar mehr pro Monat zu zahlen als geplant. Nie kann er an diesem Ausblick vorbeigehen, ohne ihn in sich aufzunehmen, denn er verändert sich mit jeder Sekunde. Das Licht ändert sich ständig, und immer bewegt sich irgendetwas. Es ist ein lebendes Kunstwerk.

Garth geht ins Schlafzimmer und zieht die Vorhänge zu. Der Raum ist fast dunkel, nur ein schwacher Lichtschimmer dringt durch den schmalen Spalt zwischen Vorhang und Wand. Er schaltet die Nachttischlampe ein. Dann zieht er das Päckchen aus der Plastiktüte und legt es aufs Bett, wo er sich daran ergötzt, dass das Braun des Päckchens einen schönen Kontrast zur hellblauen Überdecke bildet. Er streicht das Päckchen glatt, richtet es zur Bettkante aus und tritt zurück, um den korrigierten Anblick zu bewundern. Seine Bewunderung ist aber nur von kurzer Dauer, bevor seine Neugier Überhand gewinnt. So lange hat er gewartet, und jetzt zittert er fast vor Vorfreude, da das Warten ein Ende hat.

Langsam und vorsichtig schiebt er einen bebenden Finger unter den Klebestreifen, der das Papier zusammenhält, und löst die Verbindung.

Dann, eifriger, öffnet er das Päckchen.

Kapitel 24

*In dem eine dreifüßige Petunia Delilah
an Türen klopfen geht.*

Langsam lässt Petunia Delilah das nasse Nachthemd aus den Fingern rutschen. Faltenweise, schwer vor Nässe, fällt es Stück für Stück wieder bis zu den Knien hinunter. Der Stoff ist kühl auf ihrer Haut, wofür sie dankbar ist, weil ihr Körper vor lauter Stress zu brennen scheint. Sie beobachtet im Spiegel, wie der Saum des Nachthemds auf die ursprüngliche Länge zurückgleitet. Ihr Haar hängt schlaff vor Schweiß, ein paar Strähnen kleben an Stirn und Wangen. Ihre Haut ist blass, aber die Wangen sind glutrot. Sie hat dunkelviolette Ringe unter den Augen.

Ich brauche sofort Hilfe, denkt sie.

Das schaffe ich nicht allein.

Hier drin kann ich keine Hilfe kriegen, aber ich brauche sie dringend, denkt sie.

Ich muss die Wohnung verlassen und Hilfe suchen.

Langsam, mit ausgebreiteten Armen Halt an Türrahmen und Wänden suchend, wendet sie sich von ihrem Spiegelbild ab und schlurft in Richtung Wohnungstür. Als sie dort ankommt, weiß sie, dass mehr als nur ein Fuß aus ihrem Unterleib herausragt. Es ist sicher schon ein ganzes Bein. Sie hat Angst nachzutasten, aber sie weiß, dass es da ist, weil es mit ihren Bewegungen mitschwingt und gegen die Innenseite ihres Oberschenkels schlägt. Es gab eine Zeit, da hat sich dieses Bein von allein bewegt und sie getreten. Jedes Mal, wenn sie es spürt, verzieht sie entsetzt das Gesicht. Mehr als alles in der Welt will sie, dass es ihrem Baby gutgeht.

An der Wohnungstür schiebt sie die Kette zurück, löst den Riegel, zieht die Tür auf und tritt in den Hausflur. Die Tür schwingt hinter ihr ins Schloss. Automatisch verriegelt der Türschnapper. Daran hatte sie nicht gedacht. Hoffentlich muss sie nicht wieder hinein, denn der Schlüssel hängt an einem schlüsselförmigen Haken im Wohnungsflur.

Der Korridor ist nur schwach beleuchtet. Die Birne in der Wandleuchte neben ihrer Wohnungstür ist durchgebrannt, schon seit Wochen. Sie wollte beim Hausmeister eine Reparaturanfrage einreichen, ist aber bisher nicht dazu gekommen. Sie hat die Wohnung schon lange nicht mehr verlassen, deshalb ist sie nicht mehr daran erinnert worden. Abgesehen vom gedämpften Summen durch die Lüftungsöffnungen auf beiden Seiten ist es ruhig. Schon oft hat sie hier draußen Leute reden gehört oder Stimmen aus Fernsehern hinter irgendwelchen Türen. Im Moment gibt es keine solchen Geräusche.

Sie blickt den Korridor hinunter, der ihr viel länger vorkommt als sonst, als hätte er sich genau in dem Moment ausgedehnt, in dem ein kurzer Flur für sie besser gewesen wäre.

Petunia Delilah lässt einen Unterarm über die Wand gleiten, um sich abzustützen, und geht schwankend auf die nächste Tür zu. Den anderen Arm hält sie gekrümmt um ihren Bauch geschlungen. Es scheint eine Ewigkeit zu dauern, aber sie senkt den Kopf, schlurft weiter und denkt an alles andere als ihren Schmerz und ihre missliche Lage. Der Teppich ist schmutzig. Hin und wieder bleibt ein Steinchen an ihrer Fußsohle kleben und wird ein paar Schritte weiter wieder abgestreift. Dann berührt ihr Unterarm eine Türklinke. Sie sieht auf. Oberhalb des Spions ist in matten Messingziffern die Apartmentnummer auf die braun lackierte Tür genagelt: 802.

Petunia Delilah stellt sich direkt vor die Tür, stützt einen Arm am Türrahmen ab und legt die Stirn auf den Arm.

»Hallo«, sagt sie mit rasselnder, gurgelnder Stimme, die im leeren Korridor widerhallt.

Sie klopft an die Tür und wiederholt: »Hallo.«

Petunia Delilah wartet einen Moment. Es kommt keine Antwort.

Warum sollte auch jemand zu Hause sein?, überlegt sie nüchtern. Es ist noch zu früh. Wahrscheinlich räumen die Leute gerade erst ihre Schreibtische auf oder hängen ihre Werkzeuggürtel an den Haken, um Feierabend zu machen. Niemand, der tagsüber arbeitet, ist jetzt schon zu Hause, nur Schwangere mit Hyperdingsda sitzen um diese Tageszeit in ihren Wohnungen herum.

Petunia Delilah fühlt sich einsam und verängstigt. Eine heranrollende Wehe lässt sie scharf die Luft einsaugen. Sie hält den Atem fest in ihren Lungen, während die Wehe ihren Höhepunkt erreicht, und lässt ihn langsam entweichen, als sie nachlässt. Dieses Mal war es nicht so schlimm. Es hat schon Schlimmere gegeben.

Sie hämmert mit dem Handballen gegen die Tür, die darauf im Türrahmen scheppert.

»Wenn Sie zu Hause sind, dann machen Sie doch bitte auf.« Sie dreht den Kopf und legt ein Ohr gegen die Tür, hört aber nichts.

»Ich brauche Hilfe«, fügt sie leise hinzu, mehr für sich als für jemand anderen.

Der Türlack liegt kühl und beruhigend unter ihrer Wange, also verharrt sie noch eine Minute länger in dieser Position und lauscht dem pulsierenden Rauschen in ihren Ohren. Sie ist erschöpft, aber sie weiß, dass sie noch einen sehr langen Weg vor sich hat, ehe sie ausruhen darf. Es fängt gerade erst an, dabei ist sie jetzt schon so müde. Das Baby braucht Hilfe, aber sie ist nicht sicher, ob sie stark genug ist. Sie hat panische Angst, bei ihrem ersten wahren Test als Mutter zu versagen – dabei, das Kind zur

Welt zu bringen. Sie weiß nicht, ob sie weiter mit sich leben könnte, wenn sie jetzt versagte.

Hier ist niemand außer mir, denkt sie.

Sie muss sich anstrengen, um erneut zu fokussieren, sich aufzurichten und weiterzugehen.

Mit dem Unterarm an der Wand, der beim Vorwärtsgleiten das zischelnde Geräusch einer gesprächigen Schlange macht, arbeitet sich Petunia Delilah durch den Hausflur. Vor ihr liegen eine weitere Wohnungstür, dann die Tür zum Treppenhaus, dann noch eine Wohnungstür. Sie setzt einen Fuß voran, dann den anderen, dann wieder den ersten. Sie hofft, dass die nächste Wohnung die richtige, dass dort jemand zu Hause ist. Am besten eine Geburtshelferin an ihrem freien Tag, der es nichts ausmacht, sich um eine Frau mit Steißgeburt zu kümmern, die an die Tür ihrer Zwei-Zimmer-Wohnung klopft.

Und hier ist es, mit »803« in Messing an der Tür. Wiederum lehnt sich Petunia Delilah gegen den Türrahmen, die Füße hüftbreit auseinander, was ihr ein wenig Erleichterung verschafft.

Klopf, klopf, klopf und ein schwaches »Hallo?«.

Nichts.

Petunia Delilah schlägt mit der Faust gegen die Tür. Am liebsten würde sie die Tür aus den Angeln schlagen, sie geradewegs aus dem Rahmen drücken, ob jemand zu Hause ist oder nicht. Sie will ans Telefon. Sie will Hilfe. Sie will, dass das hier auch das Problem von jemand anderem ist. So oder so will sie das Kind aus ihrem Körper und sicher in ihren Armen haben. Sie will, dass alles vorbei ist, und zwar genau in diesem Moment. Und dann will sie ein verdammtes Eiscreme-Sandwich.

Sie hämmert und brüllt: »Hallo! Ist da jemand? Macht die verdammte Tür auf!« Als sie am Ende des letzten Satzes ankommt, schluchzt sie.

Die Wandleuchte neben der Tür schickt ein einsames Licht in

den trüben Korridor. Es flackert leicht, als sich Petunia Delilah gegen die Tür lehnt. Sie schreit und hämmert und hört ein Geräusch, von dem sie irgendwann erkennt, dass es von ihr stammt, aber nicht, wie lange schon. Ihr hängt der Mund offen, die Lippen nass, die Wangen nass, und ein heiseres Ausatmen entringt sich ihrer Brust.

Keine Antwort.

Am liebsten würde sie sich hinsetzen, den Rücken gegen die Tür von Apartment 803 gelehnt, nur ein paar Minuten, damit sie wieder Kraft sammeln kann. Aber nein, sie weiß, das Leben des Kindes, und vielleicht sogar ihr eigenes, liegen allein in ihrer Hand. Sie wird nicht aufgeben. Am hinteren Ende des Flurs, nicht weit, aber zu weit für sie, leuchtet ein rotes »Notausgang«-Schild über der Tür zum Treppenhaus. Dahinter liegt die Tür zu Apartment 804.

»Vorwärts!« Sie lacht, während sie weint. Mit einer Hand zieht sie das Nachthemd über die Knie nach oben, um besser laufen zu können. Ihre Beine sind so schwer, aber sie bewegt sie trotzdem.

Ein Fuß, der andere Fuß, dann wieder der erste.

Sie hält wieder den Unterarm zum Abstützen gegen die Wand, und er flüstert, während ihre Haut über die glatte Farbe gleitet. Auf halbem Weg zwischen Apartment 803 und dem »Notausgang«-Schild geht mit einem Knall die Treppenhaustür auf. Petunia Delilah erstarrt, als ein kleiner Körper durch den Türrahmen taumelt, vornüber auf den Teppich fällt und reglos liegen bleibt, vollkommen unbeweglich, vielleicht sogar ohne zu atmen. Sie kann es nicht erkennen.

Sie beobachtet.

Es ist ein Junge. Atmet er?

Er rührt sich nicht.

Lebt er überhaupt?

Der hydraulische Arm zischt, die Tür fällt zu. Petunia Delilah erwacht aus ihrer Starre.

Die Brust des Jungen hebt und senkt sich mit jedem Atemzug. Er lebt.

»Hallo?«, sagt sie. »Du da. Junge auf dem Boden. Bist du okay?«

Der Junge rührt sich nicht.

Petunia Delilah schlurft ein paar Schritte vorwärts und fragt noch einmal.

Er liegt einfach da, das Gesicht auf dem Teppich, Arme und Beine gespreizt.

Das Bein zwischen ihren Beinen zuckt, tippt leise gegen die Innenseite ihres Schenkels. Sie muss wieder weinen, weil es sie daran erinnert, in was für einer Situation sie sich befindet.

Als sie den Jungen erreicht, stupst sie ihn leicht mit dem Zeh. Er bewegt sich nicht, also tritt sie ihm gegen die Schulter. Er bewegt sich immer noch nicht, und Petunia Delilah geht einen Schritt um ihn herum. Sie muss ihn liegen lassen. Bei ihrem nächsten Schritt stößt er einen schwachen Klagelaut aus. Petunia Delilah bleibt stehen. Es ist offensichtlich, dass er Hilfe braucht, und wenn er hier auf dem Teppich sterben sollte, würde sie sich das niemals verzeihen. Sie geht in die Hocke und stützt sich dabei mit einem Arm an der Wand ab. Den anderen streckt sie vor, um den Jungen am Bein zu packen.

»Okay«, sagt sie. »Wir schaffen das. Komm schon, kleiner bewusstloser Junge. Wir drei. Gehen jetzt los.«

Sie macht einen Schritt Richtung Apartment 804 und schleift den Jungen am Knöchel hinter sich her.

Kapitel 25

*In dem die einsiedlerische Claire ihren Job verliert,
ein paar Lebensmittel bestellt
und die Einsamkeit der Stadt berechnet.*

Der Ofen macht »Ping«. Er ist vorgeheizt und wartet auf die Quiche.

Claire blinzelt, dann hastet sie durch die Küche, hebt die Form von der Arbeitsfläche und schiebt sie in den Ofen. Sie nimmt eine Küchenrolle aus der Schublade neben dem Herd und holt einen Sprühreiniger aus dem Schrank unter der Spüle. Dann sprüht und wischt und schrubbt sie fast bis zur Besinnungslosigkeit alle glatten Oberflächen in der Küche, reibt sie kraftvoll in die Reinheit. Sie sprüht und scheuert und wischt immer wieder, jede Ecke, bis die Arbeitsfläche glänzt. Danach wäscht sie sich die Hände, nimmt auf dem Hocker an der Kücheninsel Platz und schenkt sich ein Glas Wein ein.

Sie spielt den mysteriösen Telefonanruf im Kopf noch einmal nach, schnaubt und trinkt das Glas in einem Zug leer. Ein Anruf an diesem Nachmittag, wie sonderbar, denkt sie. Die ganze letzte Woche habe ich insgesamt nur zwei Anrufe bekommen, und beide waren von Mom. Die Anrufe waren verabredet, normal und manierlich gewesen, nach dem Muster: »Hallo, mein Schatz, wie war deine Woche?« und: »Was für schönes Wetter – es soll die ganze Woche schön bleiben«. Nichts Unheimliches. Was sollte dieses »Hab ich dich« bedeuten? Claire schüttelt den Kopf, greift nach der Flasche und gießt das Weinglas noch einmal voll. Dann trinkt sie einen weiteren großzügigen Schluck.

Der Timer der Herduhr läuft rückwärts, die grünen Zahlen gleiten unter die Zehn-Minuten-Marke. Weniger als zehn Minuten, dann muss die Hitze heruntergedreht werden. Die Quiche beginnt zu sprechen, ein friedliches Geräusch, wie sie da hinter der Ofentür vor sich hin blubbert, wie lethargischer Regen auf modrigem Boden.

Claire tippt auf die Tastatur ihres Laptops, und der Bildschirm erwacht zum Leben. Der Call Manager für ihre Arbeit ist noch geöffnet, der letzte Anruf verzeichnet. Schweinchen, denkt sie. Wie war noch sein richtiger Name? Jason, erinnert sie sich. Zwei Minuten und achtunddreißig Sekunden. So lange hat sie mit ihm gesprochen. Armer Kerl. Sie wird rot, als ihr wieder einfällt, dass sie ihm gesagt hat, er solle es sich ausnahmsweise mal selbst besorgen. Die Arbeit verlangt, dass sie hin und wieder eine kleine Demütigung austeilt, aber Claire versucht, niemals wertend oder grausam zu sein, und was sie zu Jason gesagt hat, war einfach gemein.

Sie hat seine Stimme von früheren Anrufen erkannt, immer mehrmals pro Woche, aber höchstens einmal am Tag. Sie kann sich nicht genau erinnern. Die eine Hand um den Bauch ihres Weinglases gelegt, scrollt Claire mit der anderen ihre Anruferliste durch. Neun Anrufe in den drei Stunden seit ihrer Mittagspause und fünf in den zwei Stunden davor. Vierzehn Einsame. Eine Stunde und einundfünfzig Minuten obszöne Schweinereien. Ein leichter Tag. Trotzdem versucht Claire immer, ihr Bestes zu geben, und es kann anstrengend sein, die Typen am anderen Ende der Leitung auf kreative Weise abspritzen zu lassen. Es ist eine intellektuelle Herausforderung mit körperlichem Erfolgsergebnis, die sie nicht selten erschöpft zurücklässt.

Claire sieht zur Herduhr. Noch sieben Minuten und neununddreißig Sekunden, und die Zeit läuft. Sie stützt eine Wange in die Hand und tippt mit der anderen Hand auf ihren Bildschirm.

Vierzehn Männer, denkt Claire, in einer Fünf-Stunden-Schicht. Sie denkt an die neun anderen Frauen, die für *The PartyBox* arbeiten, und rechnet aus, dass es, wenn sie in ihren Schichten eine ähnliche Menge abarbeiten, hundertvierzig Anrufer täglich sind. Und das an einem leichten Tag ... Wenn man das aufs Jahr umrechnet ... Claire öffnet die Rechenfunktion ihres Laptops und multipliziert die Einsamen mit der Zeit ... sind das mehr als einundfünfzigtausend Anrufe pro Jahr.

Was für eine Stadt der Einsamen! Claire schwenkt ihr Weinglas und hebt es unter die Nase. Sie atmet ein und trinkt einen kleinen Schluck. Dann neigt sie nachdenklich den Kopf. Verlottert, animalisch und hart. Zimt, Leder und Tabak. Sie blickt über den Rand des Glases hinweg durch die Fensterscheibe auf die Gebäude gegenüber. Keiner zu Hause, jedenfalls nicht hinter den Fenstern, durch die sie hindurchsehen kann. Sie trinkt noch einen Schluck und seufzt. Die Herduhr unterschreitet die Vier-Minuten-Marke.

Claire gähnt, stellt das Weinglas mit leisem Klirren zurück auf die Theke und widmet sich wieder ihrem Computer.

Also ... bei etwas über einer Million Einwohnern in dieser Stadt und ungefähr der Hälfte davon Männern könnte, wenn jeder von ihnen ein einziges Mal anriefe, ihre Firma innerhalb von zehn Jahren die gesamte Bevölkerung durchhaben. Und am Ende wird sie jedes Jahr Tausenden von Männern sexuelle Fantasien ins Ohr geflüstert haben. Sie weiß, dass die Zahlenwerte ihres Gedankenspiels so absurd sind, dass das Ergebnis mit Sicherheit nicht stimmt, aber sie kann nicht anders, als sich ein bisschen schmutzig zu fühlen. Über die Zahlen hat sie nie nachgedacht. Außerdem gibt es ja noch viele andere Firmen, die diesen Service anbieten, und Claire weiß, dass nicht jeder Mann anruft.

Trotzdem ist etwas scheinbar so Simples wie die menschliche Gesellschaft im Grunde das genaue Gegenteil von simpel. Es sollte einfach sein, einander zu finden, und dennoch beweist ihr Job, dass es anders ist. Die Anzahl der Menschen, die Schwierigkeiten haben,

Kontakte zu knüpfen, ist erschreckend. Dies ist eine Stadt der Einsamen auf einem Planeten von Einsamen.

Das Klingeln der Herduhr reißt Claire aus ihren Gedanken. Der warme, würzige Duft wird stärker und füllt allmählich die ganze Wohnung. Claire lächelt, während er sie einhüllt. Sie nippt an ihrem Wein und nimmt sich eine kurze Auszeit von der Kücheninsel, um die Temperatur auf hundertfünfzig zu senken.

Sie stellt den Timer auf eine halbe Stunde.

Claire kann nicht widerstehen. Sie schaltet die Lampe im Ofen an und späht hinein. Hinter dem makellos sauberen Fenster steht unter dem blassgelben Licht ihre Quiche. Die Oberfläche ist cremeartig geworden, und der Teig wird langsam goldbraun. In dem kleinen Zwischenraum zwischen Teigrand und Form bilden sich kleine Bläschen, die wie Juwelen glänzen. Claire schmunzelt über sich selbst, wie sehr sie diese Quiche liebt. Für sie ist Essen etwas so Sinnliches und Magisches, dass sie einfach nicht anders empfinden kann. Es ist die perfekte Verbindung aller Sinne, und ihr ganzer Körper zittert vor Erregung, wenn sie sich dem Kochen und Essen hingibt.

Claire findet es seltsam, dass Menschen, die schweinische Sachen am Telefon sagen und herzzerreißend unbeholfen durch bezahlte zwischenmenschliche Interaktionen stolpern, zu derselben Spezies gehören, die so etwas erschaffen kann. Auf dem College hatte sie mal einen Kurs in Anthropologie, in dem der Mensch als über den Tieren stehend definiert wurde, weil er Werkzeuge benutzt. Dann fand man heraus, dass Schimpansen Stöcke benutzen, um Termiten aus ihren Hügeln zu angeln.

Für Claire ist ihre Quiche das besondere Charakteristikum, das den Menschen definiert. Die Fähigkeit, Zutaten zu einer nahrhaften und ganzheitlich befriedigenden kulinarischen Kreation zusammenzustellen. Eine Mischung, die Geruchssinn, Tastsinn, Geschmackssinn und Sehsinn zugleich stimuliert. Die Zeit, die benötigt wird, um alle Zutaten zu beschaffen und bereitzustellen, geht über das simple Überleben hinaus. Affen tun so etwas nicht. Bären fressen einfach ihre Beeren und faulige tote Dinge. Vögel picken nach allem, was herumliegt, und Hunde nagen Fleisch von Knochen. Und so weiter und so weiter. Kein anderes Tier kann eine Quiche erschaffen, also ist es die Quiche, denkt Claire lächelnd, die den Menschen definiert.

Der Computer bedeutet ihr mit einem akustischen Signal, dass sie eine Mail erhalten hat.

Claire linst ein letztes Mal in den Ofen, ehe sie sich wieder auf den Hocker vor ihrem Bildschirm setzt. Es sind sogar zwei E-Mails gekommen. Sie klickt die erste an, die von ihrem Online-Lebensmittelhändler stammt. Sie kündigen für morgen eine Lieferung an und bitten sie, die Posten zu bestätigen oder zu ändern. Claire überfliegt die Liste, löscht eine Packung Hafermehl und die Mandelmilch. Stattdessen fügt sie ein halbes Dutzend Eier und Bio-Orangensaft hinzu und schickt die Bestellung dem Händler zurück.

Die zweite stammt von Gabby, Claires Boss bei *The PartyBox*. Die E-Mail ist an sie sowie die neun anderen Frauen adressiert, die an den Telefonen arbeiten. Gabby beginnt mit einer Entschuldigung und schreibt dann, sie seien alle gefeuert.

Claire seufzt und liest weiter.

Natürlich gebe es die obligatorischen zwei Wochen Kündigungsfrist, während derer Gabby ihnen liebend gern die Kontaktdaten einer Arbeitsvermittlung zukommen lasse, damit sie eine andere lukrative Anstellung fänden. Sie entschuldigt sich nochmals und erklärt, das Franchise-Unternehmen sei einer Finanzprüfung unterzogen worden, die ergeben habe, dass es sinnvoll sei, das Callcenter zu zentralisieren und den Telefonsex auszulagern. Von nun an würden alle Anrufe über eine Firma in Manila bearbeitet. Die neuen Angestellten des Callcenters erhielten momentan ein intensives Training, teilt Gabby mit. Im letzten Absatz dankt sie allen für ihren Einsatz und die harte Arbeit, die die letzten Jahre zu einem so großen Erfolg gemacht hätten. Am Ende schreibt sie: »Mit freundlichen Grüßen, Gabby«.

Claire blinzelt, trinkt einen Schluck Wein und liest die E-Mail erneut.

»Scheiße.«

Kapitel 26

*In dem Hausunterricht-Herman seinen
ersten lebensverändernden Moment erlebt.*

Herman entdeckte seinen Großvater im Publikum, von der Bühne aus ein Stück links, in der zweiten Reihe. Er lächelte Herman an und klatschte leise, bevor er sich mühsam von seinem Stuhl erhob. Das Bühnenlicht verlosch, und das Saallicht erhellte mit einem dramatischen Schwung den Raum. Es war voll, die Leute standen sogar hinten an der Wand und saßen auf den Stufen rechts und links der Stuhlreihen. Jeder einzelne Platz war besetzt, was das beständige Hüsteln oder Schniefen, das kreuz und quer durch den Saal zu springen schien, bestätigte.

Abgesehen von dieser pulsierenden menschlichen Geräuschkulisse war es still im Saal. Nur das leise trockene Reiben von Grandpas klatschenden Händen war zu hören. Grandpas Finger hatten steife, knotige Gelenke und schmerzten vor Arthritis. Was er da machte, war für ihn gleichbedeutend mit klangvollem Applaus, die passende Begleitung seiner stehenden Ovation.

Herman blickte auf die Reihen desinteressierter Gesichter hinaus. Er hatte Bonnie Tylers »*Total Eclipse of the Heart*« lippensynchron als Playback-Show vorgeführt und alles gegeben. Er hatte die Arme dramatisch nach vorn geworfen und an den richtigen Stellen die gespreizten Finger zu fest geballten Fäusten gerollt. Er hatte sich in den richtigen Momenten geschüttelt, als bei etwa der Hälfte seiner Vorstellung die Kanonen losfeuerten. Er hatte sich mit ganzem Körpereinsatz bewegt und die gesamte Bühne genutzt. Er hatte hart daran gearbeitet, sich ganz seinen Gefühlen hinzugeben, und als es geschah, wurde er von ihrer Wucht geradezu überwältig. Am Ende des siebenminütigen Epos, als er keuchend dastand, um seinen Applaus entgegenzunehmen, hob und senkte sich sein Brustkorb von der Anstrengung wie wild. Er hatte sich so sehr in das Lied hineingesteigert, dass ihm beim Anschwellen der Falsettstimme am Ende die Tränen kamen. Er hoffte, dass ihn im grellen Licht der Bühnenscheinwerfer niemand weinen sah.

Seine Darbietung reichte aber nicht aus, um den Wettbewerb zu gewinnen. Den gewann Darrin Jespersen zum Playback eines Songs von Nickelback. Das lag bestimmt an der Luftgitarre, dachte Herman und musste zugeben, dass die Vorstellung auch recht gut gewesen war. Und auch wenn Herman mit seiner Leistung nichts weiter erreicht hatte als den heiseren Applaus seines Großvaters und das desinteressierte Vorbeistarren Dutzender Eltern, die nur da waren, um ihre eigenen Kinder zu unterstützen, brachte es ihm schließlich die Schläge an den Fahrradständern ein, die dazu führten, dass Grandpa ihn von der Schule nahm.

Herman kann sich nur vage erinnern, wie die Treppenhaustür aufging und er ins Treppenhaus kam. Die Schatten kleben wie dicker, brauner Honig in den Ecken, und an den Wänden sind dunkle Striemen. Das Geländer ist an der Unterseite hellblau gestrichen und obenauf nach jahrelangem Streicheln zu glänzendem Silber verschlissen. Jahrelange sanfte Berührungen können selbst die härteste Oberfläche abnutzen. Herman schwebt und fällt zugleich die Stufen hinunter. Er weiß nicht genau, wie lange er im Treppenhaus ist, weil Zeit keine Rolle spielt, wenn man sich aus ihr löst und ohne ihre Kontrolle bewegt.

Traumartig breitet sich die Zeit über und unter ihm aus, wie eine Luftsäule, die er durchqueren und jederzeit wieder verlassen kann. Treppen aus Tritt- und Setzstufen kehren sich um, Zeit wird zu einer korkenzieherartigen Helix, die in die Zukunft hinauf- und in die Vergangenheit hinunterreicht. Der Aufzug fährt zwischen beiden hin und her, verkehrt in der Spalte zwischen Anfang und Ende, hält auf Verlangen oder zufällig in irgendeiner Etage dazwischen. Zeit bedeutet Hundejahre gegenüber Schildkrötenjahren. Zeit geschieht immerzu, immer zugleich.

Wenn man nur halb so lange lebt, ist das Leben dann doppelt bedeutsam?

Herman weiß, dass es so ist.

Auch Hunde wissen es.

Und wenn man zu viel davon hat, wird es einem langweilig. Es verliert an Bedeutung.

Herman verlässt das Treppenhaus durch eine Tür und weiß nicht, ob er sie geöffnet hat oder einfach so durchdringt. Er weiß nicht, wohin sie führt, und erlebt einen neuen Schrecken. Eine Frau schwankt auf ihn zu. Sie spricht mit dumpfer Stimme, aber er versteht nicht, was sie sagt. Sie hält einen Arm gegen die Wand gestützt, den anderen streckt sie vor, greift mit gespreizten Fingern nach ihm. Sie geht auf steifen Beinen, so wie Tote gehen würden. Es ist zu viel für ihn. Das Bild vor seinen Augen verschwimmt und kippt zur Seite.

Grandpa schob Herman ein Blatt Papier hin. Es war ein leeres weißes Blatt, abgesehen von zwei Punkten, die Grandpa in zwei gegenüberliegende Ecken gemalt hatte.

»Wie weit sind diese Punkte voneinander entfernt?«, fragte er. »Sag es mir, aber ohne nachzumessen. Das brauchst du nicht.«

Sein Großvater hatte mit ihm Trigonometrie gelernt, und Herman begeisterte sich in den letzten zwanzig Minuten bereits für die Schönheit der Zahlenlehre des Pythagoras. Grandpa arbeitete immer mit sehr innovativen Methoden. Es war ein Standardblatt mit 21,6 mal 27,9 Zentimeter Kantenlänge, also lautete die

Frage nicht, wie weit die Punkte voneinander entfernt lagen, sondern, wie lang die Hypotenuse eines schräg geteilten Standardblattes war. Herman kritzelte eine Gleichung und rechnete.

»Die zwei Punkte sind ungefähr 35,2 Zentimeter voneinander entfernt«, verkündete er dann mit stolzem Lächeln.

»Das ist *eine* Antwort«, erwiderte Grandpa. »Wie lautet eine andere?«

Herman stutzte. Grandpa lächelte ihm aufmunternd zu.

Die Mathematik ist absolut, dachte Herman, es gibt keine zwei Wege, eine Zahl zu addieren oder ins Quadrat zu nehmen, sondern nur einen einzigen. »Es gibt nur eine Antwort.« Er überprüfte die Rechnung noch einmal, während Grandpa ihm zusah. Es konnte nur eine Antwort geben. »Sie liegen 35,2 Zentimeter auseinander.«

»Das stimmt, an deiner Rechnung ist nichts falsch. Nur die Frage, die verstehst du nicht.«

Herman starrte auf das Blatt, sein Blick glitt zwischen den beiden Punkten hin und her, und in Gedanken zog er Linien über die leere weiße Seite. Er runzelte die Stirn.

Grandpa klopfte ihm auf die Schulter, stand auf und sagte: »Ich lass dich mal damit allein.« Beim Hinausgehen fügte er hinzu: »Die Entfernung zwischen den beiden ist variabel. Diese zwei Punkte können derselbe Punkt sein, oder sie können irgendwo zwischen dem und deinen fünfunddreißig Zentimetern sein. Und gleich erzählst du mir, warum.«

Herman steckte das Radiergummiende seines Bleistifts in den Mund und biss hinein. Zeit verging, und in der Küche pfiff der Wasserkessel. Herman zog die Stirn kraus und versuchte, die Entfernung zwischen den Punkten zu begreifen. Grandpa schlurfte durch die Wohnung. Kurz darauf hörte Herman im Wohnzimmer die Zeitung rascheln.

Und dann war Herman im Auto und achtete darauf, dass seine Schwester die unsichtbare Trennlinie zwischen seiner und ihrer Seite der Sitzbank nicht überquerte. Sie war raffiniert. Sie fand es lustig, die Grenze zu missachten, und aus irgendeinem Grund, den Herman nicht näher bestimmen konnte, fand er das auch.

Ihre Strategie bestand darin, zu warten, bis er aus dem Fenster auf ein Motorrad oder einen großen Lastwagen schaute, und dann ihre Finger über die Linie zu schieben. Wenn er wieder zu ihr hinsah, waren ihre Finger längst wieder auf ihrer Seite, aber an der Haltung ihres Armes konnte er erkennen, dass sie die Grenze überschritten hatte. Er versuchte, ihr auf die Hand zu schlagen, wann immer sie auf seine Seite krabbelte. Doch er schlug nie fest, nur so, dass er sie erschreckte, ihr aber nicht wehtat. Meist kam sie davon und kicherte über ihre Geschicklichkeit. Er gab vor, böse auf sie zu sein, aber sie wusste, dass er es nicht war, dass er nur spielte. Wenn er sie doch einmal erwischte, quietschte sie vor Überraschung auf, und Mom oder Dad sahen in den Rückspiegel oder drehten sich um und sagten, sie sollten sich benehmen.

Das Radio spielte, irgendein Lied, das Herman nicht kannte und über das er nicht weiter nachdachte, weil es nur Hintergrundgeräusch war. Die Melodie mischte sich mit dem weißen Zischen der Luft, die am Auto vorbeirauschte, und dem Klang der Reifen auf dem Asphalt. Sie fuhren auf der Bundesstraße.

Sie hatten Urlaub, fuhren die Küste entlang und machten hin und wieder Abstecher ins Inland, um etwas zu besichtigen oder Freunde zu besuchen. In der vorigen Nacht hatten sie am Strand gezeltet. Bei Sonnenuntergang zündete Dad ein Feuer an, und sie rösteten Hotdogs an Stöcken, die sie von nahe stehenden Weiden abgeschnitten hatten. Vom Rösten der Marshmallows als Nachtisch bekamen sie klebrige Finger.

Über dem Meer färbte sich der Himmel in verschiedene Töne von Lila und Orange. Durch die Spiegelung im Wasser sah es aus, als wäre der Himmel mit dem Horizont verschmolzen. Als die Sonne hinter dem Horizont verschwand, wurde der Wind stärker und blies in die Flammen, sodass sie eine Weile laut knackten und brausten. Dann war es wieder still, Herman hatte Sand am Marshmallow, und der Himmel wurde erst dunkelblau, dann schwarz. Herman schaute nach oben, um die Sterne zu sehen. Sie schliefen im Zelt, was Herman unzivilisiert fand. Er schlief nicht gut, weil das Meer rauschte und der Wind immer wieder gegen die Nylonwände blies.

Am nächsten Morgen holten sie an einem Drive-in Sandwiches, Saft und Hash Browns zum Frühstück. Vom Fahrersitz aus verteilte Dad die Bestellung, und als jeder seins hatte und zufrieden aß, ging es zurück auf die Bundesstraße.

Nächster Halt war die Stadt, um Grandpa in seiner Wohnung zu besuchen. Herman war schon einmal da gewesen, in der Vergangenheit, in diesem Auto auf dieser Straße mit dem verschwommenen Grün der Kiefern als dynamischem Hintergrund zu gelegentlichen Pfützen und aus den Autos geworfenem Abfall. Das blasse Blaugrau des heißen Sommerhimmels war jetzt dasselbe wie damals. Die Lieder im Radio waren dieselben.

Der DJ brabbelte unsinniges Zeug.

Herman schlug auf die Hand seiner Schwester und wurde traurig, weil er wusste, was passieren würde.

Dad kippte im Sicherheitsgurt nach vorn. Seine Hände rutschten vom Lenkrad, und der Tempomat ließ den Wagen mit gleichmäßiger Geschwindigkeit weiterfahren. Mom sah von ihrem Kreuzworträtsel auf. Dann sah sie zu Dad hinüber, während das Auto über den gelben Mittelstreifen fuhr.

Die Fahrbahnmarkierung konnte sie nicht davon abhalten, in die Spur des Gegenverkehrs abzudriften.

Kapitel 27

*In dem Ian, der Goldfisch,
erkennt, dass er fällt.*

Im Sturz eines jeden Goldfisches kommt der Moment, da er erkennt, dass er fällt. Tatsächlich kommt beim Sturz eines Goldfisches dieser Moment der Erkenntnis mehrere Male.

Ian erlebt diesen Moment erneut, während er an einem Balkon des siebzehnten Stockwerks vorbeisaust. Da sitzt eine Frau im Bikini auf einem Klappstuhl aus Plastik auf der sicheren Seite des Geländers. In einer Hand ein Buch, in der anderen eine Tasse Kaffee, und die Sonne wärmt ihren durchtrainierten Bauch. Ihr Gesicht strahlt zufriedene Ruhe aus, ihr Blick folgt den Zeilen im Buch. Sie genießt die Wärme des späten Nachmittagslichts und ergötzt sich an den frivolen Inhalten der schmutzigen Prosa. Auf dem Cover liegt eine rassige Brünette mit wogendem rosa Bauschkleid – das halb verrutscht ist, um ihr Dekolleté zu enthüllen – in den Armen einer muskelbepackten Sahneschnitte von einem Mann. Sie hebt ein Knie an seine Brust und klammert sich so fest an ihn, wie er sich an das Seil eines hölzernen Segelschiffs klammert. Die Frau auf dem Balkon ist so sehr in ihre Lektüre vertieft, dass sie Ian nicht wahrnimmt, bestenfalls als kleinen Punkt am Rand ihres Sichtfelds, schlimmstenfalls als raketenartig herabstürzende vier Zentimeter Fischfleisch, die binnen eines Wimpernschlags unbemerkt vorbeirauschen.

Was Ian aus dieser Szene mitnimmt, ist die friedvolle Flucht in die Seiten eines Romans. Obwohl die Ruhe der Frau in scharfem Kontrast zum beinahe beständigen Entsetzen steht, das Ian bedroht, fühlt sich der Goldfisch vorübergehend mit ihr verbunden. Ihre Flucht in die Worte einer Buchseite bildet eine Parallele zu seiner Notlage, nur weitaus sicherer. Ian hat nicht die Möglichkeit zu Erkundung und Abenteuer, wie die sonnenbadende Frau sie hat. Ian kann nicht Dee Dee Drakes *Piraten der Liebe* lesen. Ian hat keine Fantasie, und in seinem Glas hatte er niemanden zum Reden außer Troy. Und auch wenn Goldfisch und Schnecke durch die geografischen Gegebenheiten so etwas wie Freunde waren, so war Troy kein guter Gesprächspartner. Letzten Endes hat Ian doch nur stundenlang und zu seinem eigenen Vergnügen Troys Schneckenhaus gestupst in dem Versuch, ihn von der Glaswand zu lösen und seine Algenmahlzeit zu unterbrechen. Wenn es hin und wieder gelang, verspürte Ian eine immense Befriedigung.

Nach wenigen Stunden jedoch war Troy wieder zurück an seinem Platz an der Glaswand und schlürfte an der Vegetation. Tatsächlich befand Ian ihn als rundum enttäuschenden Wohngenossen, wobei das in keiner Weise verwunderlich war, wenn man bedachte, dass Troys Gehirn nur aus ein paar Ganglien bestand.

Inzwischen unterhalb des Balkons der Frau angekommen, späht Ian in eine Wohnung im sechzehnten Stock. Niemand ist zu Hause, und Ian denkt – kurz – darüber nach, wie traurig ein leeres Zuhause ist. Ein leeres Zuhause ist ein einsamer Kasten, der auf Leben wartet, um sein Potenzial voll ausgeschöpft zu sehen. Der Kaffeebecher steht im Regal, denkt Ian und hält abrupt inne. Es wäre klischeehaft und falsch zu sagen, er würde »Staub ansammeln«, weil das Verb ein aktives ist und Tassen nicht aktiv werden können.

Aus dem Wasserhahn tropf-tropf-tropft es in das Spülbecken. In tausend Jahren wird sich mit dieser sanften, aber beständigen Liebkosung ein Loch durch den rostfreien Stahl gefressen haben. Die Milch im Kühlschrank steuert, Sekunde um Sekunde, ihrem Mindesthaltbarkeitsdatum entgegen. Eine unvermeidliche Mahnung, dass die Zeit vergeht und der unbeschädigte, unverdorbene Sinn der Dinge unaufhaltsam dem Verfall entgegenstrebt.

Ian denkt an sein Fischglas, das jetzt bis auf die Algen, die pinkfarbene Plastikburg und Troy, der mit unermüdlichem Gemampfe über die Glaswand gleitet, leer ist. Ian denkt darüber nach, wie einsam Troys Schneckenhaus ohne die zähe organische Masse wäre, die es bewohnt. Ian wird das Geräusch, das Troy beim Fressen macht, nicht vermissen. Er wird das permanente Schlürfen und Schlabbern nicht vermissen, das Knirschen, das Troy Tag und Nacht von sich gibt, wenn er die Algen von den Wänden saugt. Er wird es vor allem deshalb nicht vermissen, weil sein Fischglas für ihn nicht einmal mehr eine Erinnerung ist.

Ian wird von einer Szene aus seinen Gedanken gerissen, die er durch das schmutzige Fenster einer Balkonschiebetür in einer Wohnung im fünfzehnten Stock sieht. In dem Bruchteil der Sekunde, die sein Vorbeiflug dauert, hält sein Geist ein Stillleben der Vorgänge darin fest.

Im Hintergrund steht ein schlaksiger Junge, umrahmt vom Licht aus der Küche. Er hat knochige Arme und einen dünnen Hals, der fast zu zart für das Gewicht des Kopfes scheint, den er tragen muss. Der Junge steht mit hängenden Schultern als Schattenriss vor dem Licht, das von den weißen Küchenschränken und Geräten hinter ihm abstrahlt. Im Vordergrund steht eine Leselampe, deren Ständer gekrümmt ist wie ein Fragezeichen und deren Lichtkegel einen Trichter aus gelbem Licht auf den schlaffen Arm eines alten Mannes wirft, der daneben im Sessel sitzt.

Der alte Mann trägt eine blaue Strickjacke, und über seinem Schoß liegt eine Häkeldecke. Er sitzt zur Seite geneigt, als wäre er unbedacht eingeschlafen, einen Arm über die Lehne gelegt. Die Knöchel des alten Mannes sind geschwollen vor Arthritis und seine Finger durch lebenslangen Gebrauch gekrümmt. Auf seinen Knien liegt die Seite einer Zeitung, während der Rest in einen kunterbunten Haufen zu Boden gerutscht ist und jetzt aussieht wie ein zerzauster Vulkan aus Papier, dessen knittrige Kluften und zackige Kanten das Licht noch betont. Die Entfernung zwischen dem Jungen und dem alten Mann scheint aus irgendeinem Grund enorm, und die Wahrnehmung dieses Abstands spiegelt sich im Gesicht des Jungen wider. Es ist ein Ausdruck von Verlorenheit und Hilflosigkeit. Es ist, als wäre die Distanz durch das kleine Wohnzimmer hindurch eine zu große Entfernung, um von ihm durchquert zu werden, als wäre etwas in der Wohnung so grundlegend verkehrt, dass der Junge die Distanz zwischen ihnen nicht überwinden kann, selbst, wenn er es wollte.

Der Gesichtsausdruck des Jungen verändert sich abrupt, als er Ian senkrecht vor der Balkontür vorbeisausen sieht. Noch ehe Ian die Balkonkante erreicht, spannt sich der Körper des Jungen im Ansatz einer Sprintbewegung Richtung Fenster. In seinem rasanten Sturz sieht Ian nur den Beginn eines Schrittes, bevor er außer Sichtweite gerät. Und dann ist der Junge verschwunden, der alte Mann ist verschwunden, der Moment ist verschwunden. Es war ein einzigartiger Augenblick, der niemals wiederkehrt. Ian besitzt nicht die geistige Kapazität zu erkennen, welche Ehre ihm mit dieser intimen Szene in der Wohnung im fünfzehnten Stock zuteilwurde. Diese Zeit und dieser Ort werden sich niemals wieder zu dieser Einheit zusammenfügen.

Ian fällt weiter Richtung vierzehnte Etage.

»Also«, denkt er, »was hab ich gerade gemacht?«

Kapitel 28

In dem unsere Heldin Katie dem Himmel entgegengehoben wird, aber nur einen Teil der gesamten Strecke.

Auf dem Treppenabsatz der zehnten Etage bleibt Katie stehen. Scharf zieht sie Luft in ihre Lungen und stemmt für ein kurzes Zurückdehnen die Hände in die Hüften. Auf ihrer Stirn bilden sich feine Schweißtröpfchen vor Anstrengung. Katie ist gut in Form, sie geht dreimal pro Woche joggen und jedes Wochenende schwimmen, und dennoch treibt so ein vertikaler Aufstieg ihren Puls in die Höhe.

Sie sieht auf das Schild an der Wand.

Noch siebzehn Stockwerke, denkt sie.

Da oben ist Connor und wartet auf sie. Eine Entscheidung über die Liebe wartet da oben auf sie. Katie bleibt nicht lange stehen, nur um sich eben kurz dreimal nach hinten zu dehnen und ein paarmal tief durchzuatmen. Ihre Entschlossenheit treibt sie voran, dem Himmel entgegen.

»Ich will, dass wir dem Himmel näher sind«, hat Connor letzte Nacht in seiner Wohnung gesagt. »Ich will, dass wir es unter den Sternen tun.«

Dann, als sie in der dunklen Nacht erschöpft dalagen, hat Katie dem schlafenden Connor ihr »Ich liebe dich« offenbart.

Bei ihrer ersten Verabredung waren sie von dem Café nahe der Uni in seine Wohnung gegangen. Es war ein wunderschöner und warmer Abend gewesen. Während die Schatten länger wurden, spazierten sie auf einem Umweg den Hügel hinunter, durch einen Park mit lachenden Kindern und Springbrunnen in die Stadt. Ihre

Schatten tanzten und schwankten über den Gehsteig, wenn sie unter Straßenlaternen hergingen oder wenn Autoscheinwerfer über ihre Körper glitten. Katie und Connor merkten nichts davon. Ihre Blicke wanderten von den Augen des jeweils anderen zu ihren Füßen, von den Augen zum vorbeifahrenden Verkehr. Gegen das nächtliche Gemurmel der Stadt verebbten ihre Stimmen und schwollen wieder an.

Die Sonne war untergegangen, die Luft aber noch warm und würde es die ganze Nacht lang bleiben. Es war eine Hitze, die Menschen den Schlaf raubte und sie aus ihren Häusern und Wohnungen trieb. Sie saßen auf Eingangstreppen oder Balkonen, manche rauchten Zigaretten oder lehnten sich einfach so ins Dunkel, andere tranken Bier. Leise sprachen sie mit anderen Gestalten im Schatten, säuselndes Seufzen im Dunkeln.

Und Katie lachte, wenn Connor einen Witz machte.

Und Connor hörte zu, als Katie von ihren Eltern erzählte, die seit Ewigkeiten verheiratet waren.

Vor dem *Seville on Roxy* durchlitten beide die süße Verlegenheit, als Connor sie in seine Wohnung hinaufbat. Im Nachhinein waren diese herzklopfenden, unbehaglichen Sekunden von Kühnheit und Zustimmung dramatisch kurz. In jeder Beziehung gab es ihn nur ein einziges Mal, diesen berauschenden Moment der Belohnung oder Ablehnung, ein Glücksspiel, das umso reizloser wurde, je selbstgefälliger das Herz mit der Erfahrung wurde.

Im Aufzug schwiegen sie, stumm in Erwartung dessen, was kommen würde, versunken in die Absicht des Besuchs. Kein Wort fiel, bis sie in Connors Wohnung standen und die Tür sich hinter ihnen schloss. Draußen der weitläufige Blick auf das honigfarbene Funkeln der Lichter der beleuchteten Stadt.

»Das ist wunderschön«, flüsterte Katie mit Blick zum Fenster.

In dieser ersten Nacht ließ Connor das Licht in der Wohnung aus, und ihre Körper vereinigten sich im Dunkeln. Wie Brailleschrift lasen ihre Finger die Haut des anderen, und sie waren gut zusammen, jedes Mal, bis hin zur letzten Nacht.

»Ich will, dass wir dem Himmel näher sind«, sagte er gestern und umschlang sie von hinten, die Arme um ihre Taille und das Kinn auf ihrer Schulter. »Das ist das Beste, was ich dir jetzt bieten kann, auf halbem Weg zwischen Erde und Himmel.«

Sein Atem streichelte ihren Hals, so wie seine Worte ihre Ohren streichelten. Sie fand seine Worte romantisch. Es schien ihm peinlich, dass er ihr nicht mehr zu bieten hatte als einen schönen Ausblick und ein winziges Junggesellen-Apartment, aber für Katie war das mehr als genug. Unmögliche Versprechen waren umso süßer durch die Aufrichtigkeit ihrer Absicht, gefolgt vom vorbehaltlosen Versagen ihrer Erfüllung. Für sie musste er weder reich noch erfolgreich sein noch ihr die Sterne vom Himmel holen. Für sie musste er einfach nur solche Sachen sagen.

»Hier sind wir dem Himmel immerhin ein kleines Stück näher«, sagte er.

Sie fand es herzerwärmend kitschig, so etwas zu sagen. Trotzdem war sie dankbar, dass er sich bemühte. Katie überlegte, ihm zu verraten, wie kitschig sie es fand, dann zu lachen und einen Spaß daraus zu machen, aber sie brachte es nicht übers Herz, seine Bemühungen herabzusetzen. Sie waren ergreifend liebenswert, und sein fester Körper hinter ihr war unwiderstehlich. Wo seine Brust gegen ihre Schulterblätter drückte, konnte sie seinen Herzschlag spüren, und die Wärme zwischen ihnen wurde feucht, wo ihre erhitzten Hautflächen sich berührten.

Im bernsteinfarbenen Licht der Stadt packten sie jeder eine Ecke der Matratze und schleiften sie durch das Apartment bis zur Balkontür. Katies Gedanken wirbelten durcheinander. Den süßen Wein noch auf der Zunge, wusste sie, dass sie ihn liebte. Sie wusste es, und es war überwältigend. Das hier war der Auslöser, nach all den anderen Aufmerksamkeiten nun dieser wunderbare Gedanke, diese Geste, es für sie perfekt zu machen, etwas Besonderes für sie zu tun.

Er strich das Laken glatt, zog die Ecken straff und stopfte sie unter die Matratze, während Katie den Saum ihres T-Shirts fasste und langsam den Stoff hochschob. Sie beobachtete Connor dabei, sah seine Silhouette vor den Lichtern der Stadt, die plötzlich innezuhalten und wiederum sie zu beobachten schien, wie sie sich vor ihm entblößte. Zuerst fühlte sie sich unsicher und hielt die Hände vor den Bauch. Dann sah sie sein Gesicht, die Konturen im Lichtschein geschärft, und seinen glücklich-gierigen Blick. Sie hob die Hände hinter den Rücken, löste den Verschluss ihres BHs und streifte die Träger von den Schultern. Das Kleidungsstück rutschte an ihren Armen hinunter und wurde von der Schwerkraft zu Boden gezogen. Connor zog sein Hemd aus, schob die Hose von den Hüften, dann die Unterhose. Sie standen an den gegenüberliegenden Enden der Matratze, keiner sprach, jeder nackt für den anderen im weichen Licht, das durch die Balkontür drang.

»Ich will dich sehen«, sagte er und schaltete eine Lampe an.

Katie wollte protestieren, fühlte sich aber durch Connors bewundernden Blick geschmeichelt. Und durch ein Detail seines Körpers, den das Licht der Lampe betonte. Ihr wurde warm zwischen den Beinen, und ihr Herz schlug schneller in freudiger Erwartung.

Connor bewegte sich als Erster. Er sank mit einem Knie auf die Matratze, behielt den anderen Fuß am Boden und streckte die Hand nach ihr aus. Sie ergriff seine Hand und legte sich neben ihn. Er stützte sich auf einen Ellbogen und streichelte sie mit der freien Hand, leicht wie Luft, von der Wange über ihr Kinn zu ihrem Hals. Weiter zu ihren Brüsten, wo er nicht lang verharrte, sondern über ihren Bauch noch weiter nach unten glitt. Dort oben, vom *Seville on Roxy* emporgehalten wie eine Opfergabe an den Himmel, liebten sie sich.

Es war erstaunlich, wie er von ihrem Körper Besitz ergriff. Mal umschlangen sie einander voll zärtlicher Leidenschaft, mal erhitzt und heftig. Er flüsterte. Sie schrie. Er versetzte ihr leichte Klapse, sie kratzte. Katie erinnert sich an ihren wilden Aufschrei gegen die Zimmerdecke. Ein anderes Mal stöhnte ihr Connor ins Ohr, sein Schwanz gehöre ihr. Bis sie irgendwann beide kamen, verloschen nach und nach die Lichter hinter den Fenstern der anderen Häuser. Es war die Zeit, weder späte Nacht noch früher Morgen, in der die ganze Stadt zu schlafen schien.

Sie lag auf der Seite und blickte zur Balkontür hinaus. Connor lag hinter ihr, einen Arm um ihre Taille geschlungen. Da fiel ihr auf, dass sie die Sterne gar nicht sehen konnten. Selbst um diese Uhrzeit überlagerte das Licht der Stadt alle Lichter am Himmel. Aber es spielte keine Rolle. Sie lag in Connors Armen und blickte stattdessen über die glitzernden Häuser. Die Dinge, die in der Hitze der Leidenschaft geäußert worden waren, wurden geflissentlich verschwiegen, sobald wieder klares Denken vorherrschte. Katie liebte Connor wirklich, aber sie würde niemals seinen Schwanz besitzen wollen, auch wenn er ihn so leichtfertig angeboten hatte. Sie fand es seltsam, dass man eher Teile seines Körpers anbot als seine Gefühle offenbarte.

Warum war das eine so viel leichter als das andere?

»Ich liebe dich«, sagte sie in die Stille des Apartments hinein. Sie brauchte diese Worte auch von ihm.

Connor grunzte.

Bestimmt hat er es gehört, dachte sie.

Sie spürte, wie sein Bauch sich hob und senkte und dabei sanften, pulsierenden Druck auf ihren unteren Rücken ausübte. Sein Atem strich in sanften, regelmäßigen Zügen über ihren Nacken. Obwohl er gerade noch wach gewesen war, schien es doch, als wäre er schon eingeschlafen.

Tief in Gedanken erreicht Katie den Treppenabsatz zwischen

dem dreizehnten und vierzehnten Stock. Von oben ertönt ein Geräusch. Sie blickt auf und sieht, wie ihr eine Frau in ihrem Alter auf der Treppe entgegenkommt. Katie erstarrt. Die Frau trägt ihr rosa Schlafshirt. Katie hat es vor einer Woche bei Connor liegen lassen, und jetzt ist es hier und bedeckt die straffen Titten dieser Frau.

Katie muss spontan würgen, schluckt es aber wieder hinunter. Den bitteren Geschmack von Galle im Mund, starrt sie die fremde Frau in ihrem Schlafshirt an und fragt sich, worüber sie als Erstes die Kontrolle verlieren wird: ihre Wut oder ihren Schmerz.

Kapitel 29

*In dem der Bösewicht Connor Radley sein Herz prüft
und herausfindet, dass ihm etwas fehlt.*

Ist es so einfach?, überlegt Connor.

Er steht still, mit dem Rücken zum Balkon, und betrachtet sein winziges Apartment.

Ist es so einfach, jemanden zu lieben? Ist das Gefühl so simpel? Sicher muss es doch viel komplexer sein. Jedes Mal, wenn Leute darüber reden, bezeichnen sie es als ein gigantisches, lebensveränderndes Gefühl. Aber das hier ist so viel sanfter. Sie ist überall, zunächst einmal in allem, was sie berührt und dagelassen hat, aber all das löst außerdem eine Erinnerung aus. Es ist, als könnte er sie überall sehen und hören und riechen. Er denkt an sie, wenn sie weg ist, und es ist ihm wichtig, sie nicht zu verletzen. Er will sie glücklich machen.

Ist das Liebe?

Natürlich will er Zeit mit ihr verbringen und mehr über sie erfahren und sie bitten, bei ihm einzuziehen … tatsächlich? Darüber hat er vorher noch gar nicht nachgedacht.

Will ich sie fragen, ob sie bei mir einzieht?

Connor mustert seine Wohnung. Er dachte, Liebe sei ein Güterzug voller Gefühle, riesig, sperrig und verheerend. Er sieht alles, was Katie in seinem Apartment berührt hat. Alle Dinge, die sie umgestellt hat, und er weiß noch, wann sie es getan hat. Er sieht alles, was sie dagelassen hat. Er weiß noch, was sie gesagt hat, als sie zusammen auf der Couch saßen oder auf der Matratze lagen. In seinen Gedanken ist sie permanent anwesend.

Connors Blick wandert zum Badezimmer. Die Tür steht offen, und er sieht all die Sachen auf der Ablage. Ein Waschlappen liegt zusammengeknüllt in der Ecke an der Wand. Eine leere Kondomhülle auf dem Boden, das aufgerissene Ende aufgebogen wie eine getrocknete Orangenschale. Zahnpasta und Zahnbürsten stehen in einem Becher am Waschbecken. Zwei Zahnbürsten.

Die Zahnbürsten, denkt Connor. Scheiße, ich habe Faye Katies Zahnbürste benutzen lassen. Ich habe ihr gesagt, die sei für sie.

Diese entsetzliche Scham, denkt er. Ist das Liebe?

Das Gefühl, dass für Katie nichts gut genug ist … dass, egal wie sehr er sich bemüht, es nicht das sein kann, was sie verdient, das ist Liebe. Alles, was er bis zu diesem Moment getan hat, war nicht gut genug. Katie hat das mit Deb und Faye nicht verdient, und keine von beiden kann ihm mehr Erfüllung in seinem Leben bieten als Katie.

Aber Deb, oh, die versaute Deb! Sie hat ihn Sachen machen lassen, die die meisten Frauen nicht tun wollten, wenn er sie darum bat. Noch dazu schien sie es zu genießen. Er hatte sich kaum getraut, so etwas zu fragen, aber sie hatte ihn geradezu angefleht. Sie hat es geliebt. Tatsächlich waren ein paar der Dinge von vornherein ihre Idee gewesen. Ein paar Sachen hatte er sich noch nicht einmal vorstellen können, was erstaunlich war, weil er sich, was Sex betraf, eigentlich für über alles informiert hielt.

Connor blinzelt heftig, um die Bilder von Deb aus seiner Erinnerung zu vertreiben.

Er beschließt, dass selbst Debs abartige Vorlieben es nicht wert sind, Katie zu verletzen. Deb ist nicht genug. Für ein Leben mit Katie kann er auf sie verzichten. Dann überlegt er noch einmal … Oder vielleicht auch nicht? Deb und Faye sind außergewöhnlich, es wäre viel, was er da aufgibt. Doch er besinnt sich wieder auf seinen ersten Gedanken – Katie hat Besseres verdient, und er wird es ihr geben.

Und wenn er das tut, und wenn sie ihn ebenfalls liebt, vielleicht wird sie ihn dann ja diese Dinge mit ihr versuchen lassen, die er mit Deb gemacht hat. Bei allen Opfern hat die Liebe doch sicher auch ihre Vorzüge.

Connor schnappt sich noch eine Plastiktüte aus dem Schrank unter der Spüle und durchkämmt erneut den Raum. Sein Ziel ist es, ihn zu einem Ort zu machen, in dem Katie heute übernachten und schlussendlich auch für die nächsten Jahre mit ihm leben will.

Er eilt ins Badezimmer und nimmt die Zahnbürste aus dem Becher. Katie soll eine neue bekommen. Er hebt die Kondomverpackung vom Boden auf. Von nun an sollen nur noch Kondomhüllen auf dem Boden liegen, mit deren Inhalt er Katie geliebt hat. Er zieht ein Haarband vom Türknauf und eine Sneakersocke mit Pompons hinter der Toilette hervor. Mit Letzterer wischt er ein verirrtes Haar vom Toilettenrand, ohne zu wissen, von wem es stammt. Ein abschließender prüfender Blick, und er entscheidet, dass das Badezimmer gut aussieht.

Connor kehrt ins Wohnzimmer zurück. Seine Panik steigt. So viel aufzuräumen und so wenig Zeit! Während er Ordnung schafft, kommen ihm die Tränen. Er fragt sich, wie lange er schon so für Katie empfindet. Vielleicht schon seit dem ersten Tag, als sie zur Sprechstunde in sein stickiges kleines Büro unter der Treppe kam, um über die Prüfung zu reden.

Als er sie kommen sah, hatte er Lonnie, seinem Bürokollegen, zugeraunt, er brauche gleich einen Vorwand, um sie auf einen Kaffee einzuladen. Lonnie hatte mit den Schultern gezuckt und gemeint, dafür könne er sorgen.

Sie sah schön aus, wie sie da so unsicher in der Tür stand. Sie war nicht dünn und schlaksig wie die meisten anderen Frauen in dem Kurs. Sie war weich und fraulich, und ihr Lächeln … oh, wie gut er sich an ihr Lächeln erinnert! Normalerweise wusste Connor genau, was er einer Frau sagen musste. Es war, als wäre es seine Superkraft, dass ihm immer genau die richtigen Worte einfielen, die dann schließlich dazu führten, dass eine Frau mit ihm ins Bett ging. Aber bei Katie war ihm nicht viel eingefallen. Es war, als wäre sie der Superschurke zu seinem Superhelden, als würde sie genau die Gegenkräfte besitzen, die seinen Sexstrahl neutralisierten.

Connor hatte getan, als würde er nicht merken, wie sehr sie ihn aus der Fassung brachte. Verzweiflung schmeckt nach Bedürftigkeit, und das mögen Frauen nicht. Was sie wollen, ist Selbstvertrauen.

»Willkommen«, sagte er. Es klang gezwungen, lahm. In ihrer Gegenwart fühlte er sich behindert. »Treten Sie ein.«

Connor weiß nicht mehr genau, was sie am Anfang sagten, aber er weiß, dass er nicht so wortgewandt gewesen ist wie sonst. Er stammelte ein paar Belanglosigkeiten und war selbst entsetzt über seine Holprigkeit. Katie machte ihn nervös, und er fragte sich, ob sie das merkte. Normalerweise war es so einfach. Trotzdem schien sie mit ihm reden zu wollen, über mehr als nur die bevorstehende Klausur. Oder hatte er das nur glauben wollen?

Und dann sonderte Lonnie einen unverkennbaren Gestank ins Büro ab.

Katie verzog das Gesicht.

Das war sein Stichwort. »Darf ich Sie vielleicht auf einen Kaffee einladen?«

Und sie sagte Ja.

Den kurzen Weg vom Campus ins Café nahm er nur verschwommen wahr. Sie redeten einfach. Als sie am Informatik-Gebäude vorbeikamen, winkte Connor einer Studentin zu, die zurückwinkte. Sie schien stehen bleiben und mit ihm reden zu wollen, aber Connor ging mit Katie einfach weiter, ganz ins Gespräch vertieft. An der Ecke vor dem Uni-Eingang warteten sie, dass die Ampel auf Grün schaltete.

Das Nächste, woran Connor sich erinnert, ist, dass sie beide an einem kleinen Bistrotisch am Fenster saßen. Draußen schwand langsam das Tageslicht, alles wurde flach und grau. Drinnen herrschte das geschäftige Klappern und Tratschen eines gut besuchten Cafés, aber während sie sprachen, schien alles in den Hintergrund zu driften. Es war, als würde sich alles andere zurückziehen und nur noch dieses wunderschöne Wesen existieren, das ihm gegenübersaß.

»Ich habe damals nicht gemerkt, dass meine Eltern Swinger waren«, sagte er. »Wie auch? Ich meine, ich war ja noch ein Kind. Im Nachhinein betrachtet, waren es die Achtziger, und in dieser Hinsicht passierte in der Nachbarschaft wohl überall so einiges. Ich schätze, das war der Grund, weshalb meine Eltern mich immer aus dem Haus haben wollten. Sie ermunterten mich, den ganzen Tag mit meinem Hund durch die Gegend zu ziehen, mit Ian.«

Katie lachte.

»Was ist?«

»Dein Hund hieß Ian?«

»Ja.« Connor tat beleidigt. Sie sollte sich nicht über ihn lustig machen, aber er konnte ihr nicht böse sein. »Was ist daran so lustig?«

»Ich weiß nicht. Ich finde, dass Ian mehr ein Menschenname ist. Kein Hundename.« Sie kicherte.

»Tja. Na ja.« Connor drehte seinen Becher. »Er war mein Freund.«

Katie griff über den Tisch und legte ihre Hand auf seine. Er spürte ihre Handfläche warm auf seinem Handrücken und sah sie an. Ein paar Sekunden lang hielt sie seinen Blick fest und schaute dann in ihren Kaffee. Sie zog ihre Hand zurück und schien kurz davor, sich zu entschuldigen.

»Nein«, sagte Connor. »Ist schon okay.«

Er legte den Kopf schief, suchte wieder den Blick in ihre Augen, und als sie aufsah, lächelte er.

»Ich wünschte, ich hätte damals eine ganze Bande von Freunden gehabt, aber Ian war der einzige. Er war ein prima Kumpel. Manchmal kann man eben nichts anderes tun, als einem Hund einen Menschennamen zu geben und ihn zu seinem Freund zu machen. Die Realität seinen Träumen anzupassen, wo immer es geht. Kinder tun es ständig, wenn sie irgendwas nicht kriegen. Ein bisschen Selbstbetrug kann auch ganz nützlich sein. Mit Ian hatte ich eine gute Kindheit, besser, als sie ohne ihn gewesen wäre.«

Sie hielten Händchen auf dem Tisch und redeten. Ihre Kaffees wurden kalt und blieben unberührt, weil keiner von ihnen den Kontakt lösen wollte. Später gingen sie in seine Wohnung und redeten weiter. Noch später liebten sie sich. Jetzt weiß Connor, dass es genau das war. Liebe.

Jetzt weiß Connor, was er damals nicht gesehen hat. Sein normaler Umgang mit Frauen war so eingefahren, dass es bis jetzt gedauert hat, um es zu erkennen. Er stopft die Plastiktüte voll Müll in den Schrank neben der Tür und knallt ihn mit derselben Entschlossenheit zu, mit der er sich innerlich von Faye und Deb verabschiedet hat. Von nun an gibt es nur noch Katie. Er weiß es, weil er es wirklich fühlt, und das mit einer Gewissheit, die er vorher niemals hatte.

Connor wird Katie sagen, dass er sie liebt.

Kapitel 30

*In dem Faye an ihr Liebesspiel zurückdenkt
und an die Körperteile, die Connor ihr schenkte.*

»Mein Schwanz gehört dir«, grunzte Connor zwei Nächte zuvor, als er auf Faye lag und sich abarbeitete. Wenn seine Hüften gegen ihre schlugen, entstand durch ihre verschwitzten, kollidierenden Körper ein sattes, schmatzendes Geräusch. Sie hatten Laken und Decken fast vollständig vom Bett geschoben, sodass Faye mit dem Rücken auf der blanken Matratze lag.

Sie verdrehte die Augen. Das hörte sie nicht zum ersten Mal. Was sollte sie mit dem Ding anfangen – es auf den Kaminsims zu den anderen stellen? Oder wie eine Trophäe an die Wand hängen? Wie bescheuert dieses Angebot doch klang!

Sie schlang ihm die Beine um die Hüften, die Arme um den Hals und zog ihn ganz auf sich herunter. Er fühlte sich großartig in ihr an, und auf der Haut spürte sie jetzt noch das Gleiten und Reiben seines Körpers. Was den Kitzel des Ganzen jedoch merklich steigerte, war das Pärchen im Gebäude gegenüber, das sich beim Beobachten ihrer Balkontürnummer abwechselte. Faye konnte sie sehen – allerdings zu weit weg, um Details auszumachen, zwei Umrisse am Fenster mit einem Teleskop, das direkt auf sie gerichtet war. Sie setzte ihr bestes Pornogesicht auf und starrte direkt in ihre Richtung. Sie sollten wissen, dass sie wusste, dass sie da waren.

Faye hatte sofort geahnt, um was es ging, als er die Matratze aus der Zimmerecke vor die Balkontür zog. Als er sagte, er wolle es unter den Sternen mit ihr machen, dann aber das Licht einschaltete und sein Apartment für alle Welt beleuchtete, sodass sie selbst nichts mehr vom Himmel draußen mitbekamen, hatte sie das Gesicht verzogen und gegrinst. Und als er ihr die Sterne versprach, während er das Bett in die beste Position schob, hatte sie rundheraus aufgelacht.

»Erzähl keinen Scheiß und fick mich«, hatte sie gesagt.

Sie hatte erst sich ausgezogen, dann ihn und sich dann ohne weitere Diskussion über ihn hergemacht.

Sie dachte an sein anfängliches Angebot von Himmel und Sternen, und als er dazu noch seinen Schwanz auf die Liste setzte, sagte sie: »Du bist so großzügig.« Dann steckte sie ihm zwei Finger in den Mund, tief, fast bis zum Anschlag, und drückte seine Zunge nach unten, damit er nichts mehr sagen konnte. Er würgte kurz, schien aber nichts dagegen zu haben. Sie spürte, wie der warme schlauchförmige Muskel unter ihren Fingern zuckte, und sein Hecheln am Hindernis vorbei klang nach halbtotem Hund. Sie musste ihn nicht reden hören.

Schon bald rann ihr ein Faden warmen Speichels über den Handrücken Richtung Handgelenk, wo er sich sammelte, bevor er gleich ihren Unterarm hinunterlaufen würde. Dann biss Connor ihr in die Finger, nicht fest genug, um sie zu verletzen, aber doch fest genug, dass ihr ein plötzlicher Schmerz durch den Arm fuhr und sie vor Schreck aufstöhnen ließ, was sie wiederum in einen aufbäumenden Orgasmus katapultierte. Ihr zuckender Körper löste seinen Höhepunkt aus, sodass er sich in ihr ergoss und kraftlos auf sie niedersank, sein Bauch auf ihrem, seine Wange an ihrer.

Faye lag einen Moment lang da, atmete gegen sein Gewicht und spürte, wie er sich pulsierend aus ihr zurückzog. Sie drehte den Kopf und sah gerade noch, wie das Licht in der Wohnung mit dem Teleskop ausging und sie mit dem Dunkel der Nacht verschmolz.

Faye erwischt das Geländer mit beiden Händen und kommt wieder in die Balance. Vor lauter Tagträumerei ist sie schon wieder gestolpert und wäre fast auf den Treppenabsatz der sechzehnten Etage gestürzt. Ihr Herz rast von dem Adrenalinschub, den das Straucheln ausgelöst hat. Sie verzieht das Gesicht über ihre Ungeschicklichkeit, kann ihr sexbesessenes Hirn aber nicht für seine Unaufmerksamkeit schelten. Zu sehr genießt sie die Erinnerung an das Gefühl seiner Berührungen, überall, und atmet unweigerlich den Duft des Schlafshirts ein, das an manchen Stellen immer noch feucht ist von ihrem letzten Liebesakt, von den geheimen Gerüchen ihrer Vereinigung.

Fayes Gedanken wandern zu Connors Freundin. Faye kennt sie nicht. Eine Frau ohne Gesicht oder Körper, aber dennoch mit genug Präsenz in ihrer beider Leben, dass sie die Treppe nimmt und Connor wie ein Irrer aufräumt, damit seine Wohnung ihn nicht verrät.

Was hat das zu bedeuten? Faye überlegt, ob Connor denselben Aufwand für sie betreiben würde, und hält es nach einem Augenblick des Nachdenkens für unwahrscheinlich. Faye weiß von der Freundin und von der anderen Frau. Und es ist offensichtlich, dass die Freundin nichts von ihnen weiß.

Connor hat ihr von beiden erzählt. Er hat sie gebeten, dieselben Sachen zu machen, die diese andere namens Deb ihn machen lässt, und obwohl Faye sich für sexuell sehr freizügig hält, wollte sie das nicht. Sie hatte Angst, sie würde danach für den Rest ihres Lebens ein anderes Bild von sich haben. Sie weiß, dass es Dinge gibt, mit denen man jeden Tag leben muss, wenn man sie einmal gemacht hat.

Was bedeutet das?, denkt sie. Sobald du vervögelt wurdest, kannst du nie wieder entvögelt werden. Oder etwas in der Art.

Und was hat Connor über Katie gesagt? Er hat ihr einiges von dem erzählt, worüber die beiden so reden. Er hat witzige Bemerkungen von Katie zitiert und gesagt, dass sie ihn ihrer Familie vorstellen will, obwohl sie erst kurze Zeit zusammen sind. Er schien sich richtig darüber zu freuen. Dann war da dieser Fisch auf dem Balkon, den sie ihm geschenkt hat, mit diesem dämlichen Namen. Connor hat alle möglichen Dinge erzählt, die sie so machen, aber nie irgendwelche Bettgeschichten.

Er liebt sie, denkt Faye. Er weiß es nur noch nicht, weil ihm sein Schwanz im Weg ist. Sobald er es erkennt, wird er unter der Last von Deb und mir zusammenbrechen. Er wird zurückverfolgen, wann genau er sich in sie verliebt hat, und all die Male zusammenzählen, die er sie um seine Gefühle betrogen hat. Dann wird er zusammenbrechen in dem Wissen, wie verkorkst er ist. Und entweder verkriecht er sich dann, oder er bekennt Farbe, aber egal, was er macht, Deb und ich werden eine unter Zwang vergessene Vergangenheit sein.

Faye verspürt einen Anflug von Mitleid, denn obwohl Connor ein gemeiner Betrüger ist, so ist er noch mehr ein gutherziges, gedankenloses Opfer seines Schwanzes – den er so großzügig herschenkt. Unabhängig davon wird es Konsequenzen geben. Nicht einmal diese Sache, die Deb ihn machen lässt, wird ihn vor der Katastrophe bewahren, auf die er zusteuert.

Faye fragt sich, wie viele Treffen Connor wohl abgebrochen hat, um eine Begegnung der drei Frauen zu verhindern. Ob Deb wohl jemals die Treppe benutzt hat, während Faye im Fahrstuhl hochfuhr? Hat sie jemals eine der anderen ins Gebäude kommen sehen, während sie es verließ? Sie überlegt, ob es nur sie drei sind. Sie weiß von Deb und der Freundin, aber könnte es noch mehr geben? Oh ja. Das könnte es, denkt sie.

Alles, was im Apartment herumlag, hat Faye einer der anderen beiden Frauen zugeschrieben. Der korallenrote Lippenstift war sicher von seiner Freundin, denn, mal ehrlich, wer trägt diese Farbe heute noch? Die Neunziger sind längst vorbei. Der scharlachrote Slip über dem Toaster war sicher von Deb. Faye konnte es allein daran erkennen, dass er zerrissen war. *Ihre* Slips hat Connor nie zerrissen.

Faye überlegt, dass sie, nur um Connors emotionale Katastrophe noch zu steigern, einen Dreier vorschlagen könnte. Beim Gedanken daran würde sich Connors Libido vermutlich vor Aufregung überschlagen. Faye kann sich schon sein eifriges Nicken vorstellen, und nach Connors Erzählungen ist sie schon seit einer Weile neugierig auf Debs perverse Präferenzen. Wer mag an so was überhaupt nur denken?

Dann ist da noch das rosa Schlafshirt, das sie anhat. Eine ganze Treppe lang denkt sie darüber nach, kann sich aber nicht entscheiden, wem es gehört. Letzte Nacht haben sie es bei ihrem hitzigen Treiben immer wieder unter sich geschoben und zerknüllt. Als sie anfingen, hatte es im Bett gelegen, und Connor drapierte es auf dem Teppich, damit sie keine wunden Stellen an den Knien bekam. Dann legte er es im Badezimmer auf den Kachelsims, damit sie keinen kalten Hintern bekam. Er hat sie da gevögelt, weil er ihr Treiben im Spiegel beobachten wollte. Dann diente es als Unterlage in der Küche und klebte irgendwie immer noch an ihrem Rücken, als Connor sie an die Wohnungstür gepresst nahm, wo sie einander keuchend und schwitzend dem Höhepunkt ihres glühendsten und geilsten Fi–

Was starrst du mich so an, Tussi?, denkt Faye, als sie eine halbe Treppe weiter unten eine Frau sieht, die ihr mit leicht verzerrtem Gesicht entgegenblickt.

Faye starrt alphaweibchenmäßig zurück, merkt aber nicht, dass die Frau gar nicht sie mustert, sondern das rosa Schlafshirt. Faye hat den Eindruck, die Frau wolle etwas sagen, aber dann sprintet sie einfach an ihr vorbei, biegt auf dem Treppenabsatz um die Kurve und ist verschwunden. Der Klang ihrer Schritte hallt von den Wänden wider, während sie sich entfernt.

Kapitel 31

In dem Jimenez sich fein macht und einduftet.

Der Knopf für den zweiten Stock leuchtet nicht sofort beim ersten Drücken auf. Jimenez drückt ihn erneut, und während die Aufzugtüren zugleiten, verschwindet die Lobby nach und nach aus seinem Sichtfeld. Mit dem Handrücken wischt er einen Rußfleck von eben diesem Knopf und begutachtet das Schaltpaneel: Nur eine der oberen Ecken ist sichtbar angekokelt. Im Nachhinein betrachtet, war das Feuer eigentlich recht klein – nur durch die Dunkelheit und seine spontane Panik war es ihm größer vorgekommen.

Eine Testfahrt in den zweiten Stock, denkt Jimenez. Nur um sicherzugehen, dass alles wieder richtig läuft. Was könnte schlimmstenfalls passieren?

Jimenez steht reglos da und starrt auf die Etagenanzeige über der Tür. Das Licht bewegt sich nicht von »L« weg. Der Aufzug bewegt sich nicht, also drückt er noch einmal auf den Knopf. Die Kabine vibriert, das Licht flackert ein bisschen. Von außerhalb ertönt ein metallisches Rumpeln, und der leichte Druck auf seine Fußsohlen sagt Jimenez, dass sie jetzt anfährt.

»Er funktioniert«, sagt er und lächelt in sich hinein. »Er funktioniert wunderbar.«

Er beobachtet, wie die Zahlen über der Tür nacheinander aufleuchten, erst »1«, dann »2«. Die Türen gleiten auf, aber der Fahrkorb ist dreißig Zentimeter oberhalb des Hausflurs der zweiten Etage stehen geblieben. Jimenez drückt auf den Knopf zum Türenschließen, dann noch einmal auf die »2«. Die Kabine fällt abrupt ein Stück hinunter und hält ebenso abrupt wieder an. Jimenez stützt sich an der Wand ab. Als die Türen wieder aufgehen, steht der Aufzug exakt auf Höhe des Korridors der zweiten Etage.

»Wunderbar«, murmelt Jimenez.

Im Fahrkorb riecht es immer noch nach Rauch, also nimmt Jimenez seinen Schlüsselring ab und isoliert einen eigenartig aussehenden, stiftartigen Schlüssel. Er steckt ihn in das spezielle Schloss für Selbstfahrerbetrieb und dreht ihn bis zur Anzeige »Vorrang«, damit die Türen geöffnet bleiben, während der Aufzug an Ort und Stelle verharrt.

»Jetzt hast du ein bisschen Zeit zum Auslüften«, teilt Jimenez dem Aufzug beim Verlassen mit und zieht dabei den Werkzeuggürtel hoch, der ihm von den Hüften gerutscht ist. Auf dem Weg zu seiner Wohnung klappern und klimpern die Gerätschaften. Er dreht ein paar weitere Schlüssel über den Schlüsselring, bis er den für seine Tür findet, schließt auf, tritt ein und knipst das Licht an.

Von außen fällt nur wenig Licht in die Wohnung, weil sie auf die Seitengasse hinausgeht. Durch das Fenster sieht er auf die Parkgarage eines Bürogebäudes, ein hoher, kompakt gebauter Kasten, der jegliche Hoffnung auf Himmel verstellt. Bestenfalls wandelt sich das einfallende Licht von kaltem Blau am Morgen zu mildem Blau am Mittag. Jimenez ist das allerdings egal, die Miete ist billig, und er kommt eigentlich sowieso nur zum Schlafen hierher. Sein restliches Leben verbringt er in anderen Teilen des Gebäudes oder draußen in den Straßen der Stadt, geht in alte Filmtheater oder zum Tanzen. Er betrachtet die ganze Welt als seine Wohnung und seine Wohnung als sein Schlafzimmer.

Jimenez zieht an der Tür die Schuhe aus und leert seine Taschen. Etwa fünfzig Cent Kleingeld klimpern über die Küchentheke. Außerdem liegt dort jetzt die Visitenkarte eines Seidenpflanzenhandels, das zerknitterte Zellophan eines Lutschbonbons und die letzte Reparatur-Anfrage – die undichte Stelle unter der Spüle. Er sieht sich in seiner kleinen Küchenecke um. Ein Herd mit zwei Platten und winzigem Ofen, ein Kühlschrank, in dem seine Mikrowellengerichte stehen, und eine Mikrowelle in der Ecke. Die laminierte Arbeitsfläche ist neben der Spüle von einem der Vormieter beim achtlosen Zerschneiden von irgendetwas zerkratzt worden, und das Furnier am Rand ist stellenweise abgestoßen.

Jimenez zieht das Hemd aus und begutachtet die Brandflecken am Ärmel. Er steckt einen Finger durch das Loch, der auf der anderen Seite schwarz gefärbt wieder hervorkommt, und erkennt, wie gut es war, dass er Baumwolle gekauft hat anstelle der billigeren Polyester-Variante, die geschmolzen wäre und ihm die Haut versengt hätte. Er legt das Hemd auf die Theke und untersucht seinen Arm. Eine kahle Stelle riecht charakteristisch nach verbranntem Haar, und die Haut ist leicht gerötet, aber ansonsten scheint er unversehrt.

Er schüttelt den Kopf und betrachtet noch einmal das zerknitterte Hemd auf der Theke. Es war ein gutes Hemd.

Kann nicht mehr repariert werden, denkt er, zuckt mit den Schultern und wirft es in den Mülleimer unter der Spüle. Er packt die Ecken des Müllbeutels und verknotet sie. Das Hemd, drei leere Verpackungen von Mikrowellengerichten, ein paar Beutel Instant-Haferbrei und ein leerer Milchkarton sind die Überreste der letzten drei Tage. Jimenez geht durchs Wohnzimmer, schiebt die Balkontür auf und lässt den Beutel in den darunterstehenden Müllcontainer fallen.

Wieder im Apartment, zieht Jimenez sein Unterhemd aus und geht ins Badezimmer, wo er es in den Wäschekorb wirft. Er löst den Werkzeuggürtel, legt ihn auf die Ablage und zieht die Hose aus. Er betrachtet sein Spiegelbild. Er ist ein stämmiger Mann mit haarigem, festem Bauch und kräftigen Armen. Seine Unterhose hängt schlabbrig unter dem Wanst, das Gummiband ist schon lange ausgeleiert. Der Stoff ist abgewetzt, und er sieht seine dunklen Schamhaare durchschimmern.

Jimenez schlägt sich zweimal auf den Bauch, zieht die Unterhose aus und wirft auch sie in den Wäschekorb. Er duscht ausgiebig und heiß, um den Plastikgeruch von der Haut und aus den Haaren zu waschen, und benutzt eine Haarkur, die man nicht ausspülen muss, weil es ihm gefällt, wenn sein Haar beim Zurückkämmen an den Seiten glatt und glänzend aussieht und sich oben eine Haartolle auftürmt. Trotz der Dusche riecht seine Haut noch immer ein bisschen nach Plastik, also sprüht er etwas Parfüm auf, um den Geruch zu überdecken. Er putzt sich die Zähne und benutzt Mundspülung, bevor er sich anzieht.

Saubere Unterhose, saubere Hose, sauberes Unterhemd und sauberes Hemd, wieder mit einem bestickten Schild auf der Brust, auf dem »Jimenez« steht. Sein Spiegelbild lächelt ihn an und schlingt den Werkzeuggürtel wieder um die Hüfte.

Er fühlt sich gut. Er tänzelt ein paar Schritte, hüpft und gleitet zurück zur Küche.

Jimenez schiebt das Kleingeld und die Zettel von der Theke in die Handfläche und deponiert alles wieder in der Tasche. Dann betrachtet er sich im Spiegel an der Innenseite der Wohnungstür.

Ich sehe gut aus, denkt er. Vielleicht werde ich mir heute Abend, anstatt trübsinnig in der Wohnung zu hocken, einen Kinobesuch gönnen. Seine Lieblingsschauspielerin spielt in einem neuen Film, und er kann sich nichts Schöneres vorstellen als eine Schachtel Popcorn und zwei Stunden mit ihr. Vorher vielleicht noch einen Cocktail. Danach vielleicht tanzen. Ja, heute ist definitiv eine Nacht zum Tanzen.

Und außerdem wäre es Verschwendung, so gut auszusehen und nicht auszugehen, um es zu zeigen.

Als Jimenez sein Apartment verlässt, wartet der Fahrstuhl immer noch mit geöffneten Türen im Korridor. Von seinem Handy aus ruft er Marty an.

»Marty, der Aufzug fährt wieder«, sagt er.

»Großartig.« Es klingt, als würde Marty Suppe löffeln. »Ich hoffe, es war nicht zu knifflig.«

»Nein«, antwortet Jimenez. »Nicht so schlimm. Nur ein verklemmtes Kabel. Musste nur den Wählschalter umlegen.«

»Können Sie sich den anderen auch noch mal ansehen?«, fragt Marty. »Vielleicht ist es da dasselbe.«

»Mach ich morgen früh«, sagt Jimenez.

»Gute Arbeit, Jimmy. Ich weiß nicht, wie viel mir das eingespart hat«, meint Marty schlürfend. »Gehen Sie ruhig mal aus … schön essen … Das geht dann auf mich.«

Jimenez nimmt den Vorrangschlüssel, um den Schalter im Aufzug wieder auf »Normal« zu stellen, und schnüffelt, als die Türen zugleiten. Es riecht immer noch ein bisschen komisch, aber das wird mit der Zeit vergehen. Er zieht den Zettel aus der Tasche und drückt den Knopf zur fünfundzwanzigsten Etage. Nichts passiert, und er muss noch einige Male drücken, bis sich der Fahrkorb ruckelnd in Gang setzt.

»Musstest nur noch mal die Beine ausstrecken, bevor ich dich zum Tanzen ausführe, hm?«, fragt Jimenez den Aufzug.

Das Licht flackert, und er fährt los, nach oben.

Kapitel 32

*In dem Garth erst ängstlich, dann mutig
und dann wunderschön wird.*

Das Päckchen ist sauber und symmetrisch von vier Seiten eingeschlagen. Garth fasst die oberen zwei Ecken des Papiers mit seinen zwei Händen, hebt sie vorsichtig an und öffnet so die gesamte Verpackung. Dann schließt er die Augen, greift hinein und holt den Inhalt heraus. Mit einem tiefen Einatmen genießt er die sinnliche Erfahrung der Berührung, betastet die weichen Bordüren, den fließenden Baumwollstoff mit seinen Fingern. Inmitten des Stoffbündels fühlt er Schnüre aus glattem, weichem Wildleder. Und durch den Stoff hindurch die Konturen der Schuhe aus glattem Leder.

Langsam atmet er aus, öffnet die Augen und gibt unweigerlich ein dankbares Seufzen von sich.

Karminrot, denkt er, das ist der schönste Tag. Es ist das Warten wert gewesen, und den langen Aufstieg im Gebäude. Es ist perfekt, besser, als er es sich hätte vorstellen können.

Sie haben ihm das Kleid in Rot genäht. Und es ist weder nuttiges Scharlach noch knalliges Fuchsia, nein, es ist Karminrot, das da zwischen seinen Händen schimmert, ein wundervoll weiches Rostrot mit Stich ins Lila. Am Telefon hatten sie gesagt, die Farbe könnte nicht mehr lieferbar sein. Und selbst wenn sie es hätten, so wusste Garth, wie schwer es war, die richtige Farbe am Computerbildschirm zu erkennen. Diese Erfahrung hat er bei dem Kleid in Platinblau gemacht, das er vor ein paar Monaten bestellt hat. Das Farbmuster auf dem Bildschirm hatte toll ausgesehen, aber in echt war die Farbe dann viel zu kräftig für seinen Teint gewesen.

Aber das war damals. Jetzt ist jetzt.

Garth hält die reine Freude in Händen, den perfekten Rotton, gefaltet und mit burgunderfarbenem Band zusammengebunden. Die Näherin ist für diese besonderen Extras bekannt. Harry, der Mann im Laden, hatte sie empfohlen, als er Garths Unmut über die Sachen an den Kleiderständern mitbekommen hatte. Er erzählte ihm von Floria, der Näherin, die sie für Maßanfertigungen beauftragen. Nach Garths zustimmendem Nicken legte Harry ihm ein Maßband um diverse Körperteile und notierte die Werte. Dann riefen sie zusammen bei Floria an.

Garth hat so sehr gehofft, dass sie Karminrot auf Lager hätten. Es ist teuer, solche Kleider nähen zu lassen, da er nun mal ein kräftiger Mann ist. Doch um den kitschigen Nullachtfünfzehn-Massenwaren-Transvestiten-Look zu vermeiden, lässt er Floria seine Kleider maßanfertigen. Für den Preis könnte er zehnmal wie ein kitschiger Transvestit aussehen, aber es geht ihm nicht nur um das Tragen von Kleidern. Es ist schwer, nicht nur wie ein Mann in Frauenkleidern auszusehen. Er wollte nie eine Frau sein, nur ein Mann, der ein schönes Kleid trägt. Es geht darum, sich schön zu fühlen. Und darin liegt der Unterschied.

Da Floria eine Spezialistin für diese Art von Kleidungsstücken ist und weil sie die besondere Gabe besitzt, tragbare Kunst anzufertigen, ist die Nachfrage nach ihr sehr groß. Garth kann sich nur alle paar Monate ein Kleid leisten, aber sie alle sind das Warten und die Extrakosten wert.

Als die Näherin sagte, sie habe diesen Farbton vielleicht nicht mehr, gab Garth als seine zweite Wahl Lorbeergrün an. Er wäre damit auch glücklich gewesen, weil dieses blasse Graugrün eine elegante Farbe ist und gut zu seinen Augen passt.

Harry nickte zustimmend und sagte: »Gute Wahl.«

Aber hier ist nun das Kleid, von dem er geträumt hat, und fließendes Karminrot rinnt durch seine Finger.

Vielleicht bestelle ich irgendwann in den nächsten Monaten eins in Lorbeergrün, überlegt er sich.

Sanft faltet er den zarten Stoff auseinander, nimmt die Schuhe aus der Mitte des Bündels und stellt sie auf das Bett. Er fasst das Abendkleid zwischen Daumen und Zeigefinger und hebt es hoch. Ihm ist bewusst, dass er für eine schulterfreie Variante nicht die richtige Körperform hat. Wie immer ist die handwerkliche Ausführung erstaunlich, es gibt keine aufgeworfenen Nähte, keine unbeabsichtigten Falten im Stoff. Der Ausschnitt ist V-förmig mit passgenauem Mieder. An einer Schulter ist eine Kreppstola befestigt, die als Schaltuch getragen werden kann oder als Hüfttuch an jenen Abenden, an denen er etwas schamhafter oder seine Taille ihm peinlich ist. Die Ärmel sind lang, nicht aufgebauscht und auch nicht eng, sondern reichen perfekt bis zu den Handgelenken. Es ist nicht so, dass Garth seine haarigen Arme unangenehm sind, er findet einfach, dass es umso reizvoller und edler ist, je mehr dem Auge verborgen bleibt. Darin liegt der Unterschied zwischen einem eleganten Abendkleid wie diesem und dem nuttigen Bandage-Kleid in Platinblau mit gelbem Musterdruck, das er als Erstes bestellt hatte.

Ich habe meine Lektion gelernt, denkt Garth. Elegant ist sexy; nuttig ist für Teenager und Nachtclub-Transvestiten.

Ohne es anzuprobieren, erkennt Garth, dass dieses Kleid an der Taille eng anliegen wird, die vertikalen Nähte rechts und links des Mittelteils ihn aber schlanker werden aussehen lassen. Der Saum des Kleids ist asymmetrisch und verläuft vom linken Knie schräg nach unten Richtung rechtem Fußknöchel.

Garth drapiert das Kleid auf dem Bett und streicht den Stoff mit den Fingerspitzen glatt. Dann begutachtet er die Schuhe. Sie sind von einem hypnotisierenden Schwarz, einem Schwarz, das so rein und weich scheint, dass er den Eindruck hat, darin wie schwerelos laufen zu können. Sie sind vorn geschlossen, weil Garth seine Zehen nicht so schön findet. Er findet, sie sehen zu arbeitermäßig aus, eine Reihe haariger, knubbliger Klötze. Ansonsten sind es aber Riemchensandalen, die seine Knöchel betonen werden. Ausgerechnet seine Knöchel findet Garth wunderschön. Leider gibt es zu wenig Hersteller, die Riemchensandalen in Schuhgröße 46 anfertigen, also hat Garth Floria über ihre Verbindungen in dieser Branche ein passendes Paar finden lassen.

Keiner kennt Garths Geheimnis. Er behält es für sich, weil es zu schwer in Worte zu fassen ist. Die Vorhänge sind immer zugezogen, die Türen immer verschlossen und seine Kleider und Schuhe am Ende jeder Nacht wieder in ihrem Versteck, an Haken hinter seinen sauberen Arbeitsklamotten. Garth weiß, was die Leute über ihn denken würden. Er liest die Zeitungen und hört die Fernsehprediger. Er hört die Kerle auf der Baustelle reden und denkt jedes Mal: So einfach ist das nicht. Und doch werden seine geheimen Bedürfnisse stets mit bigotten bissigen Sprüchen und oberflächlicher Verurteilung abgetan.

Also versteckt er sich und spürt seit Jahren eine hungrige Einsamkeit im Innern. Niemand hat den wahren Garth bisher gesehen, den Garth ohne Overall und Schutzhelm. Manchmal fühlt er sich so niedergeschlagen, dass er beim geringsten Anlass weinen muss. Da ist diese Versicherungswerbung, die ihn jedes Mal trifft: Der Ehemann stirbt und hat nicht mal die Beerdigungskosten abgedeckt. Garth hat seine Geheimniskrämerei nie als negativ betrachtet, hat das, was er braucht, immer als harmlos empfunden, denn dass die meisten Menschen eine Perversion darin sehen, ist nur ein kollektives Hinterhertrauern überholter Ideale.

Garth wollte sich immer einfach nur hübsch fühlen. Er will keine Frau sein, und er will auch keine darstellen. Er will sich nur so schön fühlen wie eine Frau. Auch als Kind hat er es nicht bedauert, ein Junge zu sein oder später ein Mann zu werden. Er ist glücklich mit seinem Penis, nur nicht immer mit dem, woran er hängt. Er hat Probleme mit seinem Körper gehabt und immer gedacht, er könnte dünner, größer und an anderen Stellen runder sein. Mit der Zeit konnte er seine Körperbehaarung und seine muskulösen Arme akzeptieren. Er hat sich mit seinem kräftigen Bartwuchs abgefunden und damit, dass man bei ihm schon um elf Uhr morgens den Schatten von Fünf-Uhr-Stoppeln sehen kann. Er hat sich nie geärgert, dass er keine Frau ist, und sich auch nie über Frauen geärgert, weil er ein Mann ist. Nein, er bewundert sie für ihre Anmut. Ihre Schönheit und Stärke sind so viel feiner und zarter als seine, dass seine Bewunderung manchmal sogar in Befangenheit umschlägt.

Garth geht ins Badezimmer. Er zieht sich aus und rasiert sich. Duscht und pudert sich und beobachtet im beschlagenen Spiegel, wie sein verschwommener Körper beim Zähneputzen hin und her schwingt. Die trübe Einsamkeit, die er im Treppenhaus gespürt hat, lichtet sich, weil er heute Abend etwas tun wird, das alles verändert. Nie wieder wird er bei dieser Versicherungswerbung weinen.

Er ist voll positiver Energie über die Möglichkeit, diese Veränderung herbeizuführen.

Einsamkeit ist ein Symptom der Feigen und Schwachen, motiviert er sich und spuckt einen Mundvoll Zahnpastaschaum ins Waschbecken. Er zielt daneben, und die Hälfte des minzigen Mischmaschs landet platschend auf dem Wasserhahn.

Aber jetzt nicht mehr, denkt er. Bald werde ich erkannt werden.

Kapitel 33

*In dem die dreifüßige Petunia Delilah
endlich Apartment 805 erreicht und erkennt,
dass sie keinen Plan B hat.*

Der Junge ist nicht so schwer, denkt Petunia Delilah und sieht auf ihn hinunter. Wie gut, dass er so ein mickriger Kerl ist!

Sie hält ihn am Fußgelenk und zieht ihn auf dem Rücken liegend hinter sich her. Er rutscht und stoppt im Takt zu ihrem stockenden Gang. Seine Arme schleifen über dem Kopf, die Haare stehen ihm zu Berge. Die feinen Strähnen, die sich durch die Reibung aufgeladen haben, umgeben ihn wie ein Glorienschein. Das andere Bein, das Petunia Delilah nicht festhält, steht an Knie und Hüfte abgeknickt seitlich heraus und stößt immer wieder an die Wand. In dieser Stellung sieht der Junge aus wie eine Gliederpuppe, die aus großer Höhe heruntergefallen und so liegen geblieben ist.

Petunia Delilah schneidet eine Grimasse und beißt entschlossen die Zähne zusammen. Das und eine schwache Wehe zwingen ihren Körper, für einige Sekunden innezuhalten und sich darauf zu konzentrieren, dass die Wehe vergeht.

Das Bein zwischen ihren Beinen zuckt. Noch vor wenigen Minuten war das ein Grund für Tränen und Panik. Jetzt hat sich ihre Wahrnehmung der Extragliedmaße geändert. Sie staunt immer noch, wie ihre Gedanken so schnell von purer Angst um ihr Schicksal zum schieren Überlebensdrang umschwenken konnten, allein durch die Kraft ihres Willens. Sie werden es alle überstehen. Dafür wird sie sorgen.

Gesund und munter, denkt sie. Das ist ein gutes Zeichen. Weiter so, Baby.

Kimmys Stimme kommt ihr in den Sinn. »Dein Kind auf natürlichem Weg zur Welt zu bringen wird eine wunderbare Erfahrung sein«, zwitschert sie. »Frauen machen das schon seit Hunderttausenden von Jahren ohne moderne Medizin. Es ist ein Wendepunkt für deinen Körper, etwas, das du voll und ganz auskosten willst, ohne irgendwelche Beruhigungs- und Betäubungsmittel. Es ist ein Segen der Natur, ein Wunder – der ganze Körper arbeitet für einen einzigen Zweck zusammen, als Gesamtheit, für ein so wundervolles Werk. Mit der richtigen Übung und Konzentration kann dein Geist jegliche Beschwerden überwinden.« Dann fügt sie noch ein munteres »Gedanken werden zu Dingen« hinzu.

»Ich hau dir eine rein«, murmelt Petunia Delilah in den Korridor. »Das nächste Mal, wenn ich dich sehe, Kimmy, werde ich genau das machen«, grummelt sie, während sie keuchend und schwitzend die letzten anstrengenden Schritte zur Tür von Apartment 804 schwankt.

Gedanken werden zu Dingen.

Plötzlich überkommt sie ein eigenartiges Gefühl, das sie dazu drängt, die Tür zu ignorieren und zur nächsten zu gehen. Das Erste, was ihr auffällt, ist die fehlende »4«. Stattdessen sieht sie zwei leere Bohrlöcher und einen dunklen Schatten in Form einer geisterhaften Vier. Der Türpfosten neben der Klinke ist eingedellt und gesplittert, als hätte irgendwann mal jemand die Tür aufgestemmt. Am Türgriff ist ein teerartiger schwarzer Fleck, und drumherum sind jede Menge Kratzer im Lack.

Von innen hört sie ein Husten, und beim Näherkommen verstärkt sich ein seltsamer chemischer Geruch. Es ist ein scharfer, beißender Geruch, der sie zusammenzucken lässt. Im Hintergrund dröhnt tonlose, monotone Stampfmusik.

Sie hebt den Arm, um an die Tür zu klopfen, aber das Geräusch eines weiteren schleimigen Hustens lässt sie abrupt innehalten. Sie steht da, die Hand erhoben und die Fingerknöchel nur wenige

Zentimeter vom Holz entfernt. Irgendetwas stimmt mit dieser Wohnung nicht. Die zerschrammte Tür, die fehlende Ziffer, der Gestank, das kränkliche Gehuste ... all das nährt in ihr das Gefühl, dass sie Apartment 804 besser in Ruhe lässt.

Hinter der Tür ertönt ein neuerliches schreckliches Husten und ein dumpfer Schlag. Es klingt näher als zuvor. Als wäre, wer auch immer da drin ist, dichter an die Tür gekommen. In dem Licht, das durch den unteren Türspalt schimmert, erscheint ein Schatten.

Petunia Delilah lässt den Arm fallen. Sie wendet den Blick vom Spion und geht einen kleinen schlurfenden Schritt zurück. Als sie gegen den Jungen auf dem Boden stößt, bleibt sie reglos stehen.

»Komm schon, kleines bewusstloses Kind«, sagt Petunia Delilah leise zu dem Jungen auf dem Boden. »Ich glaube nicht, dass hier einer wohnt, der uns helfen kann.«

Sie setzt sich wieder in Bewegung. Ihr Atem geht schwer und keuchend, und das Geräusch dröhnt ihr in den Ohren.

Ein Fuß, der andere Fuß, dann wieder der erste. Jeder einzelne Schritt ist viele Kilometer lang, und Sekunden werden zu qualvollen Stunden.

Apartment 805. Es ist nicht zu weit weg. Das muss es dann sein, denkt Petunia Delilah, denn bis 806 schaffe ich es wohl nicht mehr.

Gedanken werden zu Dingen.

Der Junge wird mit jedem Schritt schwerer. Er scheint an Gewicht zuzunehmen und der Boden, über den er rutscht, scheint klebriger zu werden und ihn bei jedem Schritt, den sie tut, immer fester zu halten. Ihre Beine brennen vor Anstrengung, ihr Rücken verkrampft vor Schmerz. Sie kann sich nicht daran erinnern, jemals so erschöpft gewesen zu sein. Am liebsten würde sie sich vor Entkräftung neben den Jungen auf den Boden legen und ein paar Minuten ausruhen, aber sie weiß, dass sie dann nicht mehr aufstehen könnte. Ihr Baby würde sterben, und sie vielleicht auch.

Und trotzdem verspürt Petunia Delilah den Drang zu lachen. Als sie sich Apartment 805 nähert, hört sie die vertrauten Klänge von »*Help me, Rhonda*« durch die Tür. Plötzlicher Jubel durchzieht ihren ausgelaugten Körper. Sie lehnt sich neben der Tür gegen die Wand, legt eine Hand aufs Knie und beugt sich vor, um den ziehenden Schmerz im Rücken zu lindern.

Da ist jemand zu Hause, denkt sie erleichtert, und sieht kurz auf den Jungen hinunter. Ich kann Essen riechen. Endlich jemand, der helfen kann.

»Ich habe Hilfe für uns gefunden, kleines bewusstloses Kind«, teilt sie ihm mit und klopft an die Tür. »Jetzt wird alles gut. Mit ein bisschen Glück hat diese Person sogar ein paar verdammte Eiscreme-Sandwiches für uns beide, wenn das alles vorbei ist.«

Niemand rührt sich.

Der Song läuft weiter.

Petunia Delilah wartet einen Moment mit angehaltenem Atem. Vielleicht hat derjenige, der da drin ist, das Klopfen über die Beach Boys hinweg nicht gehört.

Sie hämmert gegen die Tür, diesmal kräftiger. Die Tür klappert in ihrem Rahmen.

»Ich brauche Hilfe«, sagt sie der Tür. Ihre Stimme klingt brüchig und überanstrengt. »Bitte, ich brauche Hilfe. Ich bekomme ein Kind, und dann ist da dieser ohnmächtige Junge, der auch Hilfe braucht. Bitte, machen Sie die Tür auf«, fleht sie. »Bitte.«

Schweiß rinnt ihr über die Nasenwurzel, sammelt sich zu einem zitternden Tropfen, der auf den Teppich fällt. Sie weiß, sie hat nicht mehr genug Kraft, um es bis zur nächsten Wohnung zu schaffen. Es muss diese Tür sein oder keine. Es gibt keinen Plan B.

Einen Moment lang konzentriert sich Petunia Delilah auf den dunklen, nassen Punkt im Teppich und lauscht angestrengt, ob sie etwas anderes hört als die Beach Boys, irgendetwas, das ihr sagt, dass da jemand hinter der Tür ist. Sie hört nichts. Es ist möglich, dass jemand die Musik angelassen hat, aber es ist unwahrscheinlich, dass jemand etwas unbeaufsichtigt im Ofen lässt.

Wut steigt in ihr auf. Sie weiß, dass jemand da drin ist. Da muss jemand sein.

Warum helfen Sie uns nicht?, denkt sie. Dann denkt sie: Sie werden uns helfen.

»Ich weiß, dass da jemand ist!«, ruft sie und lässt ihre Faust gegen die Tür krachen, so fest sie kann. Die Tür scheppert in den Scharnieren. »Ich kann Ihre Musik hören, und ich kann Ihr verdammtes Essen im Ofen riechen, also helfen Sie mir, bitte.«

Petunia Delilah schlägt wieder gegen die Tür.

Ich komme durch diese Tür, so oder so, denkt sie.

»Ich kann nicht«, ertönt eine scheue, fast unhörbare Stimme.

Petunia Delilah starrt auf das Guckloch.

Du willst mich wohl verarschen, denkt sie.

»Was?«, erwidert sie giftig, versucht dann aber, ihre Aggression in den Griff zu bekommen. Sie beruhigt sich mit tiefem Durchatmen. »Würden Sie, bitte, die Tür öffnen? Ich brauche Hilfe. Ich heiße Petunia Delilah, und ich bekomme gerade ein Kind, und da ist dieser ohnmächtige Junge, den ich hinten im Korridor gefunden habe.«

»Ich kann nicht.« Die Stimme hinter der Tür klingt ganz klein. »Ich würde Ihnen ja gern helfen, aber ich kann es wirklich nicht. Ich kann die Tür nicht aufmachen. Es ist … diese Sache, die ich habe. Es ist schwer zu erklären.«

Kapitel 34

*In dem sich die einsiedlerische Claire
mit ihrer Entlassung abfindet und von
drängendem Türklopfen aufgescheucht wird.*

»Na, toll«, sagt Claire und schließt Gabbys E-Mail.

Sie leert ihr Weinglas, klappt den Monitor ihres Laptops endgültig zu und trommelt mit den Fingern darauf.

Eins der Probleme, die ein aggressiv introvertiertes Leben mit sich bringt, ist der eingeschränkte Stellenmarkt. Es gibt nicht viele Heimarbeitsplätze für eine Frau mittleren Alters mit College-Diplom in »Theorie der menschlichen Anatomie« mit Nebenfach »Betriebliches Rechnungswesen für Nicht-Buchhalter«. Das letzte Mal, als sie gesucht hatte, war dies das Einzige gewesen: *The PartyBox*. Nur zu gern hatte sie Gabby und ihrem aufstrebenden Unternehmen zugesagt, und jetzt das: Ihre Stelle wird ausgelagert und sie entlassen.

Claire atmet die Düfte ein, die durch ihre Wohnung ziehen und die vorhin so verlockend, nun aber etwas weniger wesentlich erscheinen. Die Quiche wird wunderbar sein und die Nacht ruhig, denkt sie. Sie freut sich darauf, die Nachrichten anzusehen und dabei ein dampfendes Stück Tarte zu essen und die ganze Sache mit *The PartyBox* zu vergessen. Dann, nachdem der Nachrichtensprecher einen guten Abend gewünscht hat, wird sie bei Sonnenuntergang die Vorhänge zuziehen. Sie freut sich darauf, zu duschen, einen frischen Hausanzug anzuziehen, sich unter den Quasten ihrer Leselampe zusammenzurollen und in der neuen Ausgabe von *Wer die Nachtigall stört* weiterzulesen, die neulich per Post geliefert wurde. Die alte Ausgabe hat sie weggeschmissen in der

Überzeugung, dass sie die Ursache für den modrigen Geruch in ihrer Wohnung war, der sich nach dem Lesen des letzten Wortes ausgebreitet hatte. Das ist jetzt schon die fünfte Ausgabe, weil der Geruch jedes Mal durch ihre Wohnung zieht, sobald sie das Buch ausgelesen hat.

Sie kann es kaum erwarten, den seltsamen Anruf und *The Party-Box* zu vergessen und einfach nur zu lesen, bis sie in den Schlaf fällt.

Morgen ist dazu da, um auf Jobsuche zu gehen, denkt sie. Morgen ist dazu da, um auf die E-Mail zu antworten und die Nummer der Arbeitsvermittlung zu erfragen, die Gabby vorgeschlagen hat.

Morgen ist dazu da, um sich Sorgen zu machen, beschließt sie, aber heute Abend ist für heute Abend.

Sie schaltet das Licht im Ofen ein und prüft erneut ihre Kreation. Laut Herduhr sind es noch siebzehn Minuten, die rückwärts laufen, obwohl die Zeit weiterhin ihren gleichgerichteten Weg vorwärtsläuft. Vermutlich ist es eine Frage der Perspektive, denkt Claire. Die Quiche wird oben allmählich braun, und in der Füllung steigen, ganz langsam, kleine Bläschen auf und bleiben in der sich neu bildenden zähflüssigeren Schicht hängen. Claire nickt, holt ein Paar gelbe Gummihandschuhe aus der Verpackung und wäscht die Teller ab. Dann stellt sie die Teigschüssel und das Besteck in die Spülmaschine, füllt Spülpulver ein, gießt eine Tasse Weißweinessig hinzu und stellt die Maschine an. Wiederum sprüht sie die Arbeitsplatten mit milder Bleiche ein und reibt sie mit einem Desinfektionstuch aus einer Einmalpackung ab. Dann mit noch einem. Es folgt ein letztes Abwischen mit einem Papiertuch, und bis zum nächsten Morgen ist alles gut.

Claire zieht einen Handschuh aus und stülpt dabei das Innere nach außen. Sie genießt das weiche Gefühl der feinen Puderschicht, mit der die Innenseiten bestäubt sind. Auf ihrer Haut fühlt es sich an wie feinste Seide. Dann knüllt sie den Handschuh, die Desinfektionstücher und ihre Verpackungen mit der anderen Hand zusammen und zieht auch diesen Handschuh aus, das Innere nach außen, wodurch sie ein befriedigend sauberes und gänzlich hygienisches Päckchen Müll erzeugt. Sie lässt die Kugel in den Mülleimer fallen und reibt sich die Hände.

Morgen ist dazu da, um sich Sorgen zu machen, denkt sie, heute Abend ist für heute Abend.

Sie steht auf. Die Wohnung ist ganz still, abgesehen vom gelegentlichen arrhythmischen Knacksen des Ofens.

Zu ruhig für einen Freitagabend, denkt sie.

Wenn sie sich anstrengt, kann sie den Nachbarn von nebenan hören. Sie meint, das Lied zu erkennen, das drüben spielt, wird dann aber unsicher, als der Rhythmus eine unerwartete Wendung nimmt. Draußen auf dem Roxy Drive ertönt hin und wieder eine Hupe, aber das passiert wirklich nur selten.

Sie sieht zum Küchenradio auf der Theke und schaltet es ein. *»Help me, Rhonda«* klingt es aus den Lautsprechern. Claire spürt, wie ihr warm wird. Sie weiß nicht, ob es vom Wein kommt – wie viel hab ich überhaupt getrunken? – oder von der Routine eines wunderbaren Freitagabends, von der Quiche und der Musik und dem Duft, der durch ihre Wohnung zieht.

Sie sieht sich um, überlegt, ob sie die Vorhänge schon früher zuziehen soll, entscheidet sich aber dagegen. Das Licht der Sonne gefällt ihr. Sie tanzt, lässt die Hüften kreisen, wirbelt im Kreis durch die Küche ins Wohnzimmer. Sie hebt die Arme über den Kopf, dreht und wiegt ihren Körper, windet Arme und Hüften mit der Eleganz einer Helix. Sie lächelt und singt, tanzt durch den warmen Duft der garenden Quiche und vergisst den Tag. Sie hat ein Gefühl von Sicherheit und Frieden.

Heute Abend ist für heute Abend.

Plötzlich hämmert es gegen die Tür. Claire zuckt zusammen und erstarrt mitten in der Bewegung. Sie wartet, starrt auf die Tür, ihr Herz pocht, und ihr Kopf versucht ihr einzureden, dass sie nichts gehört hat.

Es klopft erneut.

Was ist da los? Claire spürt, wie ihr Herz unruhig zu schlagen beginnt, um in denselben Rhythmus zu verfallen. Ist das der Mann von der Eingangstür, der jetzt kommt, um auch mich zu holen? Sie verkrampft sich. Ihr Puls dröhnt ihr in den Ohren. Hat er es geschafft, ins Gebäude zu kommen?

»Ich brauche Hilfe«, ertönt eine Frauenstimme von der anderen Seite der Tür. Sie ist heiser und angestrengt und viel zu nah. »Bitte, ich brauche Hilfe. Ich bekomme ein Kind, und dann ist da dieser ohnmächtige Junge, der auch Hilfe braucht. Bitte, machen Sie die Tür auf. Bitte.«

Vielleicht, wenn sie ganz still ist, gehen die wieder weg, denkt Claire. Sie senkt langsam den Arm und macht einen schleichenden Schritt Richtung Tür.

»*Help me, Rhonda. Help, help me, Rhonda*«, schallt es fröhlich aus dem Radio.

»Ich weiß, dass da jemand ist!«, ruft die Stimme jetzt. Ein einzelner Schlag erschüttert die Tür, sodass sie im Rahmen bebt. »Ich kann Ihre Musik hören, und ich kann Ihr verdammtes Essen im Ofen riechen, also helfen Sie mir, bitte.«

Claire geht auf Zehenspitzen durch die Wohnung, die Arme abwehrend vorgestreckt. Selbst das Rascheln ihrer Kleidung, als sie sich bewegt, erscheint ihr zu laut. Ihre Hände sind das Erste, das die Tür erreicht, ihre Fingerspitzen berühren den kalten Lack. Claire lehnt sich vor und erblickt durch den Spion eine fischäugig auseinandergezogene Stirn. Claire weicht zurück. Ein weiterer Schlag gegen die Tür rollt wie ein Erdbeben durch das Holz und unter ihren Händen hindurch.

»Ich kann nicht«, sagt sie und will, dass ihre Stimme entschlossen klingt, aber sie ist schwach und zitternd. Sie geht wieder näher zur Tür und späht durch den Spion. Eine Frau sieht sie direkt an. Sie starren einander ins Auge. Claire will sich wieder zurückziehen, bleibt aber so stehen. Die Frau sieht furchtbar aus, zerzaustes Haar, glänzende Stirn und ein rotes, erhitztes Gesicht. Die Frau sieht außerdem ehrlich und freundlich aus, mit einem offenen Gesicht, das keine unaufrichtigen Gefühle zeigen würde, selbst, wenn sie es wollte.

»Was?«, fragt die Frau. Claire beobachtet fasziniert, wie sich ihre Lippen synchron zur Stimme bewegen. Dann verzieht die Frau das Gesicht, und ihre Schultern fallen nach vorn. »Würden Sie, bitte, die Tür öffnen? Ich brauche Hilfe. Ich heiße Petunia Delilah, und ich bekomme gerade ein Kind, und da ist dieser ohnmächtige Junge, den ich hinten im Korridor gefunden habe.«

»Ich kann nicht«, wiederholt Claire, und diesmal klingt ihre Stimme ein wenig fester. »Ich würde Ihnen ja gern helfen, aber ich kann es wirklich nicht. Ich kann die Tür nicht aufmachen. Es ist … diese Sache, die ich habe. Es ist schwer zu erklären.«

»Sie können die Tür nicht öffnen? Hören Sie, Ms …«

»Ich heiße Claire.« Claire beobachtet die Frau durch den Spion. Die steht einen Moment lang nur da, dann legt sie eine Hand auf die Tür, etwa dort, wo auch Claire ihre Hand auf die Tür gelegt hat.

»Claire.« Petunia Delilahs Stimme klingt müde und resigniert. »Claire, würden Sie bitte die Tür öffnen? Ich weiß nicht, wie lange ich noch stehen kann, und ich muss Hilfe rufen. Mein Kind kommt gerade zur Welt, und es geht ihm nicht gut. Mein Handy hat keinen Saft, ich kann meinen Freund nicht erreichen und auch nicht die Hebamme oder irgendjemanden. Ich bin hier ganz allein.«

»Was ist mit diesem Jungen? Ich kann ihn nicht sehen«, sagt Claire und beißt sich auf die Unterlippe.

Durch das Guckloch sieht Claire, dass Petunia Delilah weiß, dass sie beobachtet wird. Sie blickt direkt in das Fischauge.

»Er liegt hier unten auf dem Boden. Sonst macht er nicht viel außer atmen.« Sie sieht zu ihren Füßen. »Ich weiß nicht, was mit ihm los ist, er ist einfach ohnmächtig. Bitte, Claire«, fleht Petunia Delilah, »helfen Sie.«

»Okay, bleiben Sie da«, sagt Claire und tätschelt die Tür mit der Hand. »Ich hole mein Telefon und rufe einen Krankenwagen. Nicht bewegen.«

Claire hat sich gerade einen Schritt von der Tür entfernt, als sie erstarrt. Durch die drei Zentimeter Holz hört sie das animalischste und gequälteste Geräusch, das sie je gehört hat. Die Frau auf der anderen Seite, Petunia Delilah, stöhnt und beginnt zu schluchzen. Es ist ein mitleiderregender Klang aus Schmerz und Frustration. Claire reagiert gleichermaßen instinktiv. Bevor das rationale Denken sie aufhalten kann, löst sie den Riegel, zieht die Kette aus der Schiene und öffnet die Tür.

Kapitel 35

*In dem Hausunterricht-Herman
einen schrecklichen Unfall erleidet.*

Und während der Wagen über die Mittellinie hinweg in den entgegenkommenden Verkehr driftete, ertönten über die Lautsprecher das Klavier-Intro und die rauchige Stimme von Bonnie Tyler. Vom Rücksitz aus beobachtete Herman, wie seine Mom seinen Dad an der Schulter rüttelte. Dad reagierte nicht. Sein Kopf war nach vorn gefallen, und die hervortretenden Nackenwirbel erinnerten an eine Gebirgskette. Herman sah, dass der Mund seiner Mutter sich bewegte, aber er konnte nicht hören, was herauskam. Sie schrie Dad etwas ins Ohr, die Venen in ihrem Hals und auf der Stirn standen hervor. Ihr Gesicht wurde rot, ihre Wangen noch dunkler.

Dad rührte sich nicht.

Mom sah durch die Windschutzscheibe nach vorn, das Auto hatte die Mittellinie jetzt vollständig überquert. Sie griff ins Lenkrad und drehte es nach rechts. Der Wagen ruckte zurück zur Mittellinie, in Richtung der sicheren Straßenseite. Es war eine alberne Linie auf Asphalt, ein lächerlicher Schutz, diese zehn Zentimeter gelber Farbe, die die Grenze markierten zwischen Sicherheit und dem hier.

Über die Lautsprecher schwoll der Chorgesang an.

Während die Vorderseite des Wagens unter dem Aufprall zerbeulte, während das Kreischen von zusammengepresstem und berstendem Metall Hermans Trommelfell strapazierte, selbst während sich die diamantenen Splitter des Sicherheitsglases wie Hagel über seinen Körper ergossen, spielte das Radio weiter. Während Mom und Dad in ihren Sitzen nach vorn geschleudert wurden, um fast augenblicklich von den Sicherheitsgurten aufgefangen zu werden, was ihnen jeweils die Aorta zerriss, während seine Schwester seitwärts auf ihn stürzte, wobei ihr Kopf gegen seinen prallte und ein Feuerwerk sepiafarbener Funken hinter seinen Lidern auslöste, selbst während eines zweiten aufrüttelnden Krachens und einer weiteren bebenden Erschütterung, während all dieser Ereignisse sang Bonnie Tyler weiter und weiter.

Das Auto protestierte jaulend und kreischend gegen seine Zerstörung. Während das Fahrzeug seitwärts über die Bundesstraße schlitterte und die Reifen über die grobe Asphaltdecke quietschten, während die Schwerkraft die Karosserie über das Dach drehte, wobei die Trümmer des Zusammenpralls entgegen der wirkenden Kräfte vorübergehend in der Luft schwebten, und selbst während alles still wurde, abgesehen von einer einzelnen Stimme, die draußen schrie, spielte das Lied weiter.

Der Wagen kam auf der Seite liegend zum Halt, und Herman hing seitwärts in seinem Sicherheitsgurt, über seine Schwester geneigt. Das Gewicht seines Kopfes zwang den Hals zur äußersten Dehnung, und sein Ohr lag auf seiner Schulter. Er hatte nicht die Energie, sich aufzurichten. Seine Arme hingen herunter, der eine lag quer über seiner Brust, der andere baumelte frei in den Raum unter ihm. Sein Handrücken lag auf der Wange seiner Schwester, ihre Haare hatten sich in seinen Fingern verfangen und fühlten sich so weich an wie Federn. Allerdings konnte Herman es nicht fühlen, weil er bewusstlos, sein Körper schlaff und gefühllos war. Er hatte bereits vor einer Weile die Besinnung verloren.

Das Radio spielte die siebenminütige Ballade in voller Länge, und es dauerte weitere sieben Minuten, bis Hilfe eintraf.

Doch für Herman war diese Zeitspanne ohne Bedeutung, er erwachte erst drei Wochen später aus seiner Bewusstlosigkeit. Er wollte es nicht. Als er dann doch aufwachte, war er in einem Krankenhaus, allein in einem dunklen Zimmer. Er betastete vorsichtig seinen Körper, und alles tat ihm weh. Kabel und Schläuche waren an ihm befestigt. Von irgendwo aus der Dunkelheit kam ein Piepsen. Durch das Fenster konnte er erkennen, dass es auch draußen dunkel war. Eine Stadt aus Lichtern war da draußen, auf der anderen Seite der Fensterscheibe.

Später sagten die Ärzte, er habe überlebt, weil er zur Zeit des Aufpralls offenbar bewusstlos gewesen sei. Sein vollkommen erschlaffter Körper hatte die Wucht der Stöße absorbieren können, während das Fahrzeug zur Seite geschleudert wurde und sich zweimal überschlug. Außerdem sagten sie, er sei ein Kind und sein Körper werde schnell wieder heilen. Es vergingen noch einige Wochen, dann entließen sie ihn in die Obhut seines Großvaters, wie seine Eltern es in ihrem Testament verfügt hatten. Weitere Familienangehörige gab es nicht auf diesem Kontinent.

Auch später noch kehrte Herman immer wieder zu diesem Augenblick zurück. Indem er in jenen Moment zurückreiste, erinnerte er sich, wie seine Mutter, sein Vater und seine Schwester aussahen. Er fasste über die unsichtbare Trennlinie auf dem Rücksitz, wegen der sie sich jahrelang gestritten hatten, von seiner Seite auf ihre hinüber. Er spürte das Haar seiner Schwester, ihre weichen Strähnen zwischen seinen Fingern. Von da oben, wo er in seinem Sicherheitsgurt hing und auf sie und den Asphalt vor ihrem Fenster hinunterblickte, sah sie aus, als ob sie schliefe. Er besuchte diese Szene hin und wieder einmal, um sie sich anzusehen, verließ sie aber jedes Mal, bevor das Lied endete. Nach jenem Punkt in der Zeit gab es nichts mehr zu verstehen. Bis dahin war er immer verschwunden und wusste, wann und wohin er zurückkehren könnte, falls die Gesichter seiner Eltern in seiner Erinnerung verblassten oder falls seine Finger vergaßen, wie weich sich das Haar seiner Schwester angefühlt hatte.

Seinem Großvater sagte er nicht, dass er immer wieder zu dem Autounfall zurückkehrte, auch nicht, nachdem er sein Zimmer im *Seville on Roxy* bezogen hatte, um seine Geschichtsaufgaben zu machen, Vokabeln zu lernen und Trigonometrieprobleme zu lösen.

Herman starrte auf das Blatt, und sein Blick tanzte zwischen den zwei Punkten hin und her, die sein Großvater mit Bleistift in die entgegengesetzten Ecken gemalt hatte. Sie waren 35,2 Zentimeter voneinander entfernt, und egal, in welche Richtung er mit den Augen imaginäre Linien über den weißen, leeren Papierbogen malte, er kam immer wieder zum selben Abstand.

»Ich lass dich mal damit allein«, sagte Grandpa, als er Hermans Zimmer verließ. »Die Entfernung zwischen den beiden ist variabel. Diese zwei Punkte können derselbe Punkt sein, oder sie können irgendwo zwischen dem und deinen fünfunddreißig Zentimetern sein. Und gleich erzählst du mir, warum.«

Herman kaute auf dem Radiergummi seines Bleistifts, während er das Rätsel zu lösen versuchte. In der Küche pfiff der Wasserkessel, und im Wohnzimmer raschelte die Zeitung. Der kleine Radiergummiknubbel löste sich in seinem Mund.

Wie können die zwei Punkte auf dem Papier ein Punkt sein?, überlegte er.

Oder anders gesagt, dachte er weiter, wie kann ein Ding zur selben Zeit zweimal existieren?

»Hast du's schon?«, rief Grandpa aus dem Wohnzimmer.

»Nein«, brummte Herman laut genug, dass Grandpa es hören konnte. »Das ist unmöglich. Man kann die Hypotenuse nicht kürzer machen«, sagte er zu sich selbst. »Sie ist, was sie ist.«

»Herman«, kam die Stimme seines Großvaters. »Dass die Welt rund ist, war auch einmal unmöglich. Jetzt leben wir auf einem neuen Kontinent. Dass Menschen fliegen, war unmöglich, jetzt reisen wir in den Weltraum. Deine Aufgabe ist leichter als das.

Stell dir den Abstand zwischen den Punkten als Zeit vor, nicht als Raum. Zeit ist eine Droge, von der wir alle abhängig sind. Früher oder später müssen wir diese Gewohnheit aufgeben.«

Die Zeitung raschelte, und Großvater verstummte.

Herman legte seine Hände auf die entgegengesetzten Ecken des Papiers und drückte es fest auf den Schreibtisch. Konzentriert runzelte er die Stirn. Er kritzelte noch ein paar Gleichungen, während seine Frustration immer größer wurde. Die Rechenwege funktionierten nicht, also strich er sie wieder durch. Er kreiste die 35,2 am Ende seiner ersten Rechnung ein.

Was meinte Grandpa nur? Wenn die Entfernung gleich Zeit ist, dann liegt der einzige Weg, sie zu verringern, darin, sie schneller zu überwinden. Aber eine Stecke hatte kein eigenes Tempo, die Kombination aus beiden hatte es, Geschwindigkeit. Sie waren miteinander verbunden, aber nicht dasselbe, wie Grandpa sagte.

Mit jeder Minute, die verging, spürte Herman sein verwirrtes Gehirn mehr aufdrehen, bis er nicht mehr denken konnte. Würde er zu Wutanfällen neigen, hätte er das Papier zusammengeknüllt und in den Müll geworfen. Stattdessen wischte er mit der Hand über den Tisch. Das Blatt rutschte über die Seite, segelte mit einer Drehung gegen die Wand, und für einen kurzen Moment, bevor der Bogen sich wieder glättete, lagen die beiden Punkte dabei aufeinander.

»Die zwei Punkte sind eins«, sagte Herman zu sich. »Ihr Abstand ist gleich null, obwohl sie auf die entgegengesetzten Ecken des Papiers gemalt sind.«

Er hob das Blatt wieder auf und rollte es langsam zusammen. Währenddessen wurde der Abstand zwischen den Punkten immer kleiner, bis sie sich schließlich berührten. Sie waren eins, obwohl sie voneinander entfernt lagen. Aufgeregt legte er den Bogen wieder flach auf den Tisch. Er musste Grandpa sofort seine Erkenntnis mitteilen.

»Grandpa«, rief er, »ich weiß es. Ich weiß, wie sie ein und derselbe Punkt sind.«

Aus dem Wohnzimmer kam keine Antwort.

Er betrachtete noch einmal die Rechnungen kreuz und quer auf dem Papier, manche durchgestrichen, andere eingekreist. Die Bleistiftstriche waren deutlich und vergrößert und aus solcher Nähe zu sehen, dass sie sich wie pockennarbige, dicke Linien aus Graphit über das faserige Papier zogen. Aus dieser Perspektive wirkte die Bleistiftspitze wie ein wächserner Mondstein.

Die Stille in der Wohnung war beunruhigend. Herman wusste, dass etwas nicht stimmte. Er konnte es spüren. Auch sein Körper wusste es. Diese Stille kam oft vor der Schwärze.

Es herrschte Schweigen. Die üblichen Wohnungsgeräusche fehlten. Die einzigen Laute kamen aus Hermans Innerem, sein Herz pump-pumperte, um das Blut durch seine Adern zu schicken. Sein Atem rauschte. Seine Stimme in der stillen Wohnung klang durch die Knochen und das Fleisch in seinem Kopf gedämpft, als er nach kurzem Innehalten wieder rief.

»Grandpa«, rief seine Stimme.

Herman bleibt abwartend stehen.

Keine Antwort.

»Grandpa? Bist du da?«, rief Herman erneut.

Dann ist da Schwärze und Unruhe und ein beständiges Ziehen an seinem Bein. Er hört Stimmen, wässrig und weit weg.

»Er liegt hier unten auf dem Boden. Sonst macht er nicht viel außer atmen«, sagt eine Frauenstimme. »Ich weiß nicht, was mit ihm los ist, er ist einfach ohnmächtig. Bitte, Claire, helfen Sie.«

Kapitel 36

*In dem aus Ians Blickwinkel die Dinge
unter ihm rapide größer werden.*

Ian kann es nicht wissen, aber für einen kurzen, kaum messbaren Moment passiert er den Punkt, der die Hälfte seines Sturzes markiert. Ian beginnt die Strapazen zu spüren, die ein so langer freier Fall mit sich bringt. Er schnappt nach Luft, sperrt weit das Maul auf in einer Atmosphäre, die zu dünn ist, als dass er Sauerstoff daraus aufnehmen kann. Egal, wie sehr er sich bemüht, er schafft es nicht, seine Kiemen zu öffnen. Der Wind, der an seinem Körper entlangfährt, zwingt sie, geschlossen zu bleiben, der Luftstrom ist zu stark, als dass dieser zarte Mechanismus funktionieren kann.

Einen Moment lang überlegt er: »Also ... was hab ich gerade gemacht?« Dann erkennt er, dass er fällt.

Während er am dreizehnten Stockwerk vorbeirast, überquert er eine in die Luft gezeichnete Linie, fällt aus dem Licht des späten Nachmittags in den Schatten der umliegenden Gebäude. Es ist ein starker Kontrast, und als das letzte Glitzern seiner goldenen Schuppen aufblitzt, merkt er, dass seine Stimmung umschlägt. Die vormals leuchtenden Reflexe vom Glas und Stahl der umliegenden Gebäude wirken hier stumpf und matt. Alles, was vorher hell und klar war, ist jetzt eine gedämpfte Version seiner selbst. Alle Details treten zurück, die einstige Klarheit des Tages trübt sich. Das Gebäude, an dem entlang er hinuntersaust, wirkt weniger betriebsam und die Luft selbst eher gedrückt. Ihn beschleicht ein starkes Empfinden düsterer Vorahnung, als wäre er in die dunkle

Seite des Mondes getaucht. Er ist allein in einer fremden Umgebung, und das Hochgefühl über seine Flucht verwandelt sich in eine beschädigte Fassade, hinter der sich etwas Bedrohlicheres, Gefährlicheres verbirgt.

Die Wohnung im dreizehnten Stock ist rosarot und zeigt damit nicht nur eine Farbe, sondern auch eine Befindlichkeit. Die Wände sind rosarot, die Möbel sind es auch, selbst über die Stehlampe ist ein gazeartiges rosarotes Tuch drapiert. Auf Ian wirkt es wie ein Streifen Sonnenuntergangsrosarot, das manchmal erscheint, kurz nachdem die Sonne hinter dem Horizont verschwindet. Die Farbe verzieht sich zu einem vertikalen Streifen, während Ian daran vorbeirast.

Ian kann es nicht wissen, aber in dem Apartment leben Raquel, die Barkeeperin, und ihre Mitbewohnerin Fontaine, die Flugbegleiterin. Sie sind im Moment nicht zu Hause, aber es stecken trotzdem sehr viele Momente ihres Lebens zwischen den Wänden, der Decke und dem Boden. Raquel und Fontaine teilen sich die Miete und alle Rechnungen und kommen wunderbar miteinander aus. Sie haben sich ein paarmal geküsst, auf eine Weise, wie Freundinnen es normalerweise nicht tun: einmal, als sie auf einer Silvesterparty betrunken waren und sich von der Stimmung haben mitreißen lassen, und einmal auf einer Party, auf der ein heißer Typ plötzlich zudringlich wurde und Fontaine einen Ausweg suchte, seinen Annäherungsversuchen zu entgehen. Soziales Lesbentum ist immer ein prima Ausweg. Es hat den zudringlichen Typen heiß gemacht, Fontaine aber gleichzeitig jeglicher Verantwortung ihm gegenüber enthoben. Keine von beiden betrachtet sich als lesbisch, aber beiden hat das Küssen Spaß gemacht. Allerdings hat das keine von beiden der anderen gesagt.

Ian kann nicht in ihre Zukunft sehen, aber Fontaine ist zwei Jahre davon entfernt, auf einem Charterflug nach Mexiko die Liebe ihres Lebens kennenzulernen. Sie hat dort einen vierundzwanzigstündigen Aufenthalt, und er hat eine Woche All-Inclusive-Urlaub gebucht. Sie bleibt ihre gesamte freie Zeit bei ihm, und als er aus dem Urlaub zurückkommt, verabreden sie sich immer häufiger. Am Anfang ist ihre Ehe ein Traum, doch gegen Ende ihres fünften Ehejahres sind beide zu heftigen Trinkern geworden. Sie gehen zu Paartherapiegruppen und stecken Tausende von Dollar in Einzeltherapien. Aus irgendeinem Grund, den sie sich nicht erklären können, ergänzen sie einander auf verhängnisvolle Weise. Sie haben ein paar glückliche Jahre und viele schwere.

Ihre Ehe hält acht Jahre und vier Monate. Am Ende gibt es keine Kinder, über deren Sorgerecht man verhandeln, und keinen Hund, um den man sich streiten muss, nur eine Hypothek und ein gemeinsames Bankkonto, die bei der Trennung auseinanderdividiert werden müssen. Sie reden nicht mehr miteinander, und keiner heiratet ein zweites Mal. Fontaine hört auf zu trinken, aber ihr Exmann tut es nicht und verliert vorzeitig den Großteil seiner Zähne.

Raquel hält Kontakt zu Fontaine. Sie ist da, um zu trösten, und sie wohnen sogar kurzzeitig wieder zusammen, als Fontaine ihren Mann verlässt.

Raquel heiratet nie, und das ist okay für sie.

Also ... was hab ich gerade gemacht?

Mit den veränderten Lichtverhältnissen ändert sich auch Ians Perspektive. Die Erde ist viel näher und viel bedrohlicher als zuvor. Gerade eben war sie noch weit weg, tief unten im Schatten, so harmlos, dass es leicht war, sie ohne weitere Anstrengung zu ignorieren. Doch was einst eine ferne Kulisse seines Lebens war, ist nun zu einer endgültigen und gefährlichen Schicksalsmacht geworden. Das unabdingbare Ende seiner Reise kommt näher und mit ihm eine dunkle Vorahnung, die Ian zu Anfang nicht wahrgenommen hat. Zu Beginn seines Abenteuers, als ihn der Reiz des Neuen noch in Erregung versetzte, ist er dem fast hundertprozentig sicheren Ausgang seines Sturzes gegenüber blind gewesen. Das Einzige, was in diesem Moment noch Kontrolle über sein Leben hat, ist die konstante Kraft der Erdanziehung. Könnte er darüber nachsinnen, wäre ihm klar, dass die Erdanziehung nichts anderes ist als die konstante Kraft, die die Zeit gegenüber allen Dingen ausübt.

Während er an einem leer stehenden Apartment im zwölften Stock vorbeifliegt, tritt Ian in einen seiner letzten Erinnerungszyklen vor dem Aufprall ein – einen Zyklus, in dem die Erkenntnis des Todes lauert.

Ian kann es nicht wissen, aber die vormaligen Bewohner des Apartments im zwölften Stock sind vor zwei Tagen ausgezogen. Sie waren gern gesehene Nachbarn, ein frisch verheiratetes Pärchen mit besten Aussichten. Die wenigen Male, bei denen sie eine Party gaben, dachten sie immer daran, die Musik um zehn Uhr leiser zu stellen, wie es in der Hausordnung gefordert wurde. Sie passten auf die Wohnungen der Nachbarn auf, wenn diese im Urlaub waren, kümmerten sich um ihre Post, fütterten die Fische und gossen die Blumen.

Er war Immobilienmakler für neue Eigentumswohnungen und sie Ingenieurin. Ihr Sex war nicht außergewöhnlich, aber sie hatten oft welchen, ruhig und zu gegenseitiger Befriedigung. Allerdings störte es sie ein wenig, dass er innerhalb weniger Minuten nach dem Höhepunkt unbedingt duschen musste. Sie hatte das Gefühl, er wolle damit zu verstehen geben, dass sie schmutzig war ... oder aber ihr Sex, was sie beides nicht so empfand.

Als sie auszogen, packten sie ihr Geschirr mit Zeitungspapier zwischen jeder Schüssel und jedem Teller ein. Sie beschrifteten die Kisten ganz akkurat und packten ihre Bücher in kleine Kisten, die für die Möbelpacker nicht so schwer zu tragen waren. Und dann zogen sie in ihr neues Haus in einem der Vororte, in eine glückselige neue Wohnsiedlung namens *Burnt Timber Acres*. Jetzt haben sie einen Garten und einen Zaun und Grunderwerbssteuer und alle paar Jahre einen Wartungstermin für die Heizanlage zu vereinbaren.

Ian kann nicht in ihre Zukunft sehen, aber in nicht allzu ferner Zeit werden sie zwei Kinder bekommen, ein Mädchen und einen Jungen. Natürlich ist nicht alles glückselig. Es gibt Streit, und es gibt Geschrei. Einer von beiden trennt sich für eine Weile vom anderen – es gab Probleme wegen Geld und Treue –, aber sie versöhnen sich schnell wieder und lieben einander auf immer und ewig.

Als er nach achtundvierzig Jahren Ehe stirbt, wird sie einsam und folgt ihm nur ein Jahr später nach. Bei den Beerdigungen halten beide Kinder berührende Trauerreden. Der Jüngere hält sich für einen Dichter und trägt ein herzzerreißend unbeholfenes Gedicht vor. Die meisten der Trauergäste müssen weinen, selbst die, die selten weinen. Die Tränen gelten weniger dem Inhalt des Gedichts als seinem schlechten Vortrag.

Was würde Ian nicht alles dafür geben, wenn er nur weinen könnte! Seine Augen brennen vor Trockenheit, während er unten auf der Straße einen zweiten Krankenwagen heranfahren sieht. Wie beim ersten bleiben die blinkenden Lichter an, auch als die Türen geöffnet werden. Die Autos auf der Straße setzen ihr Kriechtempo fort wie ein träge dahinschleichender Tausendfüßler. Das Gewusel unten auf der Straße scheint sich zu verlangsamen, nun, da Ian ihm immer näher kommt. Es dauert eine gefühlte Ewigkeit, bis die Türen des Rettungswagens aufgehen, und als die Sanitäter herausspringen, starrt Ian mit abwärts gerichtetem Kopf und zur Seite gerichtetem Auge durch ein Fenster im zehnten Stock.

Kapitel 37

*In dem unsere Heldin Katie
der verruchten Verführerin Faye begegnet.*

Das ist unverkennbar ihr rosa Schlafshirt. Die Frau, die eine halbe Treppe über ihr stehen bleibt, trägt Katies Schlafshirt. Es ist zerknittert und fleckig und hängt an einer fremden Frau, aber es ist eindeutig ihres.

Woher diese Frau das Shirt hat, ist offenkundig, und ebenso offenkundig ist, warum sie es trägt. Es ist leicht, eins und eins zusammenzuzählen, vor allem, wenn man beides direkt vor der Nase hat.

Katie hat das Schlafshirt vor ein paar Tagen bei Connor liegen gelassen. Sie hat sich angewöhnt, bei jedem Besuch etwas dazulassen, irgendetwas, das Connor an sie erinnert. Sie hatte diese romantische Vorstellung, dass Connor beim Anblick des Schlafshirts lächeln würde. Sie hat sich sogar hübsche Szenen vorgestellt – wie Connor es mit ins Bett nimmt, sich daran anschmiegt und mit dem weichen Baumwollstoff unter der Wange und dem immer noch vorhandenen feinen Duft ihrer Haut in der Nase in seligen Schlaf fällt.

Es ist offenkundig, was diese Frau im Treppenhaus macht, so wie es jetzt offenkundig ist, warum Connor so zögerlich geklungen hat, ehe er ihr vor ein paar Minuten per Tastendruck die Eingangstür geöffnet hat. Er hat dieser anderen Frau gesagt, sie soll die Treppe nehmen, weil er davon ausging, dass Katie mit dem Aufzug fährt. Es gibt eine andere Frau in Connors Leben, von der sie nichts wusste, und da steht sie, leibhaftig und nur wenige Stufen von ihr entfernt.

Entsetzt verharrt Katie einen Moment an Ort und Stelle. Die Erleuchtung kommt so blitzartig, dass ihr davon der Kopf schwirrt, aber jede einzelne Erkenntnis fällt logisch durchdacht wie ein Baustein auf die vorige, was nach und nach ein Bild ergibt, von dem sie vor wenigen Sekunden noch nichts wusste. Die Welt, in der sie lebte, existiert nicht mehr. Sie befindet sich in einer neuen, in der diese andere Frau existiert.

Und nun, nachdem die Vernunft gewaltet und Erkenntnisse offenbart hat, könnte eine Reaktion erfolgen.

Katie erwägt, der Frau eine reinzuhauen, und sie wüsste auch genau, wohin, nämlich mitten auf die Möse. Katie erwägt, die Frau in ihrem Schlafshirt anzuschreien wie eine wild gewordene Furie, sie mit fuchtelnden Armen gegen die Wand zu drängen und ihr vorzuwerfen, dass sie ihre Liebe sabotiert. Andererseits weiß diese Frau vielleicht gar nicht, dass es sie gibt. Ist es ihre Schuld, dass sie die andere Frau ist, oder ist es Connors? Bevor ihr Hirn diese Frage überhaupt ausformulieren kann, richtet Katie all ihren Schmerz und Zorn gegen Connor, der irgendwo da oben, elf Stockwerke über ihren Köpfen, immer noch denkt, sie wüsste nichts von seinem Harem.

Die andere Frau starrt Katie nur an, und unter ihrem Blick ist Katie zu nichts anderem fähig, als einen Schluchzer der Fassungslosigkeit zu unterdrücken, an ihr vorbeizuhasten und die Stufen hochzulaufen. Sobald sie außer Sichtweite ist, verschwimmt Katies Blick, sodass die Treppe, die zu Connor führt, nun verzerrt und verwirbelt vor ihr aufsteigt. Es ist mehr seine Schuld als ihre, überlegt sie unter dem Wirrwarr an Emotionen. Connor ist es, der die Wahl hatte, Nein zu sagen, nicht darauf einzugehen, nicht zu verletzen. Und doch hat er alles drei missachtet.

Oder ist es mein Fehler?, denkt Katie. Ist es etwas, das ich getan oder nicht getan habe? Was hat Connor für ein Bedürfnis, das ich nicht erfülle? Erwarte ich zu früh zu viel vom ihm?

Sie kennen sich erst seit drei Monaten, überlegt sie, eigentlich sogar ein paar Tage weniger. Trotzdem läuft es zwischen ihnen sehr gut. Sie können sich mühelos unterhalten und haben sich mit dem anderen noch nie unwohl gefühlt. Katie hat sich schon ausgemalt, wie es in einem Jahr aussehen könnte. Auch darüber hinaus hat sie sie beide schon gesehen, wie sie ins Kino gehen oder morgens Kaffee trinken und zusammen die Zeitung lesen. Sie hat sie sich noch nicht verheiratet vorgestellt oder mit Kindern oder wie sie zusammen alt werden, aber auch das wäre sicher nur eine Frage der Zeit gewesen.

Das Schild »21. Stock« wabert durch ihr Blickfeld.

Allmählich spürt sie Erschöpfung. Sie ist entkräftet, hat jedoch Panik, dass sie nicht früh genug bei ihm ist, um sich vor ihm aufzubauen und ihn zur Rede zu stellen. Sie beginnt, an dem zu zweifeln, was sie fünf Stockwerke zuvor gesehen hat.

Hat sie vorschnell geurteilt oder anstatt der Wahrheit eine Bestätigung ihres Argwohns gesehen? Vielleicht war es nicht ihr Schlafshirt. Vielleicht ist das alles nur Zufall, und diese Frau kauft im selben Laden ein wie sie und hat sich das gleiche Schlafshirt ausgesucht. Vielleicht ist das alles ein Irrtum, und Connor wartet oben auf sie und weiß ebenso wenig von einer Frau im Treppenhaus wie davon, dass der Aufzug kaputt ist.

Er würde sich über die wilde Furie wundern, zu der sie geworden ist. Er würde sie anlächeln und erklären, er wisse nicht, wovon sie spreche. Er würde ihre Ängste besänftigen, und sie würde ihm glauben, und alles würde wieder normal werden.

Das muss die Wahrheit sein, denkt Katie. Bitte, lass es die Wahrheit sein. Das da unten war einfach ein unglücklicher Zufall, denn er wartet da oben auf mich, wird mich in die Arme nehmen und mir ganz bald sagen, dass er mich liebt.

»Katie«, wird er sagen, »ich habe noch nie eine Frau wie dich gekannt, und obwohl wir erst drei Monate zusammen sind, also …

in ein paar Tagen, weiß ich, dass du die Richtige für mich bist. Alles, was ich bisher für wichtig hielt, spielt keine Rolle mehr, und das macht mir Angst. Du hast alles für mich verändert, absolut und endgültig. Und obwohl es eine furchtbare Panik bei mir auslöst, wie stark meine Gefühle für dich sind, bin ich doch ganz glücklich und aufgeregt bei dem Gedanken, den Rest meines Lebens mit dir zu verbringen.«

Und sie würde gar nichts sagen, weil es nicht nötig wäre. Sie würde nur ihr Gesicht an seiner Brust vergraben, und er würde sein Kinn auf ihren Kopf legen. Zwischen ihnen würde etwas sein, das so stark und vollkommen wäre, dass es nicht ausgesprochen werden müsste, man würde es einfach spüren, dort, zwischen ihren Körpern. Es wäre so viel stärker als alle Worte, die sie sagen könnte.

Alles kann immer noch gut werden, es gibt keinen Grund, wieso es das nicht könnte. Obwohl sie dieser anderen Frau gegenübergestanden hat, die durch das Treppenhaus entwischen wollte, und obwohl sie Connor ertappt hat, will sie es so sehr nicht wahrhaben, dass sie ihre Bereitschaft spürt, angelogen zu werden, damit alles, was sie vorhin gedacht hat, verschwindet.

Obwohl sie es sich herbeigewünscht hat, hält sie die Türklinke zum Korridor der siebenundzwanzigsten Etage viel zu früh in der Hand. Und sie stürmt vor, obwohl sie mit ihren Wahnvorstellungen am liebsten für immer im Treppenhaus verweilen würde, weil sie ahnt, dass es viel besser ist, nichts zu wissen, als die Wahrheit zu erkennen ... weil es viel weniger wehtut als die Bestätigung ihres Verdachts.

Während Katie den Gang zu Connors Apartment entlangstürmt, wünscht sie, sie hätte das Treppenhaus nie betreten. Sie wünscht, sie hätte nie diese Frau gesehen und alles wäre wieder so einfach wie noch vor wenigen Minuten. Sie wünscht, Jimenez hätte nicht im Aufzug gestanden und ihr gesagt, dass er kaputt sei.

Sie wünscht, sie wäre nie an den Bauarbeitern mit ihren anzüglichen Sprüchen vorbeigegangen, und sie wünscht, sie hätte Connor angerufen, anstatt unangemeldet vorbeizukommen. Es wäre so viel einfacher gewesen, wenn sie niemals eingewilligt hätte, mit ihm einen Kaffee trinken zu gehen, und so viel einfacher, wenn sie nie den Kurs Anthropologie 305 »Wo wissenschaftliche Wunder und kulturelle Realität aufeinandertreffen« belegt hätte ... nie zum College gegangen wäre ... nie das Haus verlassen hätte.

Alles wäre so viel einfacher gewesen, aber – das erkennt sie, während sie nach dem Türknauf zu Connors Apartment greift – nicht unbedingt besser.

Wenn er mir sagt, dass es nicht stimmt, werde ich ihm glauben, denkt Katie.

Die Wohnungstür ist unverschlossen, also klopft sie nicht an, sondern geht schnurstracks hinein.

Da sitzt er, auf der Bettkante, mit nichts am Leib außer seiner Jogginghose. Er hält den Kopf in den Händen, als wäre er zu schwer, um ihn ohne Hilfe aufrecht zu halten. Die Ellbogen hat er auf die Knie gestützt, als wäre er nicht stark genug, sein Gewicht allein mit den Armen zu halten. Er blickt zu ihr auf, und Tränen laufen ihm über das Gesicht. Unter seiner Nase hängt eine Spur von Rotz.

»Es tut mir leid«, sagt er. Seine Stimme bricht vor Schmerz. »Ich habe einen furchtbaren Fehler gemacht.«

Kapitel 38

In dem der Bösewicht Connor Radley gesteht,
dass er einen furchtbaren Fehler gemacht hat,
und danach versehentlich einen weiteren begeht.

»Es tut mir leid«, sagt Connor. »Ich habe einen furchtbaren Fehler gemacht.«

Katie steht in der Tür. Sie bewegt sich nicht. Sagt kein Wort.

Connor sieht sie flehentlich an und interpretiert ihre Wut fälschlicherweise als Unverständnis. Und so schnell und direkt, wie er ihren Blick gesucht hat, wendet er seinen wieder ab. Sein Schuldbewusstsein gestattet es ihm nicht, sie anzusehen. Er lässt den Kopf hängen und starrt auf die dunklen Flecken im grauen Stoff der Jogginghose, in den seine Tränen Sternbilder tropfen.

Ehe er fortfährt, atmet er stockend ein.

»Ich habe eben erst erkannt, was ich schon vor Monaten hätte erkennen müssen.« Er will mehr sagen, aber sein Körper verkrampft sich, als er aufschluchzt. Der Laut, der dabei herauskommt, klingt wie ein schwacher Schluckauf. Er wartet, bis die Gefühlswallung nachlässt.

»Lass es mich erklären«, stammelt Connor. Er zieht den Schleim hoch und fährt mit dem Arm über das Gesicht, um es trocken zu wischen. Dann bleibt er mit hängendem Kopf auf der Bettkante sitzen.

Katie geht durchs Zimmer zur Küchenecke und lehnt sich gegen die Theke. Sie blickt zu Ian auf den Balkon hinaus. Im Kontext des großen Ganzen wirkt sein Fischglas wie ein Tautropfen, sein Körper wie ein noch kleinerer goldener Pixel im Gesamtbild. Ein Stapel Papier liegt auf dem Glas, beschwert von dem Kaffeebecher, den sie Connor geschenkt hat. Geleitet von all den Dingen, die sie hiergelassen hat, schweift ihr Blick langsam durch das Apartment und verbindet so Punkt für Punkt die Erinnerungen an ihre gemeinsamen Zeiten, die Überreste ihrer Anwesenheit an diesem Ort. Ein Schönheitsmagazin liegt aufgeschlagen über der Sofalehne, wo sie es nicht hingelegt hat. Sie bezweifelt, dass Connor darin nach Schminktipps gesucht hat. In der Ecke liegen ihre Badeschlappen. Sie versucht sich zu erinnern, ob sie sie da abgestellt hat. Während Katie ihre Bestandsaufnahme fortsetzt, schnieft Connor kleinlaut vor sich hin.

Schließlich sieht sie ihn an, sieht das heulende Elend in seinem Gesicht. Mehr als alles andere spürt sie eine überwältigende Wut.

»Sprich weiter«, fordert sie ihn mit kontrollierter Stimme auf.

»Da gab es diese Frau ...«

»*Gab* es?«

»Ja, es gab sie, bis eben noch, aber jetzt ist sie definitiv Vergangenheit. Als du geklingelt hast ... war sie noch da.«

»Ich weiß. Die Aufzüge sind kaputt, und ich musste die Treppe nehmen.« Katie bemüht sich, ihre Stimme frei von Gefühlen zu halten. Sie will nicht hysterisch klingen, auch wenn sie jedes Recht dazu hätte. »Du hast ihr mein Nachthemd gegeben.« Sie verschränkt die Arme und weiß nicht, wie lange sie die Tränen noch zurückhalten kann.

»Da ist etwas in mir, das sie gebraucht hat. Ich habe es gebraucht, dass sie hier ist, aber dich brauche ich auch. Jetzt weiß ich, dass ich dich mehr brauche, und das habe ich vorher nicht erkannt. Ich schätze, ich habe einfach das Aufregende an jemand Neuem gesucht ...«

»Jemand Neuem? Wir sind doch erst drei Monate zusammen«, erwidert Katie. Sie kann nicht anders, sie muss weinen. »Minus ein paar Tage.«

»Ich weiß, aber selbst das ist noch so neu, dass ich bis gerade eben nicht wusste, dass ich so für dich empfinde. Ich wusste nicht, dass es mir mit jemandem ernst sein könnte. Mit dir.« Connors Unterlippe zittert. »Faye …«

»Sie heißt Faye?«

Connor nickt. »Faye ist ein Überbleibsel aus meinem alten Leben, und ich werde sie nie wieder sehen, das verspreche ich. Alles, was ich brauche, bist du. Es ist nur so, dass ich noch nie jemanden wie dich in meinem Leben hatte. Ich hatte nie jemanden, der mir gefehlt hat, wenn er weg war, und ich hatte nie jemanden, mit dem ich so offen war. Ich erzähle dir das von Faye, weil es ein Fehler war. Ich weiß das, und ich will es jetzt richtig machen, einen neuen Anfang. Ich kann nicht ohne dich sein, und ich weiß nicht, was ich daraus machen soll.« Connor nimmt eine Hand vom Knie und streckt sie ihr entgegen. »So was habe ich noch nie empfunden.« Er sieht sie an, seine rot geränderten Augen sind geschwollen und von glitzernden Tränendiamanten umgeben. Einer tropft über den Lidrand und malt eine feuchte Linie über seine Wange. Die Träne bildet einen bebenden Tropfen an seinem Kinn, bevor sie zu einem weiteren dunklen Punkt auf seiner Hose wird. »Ich habe noch nie zuvor wirklich geliebt, und ich wusste nicht, was das war. Ich wusste nicht, was ich tat. Jetzt weiß ich es, Katie. Ich liebe dich.«

Da sind sie, die Worte, auf die Katie gewartet hat. Sie sind der Grund, weshalb sie hier ist, auch wenn die Umstände jetzt ganz anders sind, als sie es sich so viele Male vorgestellt hat.

Sie glaubt ihm. Er liebt sie wirklich. Sie kann es in seinem Gesicht sehen und in der Anspannung seines Körpers. Dieses irre Elend kann nur Liebe sein. Diese Worte, einfach und schlicht, waren das Einzige gewesen, das sie von ihm gewollt hat, diese drei Worte.

Jetzt sind sie allerdings weniger einfach und schlicht.

Sie hat das Gefühl, lachen zu müssen. Sie hat das Gefühl, weinen zu müssen. Es ist ihr egal, dass sie bescheuert aussehen wird, wenn sie beides macht.

»Nein«, sagt Katie. Das Wort bricht wie ein trockenes Bellen aus ihr hervor, auch wenn sie das nicht beabsichtigt hatte. Sie holt tief Luft, ehe sie fortfährt. »Nein. Du darfst diese Worte nicht sagen. Nicht jetzt. Nicht zu mir.«

»Katie.« Connor steht auf und macht einen Schritt auf sie zu. »Ich weiß, du bist sauer ...«

»Du irrst dich.« Sie kann ihr Weinen nicht mehr kontrollieren. Sie kann es nicht mehr zurückhalten. »Ich bin nicht sauer. Ich bin verletzt. Du hast mich verletzt.«

Connor geht zu ihr. Sie schlägt seine ausgestreckte Hand weg. Dann schlägt sie nach ihm. Er weicht zurück.

Jetzt schreit sie ihn an. Sie wird die hysterische Frau, die sie nicht hatte werden wollen. »Was für ein verkorkster Scheißkerl sagt all diese Worte auf einmal, all die Worte, die du gesagt hast? Sie sind unreif und beschissen. Ich liebe dich so sehr, dass ich Faye gefickt hab? Das ergibt keinen Sinn. Du ergibst keinen Sinn. Du tust mir leid dafür, dass du so verkorkst bist. Ich tu mir selbst leid, weil ich so blind war. Weißt du, wie sehr ich mir gewünscht habe, dass du sagst, dass du mich liebst? Nein.« Sie lacht durch ihre Tränen. »Ein emotional verkrüppelter Soziopath wie du kann so was nicht wissen, und du tust mir leid deswegen. Du tust mir ja so leid.«

Connor streckt erneut die Hand nach Katie aus. Sie schlägt danach, aber er gibt nicht auf. Sie haut und boxt und prügelt ihn, und er legt einen Arm um sie und hält sie fest. Katie schlägt zu, so fest sie kann. Sie weiß, dass sie ihm wehtut, aber nach einer Weile kann sie nicht mehr ausholen, weil er sie zu dicht an seinen nackten Oberkörper drückt.

Sie gibt auf. Plötzlich ist sie furchtbar müde, und mit keinem Schlag der Welt kann sie ihm so sehr wehtun, wie er ihr wehgetan hat. Also steht sie in seiner Wärme, an seine nackte Haut gepresst, und beide beben vor Schluchzern, die sie nicht länger unterdrücken wollen.

Wieder und wieder sagt Connor ihren Namen. »Katie, Katie, Katie. Ich weiß, ich hab's verbockt. Ich weiß, ich habe dich verletzt. Du hast recht. Ich bin ein Idiot. Ich bin ein Arschloch. Ich bin furchtbar. Katie, Katie, Katie, lass es mich wiedergutmachen. Wenn es sein muss, werde ich es für den Rest meines Lebens wiedergutmachen. Ich bin dazu bereit. Jeden Tag der Ewigkeit. Du kannst mich hassen und mir das Leben zur Hölle machen und mich jede Stunde meines Lebens leiden lassen, bis ich sterbe, aber das wäre okay für mich, solange ich nur bei dir sein kann. Bei jedem meiner Atemzüge werde ich das Ziel haben, es wiedergutzumachen. Ich weiß, ich habe kein Recht, irgendetwas von dir zu verlangen, nicht nach dem, was ich getan habe, aber würdest du das wohl für mich tun? Würdest du mich bitte für den Rest meines Lebens hassen?«

Wider Willen muss Katie über die Absurdität seiner Bitte lachen, ihm das Leben bis zu seinem Tod zur Hölle zu machen, nur damit sie zusammen sein können.

Connor fährt fort: »Katie, Katie, Katie. Hass mich für den Rest meines Lebens, weil ich dich so sehr liebe.«

Durch die Balkontür weht ein lauer Wind herein und trägt das leise Rauschen des Verkehrs von der Straße nach oben. Nach einigen Minuten hört Katie auf zu weinen. Auch Connor hört auf zu beben.

»Connor?«

»Ja?«

»Lass mich los.«

Er tut es und tritt einen Schritt zurück.

»Ich packe jetzt meine Sachen zusammen«, sagt Katie, »und dann gehe ich. Ich kann dich im Moment nicht sehen, aber wenn alles, was du gesagt hast, stimmt, dann werde ich dich vielleicht nach einer Weile wieder treffen können. Vielleicht wird dann alles wieder gut sein, denn im Moment ist es das definitiv nicht. Ich freue mich auf den Tag, an dem ich das hier vergessen kann. Wenn ich es mit dir zusammen vergesse, dann freue ich mich auf den Tag, an dem ich dir vergeben kann. Aber wie soll ich dir jemals wieder vertrauen? Wenn alles, was du erzählt hast, nur eine neue Lüge ist, was ich im Moment noch glaube ... dann hoffe ich, du schmorst in der Hölle.«

Einen Augenblick lang herrscht Schweigen.

»Okay«, flüstert Connor. »Dann sehe ich dich bald wieder.«

»Hilfst du mir beim Einpacken?«, fragt Katie.

»Okay.«

Connor klaubt noch eine Plastiktüte unter der Spüle hervor und steckt zwei Päckchen Kräutertee hinein. Katie holt ihre Zeitschrift von der Couch und klemmt sie sich unter den Arm. Sie hebt die Schlappen aus der Ecke auf und geht ins Badezimmer, kann aber ihre Zahnbürste nicht finden. Sie trifft Connor in der Mitte des Zimmers und packt all ihre Sachen in die Tüte.

»Ich hole den Becher«, sagt Katie. »Du kümmerst dich weiter um Ian.«

»Das werde ich«, bestätigt Connor. »Und hier«, er zieht unter dem Kopfkissen einen Spitzenslip hervor, der ihn gerade angeblinzelt hat, »vergiss den nicht.«

Katie mustert den zusammengeknüllten Slip in seiner Hand. Dann legt sie den Kopf schief und lächelt.

»Den kannst du behalten«, sagt sie.

Connor verzieht das Gesicht zu einem anzüglichen Grinsen. »Wirklich?« Er hält den zusammengeknüllten Stoff mit beiden Händen wie eine kostbare Blüte und hebt sie ans Gesicht.

»Ja«, sagt sie. »Behalt ihn. Das ist nicht meiner.«

Kapitel 39

*In dem die verruchte Verführerin Faye
zu dem Schluss kommt, dass ein Kloakenkuss
ein unzureichender Quell des Vergnügens ist.*

Während die Schritte über ihr langsam leiser werden, schüttelt Faye den Kopf über die komische junge Frau, die aussah, als würde sie aus heiterem Himmel einen Wutanfall bekommen. Sie denkt, sie hört das Echo von jemandem, der weint, aber in diesem Schacht, der alle Geräusche verzerrt, ist das schwer zu sagen.

Faye sieht sich noch einmal um, bevor sie ihren Abstieg fortsetzt und weiter darüber nachdenkt, auf wie viele Arten sie Connor dafür büßen lassen wird, dass sie die Treppe nehmen musste. Sie wird dafür sorgen, dass er es nicht vergisst.

Sie kommt an einem Schild vorbei, das ihr sagt, dass sie noch zehn Stockwerke vor sich hat, zehn Stockwerke zum Tagträumen von all den Arten, auf die sie ihre Strafe ausüben wird. Bisher beinhaltet jede davon einen Haufen abgelegter Kleidung auf dem Boden. Manche beinhalten Fesseln und andere Handschellen. Eine beinhaltet den Korken einer Weinflasche, ein Gummiband und einen Holzlöffel. Ein paar davon beinhalten die Idee, dass sie vielleicht das mit ihm anstellen könnte, was er sagt, das Deb so gern mit sich machen lässt. Das wäre ganz sicher eine interessante Form der Strafe, auch wenn sie nicht sicher ist, dass sie das tun und sich danach weiterhin im Spiegel ansehen könnte.

Der Gedanke an Deb fuchst sie nicht so sehr wie der Gedanke, dass Connor sie für seine Freundin aus der Wohnung wirft. Die anderen Frauen in Connors Leben sind kein Problem für sie. Das Problem ist, dass diese eine mehr Macht über ihn hat als sie. Nicht, dass das irgendwie dramatisch wäre, aber es bedeutet, dass Connor irgendwann in naher Zukunft erkennen wird, dass seine Gefühle für diese Freundin mehr bedeuten als seine Gefühle für Faye, und dann wird sie diejenige sein, die das Nachsehen hat. Auch wenn es vielleicht unfair ist, dass es sie und diese Deb in Connors Leben gibt, so ist diese Freundin in gewisser Weise auch unfair für sie. Und Connor ist ihrer aller Mittelpunkt, ihre Gemeinsamkeit und daher das Problem.

Ich meine, denkt sie und lässt das Geländer los, um an ihrer Hand zu riechen, sind wir etwa dafür gemacht, ewig zusammenzubleiben? Sind wir etwa Pinguine?

Ihre Hand riecht nach Metall, riecht nach dem Handlauf, an dem sie sich auf dem Weg nach unten immer wieder festgehalten hat. Er riecht nach den Tausenden von Händen, die ihn in der Vergangenheit angefasst haben. Und sie beschließt, dass Pinguine zwar süß sind, sie jedoch keiner ist, und dass es nicht in ihrer Natur liegt, mit einem einzigen Partner zusammen zu sein, bis sie stirbt, egal, was für einen netten Klunker er ihr auch vor die Nase halten mag.

Sie denkt an das Biologiepraktikum zurück, das sie vor zwei Jahren in Australien gemacht hat. Es war eine einfache Methode gewesen, ein paar Extrapunkte im Studium zu sammeln, und sie konnte hinterher noch ein paar Monate lang die Surfstrände des Landes abklappern. Eines Tages fuhr eine Gruppe von Studenten von der Universität aus zu irgendeinem Strand in der Nähe von Melbourne, um Pinguine zu zählen. Die Schwierigkeit dieser Aufgabe schien dem schnauzbärtigen Professor, der sein ganzes Leben dem Studium jener kleinen Kreaturen widmete, nicht bewusst gewesen zu sein. Die Tiere hatten alle die gleiche Farbe und bildeten als watschelnde Gruppe auf dem Weg zum Strand eine einzige verschwommene Masse aus Schwarz und Weiß. Ein Zählen war schier unmöglich, sodass Fayes Gedanken irgendwann abschweiften und sie sich nicht mehr fragte, wie viele es wohl waren, sondern wie sie wohl schmecken würden. Sie überlegte, warum niemand Pinguine aß, wo doch so viele davon herumliefen und sicher leicht zu fangen wären. Sie dachte an ihren Kurs zurück und dass nie auch nur irgendjemand erwähnt hatte, ob man sie essen kann. Nicht einmal, ob die Aborigines sie essen. Sicher wird es doch irgendwann einmal irgendjemand versucht haben.

Als sie am achten Stockwerk vorbeikommt, riecht sie noch einmal an ihrer Hand und taxiert, ob der Geruch stärker wird. Sie beschließt, sich nicht mehr am Geländer festzuhalten, da es sehr wahrscheinlich unhygienisch und teilweise stinkig ist.

Dann fragt sie sich, ob es wohl daher kommt, dass Pinguine so niedlich sind. Sie überlegt eine Weile und entscheidet, dass das nicht der Grund sein kann. Kälber sind auch niedlich, und trotzdem werden sie ständig von Menschen gegessen. Lämmer ebenfalls. Vielleicht hat irgendwann mal jemand einen Pinguin probiert, und er war nicht besonders lecker.

Faye ist angenehm überrascht, als sie beim nächsten Richtungswechsel das Schild »4. Stock« an der Wand liest. Im Weitergehen fällt ihr wieder der Dokumentarfilm ein, in dem es über Pinguine hieß, dass sie zu den wenigen Spezies gehören, die sich lebenslang an einen Partner binden. Sich wahrhaft binden und nicht nur auf Teufel komm raus serielle Monogamie betreiben. Dann stellt sie sich vor, sie wäre jahrzehntelang an Connor gebunden, bis einer von ihnen stirbt, und beschließt, dass das nichts für sie ist. Sie interessiert sich nur für seinen Körper. Wenn sie ehrlich sein darf – wenn sie die Erwartungen ihrer Mutter einmal beiseiteschieben und einfach ehrlich sein darf –, dann hat er ihr auch kaum mehr als den zu bieten.

Faye weiß, sie würde einen schlechten Pinguin abgeben, weil sie, während der Connor-Pinguin alterte, nach einem Ausweg suchen würde, vielleicht eine passende Eisscholle, auf der sie ihn zurücklassen könnte ... oder einen zeitlich günstigen Killerwalangriff. Außerdem würde Connor als Pinguin seinen Sinn verfehlen. Er hätte keinen Penis, weil Pinguine keinen haben, und sie ist überzeugt, dass die Intimität ihrer kurzen Kloakenküsse ziemlich schnell ziemlich langweilig werden würde.

Nein, entscheidet Faye, Kloakenküsse sind ein unzureichender Quell des Vergnügens und einfach nicht ihr Ding. Connors Freundin dagegen, nach allem, was Connor über sie erzählt hat, wäre sicher ein guter Pinguin. Trotzdem versteht sie nicht, was die beiden verbindet. Connor ist auch nur ein Schwanz.

Ich meine, es ist doch nur ein Schwanz, denkt sie, nichts, worüber man zu sehr in Aufregung geraten sollte. Die Hälfte der Menschheit hat einen, und es ist ja nicht so, dass einer davon je eine Nonne aus einem brennenden Haus gerettet hätte oder so etwas. Und nur, weil man gern frisch vom Fass trinkt, muss man doch nicht gleich das ganze Fass kaufen, oder?

Faye kommt am Schild »1. Stock« vorbei. Ihre Beine zittern, weil sie nach den exzessiven Ficknummern mit Connor eigentlich nicht mehr genug Kraft in den Muskeln hatte, um die siebenundzwanzig Stockwerke zu bewältigen. Davon mal abgesehen, hat sie es jetzt fast geschafft. Noch ein Stockwerk bis zur Lobby, und sie schwört sich, dass sie zum letzten Mal die Treppe genommen hat. Egal, wo.

Wenn er mich das nächste Mal vor seiner Freundin verstecken will, denkt Faye, dann kann er mich die verdammten Stufen runtertragen ... und seinen Müll kann er auch selbst wegschmeißen.

Als Faye vom Treppenhaus in die Lobby tritt, hält sie abrupt inne. Ein hier drin noch geräuschloser, aber außergewöhnlicher Aufruhr breitet sich vor dem Gebäude aus, den sie erst einmal eingehend betrachten muss.

Kapitel 40

*In dem Jimenez heldenhaft der letzten
Reparaturanfrage nachgeht.*

Ab dem zwanzigsten Stock lässt das Ruckeln im Aufzug nach, und der Fahrkorb läuft ruhig. Das Rattern der Tragseile hat aufgehört, und die Lichter flackern nicht mehr. Jimenez fühlt sich gut, riecht gut, sieht gut aus und ist bester Laune. Er hat beschlossen, heute Abend auszugehen, und selbst wenn er es allein tun muss, wird er dabei unter einer Menge Menschen sein. Dass er beim Reparieren eines Aufzugs fast gestorben wäre, hat die Sehnsucht zu leben geweckt und den Wunsch nach Wagemut.

Konzentriert beobachtet er die Zahlen über der Tür, die nacheinander aufleuchten. Er lehnt sich gegen den Handlauf und kreuzt die Füße an den Knöcheln, stolz darauf, dass er diese Maschine wieder zum Laufen gebracht hat.

Was einst kaputt war, ist wieder heil, denkt Jimenez. Aus der Sicherheit des Rückblicks kann er über das abenteuerliche Unglück schmunzeln, das den Aufzug wieder in Gang gesetzt hat.

Und so beginnt alles von Neuem, denkt er.

Ihm geht ein Lied durch den Kopf, ein altes und fröhliches Lied, das er zur Entspannung vor sich hin summt. Die hübsche Melodie stammt ursprünglich aus einem mexikanischen Volkslied, wurde aber später für eine Szene in einem alten Schwarz-Weiß-Musical umgeschrieben, das er als Kind oft gesehen hat. Diese Assoziation kommt jedes Mal, wenn er die Melodie irgendwo hört: der kleine Jimenez, der auf ein unscharfes Bild im alten Schwarz-Weiß-Fernseher seiner *abuelita* starrt. Damals verstand er nur ein paar Worte

Englisch, aber er war ganz verliebt in die Darsteller und die Dynamik der Show. Er mochte all die alten Filmmusicals gern – um sie zu verstehen, brauchte er kein Englisch zu können.

Jimenez summt in Baritonlage »*Las Chiapanecas*« und denkt an die schöne Lupe Vélez in ihrer beeindruckenden Rolle als lebhafte Carmelita Fuentes in *The Girl from Mexico*. Er war richtiggehend verliebt in ihr lebhaftes Temperament und ihre Energie, die ihr die Spitznamen »Feuerkopf« und »Peperoni« einbrachten.

In der Filmszene, deren Musik Jimenez summt, dreht sich Señorita Vélez über die blanken Fliesen eines Tanzlokals und tanzt Sohle an Sohle mit ihrem Spiegelbild am Boden. Es ist, als wirbelten die beiden durch entgegengesetzte Gravitationskräfte, als tanzten sie auf beiden Seiten einer Glasscheibe, und wenn eine von ihnen einen falschen Schritt machte, würde die andere stolpern und stürzen.

Señorita Vélez trägt ein elegantes Kleid, dessen Pailletten im Scheinwerferlicht glitzern und nur durch ihr Lächeln überstrahlt werden. Das Kleid ... Jimenez schüttelt den Kopf bei der Erinnerung ... lang und mit Volants in mehreren Stufen von der Taille bis zu den Knöcheln. Die Satinpaspeln leuchten beim Herumdrehen auf wie Flammen, das Kleid hebt sich vom Boden und gibt den Blick auf ihre perfekten Knöchel frei, diese Wunderwerke göttlicher Konstruktion: feine Knochen, die allein nutzlos sind, in ihrer Kombination jedoch perfekt zusammenarbeiten und die Schönheit der Tanzschritte ermöglichen.

Jimenez seufzt. In ihr haben sich subtile Stärke mit Anmut gepaart.

Der Aufzug gibt einen hellen Glockenton von sich und hält ruckartig an. Fünfundzwanzigste Etage. Die Türen gleiten auf, und Jimenez sieht, dass zwischen dem Fahrkorb und dem Boden eine Lücke klafft. Er muss sich bücken und die etwa dreißig Zentimeter bis zum Teppich des Korridors hinunterspringen. Immer noch pfeifend, betrachtet er den Fehlstand von außen: Ein unansehnliches Durcheinander an Elektrik hängt unter der Kabine in den Schacht. Dinge, die nie jemand sieht und über die niemand nachdenkt, die aber dafür sorgen, dass der Aufzug fährt. Nun sind sie für jeden sichtbar, der sich die Mühe macht hinzuschauen.

Die Hässlichkeit, die alles in Gang hält, kann fürs Erste sichtbar bleiben, denkt Jimenez. Ich werde mich morgen darum kümmern. Sobald ich die Spüle repariert habe, suche ich mir einen alten Film in irgendeinem kleinen Kino. Ich werde Popcorn essen und den Film sehen, egal, was gespielt wird. Wenn es ein Film mit Tanz und Gesang ist, umso besser, und noch besser, wenn er in Schwarz-Weiß ist. Dann kann ich umso entspannter die Seele baumeln lassen. Und nach dem Film gehe ich tanzen.

Jimenez zieht die zerknüllte Reparaturanfrage aus der Tasche und überprüft noch einmal sein Ziel. Apartment 2507. Am Ende des Korridors, linke Seite. Er klopft an die Tür, pfeift und wippt, während er wartet, von den Hacken auf die Zehen und wieder zurück. Er schiebt die Hände in die Hosentaschen, sodass die Werkzeuge an seinem Gürtel klimpern.

Die Nachbarin verlässt ihre Wohnung und schließt die Tür.

Jimenez nickt ihr zu.

Sie nickt zurück und lächelt, bevor sie den Flur hinunter zum Aufzug geht.

Jimenez klopft erneut an die Tür zu Apartment 2507 und beobachtet, wie die Nachbarin über den Spalt hinweg in das Abteil steigt. Sie bleibt kurz mit der Fußspitze hängen und fällt fast vornüber in den Fahrkorb.

Jimenez klopft noch einmal an die Wohnungstür, diesmal lauter und länger. Nach einer Weile nimmt er seinen Schlüsselbund vom Gürtel und zieht ein paar Schlüssel über den Ring, um den richtigen zu finden. Er klopft ein letztes Mal, dann schließt er die

Tür auf. Wenn jemand zu Hause wäre, hätte er oder sie inzwischen längst geöffnet.

Normalerweise haben die Hausbewohner das Recht auf Privatsphäre. Einfach so in eine Wohnung zu gehen, wäre unbefugtes Eindringen, und das hat Jimenez immer respektiert. Die einzige Situation, in der er ein Apartment allein betreten darf, ist ein Notfall, der andere Bewohner gefährdet, oder eben eine Reparaturanfrage. Im Kleingedruckten der Mietverträge steht, dass in so einem Fall der Hausmeister eine Wohnung innerhalb der nächsten achtundvierzig Stunden betreten darf, um die Reparatur auszuführen.

»Hallo?«, ruft Jimenez laut. »Hier ist der Hausmeister, um die undichte Stelle an der Spüle zu reparieren.«

Keine Antwort.

Jimenez pfeift die letzten Takte seines Lieds, während er nun ganz in die Wohnung hineingeht und die Tür hinter sich zuzieht. Er tritt die Schuhe mit den jeweils anderen Fußspitzen von den Füßen und lässt sie auf der Fußmatte stehen. Dann geht er durch den kurzen Flur an der Küchenecke vorbei ins Wohnzimmer. Die Schlafzimmertür auf der linken Seite ist geschlossen. Er meint ein leises Geräusch dahinter zu hören, also ruft er wieder.

»Hallo? Hier ist der Hausmeister, um die undichte Spüle zu reparieren.«

Als immer noch keine Antwort kommt, ist er überzeugt, allein zu sein. Wäre jemand da, hätte er oder sie ihn mit Sicherheit gehört. Jimenez betrachtet die Aussicht und stößt einen tiefen, anerkennenden Pfiff aus. Hier blockiert nichts den Einfall des Sonnenlichts, wie in seiner Wohnung. Der Ausblick geht bis zum Horizont, und Jimenez staunt über die Dichte der Stadt. So viele Menschen leben da in aufeinandergestapelten Schichten, bewegen sich übereinander und nebeneinander, ringsumher.

Er sieht auf seine Uhr und geht in die Küche. Eine saubere Wohnung, das gefällt ihm. Auf der Arbeitsfläche liegen ein paar Krümel neben dem Toaster, und unter dem tropfenden Wasserhahn steht ein Glas mit Lippenstiftabdruck, aber sonst ist alles ordentlich. Jimenez begutachtet den Wasserhahn, nimmt dann eine Rohrzange und schraubt den Strahlregler ab. Die Gummidichtung sieht gut aus, nicht porös, nur verkrustet von den Kalkablagerungen aufgrund des harten Wassers. Jimenez reibt den Dichtungsring zwischen Daumen und Zeigefinger, er fühlt sich borkig und pockig an. Unter der Spüle findet er etwas Essig. Er schüttet das Wasser aus dem Glas in den Ausguss, füllt einen Fingerbreit Essig ein und wirft die Dichtung hinein. Die Kalkablagerungen beginnen zu zischen.

Als Nächstes verschließt er die Spüle mit dem Stöpsel und lässt Wasser einlaufen. Dann zieht er den Stöpsel wieder raus. Während sich das Becken leert, zieht er den Mülleimer aus dem Unterschrank und kriecht mit Kopf und Schultern hinein. Er sieht keine undichte Stelle, keine Pfütze unter den Rohren. Er tastet mit den Fingern von der Überwurfmutter über den Siphon bis zum Kniestück und kann keine Feuchtigkeit entdecken. Jimenez reibt seine trockenen Finger und runzelt die Stirn.

Aber es ist dunkel da unten, also nimmt er die Taschenlampe vom Gürtel und schaltet sie ein. Nichts passiert. Natürlich – die Batterien sind ja leer.

»*Tonto*«, murmelt Jimenez vor sich hin. Er legt die Taschenlampe neben sich auf den Boden und untersucht erneut die Abflussrohre.

Als hinter ihm eine Stimme ertönt, zuckt er zusammen und stößt mit dem Kopf von unten gegen das Spülbecken, das ein hohles, metallisches »Plong« von sich gibt.

»*Gracias por arreglar el lavamanos*«, sagt die Stimme.

»*No hay de qué*«, antwortet Jimenez und reibt sich den Hinterkopf, während er aus dem Schrank kriecht.

Er setzt sich hin und dreht den Kopf, um zu sehen, wer sich bei ihm bedankt hat.

Kapitel 41

*In dem Garth all seinen Mut zusammennimmt
und die tapferste Tat seines Lebens vollbringt.*

Garth zieht den Reißverschluss hoch, und der Schlitten fährt mit einem feinen Surren über seinen Rücken. Er dreht den Rücken zum Spiegel und sieht über seine Schulter, um Florias Arbeit zu begutachten. Der Spiegel ist vom Duschdampf nur noch an den oberen Ecken beschlagen und zeigt stellenweise eine wie aufgehauchte Feuchtigkeit. Dadurch entsteht an den Rändern eine Art Weichzeichnereffekt, und Garth sieht aus wie auf einem antiken, oval ausgefransten Bild.

Garth bewundert das Kleid und denkt, was Floria doch für ein Geschenk für sein Leben ist. Sie lässt ihn fein und stark zugleich erscheinen, genau so, wie er es gewollt hat. Das Kleid ist unglaublich, und Garth spürt unwillkürlich den Drang, mit den Händen über seine karminrote zweite Haut zu fahren. Er föhnt sich die Haare und reibt für einen verwegen verstrubbelten Look ein wenig Gelwachs hinein. Ein bisschen Deospray unter die Achseln, ein Tropfen Parfüm auf die Schlüsselbeine, dann Make-up.

Garth hat herausgefunden, dass dunkle, eher neutrale Töne gut zu seiner dunklen Haut und den Stoppeln seines dichten Bartwuchses passen. Von der auffälligen Kriegsbemalung, die Modemagazine und Musikvideos propagieren, hält er nichts. Make-up soll die natürliche Schönheit betonen, nicht selbst Schönheit erzeugen. Dazu ein fast hautfarbener Lippenstift, ein wenig Grundierung, um einen ebenmäßigen Teint zu erzeugen, ein Hauch erdiger Töne über den Augen, um den Kontrast zu erhöhen und sie ein wenig geheimnisvoller wirken zu lassen. Was er bestimmt nicht braucht, ist etwas, um seine Wimpern dichter und kräftiger erscheinen zu lassen. Ein letzter prüfender Blick, und Garth weiß, dass es genau so sein muss. Er ist schön. Er knipst das Licht aus, geht ins Schlafzimmer und schließt die Tür.

Mit klopfendem Herzen setzt er sich aufs Bett. So aufgeregt ist er nicht mehr gewesen, seit er beim Frühlingsball auf der Junior-Highschool seinen damaligen Schwarm geküsst hat. Sie hatten das Licht in der Turnhalle gedimmt, im Hintergrund spielte *»Truly Madly Deeply«* von Savage Garden. Es war ein hastiger Kuss – sie lehnte sich ihm erwartungsvoll entgegen, und er drückte seine Lippen auf ihre. Es musste ein hastiger Kuss sein, weil drei Anstandswauwaus durch die Turnhalle spazierten, um genau solche Dinge zu unterbinden. Garth spürt erneut die Verbotenheit, die Vorfreude, die Ungewissheit jenes Abends.

Er lacht über sich selbst, weil er sich wieder wie der kleine Junge von damals fühlt, und ist gleichzeitig erleichtert, dass er immer noch so fühlen kann. Es zeigt ihm, dass das Leben immer noch Überraschungen und Herausforderungen parat hat, die ihm Herzklopfen und Schmetterlinge im Bauch bescheren können. Er hofft, dass er nie erwachsen genug sein wird, um diese gelegentlichen Anflüge pubertärer Aufgeregtheit zu verlieren.

Es klopft an der Wohnungstür.

Garth erstarrt.

Er ist hier, denkt Garth. Er steht an der Tür und klopft, um zu sehen, ob jemand zu Hause ist.

Garth hatte vorgehabt, zur Tür zu gehen. Er wollte tapfer sein, aber nun, da der Moment gekommen ist, beißt er sich auf die Fingerknöchel und will nichts weiter als verschwinden, unters Bett kriechen, sich verstecken und hoffen, dass er auf magische Weise an einen anderen Ort transportiert wird.

Es klopft wieder, diesmal lauter.

Garth schöpft neuen Mut, stählt diesen Mut, indem er in seine Nachttischschublade greift und ein dünnes Silberkettchen hervorholt. Er beschließt, nicht zur Tür zu gehen, zweifelt, ob es wirklich das Richtige wäre, sich zu zeigen. Er braucht jede Sekunde, die ihm bleibt, um sich zu konzentrieren und seinen Mut zusammenzunehmen. Der Verschluss der Kette ist knifflig, ein so zarter Mechanismus für so kräftige und zitternde Finger. Beim dritten unbeholfenen Versuch fährt der Haken durch die Öse, und er kann die Kette schließen.

»Hallo«, hört er eine Stimme rufen, ganz nah, nur durch wenige Zentimeter Schlafzimmertür getrennt. »Hier ist der Hausmeister, um die undichte Spüle zu reparieren.«

Er ist ein guter Mensch, denkt Garth. Er arbeitet hart, damit alles im Haus funktioniert. Täglich führt er seinen Kampf, unbemerkt und ohne Dank, einen Kampf zu jeder wachen Stunde des Tages, nur damit alles bleibt, wie es ist. Er sieht die schmutzige Kehrseite des Gebäudes, ringt mit Kurzschlüssen in der Elektrik, mit verstopften Toiletten und undichten Rohren. Er sieht die schmutzige Kehrseite, damit die Bewohner es nicht müssen, und trotzdem schafft er es noch, jeden im Vorbeigehen anzulächeln.

Jetzt pfeift er irgendeine Melodie, deren letzte Takte leise durch die Schlafzimmertür dringen und Garth irgendwie vertraut vorkommen, aber dennoch unbekannt sind.

Er ist ein guter Mensch, und das werde ich ihm sagen, beschließt Garth, als das Lied zu Ende ist und ein einzelner, tiefer Pfiff ertönt. Ich werde es ihm sagen, aber nicht ohne anständiges Schuhwerk.

Garth nimmt einen Schuh vom Bett neben sich. In seiner Eile verheddern sich die Riemchen, und obwohl er den Schuh fest im Griff hat, wird der andere mitgerissen und baumelt kurz hin und her, bevor er mit gedämpftem Aufprall auf den Teppich fällt.

Garth hält die Luft an und erstarrt, alle Muskeln vor Angst verkrampft. Er rügt sich innerlich für sein Missgeschick.

Das muss der Hausmeister gehört haben. Selbst durch die Tür muss das zu hören gewesen sein.

Und prompt ruft Jimenez erneut.

»Hallo? Hier ist der Hausmeister, um die undichte Spüle zu reparieren.«

Es ist so weit, denkt Garth. Er hält immer noch den Schuh in einer Hand und geht die drei Schritte zur Schlafzimmertür. Die andere Hand auf der Klinke, hält er erneut inne. Aus der Küche kommen klirrende und scheppernde Geräusche. Jimenez widmet sich seiner Aufgabe.

Garth merkt, dass er immer noch die Luft anhält. Er atmet langsam aus und lässt gleichzeitig und ebenso langsam die Hand vom Türgriff sinken, als würde aus seinem gesamten Körper die Luft abgelassen.

Er setzt sich wieder aufs Bett. Dann beugt er sich vor und schlüpft mit dem Fuß in den Schuh, den er in der Hand hielt. Er passt hervorragend, und während er die Riemchen schließt, überkommt es ihn, und er muss den Schuh einmal kurz mit beiden Händen fassen. Er spürt Kraft. Alles passt und fühlt sich perfekt an. Es gibt keinen Grund für Gefahr oder für Scham, erkennt er. Er hebt den anderen Schuh vom Teppich auf und legt ihn an wie ein Stück seiner Rüstung.

Hier ist nichts außer mir, denkt er. Das hier bin ich.

Garth erhebt sich und drückt die Brust ein wenig raus. Dann streicht er den Stoff von oben bis zu den Knien mit den Händen glatt. Er legt die Kreppstola als Halstuch um. Er will den Eindruck des Kleides nicht mindern, indem er sie als Schärpe benutzt, auch wenn Floria diese Möglichkeit einkalkuliert hat. Mit männlich festen Schritten geht er auf die Tür zu und wird mit jedem ein wenig schneller und selbstbewusster. Mit den Fünf-Zentimeter-Absätzen kann er gut laufen, hüftschwingend stolzieren, viel besser als in den pompösen Zehn-Zentimeter-Stilettos, die er beim ersten Mal bestellt hat.

Zurückhaltung gewinnt doch.

Ich bin so taff wie diese Frau, die Danny an der Baustelle bewundert hat, denkt Garth. Die, die am Maschendrahtzaun vorbeigelaufen ist. Der Maschendrahtzaun war nicht da, um sie vor mir und Danny zu beschützen, sondern andersherum. Oder wie Faye aus dem Treppenhaus, die so stark und so verliebt wirkte. Ihr Freund tut Garth leid. Er ist ihr nicht gewachsen. Die meisten Männer wissen nicht, was sie mit solcher Schönheit anfangen sollen, solch angeborener Selbstsicherheit. Die jetzt ich spüre, denkt Garth.

Er schwingt die Tür auf und geht das kurze Stück zur Küche hinüber. Er ist der atemberaubendste Mann, der je ein Kleid angezogen hat, und er wird dem Mann danken, der die undankbare Aufgabe erledigt, dieses Gebäude jeden Tag funktionsfähig zu halten. Er wird ihm Anerkennung schenken und auch selbst Anerkennung verlangen.

Er hört, wie Jimenez vor sich hin murmelt. Es klingt gedämpft, weil der Mann bis über die Schultern im Schrank unter der Spüle steckt.

Als Garth um die Ecke kommt, sieht er Jimenez, der mit gekreuzten Beinen, den Kopf unter der Spüle, auf dem Boden sitzt. Es entspricht sowohl einem Klischee als auch der Wahrheit, dass Garths Blick als Erstes zur entblößten Poritze des Mannes wandert, da sein Hemd hoch- und seine Hose hinuntergerutscht ist. Und wie ein stämmiger, haariger Mann in einem Kleid es nun einmal gut akzeptieren kann, findet Garth es äußerst liebenswert und einzigartig menschlich, einfach so zu sein, wie man nun einmal sein muss.

Und genau so wird er sein, denkt er, genau jetzt.

»*Gracias por arreglar el lavamanos*«, sagt Garth mit tiefer, sonorer Stimme.

Jimenez zuckt zusammen und stößt sich den Kopf an der Unterseite der Spüle. Er kriecht rückwärts aus dem Schrank und setzt sich aufs Linoleum, wo unter einem seiner Knie seine Taschenlampe liegt. In der einen Hand hält er eine Rohrzange, mit der anderen reibt er sich den Hinterkopf.

Jimenez blickt zu Garth auf und erwidert: »*No hay de qué.*«

Kapitel 42

*In dem Petunia Delilah in der Erinnerung schwelgt,
wie sie und Danny sich während der
Zombie-Apokalypse ineinander verliebten.*

Petunia Delilah zieht den Jungen am Bein in die Wohnung. Er ist wie ein nasser Sack, ein schlaffer, schlenkernder Klotz von einem Knaben, der zum Glück nicht viel wiegt. Nachdem der Junge die Türschwelle überquert hat, lässt sie ihn los, geht noch zwei Schritte und lehnt sich gegen die Wand. Sie schreit unvermittelt auf, als ihr Körper von einer Wehe erfasst wird, und als diese vorbei ist, rutscht sie an der Wand hinunter auf das Linoleum. Die Position ist unbequem, also dreht und windet sie sich, bis sie flach auf dem Rücken liegt. Der Boden unter ihrem Körper ist kalt und das Gefühl durch ihr schweißgetränktes Nachthemd hindurch eine Erleichterung, weil es ihr vorkommt, als würde jeder Quadratzentimeter ihrer Haut in Flammen stehen.

Claire versucht, die Tür zu schließen, die aber auf halbem Weg gegen den Kopf des Jungen knallt. Er murmelt etwas Unverständliches, und unter den geschlossenen Lidern bewegen sich seine Augäpfel. Claire schiebt ihn mit der Spitze ihres plüschigen Hausschuhs aus dem Weg und drückt schnell die Tür zu. Mit zitternden Fingern schiebt sie den Riegel vor und schließt die Kette.

Petunia Delilah reckt den Hals und beobachtet, wie die Frau auf den in die Ecke gepferchten Jungen mit seinen marionettenhaft verdrehten Armen hinabsieht. Er atmet ruhig, und seine Gesichtszüge sind durch die Bewusstlosigkeit friedlich geglättet. Angesichts der Verwirrung und Panik, die sie empfindet, neidet ihm Petunia Delilah seine Ruhe. Sie wünscht, sie könnte diese Sache ohne Bewusstsein überstehen. Dann dreht Claire sich an der Tür um und mustert sie, wie sie neben der Kücheninsel auf dem Boden liegt.

»Was kann ich tun?«, will Claire wissen. Ihr Gesicht zeigt Entsetzen, und ihre Worte kommen schnell und zittrig vor Aufregung. »Was kann ich tun, um zu helfen?«

»Rufen Sie Kimmy an«, sagt Petunia Delilah. »Meine Hebamme.«

Claire springt über den Jungen hinweg und eilt in die Küche. Sie nimmt den langen Weg, um sicherzustellen, dass sie so viel Abstand wie möglich zwischen sich und Petunia Delilah hält. Das Headset liegt noch neben dem Laptop auf der Theke. Sie setzt es auf, und Petunia Delilah diktiert die Nummer, die sie in das Anrufprogramm tippt.

Über das Rauschen des Blutes in ihren Ohren hört Petunia Delilah, wie Claire nach Kimmy fragt. Sie sagt noch ein paar andere Sachen, aber Petunia Delilah kann sich nicht konzentrieren. Ein scharfer, stechender Schmerz macht sie bewegungsunfähig, und ein Klingeln in ihren Ohren blendet jedes andere Geräusch aus. Sie gibt einen lang gezogenen kehligen Klagelaut von sich, und während er verebbt, nimmt sie wahr, dass Claire neben ihr in die Knie geht. Sie berührt sie nicht, aber sie lässt ihre Hände dicht vor ihrer Schulter und ihrer Stirn schweben, als würde sie es wollen.

»Kimmy ist nicht zu Hause«, sagt Claire. »Mel meinte, sie ist zum Markt gegangen und kommt erst in einer Stunde oder so wieder. Mel sagt, Kimmy hat kein Handy. Sie sagt, Kimmy ist überzeugt, dass Handys Hirntumore verursachen. Wie kann man bloß kein Handy haben? In der heutigen Zeit …«

»Rufen Sie meinen Freund an«, presst Petunia Delilah mit zusammengebissenen Zähnen hervor. »Rufen Sie Danny an.«

Sie schwitzt entsetzlich. Sie spürt Bäche von Schweiß über ihr Gesicht rinnen und schmeckt das Salz auf ihren Lippen. Sie muss Danny hören, muss seine Stimme hören, die ihr sagt, dass alles wieder gut wird. Dann muss sie ihn bei sich haben, er muss ihre Hand halten und ihr den Rücken massieren. Und wenn alles vorbei ist, wenn sie ihr wunderschönes kleines Baby im Arm hält, muss er ihr endlich ein gottverdammtes Eiscreme-Sandwich holen.

»Rufen Sie ihn an, sofort.« Keuchend rezitiert sie die Nummer, und Claire steht wieder auf, um sie in den Computer einzugeben.

»Hier«, sagt Claire, nachdem sie das Ohrstück einige Sekunden lang gegen ihren Kopf gedrückt hat. Sie legt Petunia Delilah das Headset an. »Es klingelt.«

Petunia Delilah braucht Dannys Stimme. Sie braucht seine Liebe, und sie braucht ihn hier bei sich. Sie muss die Worte hören, bei denen sie sich jedes Mal aufs Neue in ihn verliebt. Immer sagt er fast das Richtige. Sie findet das so süß, sein Talent, den richtigen Worten ständig so nahe zu kommen.

Es klingelt.

Petunia Delilah liebt es, wenn er diese fast romantischen Sachen sagt. Zum Beispiel nach ihrer ersten Verabredung. Er wollte sie ins Kino einladen, und dann war es ihm furchtbar peinlich, als er merkte, dass er sein Portemonnaie vergessen hatte und sie die Karten bezahlen musste. Noch peinlicher war es ihm, dass sie auch sein Popcorn und seine Limo bezahlen musste. Nach dem Film, in dem Untote die Erde eroberten, sagte er: »Baby, wenn nur du und ich die Zombie-Apokalypse überlebt hätten und in einem Sportgeschäft eingekreist wären, und sie würden die Tür einbrechen und durch die Fenster stürmen, um uns bei lebendigem Leib zu fressen, und wir hätten nur eine Pistole mit nur noch einer Kugel übrig, dann würde ich diese letzte Kugel für dich opfern.«

Das war ja so süß. Da wusste sie, dass sie zusammengehörten.

Es klingelt.

Und so ist er, die ganze Zeit. Er würde sie vor dem Überfall einer hungrigen Horde Untoter retten und an ihrer statt durch grauenvolles Ausweiden sterben. Während seiner letzten Atemzüge würde er lieber mitansehen, wie die Kreaturen seine Eingeweide fressen, anstatt sie auch nur eine Sekunde lang leiden zu sehen. In diesem speziellen Fall gäbe es im Sportgeschäft an der Waffenverkaufstheke allerdings mehr Munition, als sie gebrauchen könnten, also wäre es ein unnötiger Akt der Ritterlichkeit.

Aber so ist er eben, leidenschaftlich bis zu dem Maße, dass er unlogisch wird. So funktioniert seine Liebe, und diese Liebe gehört ihr. Petunia Delilah wollte den Moment nicht zerstören, indem sie darauf hinwies, dass vermutlich jede Menge Munition um sie herum sein würde.

Es klingelt.

Und wenn sie sich im Bett zusammenkuscheln, flüstert Danny ihr auch immer etwas fast Romantisches ins Ohr. Zum Beispiel: »Baby, von allen Frauen, die ich je in diesem Bett hatte, bist du die schönste. Die allerschönste«, hat er gesagt. »Von allen.«

Oder er sagt Sachen wie: »Ich mag es, dass du überall so weich und wabbelig bist, das ist viel schöner als bei diesen dürren Frauen«, oder: »Deine neue Frisur ist echt heiß, damit siehst du zehn Jahre jünger aus. Da will ich es sofort mit dir machen.«

Petunia Delilah ist erst sechsundzwanzig, aber sie fand es nicht komisch, als er das sagte. Sie wusste, was er sagen wollte, aber nicht konnte. Er sagt all diese Sachen mit einem Lächeln, mit hochgezogenen Augenbrauen und nickendem Kopf, als würde er ihr ein Geschenk machen und aufgeregt zusehen, wie sie es öffnet.

Vom anderen Ende der Leitung platzen schlagartig Geräusche in ihr Ohr.

»Hallo?«, ruft Danny.

»Danny, das Baby kommt«, sagt Petunia Delilah.

»Was?« Dannys Stimme wird von lauter Musik und Stimmengewirr übertönt. »Wer ist da?«

»Danny, das Baby kommt!«, schreit Petunia Delilah in das Mundstück.

»Was? Nein.« Dannys Stimme klingt aufgeregt. »Ja. Heilige Scheiße. Ich krieg ein Baby!«, ruft er. Als Antwort ertönen ein paar betrunkene Glückwünsche. »Ich krieg ein Kind!« Mehr Glückwünsche, diesmal von noch mehr Leuten.

»Danny«, krächzt Petunia Delilah in das Mundstück. »Danny«, sagt sie lauter, als keine Antwort mehr kommt.

»Ja, Baby? Die Jungs sind auch alle ganz aufgeregt«, lacht er. »Sie sagen, ich muss eine Runde ausgeben.«

»Danny, nicht du kriegst das Kind. Ich kriege es. In diesem Moment. Auf dem Fußboden in der Wohnung einer fremden Frau. Apartment 805.«

»Heilige Scheiße. Yeah! Okay. Ich komm sofort«, sagt Danny. »Ich hab grad noch ein Bier bestellt, aber das lasse ich stehen. Und den Burger lass ich mir einpacken. In ein paar Minuten bin ich da.« Er legt auf.

Hinten an der Tür beginnt der Junge zu stöhnen. Er zuckt ein wenig und öffnet flatternd die Lider. Zuerst liegt er reglos da, dann rollt er langsam zur Seite und krümmt sich zusammen, als wollte er sich erbrechen, aber es kommt nichts. Langsam stemmt er sich zum Sitzen hoch, würgt noch einmal und saugt dann tief die Luft in seine Lungen. Nach einer Weile sieht er sich verstört um.

Petunia Delilah spürt, wie eine neue Wehe sie überkommt, und stößt ein scharfes Fauchen aus.

»Wir brauchen Hilfe«, sagt Claire. »Echte Hilfe. Sofort.«

Claire will Petunia Delilah das Headset abnehmen, hält jedoch inne, als sie sieht, dass es sich in ihrem verschwitzten Haar verfangen hat. Sie sieht, wie nah das Mundstück an ihrem Mund ist, und verzieht angeekelt das Gesicht. Claire läuft in die Küche und nimmt den Hörer von ihrem privaten Telefon.

»Ich rufe den Notarzt«, sagt sie.

Kapitel 43

*In dem die einsiedlerische Claire
über sich selbst hinauswächst, um
Petunia Delilahs Baby zur Welt zu bringen.*

Claire wählt die Nummer für den Notruf. Sie beobachtet, wie Petunia Delilah sich während einer weiteren Wehe auf dem Boden windet. Das Bein, das zwischen ihren Beinen hervorschaut, zappelt ein bisschen, und für kurze Zeit treten die zwei Höcker des Babypopos aus ihrer Vagina. Der fremde Junge kniet neben der Tür, die Hände auf den Oberschenkeln, die Ellbogen durchgedrückt. Er lässt den Kopf hängen, und Claire denkt, wie absolut entsetzlich sie es fände, wenn er sich auf ihren Fußboden übergeben würde.

»Hallo«, sagt eine männliche Stimme durch den Hörer, »wo ist der Notfall?«

»Einundachtzig elf Roxy Drive«, sagt Claire. »Im *Seville on Roxy*. Apartment 805.«

»Okay.« Einen Moment lang ist nur das Geräusch getippter Tasten zu hören. »Was für einen Notfall möchten Sie melden?«

»Wir brauchen einen Krankenwagen. Auf meinem Fußboden bekommt eine Frau gerade ein Kind«, sagt Claire.

»Okay, bitte bleiben Sie dran«, sagt der Mann. »Ein Krankenwagen ist unterwegs.« Wieder wird getippt. »Geschätzte Ankunftszeit: viereinhalb Minuten.«

Petunia Delilah schreit. Die Adern an ihrem Hals treten hervor, und ihre Haut färbt sich schwitzig lila, während sie presst. Zwischen ihren Beinen erscheint die Hüfte des Babys. Ein Bein ist immer noch in ihr drin, das andere liegt auf dem Boden. Bei ihrem Schrei zuckt der Junge zusammen – und dann noch einmal, als er sieht, was vor ihm passiert. Schnell dreht er den Kopf und lehnt die Stirn gegen die Tür. Er kneift die Augen fest zusammen, in den Augenwinkeln bilden sich von der Anstrengung tiefe Falten.

»Ich weiß nicht, ob wir so lange warten können«, erwidert Claire. »Es kommt schon raus. Ein Bein und der Po hängen draußen.«

»Ein Bein und der Po?«, wiederholt der Mann.

»Ja. Ein Bein und der Po.«

»Sie haben recht. Die Frau braucht sofort Ihre Hilfe. Wie heißen Sie?«

»Claire.«

»Okay, Claire. Sie hat eine Beckenendlagengeburt mit einem hochgeschlagenen Bein und kann nicht warten. Ich werde Ihnen genau sagen, was Sie tun müssen. Können Sie die Nabelschnur sehen? Ist sie schon ausgetreten? Das wäre dann eine blaugrüne, etwa fingerdicke Schnur, die aus der Frau heraushängt.«

Claire geht durch die Küche und begutachtet Petunia Delilah, die auf dem Linoleumboden schwitzt und stöhnt.

»So was sehe ich nicht«, sagt sie.

»Gut. Sie brauchen saubere Handtücher und Gummihandschuhe. Haben Sie so etwas?«

Für einen Moment fühlt sich Claire durch die Frage beleidigt. Natürlich sind ihre Handtücher sauber. Etwas anderes anzunehmen ist schlichtweg ein Affront. Dann begreift sie, dass die Frage ohne jede Wertung gestellt wurde. Der Mann am Telefon kennt sie nicht.

»Ja, habe ich«, antwortet sie.

»Okay, holen Sie die Handtücher und legen Sie sie unter die Mutter. Wenn Sie Handschuhe haben, ziehen Sie sie an. Sonst waschen Sie bitte dreißig Sekunden lang Ihre Hände.«

Petunia Delilah kreischt – das ganze Apartment ist von dem animalischen Laut erfüllt.

Claire bekommt Panik, fährt den Mann am Telefon an. »Ich weiß, verdammt noch mal, wie ich meine Hände waschen muss, und ich werde das da auf keinen Fall anfassen.«

»Wie bitte?«

Claire atmet tief durch, um sich zu beruhigen.

»Ich werde weder die Frau noch das Baby berühren«, sagt sie mit zitternder Stimme. Sie ist kurz davor loszuheulen.

»Claire, Sie müssen aber. Sie müssen helfen.«

»Ich kann nicht«, faucht Claire und schluchzt. »Ich kann es einfach nicht. Das ist eine lange Geschichte.«

»Ist sonst noch jemand bei Ihnen?«, will der Mann wissen.

»Da ist dieser Junge. Der auch nicht gut aussieht«, antwortet Claire mit gebrochener Stimme, hysterisch. »Ich hab doch nur meine Tür aufgemacht. Ich habe eine Quiche im Ofen und …«

»Claire, Sie müssen sich jetzt konzentrieren«, sagt der Mann am Telefon. »Geben Sie dem Jungen die Handtücher und die Handschuhe, und er soll sich so hinsetzen, dass er dem Baby helfen kann. Er muss es anfassen können. Ich werde helfen. Ich werde sagen, was getan werden muss, aber ich kann es nicht selbst tun. Ich brauche Sie. Diese Frau braucht Sie. Das Baby braucht Sie, jetzt, in diesem Moment.«

Claire saugt noch einmal tief Luft ein, der Duft der Quiche beruhigt sie. Dann stößt sie die Luft wieder aus. Sie nickt dem Telefon zu.

»Okay«, sagt sie. »Alles okay.«

Sie läuft durch den Flur zum Wäscheschrank und zieht einen Stapel Handtücher aus dem Fach. Dann kehrt sie zur Küchenecke zurück und legt die Handtücher neben Petunia Delilah. Sie fährt zusammen, als Petunia Delilah sich krampfend aufbäumt und ein heiseres Bellen ausstößt.

In der Wohnung nebenan klopft jemand ein paarmal gegen die Wand.

»Du.« Claire zeigt auf den Jungen. »Wie heißt du?«

»H…herman.« Herman nimmt die Stirn von der Tür und sieht Claire an.

»Herman«, sagt Claire. »Komm her und hilf. Du fungierst als meine Hände. Ich werde dir sagen, was du tun sollst, und du wirst es tun. Diese Frau und ihr Baby brauchen uns.« Sie öffnet einen Schrank, holt eine Schachtel heraus und lässt zwei gelbe Gummihandschuhe in seine Richtung baumeln. »Zieh die an.«

Herman blickt von den Handschuhen zu Petunia Delilah, die mit gespreizten Beinen auf dem Boden liegt, dann wieder zurück zu Claire. Er wirkt zögerlich, blass und sich der Tatsache bewusst, dass er in der Falle sitzt. Seine Augen bitten sie inständig, ihn nicht dazu zu zwingen.

»Los«, kommandiert Claire. »Leg ein paar Handtücher unter. Du wirst dich jetzt um sie kümmern.«

Herman zögert, krabbelt dann aber zu Claire, nimmt ihr die Handschuhe ab und zieht sie über. Er legt Petunia Delilah ein Handtuch unter den Hintern und verharrt zwischen ihren Beinen. Er weiß nicht, wo er hingucken soll. Sein Blick wandert von dem Babypo mit Bein zu Petunia Delilahs Knien, dann zur Wand, dann zu Claire und schließlich zu Petunia Delilahs Gesicht. Dieses Gesicht verzerrt sich plötzlich und schreit. Entsetzt fährt Herman zurück, zuckt, zappelt und krabbelt rückwärts, bis er wieder an der Tür kauert.

»Das Baby ist bis zur Hüfte draußen«, spricht Claire in den Hörer. »Aber nur mit einem Bein, das andere steckt noch drin.«

»Das ist okay«, sagt der Mann. »Es wird rauskommen. Claire, ich brauche ein paar Informationen über die Mutter.«

Claire lauscht, dann fragt sie Petunia Delilah: »Ist das Ihr erstes Kind?«

Petunia Delilah keucht ein Ja, und Claire gibt die Information weiter.

»Sind Sie nah am Geburtstermin?«

Petunia Delilah schreit, dass der errechnete Termin in fünf Tagen sei. Herman sitzt wieder in Position und reibt zaghaft Petunia Delilahs Knie, wie um sie zu beruhigen.

Claire informiert den Mann, dann fragt sie: »Wie lange haben Sie schon Wehen?«

»Ich weiß nicht. Fünf Minuten?«, brüllt Petunia Delilah. »Noch nicht so verdammt lang. Verdammte heilige Scheiße, das brennt!«

Herman sieht zu Claire, und sein verstörter Gesichtsausdruck zeigt, dass er entweder um Anleitung oder um Entlassung bittet.

»Das habe ich gehört«, sagt der Mann ruhig in Claires Ohr. »Wir schaffen das. Es läuft einiges zu unserem Vorteil. Die Nabelschnur ist noch drin. Das Baby ist voll entwickelt. Sein Becken ist draußen, und das hat den Geburtskanal fast genauso gedehnt, wie es der Kopf getan hätte. Sie haben fast denselben Durchmesser. In welche Richtung zeigen die Zehen des Babys?«

Claire blickt zu dem kleinen Bein und schneidet eine Grimasse, als sie die Bescherung auf dem Fußboden sieht. »Zur Decke.«

»Das Kind muss so gedreht werden, dass sie Richtung Boden zeigen. Sein Po muss zur Decke zeigen. Dafür braucht das Baby so viel Unterstützung wie möglich. Sie müssen es mit beiden Händen packen, nicht nur mit den Fingern. Drehen Sie es vorsichtig, aber bestimmt herum.«

Claire gibt die Instruktionen an Herman weiter. Sie sieht zu, wie der Junge das Kind mit beiden Händen fasst und langsam in eine Richtung dreht. Als das Becken senkrecht zum Boden steht, rutscht mit einem »Plopp« das andere Bein heraus. Gleichzeitig tritt eine Schlinge der Nabelschnur hervor. Herman erschauert, lässt aber nicht los. Er setzt die langsame Drehung fort, bis die Füße zum Boden zeigen. Als er fertig ist, zieht er beide Beinchen gerade und setzt sich wieder auf seine Fersen. Sein Blick zu Claire zeigt jetzt mehr Neugier als Angst.

»Das andere Bein ist jetzt auch draußen!«, ruft Claire. »Es ist ein Mädchen. Sie bekommen ein kleines Mädchen.« Sie lacht und geht näher an Petunia Delilah heran.

Petunia Delilah lacht kurz auf. Ihr Gesicht glänzt.

»Ein Stück Nabelschnur ist auch rausgekommen«, teilt Claire dem Mann mit.

»Okay«, antwortet er und redet schnell weiter: »Das ist nicht gut. Die Sanitäter sind immer noch zwei Minuten entfernt. Das dauert zu lang. Die Nabelschnur muss befreit werden, und wir müssen das Kind ganz schnell rausholen. Es muss jetzt wirklich schnell gehen. Wahrscheinlich ist die Nabelschnur abgeklemmt, dann kommt kein Sauerstoff mehr durch. Je länger es jetzt dauert, desto größer ist die Gefahr, dass das Kind einen Hirnschaden erleidet. Also los, Claire, Sie müssen jetzt Folgendes tun.«

Kapitel 44

In dem Hausunterricht-Herman ein Leben in seinen Händen hält und in seinem Geist ein Leben sieht.

Jedes Mal, wenn er nach dem Baby greift, spürt Herman, wie ihm der Zugriff auf sein Bewusstsein schwindet. Er kämpft darum, im Raum zu bleiben und nicht irgendwo anders hinzugehen. Er spürt das Baby warm und feucht durch das Gummi über seinen Händen. Das Linoleum unter seinen Knien ist kalt und glitschig. Das Handtuch unter Petunia Delilahs Becken ist mit einer zähen, rosafarbenen Flüssigkeit durchtränkt.

Die zwei Beinchen sind draußen, und nun rutscht der restliche Körper bis zu den Schultern mühelos aus Petunia Delilah heraus. Allerdings sind keine Arme zu sehen, und Herman folgert, dass das Baby sie über den Kopf halten muss.

»Da sind keine Arme«, sagt Herman zu Claire und sieht sie fragend an. »Wie kriege ich die Arme aus ihr raus?«

Claire gibt die Frage durchs Telefon weiter und antwortet: »Dreh das Baby vorsichtig von einer Seite auf die andere. Dabei müsstest du sie irgendwann sehen können, und wenn du das kannst, zieh sie vorsichtig raus.«

Herman holt tief Luft, um sich zu erden, und hält sie an. Er nimmt den kleinen Körper in beide Hände und dreht ihn ein wenig seitwärts. Ein Ellbogen kommt zum Vorschein. Herman hakt einen Finger ein und zieht behutsam, um den Arm zu befreien. Dann wiederholt er die Drehbewegung zur anderen Seite. Zur gleichen Zeit schreit Petunia Delilah unter einer neuen Wehe auf und presst den anderen Arm ganz ohne Hilfe heraus.

Der Nachbar hämmert gegen die Wand, lauter als zuvor.

Herman atmet aus und lächelt über das Ergebnis seiner Mühen.

»Ich hab sie«, sagt er aufgeregt. »Sie sind jetzt beide draußen.« Herman dreht den Brustkorb des Babys wieder nach unten und sieht Clare erwartungsvoll an.

Claire beobachtet die beiden von der anderen Seite der Kochinsel aus. Sie reckt den Kopf, um besser sehen zu können, und gibt das Daumen-hoch-Zeichen.

»Arme sind draußen«, informiert sie über die Sprechmuschel. »Was jetzt?« Sie lauscht und nickt bei der Antwort.

»Jetzt kommt das Schwierigste«, teilt sie Herman mit. »Das Baby hat einen großen Kopf, also müssen alle mithelfen, um ihn rauszukriegen. Petunia Delilah, sind Sie bereit?«

»Holt dieses verdammte Ding aus mir raus«, keucht sie zwischen zusammengebissenen Zähnen.

Claire wendet sich wieder an Herman. »Kannst du da drin ein bisschen nach oben fassen? Von unten? Leg das Baby auf deinen Unterarm und greif dann hinein. Taste nach dem Kinn und greif dem Baby mit dem Zeigefinger in den Mund.« Zur Demonstration hebt Claire eine Hand und hakt sich ihren Zeigefinger an den Unterkiefer.

Herman nickt. Er ist jetzt so fasziniert, dass er keine Angst mehr spürt. Er legt sich das Baby auf den Unterarm und schiebt seine Finger in Petunia Delilah hinein. Dort ist nicht viel Platz, also muss er gegen den Widerstand andrücken, bis er das Kinn des Mädchens spürt. Wo der Mund ist, kann er aufgrund des Drucks in dieser Röhre aus Fleisch nicht erkennen. Er rät einfach, wo er sein könnte, und beschließt, dass das reichen muss.

»Okay«, sagt er. »Der Kopf ist da drin aber ganz schön eingeklemmt. Was jetzt?«

Claire hört wieder zu, dann sagt sie: »Jetzt leg deinen anderen Arm auf die Wirbelsäule des Kindes. Hak den Zeigefinger über eine Schulter und den Ringfinger über die andere. Mit dem Mittelfinger stützt du den Nacken.«

Herman tut, wie ihm geheißen. Das Baby liegt schlaff zwischen seinen beiden Unterarmen.

»Es atmet nicht«, sagt er panisch.

»Ist schon okay«, erwidert Claire. »Das wird es noch. Erst muss es rauskommen.«

Herman nickt und Claire fährt fort.

»Petunia Delilah, Sie müssen gleich sehr kräftig pressen. Herman, wenn sie das tut, halt das Baby zwischen deinen Armen fest und zieh es nach oben, flach wie ein Brett und mit einer einzigen Bewegung. Dabei musst du den Hals gut abstützen. Hast du das verstanden?«

Herman merkt, dass er nicht sprechen kann, also nickt er nur. In seinen Händen hält er ein Leben. Er spürt eine Konzentration in seinem Kopf, wie er sie noch nie gespürt hat. Jegliche Gefahr eines Ohnmachtsanfalls ist gebannt. Er wird nirgends anders sein als hier, und er tut nichts anderes, als dieses kleine Wesen in diesen Raum zu holen.

Als Petunia Delilah presst, entringt sich ihrer Brust ein tiefes Grollen. Sie kneift die Augen vor Anstrengung zusammen und zieht die Lippen zurück, sodass ihre Zähne frei liegen. Herman drückt seine mageren Arme zusammen, um das Baby zusammenzupressen, als würde er ein Brett zwischen den Unterarmen halten. Er zieht nach oben, aber nichts passiert.

»Pressen!«, schreit Claire die beiden an.

Der Nachbar hämmert gegen die Wand, dass die Bilderrahmen klappern.

Petunia Delilah stößt einen letzten schmerzerfüllten Schrei aus.

Mit einer gleitenden Bewegung rutscht das Baby heraus. Die Nabelschnur, die das Kind über seinen Bauchnabel mit dem Inneren der Mutter verbindet, schlängelt hinterher. Herman kippt auf den Po, die Füße flach auf dem Boden, die Knie gegen Petunia Delilahs gedrückt. Petunia Delilah stöhnt laut auf und keucht. Ihr Körper erschlafft. Herman blickt auf das Baby in seinen Armen. Es ist mit einer nassen, wächsernen Schicht bedeckt, die ihm die Arme und das Hemd verschmiert. Herman nimmt ein Handtuch vom Stapel auf dem Boden und wickelt das kleine Mädchen darin ein.

»Sie atmet immer noch nicht«, sagt er zu Claire.

Claire übermittelt die Information und wiederholt für Herman, was der Mann sagt: »Warte noch eine Sekunde. Reib ihren Körper. Sieh zu, ob sie es von allein schafft.«

Die Zeit vergeht langsam. Das ist für Herman keine Überraschung, weil er es schon viele Male erlebt hat. Er bleibt ruhig und betrachtet das Gesicht des kleinen Mädchens in der Erwartung, dass es zum Leben erwacht. Er reibt den kleinen Körper mit dem Tuch ab und hält die Luft an, weil er sich wünscht, dass es atmet.

»Guck in den Mund«, instruiert Claire.

Mit dem Daumen am Kinn zwingt Herman den Mund des Babys vorsichtig auf.

Petunia Delilah stöhnt, rollt den Kopf zur Seite und fragt ängstlich: »Was ist los? Wie geht es meinem Baby?«

»Ihr Mund ist voll mit Zeug«, informiert Herman Claire.

»Er ist voller Zeug«, gibt Claire ins Telefon weiter und lauscht. Dann sagt sie zu Herman: »Du musst es raussaugen. Nur vorsichtig dran saugen, dass es rauskommt.«

»Was passiert mit meinem Baby?«, schrillt Petunia Delilahs aufgebrachte Stimme durch die Wohnung.

»Ich muss was?«, fragt Herman nach und sieht auf das schleimige Baby hinunter, das den Mund voll irgendeiner zähen Pampe hat.

»Stülp deine Lippen über die des Babys und saug das Zeug vorsichtig raus.«

Herman geht einen Moment in sich und stellt fest, dass er im Grunde keine Wahl hat. Er beugt sich vor und stülpt seine Lippen über die des Babys. Ganz behutsam, als wäre das Baby ein Strohhalm, saugt er daran. Ein Klumpen geleeartige Masse glitscht in seinen Mund, worauf er würgen muss. Er dreht den Kopf und spuckt den Schleimbatzen auf den Boden.

»Nicht auf den Boden spucken!«, schreit Claire. »Auf das Handtuch, mach alles auf das Handtuch. Herrgott …«

Und da beginnt das Kind zu gurgeln und zu schreien. Es rudert mit seinen Beinchen und Ärmchen, während es sich blubbernd und prustend ins Leben wimmert.

Herman spuckt wieder aus, diesmal auf das Handtuch. Er wischt sich mit dem Arm über den Mund. Auf einmal wird ihm bewusst, dass er zwischen Petunia Delilahs gespreizten Beinen sitzt, und empfindet ihre bloßgelegte Position, die vertrauliche Berührung als unangenehm. Er kniet sich wieder hin, und während er das kleine Mädchen behutsam im Arm hält, nimmt er mit der freien Hand das noch unbenutzte Handtuch vom Boden, um Petunia Delilah zu bedecken. Dann rutscht er auf Knien neben sie.

Das Mädchen, das in das Handtuch gewickelt in seinen Armen liegt, krächzt und schnappt nach Luft. Die Augen sind so groß … Herman spürt, wie er sich darin verliert. Er kann sie sehen. Wie kann sie so klein sein und doch so viel in sich tragen? Sie ist zart, aber stark und voller Potenzial. Herman kann sehen, wie sie aufwächst, wie sie laufen lernt und sprechen, um ihre Gedanken auszudrücken, wie sie auf der Straße mit ihren Freundinnen spielt. Sie pflückt Löwenzahn für ihre Mutter und malt mit Fingerfarben Bilder, die mit buchstabenförmigen Magneten an den Kühlschrank gepinnt werden. Auf dem Spielplatz wird sie ihre beste Freundin von der Wippe schubsen und lernen, was Reue bedeutet. Sie wird Fehler machen und lernen, das Richtige zu tun.

»Sie ist so klein«, flüstert Herman.

Petunia Delilah streckt die Hand nach ihm aus und berührt seinen Oberarm.

Herman sieht das kleine Mädchen, wie es zur Schule geht und Freunde findet. Sie wird groß und geht aufs College. Sie spielt Gitarre und schreibt schlechte gereimte Balladen. Sie betrügt bei einer Universitätsklausur und fühlt sich mies danach, also macht sie es nie wieder. Sie tut gute und schlechte Dinge. Sie verliebt sich in einen Jungen und wird Sozialarbeiterin. Später bekommen sie zusammen Kinder. Sie wird ihre Kinder aufwachsen sehen und erleben, wie auch sie Kinder bekommen, und sie kümmert sich glücklich und hingebungsvoll um ihre Enkel. Wenn sie stirbt, behält man sie als Mutter und Großmutter in Erinnerung, und die Menschen, die sie geliebt haben, denken so lange an sie, dass ihre Lebensspanne sich verdreifacht.

Herman sieht alles.

Und jetzt ist sie hier, gerade mal am Anfang, nicht mehr als ein winziges Ding in seinen Armen und nicht weniger als ein brandneues Leben.

Dann erinnert sich Herman an Grandpa, dessen Arm immer noch auf der Sessellehne ruht, mit dem Berg aus Zeitungsseiten auf dem Boden. Er ist immer noch in der Wohnung.

»Sie wollen Ihre Tochter bestimmt halten«, sagt Herman. Er kann den Blick nicht von dem großen Alles losreißen, das er in Händen hält. Sie ist alles, was er gesehen hat, und nichts davon. Was er gespürt hat, ist das Aufkeimen eines Wunders. Er kann nicht ihren Lebensweg entwerfen, er wird nicht alles wissen. Diese Dinge bleiben jedem verborgen.

»Ja, das will ich«, sagt Petunia Delilah. »Aber erst, wenn du bereit bist.« Sie ist so dankbar.

Herman wirft einen letzten tiefen Blick auf das Baby und reicht es an Petunia Delilah weiter.

Petunia Delilahs Glück ist ansteckend. Sie versinkt in den Anblick ihrer Tochter, und Herman muss mit ihr lächeln. Herman und Petunia Delilah sitzen Seite an Seite. In der Stille nach der Geburt hören sie Claire reden. Sie ist immer noch am Telefon und bedankt sich bei dem Mann am anderen Ende der Leitung.

»Sie kennen meinen Namen«, sagt Claire, »aber ich nicht Ihren.«
Claire lauscht.

»Jason?«, fragt sie nach. »Schweinchen? Bist du das?«

Kapitel 45

*In dem Ians freier Fall ihn
am achten Stock vorbeiführt.*

Als er das elfte Stockwerk erreicht, ist Ian körperlich erschöpft und geistig ausgezehrt. Er ringt nach Sauerstoff. Das waren spannende Sekunden für unseren kleinen goldenen Abenteurer seit seinem Sprung aus der Bequemlichkeit seines Heims. Er hat Stresssituationen und Erkenntnisse und Schrecken durchlebt, die für ein Leben reichen, dabei ist sein Fall noch nicht beendet. Nach der Hälfte seines Weges macht sich die Mühseligkeit des Reisens in ihm breit. Er spürt nicht mehr die Aufregung des Neuen wie zu Beginn. Der Traum von den Möglichkeiten, die das Abenteuer für ihn bereithält, schwindet. Was bleibt, ist eine Ahnung des Ziels und die Ungeduld, doch endlich einfach anzukommen und die ganze Chose hinter sich zu haben. Der Ausflug ist beschwerlich geworden, und Ian sehnt sich nach einer Pause.

Er macht eine kurze Bestandsaufnahme seines Körpers. Das feine Gewebe seiner Flossen klebt an seinen Seiten. Selbst seine Rückenflosse, die sonst stolz aufrecht steht, ist durch den Gegenwind plattgedrückt. Seine Kiemen schreien nach Sauerstoff, sind aber noch nicht so verzweifelt, dass sein Gehirn das Bewusstsein verliert. Trockenheit ist ihm in die Schuppen und in die gelgefüllten Kugeln seiner Augen gekrochen. Sein Rachen ist ausgedörrt, und seine Schwanzflosse flattert so heftig und unangenehm im Wind, dass er Angst hat, die feine Membran könnte einreißen. Er hat ein Gefühl von Schwindel im Bauch und ein Gefühl von Übelkeit im Kopf.

Und dann ist da das Gefühl zu fallen, der Wind drängt in seine Seitenlinie und verwirrt die Seitenlinie. Der Zustand des Fallens wird oft mit Schwerelosigkeit verglichen – eine grob falsche Vorstellung, weil gerade die Schwere das Problem ist. Schwerelos zu sein wäre eine willkommene Loslösung von der irdischen Anziehungskraft. Ian kennt den Unterschied zwischen beiden, denn das Leben im Wasser gleicht der Schwerelosigkeit mehr als das Fallen.

Die elfte Etage flutscht vorbei, ein kurzes Aufblitzen vor dem Auge, dann ist sie nur noch schwindende Erinnerung. Die zehnte rauscht binnen der Zeitspanne vorbei, die Ian braucht, um zu verarbeiten, dass das vorige Stockwerk passiert wurde. Und so viel anderes ist weg.

Ian erinnert sich nicht mehr an das vollgepferchte Aquarium in der Tierhandlung, in der Katie auf ihn zeigte, den gewundenen Weg seiner Schwimmroute mit dem Finger nachzeichnete und ihn so aus der Menge der etwa hundert anderen identischen Goldfische herauspickte. Er erinnert sich nicht mehr an das Schild außen am Glas, auf das mit krakeligen Filzstiftbuchstaben »Futtergoldfisch: 99 Cents« geschrieben worden war. Er erinnert sich auch nicht an die kleine Plastiktüte oder an das seltsame Gefühl in dieser tanzenden Wasserblase, als Katie ihn das *Seville* hinauf zu Connors Apartment brachte.

Ian erinnert sich nicht an die faulen Nachmittage und Abende in seinem Glas auf dem Balkon, als er die Stadt beobachtete, während die grellen Spiegelungen des Sonnenlichts mit Einbruch der Dunkelheit in das Glitzern von Bürolichtern übergingen. Ian erinnert sich nicht daran, wie er, versteckt in der pinkfarbenen Plastikburg, morgens lange ausschlief, und er erinnert sich nicht an die angenehme Gesellschaft von Troy, der Schnecke, die sich nie beschwerte, nie nörgelte und nichts forderte. Ein ganzes Leben, vergessen und gegen die Unmittelbarkeit des Sturzes eingetauscht.

Ian erinnert sich nicht daran, wie er hierherkam, an das Fenster der neunten Etage, hinter dem ein dicker, nackter Mann vor dem Fernseher auf der Couch sitzt und Chips direkt aus der Tüte futtert. Der dicke, nackte Mann, der ganz im Bann der flimmernden Bilder und leeren Kalorien steht, sieht Ian nicht am Fenster vorbeifallen. Selbst wenn er es täte, würde er ihn vielleicht für Vogeldreck oder dergleichen halten. Die zwei Krankenwagen, die unten vor dem Gebäude stehen, bekommt er ebenfalls nicht mit. Er kratzt sich ungestüm unter seinen Eiern, einem Paar knubbeliger Walnüsse in dem schlaffen Fleischsack, der locker über seinem Handrücken hängt, während er darunter herumschrappt. Von den Fingern der anderen Hand leckt er das Salz der Kartoffelchips. Seine Augen sind starr auf den Bildschirm gerichtet.

Und zum Glück ist der nackte Typ genauso schnell wieder weg, wie er aufgetaucht ist.

Die intime Entgleisung des dicken, nackten Eierkratzers ist aus Ians Sicht verschwunden, wobei Ian ihn keineswegs verurteilt. Ian hat schon vieles gesehen, wenn Menschen sich unbeobachtet wähnten. Alle Goldfische sind in eine geheime Welt eingeweiht, in der das Verhalten unter Beobachtung nicht mit dem im Privaten übereinstimmt. Die meisten Menschen nehmen das niemals blinzelnde Auge ihres Fisches nicht wahr, allerdings hat Ians Besitzer es sehr wohl bemerkt. Das ist überhaupt der Grund, weshalb Ian auf dem Balkon des Apartments in der siebenundzwanzigsten Etage stand.

Connor war gerade mit einer besonderen Verrenkung bei seiner Zimmergymnastik mit einer vollbusigen Brünetten beschäftigt, als er merkte, dass Ian sie anstarrte. Fast augenblicklich ließ Connors Erektion nach, und die Frau unter ihm grinste. Im nächsten Moment war Ian auf dem Balkon. Ian war in keiner Weise erregt oder missbilligend. Er war lediglich vom Hin- und Herschwingen der Titten fasziniert gewesen, nur von der Bewegung, nichts weiter. In gleicher Weise war er nun von Connors baumelndem Ding fasziniert und starrte es an, während Connor das Glas zum alten Klapptisch auf den Balkon trug. Es war die Bewegung, die seinen Blick anzog, nicht das Objekt. Für Ian war das Kopulieren der Menschen einfach etwas Neues, und da er selbst keine externen Reproduktionsorgane besitzt, wäre ihm nie in den Sinn gekommen, irgendeine Meinung zu Connors Ding abzugeben. Tatsächlich nahm er ihre Aktivitäten in seinem Geist nicht als logische Handlungsweise wahr.

Der dicke, nackte Eierkratzer ist nicht allein auf der Welt, auch wenn er allein in seinem Apartment ist – er wird vorübergehend beobachtet und dann wieder allein gelassen, um weiter unter seinen Eiern herumzuschrappen.

Das Fenster im achten Stock bietet einen ganz gegensätzlichen Anblick zu dem im neunten. Im Schatten der umliegenden Gebäude, selbst im Licht des späten Nachmittags, leuchtet dieses Apartment wie ein Signalfeuer. Alle Lampen sind eingeschaltet, und jede Oberfläche glänzt. Der Lichtschein dringt durch die Fenster nach außen, um die Schatten des Spätnachmittags zu verscheuchen.

In der Wohnung liegt eine Frau rücklings auf dem Boden, die Beine sind an den Knien angewinkelt und diese weit gespreizt. In der Küche steht eine andere Frau und bückt sich, um in den Herd zu sehen. Ihr Kopf ist zur Seite geneigt, und zwischen Schulter und Ohr klemmt ein Telefon. Die Wohnungstür steht offen, und zwei Männer in blauen Uniformen drängen dicht hintereinander herein. Einer kniet sich neben die Frau auf dem Boden, legt ihr eine Hand auf die Schulter und sieht ihr in die Augen. Er redet auf die Frau ein, und die Frau nickt. Der andere Sanitäter steigt über die beiden hinweg und stellt einen großen Notfallkoffer auf die Kücheninsel.

Die Frau am Herd richtet sich auf und blickt über die Schulter auf das Geschehen. Sie spricht in den Hörer und lächelt auf scheue, niedliche Weise, als würde sie flirten. Die Bewegungen und die Lichter bezaubern Ians Hirn und sind weitaus interessanter als der Blick in das Fenster der neunten Etage. Er ist fast traurig, als er die Szene hinter sich lässt.

Der siebte Stock ist schwarz, die Fenster sind dunkel. Die Luft wird kühler, je weiter Ian dem Betonboden entgegenstürzt ... dem Boden unter ihm, der schon so nahe ist. Die Menschen darauf bilden kleine Flecken, ein paar Passanten stehen um die Krankenwagen herum, ein paar Gaffer starren auf das Gebäude, nicht nach oben. Er kann schon ein paar der größeren Risse im Beton ausmachen, ihre dunklen, gezackten Linien verlaufen kreuz und quer über den Bürgersteig.

Ian sieht auch die dunklen Tupfer von ausgespuckten und plattgetretenen Kaugummis. Ihre Formen sind ganz ähnlich der, die Ians Vorstellung nach ein aufprallender Fisch machen würde.

Kapitel 46

*In dem unsere Heldin Katie das Geschirr
attackiert und ihr Herz verteidigt.*

»Was?« Connor lässt den zusammengeknüllten Slip sinken und stößt den Atem aus, den er durch das Wäschestück hindurch eingesogen hat. Er betrachtet das lila Knäuel in seinen Händen.

»Das ist nicht meiner«, wiederholt Katie.

Sie schüttelt den Kopf, und Connor starrt weiter auf die Handvoll Stoff hinunter. Sie fragt sich, wie jemand so blöd sein kann, überlegt aber nicht allzu lange angesichts der Tatsache, dass sie von ihm verarscht wurde. Sie will nicht darüber nachdenken, wie blöd sie selbst war, um sich von einem Arschloch verarschen zu lassen.

»Ist der von Faye?«, will sie wissen.

Connor runzelt die Stirn. Er hält den Slip wie ein lavendelfarbenes Bouquet, durch dessen Falten ein Kontrast von hellen und dunklen Tönen entsteht.

Katie kann erkennen, dass er nicht weiß, von wem der Slip stammt. Sein Gesicht spiegelt einen Moment lang ehrliche Unwissenheit, und sie muss ihm zugutehalten, dass er nicht versucht, es zu verbergen.

»Gibt's da noch andere?«

»Vielleicht gehört er Deb«, murmelt Connor seinem Brustkorb zu.

»Vielleicht?« Katie sinkt in sich zusammen. Sie hat die Nase voll von ihm.

Er sieht sie an. In seinen Augen glitzern Tränen, und sie kann erkennen, dass er von sich selbst ebenfalls die Nase voll hat. Sein

Blick sagt ihr unverblümt: Ich habe mich selbst so satt, es kotzt mich an, was ich dir angetan habe, und ich liebe dich, ich liebe dich wirklich.

Katie holt aus und boxt ihn gegen die Schulter, so hart sie kann. Es gibt ein lautes klatschendes Geräusch, und sie spürt heftigen Schmerz in ihrer Faust, der über ihren Arm bis in die Schulter zieht.

Durch die Wucht wird Connor ein Stück zurückgeworfen, und er stöhnt auf. Instinktiv hebt er die Hand an seine Schulter.

Es hat ihnen beiden wehgetan.

»Ich kann nicht …«, stammelt er und reibt sich die Schulter. »Ich weiß nicht …«

»Halt die Klappe«, sagt Katie. »Du hast genug geredet.«

Sie greift nach der Plastiktüte mit ihren Sachen, macht auf dem Absatz kehrt und stürmt zur Balkontür. Connor wirft noch einen Blick auf den Slip, dann folgt er ihr.

»Katie, warte«, ruft er. »Das kannst du nicht … Das ist doch bloß ein Ding. Ein Überbleibsel aus der Vergangenheit. Es wird nie wieder passieren.«

Katie setzt einen Fuß über die Schwelle auf den Balkon. Sie dreht sich zu Connor um und richtet wortlos einen Finger auf ihn. Connor erstarrt angesichts der Drohung und tritt einen Schritt zurück, damit er außer Reichweite ist, falls sie wieder zuschlagen will. Gerade als er denkt, sie wird nichts mehr sagen, tut sie es.

»Ich kann nicht fassen, dass ich sogar noch in Erwägung gezogen habe, dir zu verzeihen.« Sie schüttelt den Kopf und spürt, dass auch ihr die Tränen wieder in die Augen schießen. »Ich kann nicht fassen, dass ich so dumm war. Ich meine, sieh dich nur an! Du siehst so beschissen gut aus, verdammt noch mal. Du bist zu nichts anderem geschaffen, als das zu tun, was du tust. Wie konnte ich nur denken, dass ich die Richtige für dich wäre …? Wie konnte ich nur denken, dass es überhaupt nur eine Richtige für dich geben kann ...? Ich muss verrückt gewesen sein!« Sie hält inne und geht einen Schritt auf ihn zu. Er weicht einen Schritt zurück. »Nein, wenn ich darüber nachdenke, bin nicht ich verrückt, sondern du. Du bist total verrückt. Ich kann's einfach nicht fassen. Du bist so ein beschissener ...« Katie zittert, rollt mit den Augen und sucht nach dem richtigen Wort. »Du bist ein beschissener Pimmel.«

Und dann lacht sie. Das war nicht das Wort, nach dem sie gesucht hat, aber es war das, was aus ihrem Mund kam, und sobald es draußen ist, wird ihr klar, dass es vollkommen lächerlich klingt. Es war nur so, dass ihr kein Schimpfwort einfiel, das stark oder verletzend genug wäre, und sie will ihn unbedingt verletzen, so wie er sie verletzt hat. Sie muss lachen, weil sie weiß, dass ihr das perfekte Wort einfallen wird, sobald sie nach Hause kommt, und dann wird sie es in ihre leere Wohnung schreien müssen anstatt ihm ins Gesicht.

Connor steht, noch immer die Hand an der Schulter, ein paar Schritte von ihr entfernt. Verstört beobachtet er die hysterische Frau, die gleichzeitig lacht und weint. Dann fängt er ebenfalls an zu lachen. Ein paar Sekunden lang lachen sie zusammen, bis Katie abrupt innehält und ihn wieder mit dem Finger bedroht.

»Du lachst nicht«, sagt sie. »Nicht über mich.«

Connor verstummt. Er beugt die Knie, dehnt kurz den Oberkörper zurück und lässt frustriert die Arme an den Seiten herunterhängen. »Katie, bitte geh nicht. Lass uns darüber reden.«

Katie ist jetzt auf dem Balkon. Es ist ein gutes Gefühl, unter freiem Himmel zu sein, außerhalb der beengenden Wände des kleinen Studio-Apartments. Zwischen den Wänden fühlt sie sich krank. Hier draußen hat sie sofort das Gefühl, als würde sich eine Last von ihr heben. Die späte Nachmittagssonne wärmt ihre Haut, und sie atmet die süße, laue Luft ein. Die Stadt liegt ausgebreitet vor ihr, Tausende von Glasfenstern, durch die man von außen in die Betonabteile sehen kann. Tausende von Menschen, die da draußen Tausende von Dingen tun, alle zur selben Zeit. Einen Moment lang erscheinen Katie ihre Probleme viel kleiner als noch vor einer Sekunde.

Sie greift nach dem Kaffeebecher, aber Connor packt sie am Ellbogen, bevor sie ihn richtig zu fassen bekommt. Er fällt von dem Stapel Papier herunter, der auf Ians Fischglas liegt, und zerschellt auf dem Zement. Dutzende Scherben stieben über den Balkonboden, und an der Stelle des Aufpralls entsteht ein kometenförmiger Staubfleck.

Die ersten Seiten von Connors Dissertation werden sanft in die Luft geweht. Seite um Seite heben Connors Ausführungen ab, drehen sich ein, entrollen sich wieder und schweben über die Balkonbrüstung, wo sie gaukelnd und flatternd ihren Abstieg beginnen.

Connor dreht Katie herum, die Hand immer noch an ihrem Ellbogen.

»Ich kann ohne dich nicht sein«, fleht er. »Das weiß ich jetzt.«

»Ich wusste, dass ich nicht mit dir sein kann, sobald ich diese Frau mit meinem Schlafshirt gesehen habe«, entgegnet Katie. »Und trotzdem hattest du mich fast wieder überredet.«

»Ich brauche ein bisschen Zeit. Ich muss solche Sachen erst lernen.«

»Die meisten Menschen kennen ihre Gefühle. Das ist nichts, was man lernen kann, das ist etwas, das man weiß. Deshalb ist es ja ein Gefühl und kein Gedanke.«

»Bitte, ich tu alles für dich. Sag mir einfach, was ich tun soll, und ich tu's.«

Katie sieht auf Connors Hand, die ihren Ellbogen umklammert, seine Haut auf ihrer Haut, er, der sie berührt, sie führt, sie kontrolliert. Dann sieht sie Connor ins Gesicht, und sofort zieht er die Hand zurück, als hätte er sich verbrannt.

Ohne zu blinzeln, starrt Katie ihn an. »Du würdest alles tun?«

»Bitte. Ja. Ich tue alles«, fleht Connor. »Gib mir bitte noch eine Chance.«

Katie blickt über die Brüstung die siebenundzwanzig Stockwerke hinunter. Die Menschen da unten sind so klein. Sie beobachtet, wie von den Hunderten von Papierbögen, die sich übereinander und umeinander in der Luft drehen, das Sonnenlicht reflektiert wird. Auf der Straße stehen zwei Krankenwagen vor dem Gebäude. Um den Eingang hat sich eine kleine Menschentraube gebildet.

»Eine Sache gibt es«, sagt sie und sieht ihm wieder in die Augen. »Da ist eine Sache, die du tun kannst, um mich zurückzukriegen.«

Fast tonlos formt Connor mit den Lippen das Wort: »Alles.« Seine Gesicht verzerrt sich vor Emotionen, seine Augen sehen sie flehentlich an, und seine Augenbrauen heben sich in der Hoffnung, dass er alles wiedergutmachen kann. Er streckt die Hände nach vorn und drückt dabei die Handgelenke zusammen, als wären sie durch unsichtbare Handschellen gefesselt.

Katie reckt das Kinn in Richtung seiner Hände. Connor sieht auf sie hinunter und erkennt, dass er immer noch den zusammengeknüllten Slip festhält. Sie erträgt dessen Anblick nicht, genauso wenig, wie sie seinen, Connors, Anblick erträgt. Er wirft den Slip über die Balkonbrüstung und streckt ihre seine leeren Handflächen entgegen.

Katie nickt, dann fährt sie fort: »Folgendes kannst du tun: Du kannst dir überlegen, wie du in der Zeit zurückreisen kannst. Geh drei Monate zurück. Wenn du da bist, überzeuge dein früheres Schweine-Ich, dass der neue, geläuterte Connor der Mann ist, der er sein sollte. Und dann, wenn ich in deinem Büro auftauche, um dich nach der Prüfung zu fragen, lade mein früheres naives Ich zum Kaffee ein. Bitte diese Frau um eine Verabredung, lade sie zum Abendessen ein und ins Kino und ins Bett. Behandle sie gut, jeden Tag, als wäre sie die einzige Frau für dich, für alle Zeit. Sag ihr sehr bald, dass du sie liebst, und meine es auch. Das ist alles, was sie hören will. Du wirst sie so glücklich machen. Behandle mein früheres naives Ich für den Rest seines Lebens wie eine verdammte Königin, weil du dieses Ich, das gerade vor dir steht, zugrunde gerichtet hast.«

»Das ist unmöglich«, murmelt Connor.

Katie zuckt mit den Schultern. »Es ist die einzige Chance, die du hast. Bis dahin kümmere dich um Ian, und geh mir aus dem Weg.«

Und damit stürmt Katie an Connor vorbei ins Apartment.

Kapitel 47

In dem der Bösewicht Connor Radley die Unmöglichkeit und die Gewissheit wahrer Liebe erkennt.

Connor beobachtet, wie sich die letzten Seiten seiner Doktorarbeit in die Luft schwingen. Ihm ist tatsächlich egal, dass es die einzige Version mit den Anmerkungen seines Betreuers ist. Er wird sie nie wieder rekonstruieren können, und es spielt auch keine Rolle mehr.

Connor folgt Katie in die Wohnung. Die Luft da drin ist staubig und verbraucht. Im Gegensatz zum sonnenbeleuchteten Balkon wirkt hier alles düster. Außerdem fällt ihm auf, was für eine armselige Behausung sein Apartment ist. Die kreuz und quer abgestellten schmutzigen Teller auf der Küchentheke, die verstreuten Kleidungsstücke auf dem Boden, die zerwühlten Decken auf dem Bett und die Flecken auf dem Teppich.

Katie steuert auf die Wohnungstür zu. Connor stürmt an ihr vorbei und stellt sich ihr in den Weg, als sie nach der Klinke greift. Dann dreht er sich mit dem Rücken zur Tür und sieht Katie an. Er zuckt leicht, als hätte er Angst, sie könnte einfach durch ihn hindurch rauschen, aber das tut sie nicht. Sie bleibt wenige Zentimeter vor ihm stehen.

Sie ist stehen geblieben, denkt er, sie hört mir zu. Das heißt, ich habe noch eine Chance.

»Nichts hat sich geändert, seit du gesagt hast, ich könnte es weiter versuchen«, sagt er. »Dieses Höschen war nicht deins. Okay, ich hab's verstanden. Aber jetzt gehört es niemandem mehr. Ich weiß wirklich nicht, wer es hier vergessen hat. Das habe ich auch kapiert. Aber du hast selbst gesagt, dass mein früheres Ich ein Schwein war ... *früher*. Das ist es, was sich geändert hat, und von nun an besteht mein einziges Ziel darin, dir das zu beweisen. Selbst wenn es dauert, bis wir alt und grau sind und bald sterben – du hast mir ein Ziel gegeben.«

»Hör auf, Connor.«

»Nein, Katie.« Er legt eine Hand auf ihre Schulter und spürt, wie ihre Muskeln sich dort anspannen. »Bitte, hör mich an. Es gab eine Faye, und es gab eine Deb, das kann ich nicht mehr ändern. Aber es gibt sie nicht mehr. Ab jetzt. Jetzt gibt es niemanden mehr außer dir. Ich gebe zu, dass ich einen furchtbaren Fehler gemacht habe, aber ich habe es eingesehen und bin jetzt ein anderer. Ich weiß, du vertraust mir nicht, und du hältst mich für ein Arschloch. Das verstehe ich auch, weil ich dein Vertrauen missbraucht habe und ein Arschloch bin. Aber weil ich das jetzt weiß, kann ich es so viel besser machen, so viel treuer.«

Katie seufzt, schüttelt Connors Hand ab und schiebt ihn in die Ecke neben der Tür. Sie öffnet die Wohnungstür gerade genug, dass sie hindurchpasst, und geht in den Korridor hinaus. Connor folgt ihr bis zum Aufzug.

»Du kapierst es immer noch nicht«, faucht sie, ohne ihn anzusehen. »Du kannst nicht ›viel treuer‹ sein. ›Treu‹ ist ein Absolutum, nichts, das sich steigern lässt. Entweder bist du treu oder du bist es nicht. Sobald du es einmal nicht warst, kannst du es nicht wieder sein.«

»Ich kann es lernen«, sagt er. »Ich will alles tun, was dafür nötig ist.«

Katie bleibt vor den Aufzugtüren stehen und drückt ein paarmal auf den Knopf. Dann fällt ihr ein, dass er ja nicht funktioniert. Sie sieht Connor an, der entmutigt und schön neben ihr steht.

»Du begreifst es nicht. Liebe ist eine Wahl, die du jeden Tag

treffen musst. Sie ist keine Zauberei, aber sie hat magische Kräfte.«
Sie hält inne. »Ich kann deinen Anblick nicht länger ertragen.«

»Ich werde alles besser machen. Das muss ich«, sagt er. »Ich liebe dich.«

»Ich will dich nie mehr wiedersehen.«

Sie wendet sich ab und stürmt den Gang entlang zur Treppenhaustür. Diesmal geht Connor ihr nicht nach. Er beobachtet, wie sie durch die Tür verschwindet, und wartet, bis diese zischend ins Schloss fällt. Das Einrasten des Schnappers klingt in der Stille des Hausflurs wie ein Schuss. Ein paar Sekunden später ertönt ein »Ping« vom Aufzug, und die Türen gleiten auf. Der Fahrkorb ist leer und wartet. Connor überlegt, Katie nachzurufen, dass der Aufzug doch gekommen ist. Connor überlegt, selbst hinunterzufahren und sie noch einmal anzuflehen, ihr zu versichern, dass er sich geändert hat, aber dann gehen die Türen wieder zu, und er entscheidet sich dagegen.

Niedergeschlagen kehrt Connor in sein Apartment zurück. Er schließt die Tür ganz sanft und lehnt eine Weile seine Stirn dagegen. Der Lack liegt glatt und kühl unter seiner Haut. Dann geht er in die Küche und nimmt das schnurlose Telefon. Er tippt auf die erste Kurzwahlnummer, und schon nach dem ersten Klingeln meldet sich eine Frau.

»Hallo?«

»Faye?«

»Nein, hier ist Deb. Wer ist da?«

»Oh, tut mir leid, Deb. Hier ist Connor. Wir können uns nicht mehr treffen.«

»Oh«, sagt die Stimme. »Wer ist Faye?«

»Niemand.« Connor legt auf, obwohl Deb gerade angefangen hatte, noch etwas zu sagen.

Er drückt auf die zweite Kurzwahltaste. Es klingelt ein paarmal, bevor jemand drangeht.

»Hey, Connor.«

»Faye. Wir können uns nicht mehr treffen.«

»Ich hab mir schon gedacht, dass so was passiert«, antwortet Faye. »Ich komme gerade aus dem Haus, und hier draußen regnet es Papier. Sieht hübsch aus.«

»Faye, ich liebe Katie. Sie weiß von dir, und jetzt hasst sie mich.«

»Oh. Das ist ja nicht so toll für dich«, erwidert Faye. »Für mich geht das in Ordnung. Ich hoffe, sie gibt dir eine zweite Chance. So schlimm bist du ja nun auch wieder nicht. Behalt meine Nummer, okay?«

»Tut mir leid. Das geht nicht.«

»Du weißt nie, wann du sie noch mal brauchst«, bemerkt sie kichernd. »Hey, Connor?«

»Ja?«

»Wenn du meinen Slip findest, sag mir Bescheid. Ich glaube, ich habe ihn …«

Aus dem Hörer kommt nur noch das Rauschen des Verkehrslärms im Hintergrund.

»Hallo?«, fragt Connor.

»Ja, entschuldige. Vergiss es, ich hab ihn gerade gefunden«, sagt sie. »Behalt meine Nummer, okay? Nur für den Fall.«

»Werd ich nicht. Mach's gut, Faye.«

»Ciao, Connor.«

Connor legt auf, und bevor er die nächste Kurzwahltaste drücken kann, fällt sein Blick auf den Balkon. Er lässt das Telefon fallen, das von der Arbeitsplatte abprallt und in die Spüle klappert, sprintet auf den Balkon und kneift in der Sonne die Augen zusammen.

Gut, seine Dissertation ist futsch, aber schlimmer noch: Das Fischglas ist leer; nur die Schnecke ist noch da.

Ian ist weg.

Connor lehnt sich über die Brüstung und betrachtet die Szene unter sich. Tief unten flattern gerade die letzten Seiten auf den Bürgersteig. Von seinem Aussichtspunkt aus wirkt seine Doktorarbeit wie Konfettischnipsel auf dem Roxy Drive. Jedes Mal, wenn ein Auto vorbeifährt oder ein Luftzug kommt, arrangieren sich die Blätter neu. Ian kann er nirgends entdecken, aber nach einer gewissen Entfernung wäre sein kleiner orangefarbener Körper sowieso nicht mehr auszumachen.

Connor geht einen Schritt zurück und zuckt zusammen, als er einen stechenden Schmerz im Fuß spürt. Er hüpft ein Stück rückwärts und lässt sich schwerfällig auf seinen Gartenstuhl plumpsen. Als er den Knöchel übers Knie legt, sieht er, dass eine Scherbe vom Kaffeebecher aus seinem Fuß ragt. Aus einer Seite der Wunde quillt ein kleiner Blutstropfen und rinnt über seinen Ballen. Mit zitternden Fingern zieht er ein langes Stück Keramikscherbe aus dem Loch, das sie in seinen Fuß gebohrt hat. Er lässt die Scherbe fallen und presst seinen Daumen auf die Wunde, um die Blutung zu stillen.

Während er dasitzt und wartet, dass kein Blut mehr fließt, blickt er auf die Stadt hinaus. Er weiß nicht, was er tun soll. Noch nie hat er sich so allein gefühlt. Katie hat ihn verlassen. Faye und Deb sind weg. Selbst Ian ist geflohen. Er denkt an all die Wohnungen da draußen, für all die Menschen, die er sieht, und auch für die, die er nicht sieht, und überlegt, wie es wäre, dort überall nach Katie zu suchen, und dann spürt er die Leere, die ihr Verlust hinterlassen hat.

Warum musste es Katie sein?

Bestimmt gibt es nicht nur die eine wahre Liebe, den einen, einzigen Menschen in der ganzen weiten Welt, mit dem er zusammengehört. Bestimmt ist so eine Art von Liebe unmöglich. Dann wiederum ist vielleicht die Gewissheit darum genau das, was die Liebe ausmacht. Es gibt nur Katie, und er hat sie gefunden und sich in sie verliebt.

Aber warum musste es Katie sein?
Was ist mit Faye?
Was ist mit Deb?

Kapitel 48

*In dem die verruchte Verführerin Faye einen Anruf von Typ #2
erhält und vom Himmel fallende Höschen entdeckt.*

Faye bleibt im Türrahmen des Treppenhauses stehen und beobachtet die Szene auf dem Gehsteig vor dem Gebäude.

Hinter dem auf Hochglanz polierten Boden, dem Wald aus Kunstblumen und der Eingangstür herrscht ein Getümmel aus Menschen und Lichtern. Alle Geräusche sind durch die Tür gedämpft, aber ihre Augen brauchen einen Moment, um die visuelle Kakofonie auf der anderen Seite der Glasfront zu verarbeiten. Weiße und rote Lichtblitze zucken durch die Lobby, sie stammen vom Dach eines Krankenwagens, der auf dem Bürgersteig steht. Eine Menschenmenge hat sich vor dem Gebäude versammelt, drängt und palavert durcheinander, wobei Faye nur die Bewegungen der Münder sieht, ohne ihre Stimmen zu hören. Der Verkehr auf dem Roxy Drive kriecht wie ein langsamer Ticker im Hintergrund des Geschehens dahin, und von oben taumeln Hunderte Bögen Papier auf die Szene herab wie Blätter von einem Baum.

Dann ertönt in der Stille der Eingangshalle ein ferner Sirenenton. Als Faye auf dem Weg zum Ausgang am Aufzug vorbeikommt, hat sie den Eindruck, dass die Sirene lauter wird. Als sie die Eingangstür erreicht, fährt ein zweiter Krankenwagen über die Bordsteinkante und schwankt ein paarmal hin und her, ehe er hinter dem ersten zum Stehen kommt. Die Sirene verstummt, aber die Lichter obenauf verstärken das Blitzgewitter in der Lobby.

Mit der Hand am Türgriff bleibt Faye stehen und beobachtet, wie zwei Sanitäter aus dem Krankenwagen springen. Die Leute auf dem Gehsteig machen Platz und sehen aus sicherer Entfernung zu, während sie mit den Fingern zeigen und miteinander tuscheln. Die Sanitäter öffnen die Hecktür und ziehen eine Fahrtrage heraus. Einer von beiden legt eine blaue Notfalltasche darauf. Dann schlagen sie die Türen wieder zu.

Faye nimmt die Hand vom Türgriff, schraubt ihre Trinkflasche auf und nimmt einen Schluck. Ein paar Tropfen Wasser rinnen ihr vom Mundwinkel über das Kinn. Sie wischt sie mit dem Handrücken fort, während sie weiter die Sanitäter beobachtet, die kurz noch ihre Ausrüstung überprüfen. Einer von ihnen spricht in sein Funkgerät und nickt.

Einen Moment lang überlegt sie, ob das alles etwas damit zu tun hat, dass Connor von seiner Freundin erwischt wurde. Es ist ein spontaner Gedanke. Vielleicht hat Connor beim Aufräumen seines schludrigen Apartments etwas übersehen, und die Freundin hat es entdeckt. Vielleicht hat er einen Lippenstift übersehen, der nicht ihr gehört, und sie hat endlich eins und eins zusammengezählt. Und das hier ist nun das Ergebnis, zwei Krankenwagen vor der Eingangstür. Der Gedanke amüsiert sie, doch Faye weiß, dass es, selbst wenn Connor seine Untreue gesteht, vermutlich nichts weiter geben wird als eine Menge Geheul und Geschrei. Vielleicht werden ein paar Sachen geworfen, aber dass ein Krankenwagen benötigt wird, ist eher unwahrscheinlich.

Und dafür wäre er ohnehin viel zu schnell hier gewesen.

Die Sanitäter eilen zur Haustür, ihre Gesichter zeigen höchste Konzentration. Faye schiebt die Tür auf und hält sie fest, während die zwei an ihr vorbeirasen. Sie nicken zum Dank, für etwas anderes sind sie jedoch zu sehr auf ihre Arbeit konzentriert. Faye beobachtet, wie sie zum Fahrstuhl laufen und den Knopf drücken, eine erzwungene Wartepause.

Faye tritt in den Straßenlärm hinaus. Die Menschen rätseln vernehmlich, was wohl passiert ist, und nach der friedlichen Stille der Lobby dröhnen die Autos hier draußen mit überwältigender Lautstärke vorbei. Noch immer fällt Papier vom Himmel. Die Blätter flattern im Wind, schaukeln anmutig hin und her und sinken mit fast schwereloser Eleganz zu Boden. Faye legt den Kopf in den Nacken und sieht den Rest der Papierwolke. Die obersten Bögen befinden sich immer noch einige Stockwerke über ihr, gaukeln unter dem klaren blauen Himmel. Sie breitet die Arme aus und lächelt über diese einzigartige kuriose Szenerie. Es steckt eine seltsame Schönheit in dem Bild der zwei stummen Krankenwagen, der Gruppe von Fremden und diesen Hunderten weißer Papierseiten, die in den blinkenden Lichtern um sie herumtanzen.

Faye trinkt noch einen Schluck Wasser aus ihrer Flasche. Gerade als sie den Deckel wieder aufschrauben und die Straße hinuntergehen will, vibriert ihr Handy. Sie zieht es aus der vorderen Hosentasche.

Auf dem Display wird »Typ #2« angezeigt. Sie überlegt einen Moment, wer das ist, und nimmt sich vor, mehr Klarheit in ihre Kontaktliste zu bringen, den kürzelhaften Pseudonymen vielleicht ein paar echte Namen zuzuordnen, die sie eigentlich als Erstes eintippen sollte, wenn ihr irgendwelche Leute ihre Nummer geben. Tatsächlich hätte sie das schon nach der peinlichen Verwechslung mit »Daddy« machen sollen, als neulich ihr Vater anrief und nicht dieser ältere Kerl, den sie im Waschsalon kennengelernt hatte. Hätte sie das gleich gewusst, hätte sie den Anruf geziemender entgegengenommen.

Dann erinnert sie sich, dass »Typ #2« Connor ist.

Faye hebt das Handy ans Ohr und sagt: »Hey, Connor.«

»Faye. Wir können uns nicht mehr treffen.« Er klingt bedrückt. Eigentlich hat sie das erwartet. Wie sie beim Abstieg im Treppenhaus erkannt hat, war Connors jeweiliges Verhalten ihr und seiner Freundin gegenüber bereits ein untrügliches Zeichen. Sie wusste, dass Connor kurz davor stand, seine Dummheit einzusehen. Als sie ihn vorhin verließ, hat sein Gesicht es schon verraten, auch wenn seine Handlungen darauf schließen ließen, dass sein Hirn es noch nicht begriffen hatte. Er liebt seine Freundin, und seine Untreue war ein großer Fehler.

»Ich hab mir schon gedacht, dass so was passiert«, sagt Faye. »Ich komme gerade aus dem Haus, und hier draußen regnet es Papier. Sieht hübsch aus.« Sie dreht sich einmal im Kreis, um die ganze Szene in sich aufzunehmen. Die letzten Seiten schweben gerade zu Boden. Ein paar Leute blicken himmelwärts, um zu erkennen, wo die Blätter herkamen, und legen die Hände zum Schutz vor der Helligkeit über die Augen.

»Faye«, sagt Connor, »ich liebe Katie. Sie weiß von dir, und jetzt hasst sie mich.«

»Oh. Das ist ja nicht so toll für dich«, erwidert Faye.

Sie hat Mitleid mit ihm und denkt, dass sie es schön fände, wenn irgendjemand eines Tages, wenn sie bereit dazu ist, für sie ebenso empfindet. Noch nicht so bald, fügt sie gleich hinzu, aber irgendwann hätte sie gern jemanden, der sie liebt und der ihretwegen mit all seinen anderen Freundinnen Schluss macht.

»Für mich geht das in Ordnung«, sagt Faye. Sie weiß, sie wird andere Connors in ihrem Leben finden, gleichzeitig würde sie diesen aber auch gern auf ihrer Liste behalten. »Ich hoffe, sie gibt dir eine zweite Chance. So schlimm bist du ja nun auch wieder nicht. Behalt meine Nummer, okay?«

»Tut mir leid. Das geht nicht«, entgegnet Connor.

Er klingt enttäuscht, denkt sie. Oder schämt er sich?

»Du weißt nie, wann du sie noch mal brauchst«, neckt sie ihn. »Hey, Connor?«

»Ja?«

»Wenn du meinen Slip findest, sag mir Bescheid. Ich glaube, ich habe ihn ...«

Faye schrickt zusammen, als etwas Dunkles fast ihren Kopf streift und vor ihr auf dem Gehsteig landet. Sie sieht nach oben, ob da noch andere Überraschungen vom Himmel fallen, bevor sie das Ding näher untersucht. Es ist ein zerknüllter Haufen lavendelfarbener Stoff. Sie beugt sich vor und hebt ihn auf: ihr Slip.

»Hallo?«, fragt Connor durchs Telefon.

»Ja, entschuldige. Vergiss es, ich hab ihn gerade gefunden«, sagt sie. »Behalt meine Nummer, okay? Nur für den Fall.«

»Werd ich nicht«, sagt er. »Mach's gut, Faye.«

»Ciao, Connor.«

Faye schiebt das Handy in ihre Tasche zurück und schraubt den Deckel auf ihre Wasserflasche. Sie sieht noch einmal am Gebäude hoch, überlegt, wie ihr Slip wohl Teil des Papierregens wurde, und zuckt mit den Schultern.

Als sie sich umdreht, wird sie von einem plumpen kleinen Mann in schmutziger Kleidung fast umgerannt. Er streift sie, und als er eine Ausweichbewegung macht, fällt sein Schutzhelm mit lautem Klappern zu Boden. Der Helm rollt weiter über den Gehsteig, aber der Mann bleibt nicht stehen.

»Pass doch auf, Arschloch!«, ruft Faye ihm hinterher.

Der Mann fummelt an seinem Schlüsselbund herum, und sie meint ihn etwas wie »Tschuldigung, meiner Freundin ist die Bumsblase geplatzt« sagen zu hören, während er in die Lobby stürmt. Die Tür fällt hinter ihm zu. Faye ist allerdings nicht sicher, ob sie es richtig verstanden hat – die einzelnen Wortteile kennt sie, aber die Zusammensetzung ist ungewöhnlich.

Faye stopft ihren Slip in die hintere Hosentasche, wo er ein Stück heraushängt – ein lila Fähnchen für jeden, der darauf achtet. Dann schlenkert sie mit der Sportflasche und macht sich auf den Weg, den Roxy Drive hinunter.

Ein paar Ecken weiter nickt sie kurz und zwinkert dem Sicherheitsmann vor einer Baustelle zu. Er sieht süß aus. Er lächelt zurück, und als sie ihn nach der Uhrzeit fragt, stellt er sich als Ahmed vor.

Kapitel 49

In dem Jimenez erkennt, dass Einsamkeit ebenso eine Entscheidung ist, wie mit einem tropfenden Wasserhahn zu leben.

Jimenez sitzt mit gekreuzten Beinen auf dem Küchenboden. Er hat die Rohrzange in den Schoß gelegt und mustert den Mann, der da vor ihm steht und ein Kleid trägt. Es ist ein tolles Kleid, das muss er zugeben. Passt wie angegossen. Allerdings braucht er etwas Zeit, um das elegante Äußere mit dem männlichen Körper darunter in Einklang zu bringen. Als er es geschafft hat, entscheidet er, dass dies ein gut aussehender Mann in einem gut aussehenden Kleid ist. Und die Krönung des Ganzen sind die Schuhe. Sie sind perfekt. Jimenez hätte nie gedacht, dass so zierliche Riemchenschuhe zu einem Mann solchen Umfangs passen würden, aber eigentlich hat er sich noch nie Gedanken darüber gemacht, wie Frauenkleider an einem Mann aussehen, geschweige denn, welche Schuhe am besten dazu passen. Aber nun, da er beides zusammen sieht, muss er zugeben, dass es funktioniert.

»Ich heiße Jimenez«, sagt er. »Und mit Ihrer Spüle war alles in Ordnung.« Er deutet mit der Taschenlampe auf den geöffneten Unterschrank.

»Ich heiße Garth«, sagt der Mann in dem Kleid. »Und ich bin sicher, dass da ein Leck war.«

»Nein«, erwidert Jimenez. »Nur der Wasserhahn hat getropft.«

Garth sagt nichts weiter, also mustert Jimenez den Mann noch etwas länger. Er ist auf markante Weise attraktiv, mit erstaunlich schönen Knöcheln, und Jimenez kann den Blick nicht von seinem Kleid nehmen.

»Ist das karminrot?«, fragt er und zeigt mit dem Finger darauf. »Die Farbe?«

Garth wird rot und nickt. »Ja, ist es, danke.« Er streicht mit den Händen darüber.

Jimenez nickt, nimmt die Rohrzange aus dem Schoß und kommt stöhnend auf die Füße. Er bückt sich, um die Taschenlampe aufzuheben, und klemmt sie in seinen Gürtel. Dann zieht er den Werkzeuggürtel hoch.

»Ich habe Ihr Glas und ein bisschen Essig genommen«, erklärt er und nimmt es von der Theke. »Ich hoffe, das war okay.«

»Absolut.«

»Da waren einfach nur Kalkablagerungen an der Dichtung. Das passiert hier ständig.« Jimenez fischt den Dichtungsring aus dem Essig und reibt ihn zwischen den Fingern. Die letzten Verkrustungen lösen sich, dann ist das Gummi weich und glatt. »Das kommt vom harten Wasser.«

»Faszinierend«, sagt Garth und stützt sich an der Theke ab. Interessiert beobachtet er, was Jimenez tut.

»Jep«, sagt Jimenez. »Das ist eine einfache Reparatur. Einfacher als Installationsarbeiten. Und kostet auch nicht so viel.«

Jimenez schraubt den Wasserhahn wieder zusammen, und Garth beobachtet ihn interessiert. Als Jimenez fertig ist, tropft nichts mehr. Alles ist ruhig.

»Sehen Sie«, sagt er. »Alles wieder gut.«

Er steckt die Zange an den Gürtel.

»Ich wollte Ihnen danken«, sagt Garth.

»*De nada*«, erwidert Jimenez. »Nicht der Rede wert, wirklich.«

»Nicht nur dafür … Mir ist aufgefallen, wie hart Sie hier arbeiten. Um alles in diesem Gebäude am Laufen zu halten. Es muss viel Arbeit machen, alles instand zu halten.«

»Reparieren Sie bloß nie den Aufzug«, sagt Jimenez und schmunzelt. Er fühlt sich geschmeichelt. Das ist das erste Mal, dass ein Bewohner sich bei ihm bedankt – oder ihn überhaupt richtig wahrnimmt. Marty lobt ihn gelegentlich, aber das muss er als Arbeitgeber ja auch, denkt Jimenez. Zu Weihnachten gibt er ihm immer einen Bonus, etwa einen Gutschein für ein Restaurant oder fürs Kino.

Jimenez betrachtet Garth erneut. Er scheint sich ein wenig unwohl zu fühlen und wirkt verlegen, wie er mit einer Hand an der Theke und der anderen flach auf der Hüfte dasteht, als wüsste er nicht genau, wie er sich präsentieren soll. Jimenez findet es herzerweichend – offenbar hat Garth mit so was nicht viel Übung. Er ist immer noch rot, seine Ohren glühen, und seine Wangen sind von einer gleichmäßigen Rötung überzogen, die unter seinen Bartstoppeln verschwindet. Ein Grund dafür ist vielleicht auch die Stille, die jetzt zwischen ihnen entsteht, als Jimenez ihn erneut betrachtet.

»Das Kleid ist hübsch«, sagt Jimenez. »Es steht Ihnen wirklich gut.«

»Danke.« Garth gibt ein kurzes, ersticktes Lachen von sich. Seine Stimme bricht fast vor Emotionen. »Vielen, vielen Dank.«

»Haben Sie das aus einem Laden?«

»Nein, ich habe es anfertigen lassen«, antwortet Garth und blickt an sich hinunter. »Ich habe es in Auftrag gegeben. Ich habe ein paar davon.«

»Oh«, sagt Jimenez und fügt nach einer kurzen Pause hinzu: »Ich bin nicht sicher, was ich jetzt sagen soll.«

»Das ist okay. Ich weiß es auch nicht«, erwidert Garth. »Aber es ist schön, zu reden.«

»Ja, das stimmt.«

»Möchten Sie vielleicht etwas trinken?«, schlägt Garth vor. »Können Sie einen Moment bleiben, oder haben Sie noch etwas zu erledigen?«

»Ich muss nirgendwo mehr hin«, sagt Jimenez. »Ein Glas Wasser wäre nett.«

»Wasser habe ich. Wie wäre es, wenn wir ins Wohnzimmer gehen und dort ein bisschen reden? Da ist es gemütlicher.«

»Das wäre schön.«

Verlegen schieben sich Garth und Jimenez aneinander vorbei. Jimenez geht ins Wohnzimmer und betrachtet Sofa und Sessel. Zwischen beiden steht ein Couchtisch. Er entscheidet sich für das Sofa, löst seinen Werkzeuggürtel und legt ihn neben sich auf den Boden, während er aus der Küchenecke Türenschlagen und Wasserlaufen hört. Jimenez muss schmunzeln, als er eine Ausgabe von Dee Dee Drakes *Piraten der Liebe* auf dem Tisch entdeckt.

Kurz danach kommt Garth um die Ecke, in jeder Hand ein Glas. Als er Jimenez auf dem Sofa sieht, bleibt er stehen. Er scheint dieselbe Einschätzung der Sitzgelegenheiten vorzunehmen – die Formalität des Sessels oder die Intimität der Couch. Er entscheidet sich ebenfalls für die Couch und setzt sich ans andere Ende.

»Danke«, sagt Jimenez, als er das Glas entgegennimmt. »Ich habe wirklich Durst.«

Schweigend sitzen beide da und leeren erst einmal ihre Gläser, beide vermutlich, um etwas Zeit zu schinden und zu überlegen, was sie sagen könnten.

Jimenez ist als Erster fertig und holt tief Luft. »Das hat gutgetan.«

»Danke«, sagt Garth.

Jimenez lehnt sich vor und stellt das Glas auf den Tisch.

»Gefällt Ihnen das Buch?«, erkundigt er sich, hebt es hoch und blättert darin.

»Ich habe gerade erst angefangen«, antwortet Garth. »Bisher ist es ganz gut.«

»Dee Dee Drake ist eine meiner Lieblingsautorinnen«, verrät Jimenez. Er wirft noch einen Blick auf die Rückseite, dann legt er das Buch zurück. Er sieht aus dem Fenster, sein Blick so unsicher wie seine Gefühle. Garth interessiert ihn, aber er scheint durch seine so anderen Erfahrungen weit von ihm entfernt. »Die Aussicht ist klasse. Viel besser als meine. Ich wohne unten im zweiten Stock. Mit Blick auf die Seitengasse. Und die Mülltonnen.«

»Deshalb hab ich die Wohnung überhaupt genommen«, erklärt Garth und erfreut sich über Jimenez' Schulter hinweg am Ausblick. Dann lehnt er sich zurück, schlägt ein Bein über das andere und legt einen Arm auf die Rückenlehne. »Es gefällt mir, daran erinnert zu werden, dass da draußen eine ganze Stadt voller Menschen ist. Wenn ich allein bin, fühle ich mich also nicht wirklich allein.«

Jimenez sieht Garth einen Moment lang an.

»Ich weiß, was Sie meinen«, sagt er. »Manchmal vergesse ich das auch. Eigentlich kenne ich hier niemanden so richtig.«

»Jetzt kennen Sie mich«, sagt Garth.

»Das stimmt. Noch nicht gut, aber ich finde Sie nett.« Sie schweigen wieder, und Jimenez nutzt die Zeit, um sich die Worte, die er sagen will, im Kopf zurechtzulegen.

»Ich muss Sie das jetzt fragen«, sagt er und legt eine Hand auf Garths. »Aber seien Sie mir bitte nicht böse.«

Garth lacht, und sein Herz klopft heftiger von der Berührung. »Ohne die Frage zu kennen, kann ich das nicht versprechen, aber ich kann versprechen, dass ich mein Bestes tun werde, um nicht böse zu werden.«

»Warum ziehen Sie sich ein Abendkleid an? Es ist wunderschön, aber ich verstehe es nicht. Wollen Sie eine Frau sein?«

Garth lacht wieder, und Jimenez lächelt unsicher und ein wenig verlegen über seine Frage.

»Puh«, meint Garth, »ich dachte schon, Sie würden etwas Schwieriges fragen.« Er überlegt. »Als Kind habe ich diese alten Musicalfilme geliebt. Debbie Reynolds. Irene Castle. Rita Hayworth. Lupe Vélez. Ich konnte mir auf der ganzen Welt nichts

Schöneres vorstellen als diese Frauen. Als ich dann älter wurde, fing ich an, in allen Frauen das zu sehen. Ich fand sie alle so anmutig und stark. Ich will keine Frau sein, ich bin zufrieden so, wie ich bin. Aber ich bewundere einfach ihre Schönheit. Ich schätze, das ist der Grund, warum ich es tue.«

Jimenez beobachtet Garth beim Sprechen. Mit jedem Wort wird er ruhiger und zuversichtlicher. Er versteht, was Garth ihm erklärt, und sieht es in ihm.

Jimenez findet es eine Schande, dass die Vorstellung von Schönheit so sexualisiert und verdreht wurde, dass es kaum noch unterschwellige, anmutige Stärke gibt, dass stattdessen die hinternwackelnde, hautentblößende Perversion als Grundwährung für Bewunderung gilt.

»Eine solche Schönheit kann ich nicht sein«, fährt Garth fort, »aber ich kann sie bewundern.« Er sieht Jimenez in die Augen. »Sagen Sie mir doch … Gibt es nichts an Ihnen, von dem Sie wünschten, Sie könnten es ausleben?«

Jimenez stößt einen langen Seufzer aus und bewundert dabei den Ausblick. Gerade als Garth denkt, er werde nichts mehr sagen, beginnt er zu sprechen.

»Auch ich liebe Lupe Vélez«, sagt er. »Ich tanze. Ich tanze zu diesen alten Filmen, aber nur in meiner Wohnung. Nicht vor irgendjemandem.« Er zeigt mit beiden Händen an sich hinunter. »Ich bin kein Fred Astaire, aber ich tanze wirklich gern.«

»Würden Sie für mich tanzen?«

»Nein, das könnte ich nicht.«

Jetzt errötet Jimenez. Er hat noch nie für jemanden getanzt, nur in seiner leeren Wohnung oder in dunklen, überfüllten Räumen. Sein Puls rast, und sein erster Instinkt ist, sich zu verabschieden und in sein Apartment zurückzukehren.

»Bestimmt können Sie das«, sagt Garth. »Sie haben mein Ich gesehen. Jetzt zeigen Sie mir Ihres.«

Jimenez blickt wieder aus dem Fenster auf die Stadt. Er weiß, dass da draußen Menschen sind, aber er kann sie nicht sehen. Er kennt keinen von ihnen. Das ist der Unterschied.

»Hier ist keine Musik.«

»Als Sie reinkamen, haben Sie gepfiffen. Sie könnten ein Lied pfeifen, zu dem Sie tanzen.«

Jimenez weiß, wenn er flüchtet, wird sich nichts ändern. Seine Mikrowellen-Fertiggerichte und sein einsames Apartment über den Mülltonnen werden alles bleiben, was ihn erwartet. Er wird Garth nicht kennenlernen. Garth wird dann ebenfalls zu irgendeinem beliebigen Menschen hinter einem beliebigen Fenster eines beliebigen Gebäudes da draußen werden, und wenn Jimenez bei einem Aufzugsbrand ums Leben kommt, wird es immer noch niemanden geben, der seinen Nachruf schreibt.

Wortlos steht Jimenez auf. Er zieht den Couchtisch näher ans Sofa, um Platz zu schaffen. Garth hilft ihm dabei und rutscht dann in die Mitte der Couch.

Jimenez geht um den Tisch herum und stellt sich in die Mitte des Zimmers.

Kapitel 50

*In dem Garth einen Blick auf die wahre Liebe erhascht
und sich das Glück in seinem Bauch ausbreitet
wie ein Schluck heißer Schokolade.*

Garth ist ganz kribbelig vor Aufregung, weil Jimenez für ihn tanzt. Die Vorfreude durchfährt ihn wie ein Wirbel, und er muss sich anstrengen, gefasst zu bleiben.

Jimenez ist merklich nervös, denn er zwirbelt mit den Fingern und wischt sich immer wieder die Handflächen an der Hose ab. Er werkelt noch eine Weile im Zimmer herum, räumt Sachen aus dem Weg, schiebt die Stehlampe bis ganz an die Wand. Er geht einmal durch den ganzen Raum, wie um den Platz auszumessen, und als er ihn für ausreichend befindet, kehrt er in die Mitte des Zimmers zurück. Die ganze Zeit über murmelt er vor sich hin, aber Garth kann nur Fetzen davon verstehen.

»Das wird blöd aussehen ... nicht genug Platz ... was mache ich hier eigentlich?« Und dergleichen.

Schließlich hört Jimenez mit dem Herumlaufen auf und schüttelt die Arme aus. Der Teppich liegt aufgerollt an der Wand, sodass das alte honigfarbene Parkett sichtbar ist. Der Couchtisch steht so dicht am Sofa, dass Garth quer zum Raum sitzen muss, weil nicht genug Platz ist, die Beine aufzustellen und dabei würdevoll auszusehen.

Jimenez holt tief Luft und stößt sie in einem schnellen Zug wieder aus. Er zieht seine Schultern bis zu den Ohren hoch, lässt sie fallen und steht still.

Der Sessel steht in der Ecke, und auch die zweite Stehlampe wurde verschoben. Garth hat den Strahler irgendwann schräg gestellt, um Jimenez und den Raum wie in Scheinwerferlicht zu tauchen. Zuerst hat Jimenez ein entgeistertes Gesicht gemacht, sich dann aber mit dem Scheinwerfer abgefunden. Garth musste schon kichern, weil es ihm so theatralisch vorkam, das Zimmer extra herzurichten, aber jetzt steht er da, der Mann, der für ihn tanzen wird, und er bewundert ihn für seinen Mut. Es ist eine unbehagliche Art, sich zu entblößen, in Gegenwart eines anderen sein Innerstes zu zeigen.

Und weil Jimenez ihn daran teilhaben lässt, fühlt sich Garth so unendlich viel wohler in seinem Kleid und den Schuhen als zu Anfang. Er sitzt halb liegend mit übergeschlagenen Beinen, einen Fuß in den schmalen Spalt zwischen Couch und Tisch geschoben. Garth überlegt, ob es vielleicht genau darum geht und ob Jimenez das bewusst ist, ob er sich vor allem deshalb potenziell der Peinlichkeit aussetzt, um anzuerkennen, dass auch Garth sich so bloßgelegt hat. Garth hofft es sehr; er hofft, dass dieser massige Mann aus Ritterlichkeit für ihn tanzt, damit er sich besser fühlt.

»Ich glaube, jetzt sind keine Möbel mehr übrig, die wir umstellen können.« Garth grinst.

»Ich stelle alles wieder zurück«, meint Jimenez entschuldigend.

»Ist schon okay. Mach dir keine Gedanken.«

»Ich will nur nichts kaputt machen. So gut bin ich nicht.«

»Du bist schon in Ordnung.«

Und er gibt wirklich ein schönes Bild ab, wie er da gut aussehend und selbstbewusst und allein in dem Raum steht, der mal ein kleines Wohnzimmer war, jetzt aber eine beleuchtete Bühne ist, vor einem Publikum, das aus einer einzigen Person besteht. Das trüber werdende Licht des späten Nachmittags verwandelt die Stadt hinter ihm in eine Bühnenkulisse, als wäre das Glas nicht vorhanden und der Ausblick nur eine auf Leinwand aufgemalte Szene. Als würde Jimenez gleich am Rand einer Klippe oberhalb der Gebäude tanzen. Ein Abbild der Stadt befindet sich auch in dem Holz unter Jimenez' Strümpfen, als riffelige Struktur dort, wo die Politur in die Ritzen zwischen den gemustert verlegten Parkettstäben gekrochen ist. Das Scheinwerferlicht der Stehlampe erzeugt starke Kontraste, indem es eine Seite von allem hell erleuchtet und die andere vor dem Gegenlicht der Stadt in tiefem Dunkel lässt.

Als es nichts mehr zu verrücken und zu klären gibt, bleibt Jimenez still in der Mitte des Zimmers stehen. Er stellt seine bestrumpften Füße – bei einem ist durch ein kleines Loch der große Zeh zu sehen – einen vor den anderen. Dabei dreht er die Fersen nach innen und die Fußspitzen leicht nach außen. Seine Knie sind locker und kaum merklich gebeugt, bereit für die erwartete Bewegung. Er fährt sich mit einer Hand durchs Haar und streicht es aus der Stirn, dann schüttelt er seine kräftigen Arme aus. Er schiebt die Ärmel über die Ellbogen und gibt den Blick auf die behaarten Unterarme frei. Er ist ein schwerer Mann mit stämmigen Beinen, aber an der Art, wie er dasteht, kann Garth auch seine Anmut erkennen.

»Ich komme mir so dumm vor«, gesteht Jimenez.

Garth lächelt nur und deutet mit präsentierender Geste auf sein Kleid.

»Aber vielleicht bin ich nicht so mutig wie du«, sagt Jimenez.

Garth spürt, wie er bei dem Kompliment wieder rot wird. Er hofft, dass Jimenez es von seinem Platz aus nicht sehen kann, aber dann fragt er sich, ob das nach den letzten gemeinsam verbrachten zehn Minuten überhaupt einen Unterschied macht. Bei all seinen Unsicherheiten ist Rotwerden sicher das geringste Problem. Jimenez war so aufgeschlossen, all die Besonderheiten ihrer Begegnung hinzunehmen und darin etwas Lohnendes und Gutes zu entdecken – jetzt würde Garth sich gern dafür revanchieren. Es besteht kein Grund, warum dieser kugelbäuchige Mann nicht so tanzen sollte wie all die alten Filmschauspieler, die er bewundert.

»Tanz einfach.« Garth lächelt.

»Es gibt keine Musik.« Jimenez zupft an einem Hosenbein.

»Pfeif einfach eine Melodie, zu der du tanzen kannst.«

»Das funktioniert nicht.«

»Tanzen geht auch ohne Musik«, erklärt Garth. »Es kann ganz für sich stehen.«

»Mit ist es aber leichter.«

Garth seufzt, wirft Jimenez ein angespanntes Lächeln zu und steht auf. Er schlängelt sich durch den Spalt zwischen Tisch und Sofa, streicht sein Kleid glatt, geht ins Schlafzimmer und holt seinen Radiowecker vom Nachtschrank. Im Wohnzimmer steckt er ihn wieder ein, und im Display erscheint eine Reihe roter Achten. Garth stellt den Schalter von »Wecken« auf »Radio« um, justiert den Sender, um den Klang zu optimieren, und dreht dann die Lautstärke auf. Ein kleines, feines Lied ertönt.

»Da«, sagt Garth und setzt sich wieder auf das Sofa. »Sonst noch was?«

Er muss über Jimenez' Gesichtsausdruck schmunzeln. Sonst gibt es nichts mehr. Garth erkennt den Song, »*Military Madness*«, aber nicht die kitschige Version von Graham Nash, sondern das Remake von Woods. Es ist eine muntere, mittelschnelle, schlichte Nummer mit einem Schlagzeug-Rhythmus, der sich gut für Neo-Hippie-Fantasien eignet, in denen man über Hügel mit Wiesen voll Wildblumen hüpft.

Und dann, ohne weiteres Zögern, beginnt Jimenez zu tanzen, erst mit langsamen Schritten, dann doppelt so schnell, zum Takt der Musik. Zwei Schritte zur Seite, ein Shuffle des Führungsbeins mit gestreckten Zehen, zwei Schritte zurück zur Mitte und ein schneller Wiegeschritt nach hinten.

Ein Jive, erkennt Garth. Ein Solo-Jive.

Jimenez lässt die Hüften dazu schwingen, und seine Knöchel federn elastisch nach. Zwei Schritte, zwei Schritte, dann ein Wiegeschritt auf die hintere Ferse. Arme zur einen Seite, die Beine kicken zur anderen. Dann die Arme nach rechts und links gestreckt, während die Beine eine Weile voreinander hertänzeln. Ein bisschen Charleston-Style. Dann ein weicher Übergang zum Twist, die Arme seitwärts mit abgeknickten Ellbogen in Hüfthöhe, Handflächen nach unten, aber mit gespreizten, leicht aufwärts gerichteten Fingern. Seine Hüften drehen hin und her, aber sein restlicher Körper bleibt gerade. Das Ganze ist ungeprobt und dennoch nahezu perfekt. Es ist wunderbar zu beobachten, wie er sich bewegt und wie die Bewegungen ihn glücklich machen. Als Garth seinen seligen Gesichtsausdruck sieht, stellt er fest, dass auch Jimenez ihn die ganze Zeit beobachtet.

Jimenez bekommt rote Wangen vor Anstrengung. Auch wenn er unerwartet wendig ist, ist er trotzdem ein dicker Mann, und die Bewegung treibt ihm den Schweiß auf die Stirn. Dennoch hört er nicht auf zu tanzen, bewegt er sich durch den gesamten Raum von der Fensterbank bis zur Küchentheke. Er hört nicht auf, Garth anzulächeln, und Garth lächelt zurück, und einen Moment lang halten sie einander mit ihren Blicken fest.

Das Lied endet, und Jimenez bleibt stehen.

Garth klatscht, und Jimenez lächelt und senkt zum Dank das Kinn.

Im Radio brabbelt der DJ eine schnelle Wettervorhersage und sagt dann »*Basement Scene*« von Deerhunter als nächsten Song »in unserem werbefreien Rock and Roller Coaster« an. Die ersten Töne erklingen, und Jimenez streckt seine Hand zu Garth aus.

»Tanzt du mit mir?«

Garth schüttelt den Kopf. »Du tanzt viel zu gut für mich.«

»Darum geht es doch nicht«, beharrt Jimenez. »Komm, tanz mit mir. Ich zeige es dir.« Sein Arm ist weiterhin einladend ausgestreckt.

Garth steht auf und schlängelt sich wieder um den Couchtisch herum. Seine Aufmerksamkeit wird kurz zum Fenster gelenkt, als etwas in schneller Bewegung, ein Schatten am Rand seines Sichtfelds, vorbeifällt. Doch als er hinsieht, ist da nichts als der Ausblick auf Häuser. Draußen ist nichts, und hier drinnen wartet Jimenez darauf, dass er seine Hand nimmt und mit ihm zu der Musik tanzt, die blechern aus dem Lautsprecher seines Radioweckers dröhnt.

Und so tut er es, so tanzt Garth mit Jimenez. Sie wiegen sich gemeinsam zu dem wabernden Gesang mit gelegentlichen psychedelischen Passagen im Takt. Ein gemütlicher Schieber über das Parkett. Garth lehnt den Kopf an Jimenez' schweißfeuchte Schulter und blickt durch das Fenster unfokussiert ins Nichts. Mit dem Duft von Jimenez' Parfüm in der Nase spürt Garth, wie das Glück sich in seinem Bauch ausbreitet wie ein Schluck heißer Schokolade.

Kapitel 51

*In dem Petunia Delilah endlich ihr verdammtes
Eiscreme-Sandwich bekommt.*

Ihr Körper war noch nie so erschöpft und ihr Geist noch nie so vollkommen ruhig. Für eine Minute schwebt Petunia Delilah an jenem Ort, an dem es keine Welt außerhalb ihres Bewusstseins gibt. Sie hält die Augen geschlossen, und ihr Gehirn badet in dem roten Licht, das durch die zarte Haut ihrer Lider dringt.

Die Wohnung ist warm und behaglich und duftet heimelig nach der Quiche, die im Ofen backt. Das Linoleum unter ihrem Rücken ist kühl und beruhigend. Die ununterbrochene Anstrengung, sowohl körperlich als auch geistig, ist vorüber. Ihr Baby lebt. Sie kann hören, wie ihre Tochter unter der Fürsorge des Jungen prustet und krächzt. Sie sehnt sich danach, sie zu halten, aber sie wartet noch einen Moment.

Sie lebt. Sie kann es durch ihre Augenlider erkennen, durch das Blut, das ihren Körper versorgt. Sie spürt die Luft, die in ihre Lungen dringt und wieder ausgestoßen wird. Ein letzter Schweißtropfen rinnt kitzelnd über ihre Haut und sucht den tiefsten Punkt, um dort stehen zu bleiben, zu verdunsten und sich in Luft aufzulösen.

Claire spricht mit dem Mann vom Notruf. Anscheinend unterhalten sie sich sehr angeregt, dort drüben am Ofen, wo Claire begutachtet, wie ihre Quiche die ganze Sache überstanden hat.

Petunia Delilah öffnet die Augen. Sie muss grinsen. Der Junge rutscht auf Knien neben sie und hält ihre Tochter im Arm.

»Sie ist so klein«, flüstert er, und man spürt seine Ehrfurcht vor dem Wunder. Es ist ein merkwürdiger Anblick, findet Petunia

Delilah, wie er, selbst fast noch ein Baby, ihre Tochter im Arm hält und unverwandt anstarrt. Sie hat den Eindruck, dass er weinen möchte, auch wenn seine Augen trocken bleiben. Sie fragt sich, ob er selbst einen kleinen Bruder oder eine Schwester hat. Sie hofft es, denn sie kann sehen, dass er ein toller großer Bruder wäre.

Ihr Baby ist in ein Geschirrtuch gewickelt. Weitere Handtücher liegen schmutzig und zerknüllt neben dem Jungen am Boden. Er muss ihre Tochter abgewischt haben, ehe er sie einwickelte. Er ist der Grund, weshalb sie da ist, sicher und seufzend in seinen Armen. Er hat sie auf die Welt geholt, hat sie aus großer Gefahr in Sicherheit gebracht, und Petunia Delilah spürt, wie sie eine Woge von Liebe für diesen Jungen überkommt.

Sie legt ihre Hand auf seinen Arm.

»Sie wollen Ihre Tochter bestimmt halten«, sagt der Junge als Antwort auf ihre Berührung, ohne die Augen von dem kleinen Leben in seinen Händen zu nehmen.

»Ja, das will ich«, sagt Petunia Delilah. »Aber erst, wenn du bereit bist.«

Der Junge sieht sie an. Petunia Delilah erinnert sich, dass Claire ihn Herman genannt hat.

»Herman«, sagt sie. »Wie alt bist du?«

Herman rutscht näher und reicht ihr das Kind. Erst als es sicher in den Armen der Mutter liegt, antwortet er.

»Ich bin elf«, sagt er. »Einhalb. Tatsächlich bin ich näher an zwölf.«

Petunia Delilah nickt. Ihre Tochter guckt unter einer Geschirrtuchhaube hervor. Auf den gewaffelten Stoff ist um eine braune Teekanne herum ein Zweig mit lila Lavendelblüten aufgestickt. Ein paar Stiche mit blaugrauem Garn zeigen den Dampf, der aus der Tülle aufsteigt.

»Herman, du warst der erste Mensch auf dieser Welt, der meine Tochter gesehen hat. Ihr Name ist Lavender«, teilt Petunia Delilah ihm mit. Sie hat den Namen nicht mit Danny besprochen, aber Danny ist nicht hier, und sie kann ihre Tochter nicht eine Sekunde länger namenlos leben lassen. Sie haben verschiedene Namen diskutiert, konnten sie aber noch nicht auf unter zweihundert eingrenzen. Petunia Delilah findet Lavender passend, sowohl für das Baby als auch für die Situation. Danny muss eben einfach zustimmen.

Herman lächelt. Er lehnt sich vor und streichelt mit einem Finger über Lavenders Wange.

»Und«, fährt Petunia Delilah fort, »du hast ihr wahrscheinlich das Leben gerettet. Und mir auch. Danke, Herman, du bist der tapferste Mensch bist, den ich je getroffen habe.« Und in einer Mischung aus Erschöpfung und Erleichterung beginnt Petunia Delilah zu weinen. Es ist vorbei. Sie haben alle so hart gekämpft, und nun sind sie in Sicherheit.

Gedanken werden zu Dingen.

»Du gehörst jetzt zur Familie«, sagt Petunia Delilah unter Schluchzern. »Du bist Lavenders Bruder und mein Held. Wenn du jemals irgendetwas brauchst ... wenn ich jemals irgendetwas für dich tun kann ...«

Herman setzt sich auf seine Fersen. Seine Hände ruhen in seinem Schoß, die Finger verschränkt, knetend. Er zieht die Mundwinkel leicht nach unten und starrt auf seine Hände.

»Ich muss jetzt gehen«, sagt er. »Da ist noch etwas anderes, das ich erledigen muss.«

Herman macht Claire auf sich aufmerksam und bittet sie, ein weiteres Notfallteam zur Wohnung seines Großvaters schicken zu lassen.

Claire winkt und nickt und deutet auf das Telefon, in das sie noch hineinspricht.

Herman steht auf und geht aus der Tür.

Bevor Petunia Delilah etwas sagen kann, ist er verschwunden.

Kurze Zeit später hört sie, wie die Treppenhaustür mit hydraulischem Zischen zufällt.

Petunia Delilah wird Herman wiederfinden. Sie will seine Freundin sein und ihn kennenlernen. Sie will, dass Lavender Kontakt zu ihm hat, während sie heranwächst. Herman wird an ihrer aller Leben teilhaben, solange es sie gibt. Dafür wird sie sorgen.

Dann hört sie nur noch Claires Seite des Gesprächs, doch sie nimmt die Worte nicht wirklich wahr, sie sind wie Hintergrundmusik. Petunia Delilah beobachtet Lavender und staunt – Kimmy hat von Anfang an recht gehabt. Frauen haben das seit Hunderttausenden von Jahren ohne moderne Medizin gemacht. Petunia Delilah ist sicher, dass es nicht immer so krass abläuft, und sie ist außerdem sicher, dass es die meiste Zeit gut geht. Und wenn nicht, pflegst du deine Wunden, sammelst die Scherben ein und gibst dein Bestes.

»Hey!«, ruft Petunia Delilah in Claires Richtung.

Claire schreckt auf. Sie hält eine Hand über die Sprechmuschel und sieht Petunia Delilah erwartungsvoll an.

»Sie haben nicht zufällig ein Eiscreme-Sandwich, oder?«

Claire macht ein überraschtes Gesicht. Dann nickt sie und antwortet: »Ja.«

Sie öffnet die Gefrierschranktür, holt ein Eis heraus und geht durchs Zimmer, um es Petunia Delilah zu geben. Dann kehrt sie ans Telefon zurück und setzt ihr Gespräch fort.

Petunia Delilah weiß nicht, ob sie das Eiscreme-Sandwich langsam genießen oder verschlingen soll. Sie legt sich Lavender auf den Bauch, stützt sie mit ihrem angewinkelten Arm ab und befühlt mit der anderen Hand das Eiscremepäckchen. Die Plastikverpackung ist samtig und kühl, das Sandwich darunter fest, gibt bei leichtem Druck aber etwas nach. Es ist nicht steinhart gefroren, und so mag Petunia Delilah es gern. Die Waffelteile werden außen ein bisschen klebrig sein, und an ihren Fingern wird

Schokoladenschmiere haften bleiben, was perfekt ist. Sie reißt das Päckchen mit den Zähnen auf und bestaunt das darin enthaltene Wunder.

In der Tür erscheinen zwei Sanitäter. Die stämmigen Männer in blauen Uniformen stellen sich vor, einer von ihnen schiebt eine Fahrtrage mit Ausrüstung darauf.

Claire macht eine Handbewegung in Petunia Delilahs Richtung, als wäre sie da mitten vor der Tür zu übersehen, als wollte sie sagen: »Hey, räumen Sie das da mal weg.« Sie redet weiter ins Telefon.

Petunia Delilah schlingt das Eiscreme-Sandwich hinunter, bevor irgendjemandem einfallen könnte, sie davon abzuhalten.

Mit geschulter Ruhe machen sich die Sanitäter daran, die beiden zu untersuchen. Sie überprüfen Blutdruck, hören Herztöne ab, stellen Fragen zu familiären Vorbelastungen und Medikamenten, ob sie Schmerzen hat und wenn ja, wo. Petunia Delilah antwortet zwischen einzelnen Happen Eiscreme. Sie leckt die Verpackung ab und lässt sie versehentlich auf den Fußboden fallen, als die Sanitäter sie auf die Trage heben.

Nach einem kurzen Winken in Claires Richtung wird sie den Korridor hinunter zum Aufzug geschoben. Einer der Sanitäter drückt den Knopf, und die beiden unterhalten sich leise darüber, ob sie später eine Pizza holen sollen, »... oder willst du lieber ein Gyros?« Das Geräusch des herabfahrenden Aufzugs wird durch die Türen immer lauter.

»Gyros«, sagt der eine und sieht auf seine Uhr.

Der andere nickt. »Gute Entscheidung. Wir holen was, wenn wir die zwei Hübschen hier abgeliefert haben.«

Der Fahrstuhl macht »Ping«, das Licht im Knopf verlischt, und die Türen gleiten auf. Zwischen Korridor und Fahrkorb ist ein dreißig Zentimeter hoher Spalt, aber nach einigem Geschiebe und Gehieve bekommen sie die Trage ins Abteil geschafft.

Petunia Delilah betrachtet ihr Spiegelbild. In ihren Mundwinkeln und an den Fingerspitzen kleben Eisreste. Lavender liegt friedlich auf ihrem Bauch, die Augen geschlossen. Ihre Lippen bewegen sich leicht. Petunia Delilah überlegt kurz, ob ihr Baby wohl schon träumen kann. Alles ist gut. Sie ist eine Mutter. Sie lächelt.

Einer der Sanitäter hält die Trage fest, der andere drückt auf den Knopf für die Lobby. Beide stehen mit dem Rücken zu Petunia Delilah und starren auf die Zahlen über der Tür. Die Türen gleiten zu, und der Lift beginnt seine Abfahrt.

»Riecht nach Rauch hier drin«, meint der eine.

»Jep«, erwidert der andere und schüttelt missbilligend den Kopf. »Diese Raucher.«

»Nein, das ist kein Zigarettenrauch«, sagt der erste. »Ich hab mal geraucht, und das riecht anders. Hier riecht's mehr nach Plastik.«

»Du hast mal geraucht?«

»Früher mal.«

»Wusste ich gar nicht.«

»Na ja, stimmt aber. Früher habe ich geraucht.«

»Das bringt dich um, das weißt du, oder?«

»Tja, ich tu's ja nicht mehr.«

Schweigend beobachten sie, wie auf der kleinen Anzeige oberhalb der Tür aus der Sechs eine Fünf wird.

»Manchmal mache ich mir Sorgen um dich«, sagt der eine. »Du gehst gern mal ein Risiko ein.«

Von außerhalb des Fahrkorbs ist ein metallisches Knirschen zu hören, das durch den ganzen Fahrstuhlschacht hallt. Irgendwo auf Höhe der vierten Etage kommt die Kabine ruckelnd zum Stehen.

Der Sanitäter drückt auf den Knopf, doch der Aufzug rührt sich nicht mehr.

Kapitel 52

In dem die einsiedlerische Claire ein Jobangebot bekommt und ein Date und möglicherweise ein Leben außerhalb ihrer vier Wände.

»Ich heiße Jason«, sagt der Mann am Notfalltelefon.

»Jason?«, fragt Claire. »Schweinchen? Bist du das?«

»Ja«, antwortet er und fügt hinzu: »Aber, bitte, diese Anrufe werden aufgezeichnet … Du kannst mich Jason nennen.«

»Okay«, sagt Claire. »Jason. Weißt du, wer ich bin?«

»Ja. Ich erkenne deine Stimme.« Etwas leiser fährt er fort: »Manchmal rufe ich in meiner Kaffeepause an.«

»Das weiß ich«, sagt Claire.

»Ich hoffe immer, dass ich dich erwische. Ich mag dich.«

An der Tür entsteht Betriebsamkeit, und das Baby beginnt zu quäken. Einer der Sanitäter spricht in das Funkgerät, das an seiner Schulter festgeklemmt ist. Claire kann nicht verstehen, was er sagt. Er steht an der Tür, das Kinn Richtung Schulter geneigt, einen Daumen heldenhaft durch die Gürtelschlaufe gehakt. Der andere Sanitäter pumpt eine Blutdruckmanschette an Petunia Delilahs Arm auf. Er hält ihr Handgelenk und drückt einen Finger in die kleine Vertiefung unterhalb ihres Daumens, um ihren Puls zu messen.

Petunia Delilahs Blick ruht auf ihrem Baby. Ihr Mund bewegt sich bei geschlossenen Lippen, ihre Kiefer mahlen, während sie ihr Eis genießt. Ihre Augenbrauen sind leicht hochgezogen, die Stirn ist glatt. Das Baby in ihrem Arm bewegt sich. Es gurrt, und sie lächelt.

Claire sieht sich im Zimmer um. Der komische kleine Junge,

den Petunia Delilah mitgeschleppt hatte, ist nirgends mehr zu sehen. Es sei denn, er ist da vorn irgendwo in Ohnmacht gefallen. Claire schaut um die Kücheninsel herum, um nachzusehen, ob er auf dem Fußboden liegt, aber das tut er nicht. Niemand scheint zu merken, dass er weg ist, und niemand achtet mehr auf sie und ihr Gespräch.

Claire merkt, dass sie mit jemandem reden muss. Sie muss das schon eine ganze Weile, hat sich aber sehr bemüht, es zu ignorieren. Normalerweise würde sie ihre Mutter anrufen und ein paar Lasten der letzten Woche abladen, gerade so viel, dass Mom sich einbezogen fühlt, sich aber keine Sorgen machen muss. Claire merkt, dass sie sie mit zunehmendem Alter nicht mehr mit komplizierteren Dingen belasten will.

Mom braucht meine Probleme nicht, denkt Claire, aber ich habe sie alle in mich hineingefressen, und jetzt ... Vielleicht Jason.

Claire überlegt einen Moment, ob das jetzt peinlich ist oder nicht, und fasst einen Entschluss. »Das war ein harter Tag, Jason. Ich glaube, ich brauche mal jemanden zum Reden.«

»Das tut mir leid«, sagt Jason. »Magst du mir davon erzählen?«

»Ich weiß nicht. Es ist nur ... die Dinge waren in letzter Zeit nicht mehr ganz normal, auch wenn ich mich anstrenge zu glauben, dass sie es sind. Als ich sagte, es war ein harter Tag, meinte ich eigentlich, es waren harte Jahre«, erklärt Claire. »Ich glaube, ich habe mir in meinem Leben eine Routine eingerichtet, um eine Normalität zu erzeugen, die es nicht gibt. Ich habe das vorher nicht bemerkt, aber ich schätze, das war der Punkt. Ich halte diese Routine ein, damit ich nicht darüber nachdenken muss, etwas anderes zu tun oder auszuprobieren. Das habe ich jetzt erkannt. Und ich will es ändern. Aber ich weiß nicht, wie ich das anstellen soll.«

Jason schweigt.

»Bist du noch dran?«

»Ich bin hier. Ich höre dir zu.«

Claire weiß sein Schweigen zu schätzen. Viele der Männer, mit denen sie zusammen war, haben immer gleich versucht, die Dinge in Ordnung zu bringen. Claire vertraute sich ihnen an, und sie knallten ihr dann in einem Satz eine Lösung hin. Dann taten sie die Sache als Problem ab, das nun ja eine Lösung hatte, die sie nur anzuwenden brauchte. Sie bezogen es immer auf sie persönlich, boten eine Lösung an und gingen weiter. Sie will nicht, dass Jason ihre Probleme löst, sie will nur, dass er ihr zuhört, das Gesagte in sich aufnimmt und möglicherweise anerkennt, dass die Dinge nicht perfekt sind. Sie hält ihm sein Schweigen zugute.

Claire seufzt. »Eine Frau hat heute auf meinem Fußboden ein Kind bekommen«, fährt sie fort. »Dabei habe ich zwei Dinge empfunden. Das erste war Panik, weil sie in meiner Wohnung war. Das zweite war Stolz, dass mein Fußboden sauber genug ist, um darauf ein Kind zu bekommen. Ich habe meine Wohnung seit Jahren nicht verlassen, und es war auch niemand hier drin, und jetzt sehe ich hier drei Fremde, nein, vier mit dem Baby, vier Fremde in meiner Wohnung. Und ich mache mir Sorgen, dass die Nachgeburt gleich auf mein Linoleum platscht und dass die Sanitäter dreckige Schuhe haben.« Claires Stimme bricht. »Ich weiß, ich hätte Angst um die Frau und das Kind haben sollen. Dass ich darüber nachdenken muss, was ich fühlen sollte, macht mir Angst. Ist es bei anderen nicht so, dass sie einfach nur fühlen?

Ich hätte die Tür ohne weitere Fragen öffnen sollen, und trotzdem habe ich Fragen gestellt. Ich hätte diese Woche rausgehen und meine Lebensmittel kaufen sollen. Ich sollte in eine Buchhandlung gehen und die Rücken aller Bücher in den Regalen berühren können, ohne mir dabei Gedanken zu machen, wer sie vorher berührt hat und ob er oder sie sich die Hände gewaschen hat. Ich sollte die Sanitäter nicht bitten wollen, an der Tür ihre Schuhe auszuziehen. Ich sollte jemanden küssen. Ich bin seit Jahren nicht berührt worden, von niemandem. Ich sollte meine Mutter besuchen. Ich sollte ...«

»Claire«, sagt Jason. »Ist schon gut. Alles ist gut gegangen, aber ich denke, du solltest mit jemandem darüber reden. Du kannst mir jetzt alles erzählen, ja, aber du musst es noch jemand anderem sagen. Jemandem, der dir helfen kann.«

»Ich habe einfach nie daran gedacht, dass ich vielleicht Hilfe brauche«, sagt Claire.

»Ich weiß«, antwortet Jason. »Aber die brauchst du.«

Einen Moment lang hören sie einander atmen.

»Ich habe heute meinen Job verloren. Sie verlagern *The PartyBox* nach Manila, und wir sind alle entlassen worden«, sagt sie. »Das war ein harter Tag.«

»Claire«, sagt Jason, »wir suchen hier jemanden, in der Anrufzentrale. Es sind zwei Stellen in der Vermittlung ausgeschrieben. Welches System benutzt die *PartyBox*?«

»Linksys 9000.«

»Das benutzen wir auch.« Jason klingt aufgeregt. »Du solltest dich bewerben. Ich kann ein gutes Wort für dich einlegen.«

»Ich hab doch bestimmt nicht die richtige Ausbildung.«

»Du hast Erfahrung beim Telefonieren. Das ist schon mal eine gute Voraussetzung. Du kannst unter Druck arbeiten, das kann ich bestätigen. Im Idealfall hätten sie gern irgendeine zusätzliche Ausbildung wie Kriminologie oder Krankenpflege oder so etwas, aber hauptsächlich wird man hier vor Ort ausgebildet.«

»Ich habe ein Diplom in ›Theorie der menschlichen Anatomie‹, mit Nebenfach ›Betriebliches Rechnungswesen für Nicht-Buchhalter‹«, sagt Claire.

»Perfekt. Schick mir deine Bewerbung per E-Mail, und ich leite sie an die Personalabteilung weiter. Wenn du einen Vorstellungstermin bekommst, musst du allerdings hier erscheinen.«

»Ich weiß.«

»Schaffst du das?«

»Vielleicht.«

Claire beobachtet, wie die Sanitäter Petunia Delilah und ihr Baby auf der Trage fixieren. Sie legen ihr eine Decke über, und einer der Sanitäter sieht zu Claire hinüber und winkt kurz. Sie winkt zurück, während alle ihr Apartment verlassen. Der andere Sanitäter streckt noch mal seinen Kopf durch die Tür und formt mit den Lippen ein tonloses »Danke«. Dann ist er verschwunden und schließt leise die Tür.

»Was noch, Claire?«

Für einen Moment weiß Claire nicht, was sie fühlt. Sie findet es seltsam, ihre Gedanken bei einem ehemaligen Kunden abzuladen, und fühlt sich ein wenig unwohl.

»Ist schon gut, Jason. Danke, dass du zugehört hast.«

»Claire, ich hoffe, das ist jetzt nicht irgendwie unangemessen, aber ich würde dich gern näher kennenlernen. Wenn ich dich nicht mehr anrufen kann, weiß ich nicht, was ich machen soll. Und ich werde es mir nie verzeihen, wenn ich dich jetzt nicht frage«, erklärt Jason. »Können wir irgendwann mal zusammen einen Kaffee trinken gehen?«

»Na ja ...« Claire hält inne, dann schließt sie die Augen. Ihre Hand zittert. Der Hörer vor ihrem Mund wackelt, und sie holt tief Luft. »Wann hast du heute Schluss?«

»Meine Schicht endet in einer Viertelstunde.«

»Magst du Quiche?«

»Ja, gern«, sagt Jason.

»Möchtest du herkommen und mit mir Quiche essen?«, fragt Claire und fügt schnell hinzu: »Ich weiß, das ist jetzt sehr kurzfristig. Wenn du nicht kannst, wenn du schon was anderes vorhast, ist das okay. Ich verstehe schon, wir können dann ja einen anderen Tag mal quatschen oder so«, sagt sie, und dann: »Wenn du willst.«

»Ich würde sehr gern bei dir Quiche essen«, erwidert Jason. »Aber ich sollte zuerst nach Hause fahren und mich umziehen. Meine Uniform ausziehen …«

»Nein«, sagt Claire, »ist schon in Ordnung. Das musst du nicht.« Sie sieht auf die Herduhr, die rückwärts läuft. »Die Quiche ist in vier Minuten gar, dann muss sie noch zehn Minuten ruhen, bis sie ganz fertig ist.«

»Das werden eher fünfundvierzig Minuten, bis ich bei dir sein kann«, meint Jason. »Ich kann nicht früher gehen. Wenn ich es könnte, würde ich es tun, aber wir sind hier gerade ein bisschen unterbesetzt.«

»Nein, ist schon in Ordnung. Sie schmeckt warm und kalt«, sagt Claire.

Sie sieht sich in ihrer Wohnung um. Petunia Delilahs Nachgeburt hat einen schmierigen Fleck im Eingangsbereich hinterlassen. Da liegt ein Stapel versiffter Handtücher. Die Sanitäter haben ihre Schuhe nicht ausgezogen, und obwohl sie relativ sauber aussahen, sind sie doch von draußen gekommen. Nichts ist so, wie es vor nur wenigen Minuten noch war, und Claire fragt sich, ob sie je wieder dieses Gefühl selbstzufriedener Behaglichkeit spüren wird wie früher. Dann erkennt sie, dass sie das auf diese Weise eigentlich nie wieder spüren sollte.

Als sie weiterspricht, zittert ihre Stimme. »Das ist perfekt, Jason. Ich muss hier sowieso noch ein bisschen sauber machen. Hast du die Adresse?«

»Ja, die steht hier im System«, sagt Jason. »Ich kann noch irgendwo haltmachen und eine Flasche Wein mitbringen, wenn du magst.«

»Das wäre prima«, sagt Claire lächelnd, »… Schweinchen.«

Kapitel 53

In dem einer von unendlich vielen Hausunterricht-Hermans sich von seinem Grandpa verabschiedet.

Als Herman Apartment 805 verlässt, hält gerade hinten im Korridor mit einem »Ping« der Aufzug. In Hermans Kopf ist das Geräusch leise und weit entfernt.

Was einst kaputt war, ist wieder heil, denkt Herman, als er sich an sein früheres Missgeschick im Aufzug erinnert. Und so beginnt alles von Neuem.

Die Fahrstuhltüren gleiten auf, und zwei Sanitäter eilen geschäftig in den Etagenflur. Der erste stolpert, weil der Fahrkorb nicht exakt auf Höhe des Stockwerks gehalten hat. Er zeigt mit dem Finger darauf und warnt den anderen. Die Beine ihrer marineblauen Hosen wischen flüsternd gegeneinander, und die Falten, die in ihren gebügelten blauen Hemden entstehen, lassen den Stoff wirken, als wäre er flüssig. Der eine spricht in ein Funkgerät, das an seiner Schulter befestigt ist, und der andere zieht eine Trage mit Notfallausrüstung darauf hinter sich her. Beide drehen die Köpfe, um sich in der neuen Umgebung zurechtzufinden. Beide wirken hoch konzentriert und entschlossen. Sie entdecken Herman.

»He, Junge!«, ruft der eine. »Wo ist Apartment 805?«

Ohne zurückzublicken, deutet Herman über die Schulter auf die Tür, die er gerade hinter sich geschlossen hat. Dann öffnet er die Tür zum Treppenhaus und geht hinein.

Die Beleuchtung dort ist gelblich und trübe und verleiht dem Raum die Tönung eines alten Fotos. Die Luft riecht ebenfalls alt, gefangen in dem Schacht, der sich über und unter ihm erstreckt, als würde sie hier festgehalten, seit das Gebäude steht. Herman muss sieben Stockwerke hochsteigen, und er hat keine Eile. Seine Wohnung wird da sein, so wie sie in der Vergangenheit da war und auch in der Zukunft immer da sein wird. Er geht gemessenen Schritts, einen nach dem anderen. Es besteht keine Notwendigkeit zu rennen, so wie vorhin. Herman ist nicht sicher, ob er überhaupt noch rennen kann, selbst wenn er es wollte. Seine Beine sind bleischwer, sein ganzer Körper ist erschöpft von seinem Streifzug. Er benutzt das Geländer wie eine Krücke, um seine müden Beine zu unterstützen.

»Stell dir den Abstand nicht als Raum vor«, hat Grandpa über die Entfernung zwischen den Punkten gesagt, »sondern als Zeit.«

Ich muss nicht weit gehen, sondern nur eine kurze Zeit, denkt Herman.

Es scheint eine Ewigkeit her, dass er diese Stufen von der Lobby aus, wo er im Aufzug wieder zu sich gekommen war, hochgelaufen ist. Er weiß eigentlich nicht genau, ob das alles gerade passiert ist und er immer noch die Stufen hinaufsteigt, nachdem er auf dem Fliesenboden gelegen hat. Alles, was passiert ist, wirbelt in seinem Kopf durcheinander. Er weiß noch, dass er aufrecht im Fahrstuhl stand und um sich herum eine Million Mal seine Reflektion sah, bis in die Unendlichkeit hinein – sein Spiegelbild, das auf ewig zwischen den Spiegeln hin und her geworfen wurde.

Welcher von denen bin ich?, überlegt Herman.

Dann weiß er die Antwort: Es sind alle.

Das Blatt Papier hat sich zusammengerollt, um Herman mit Herman zu berühren, und sie sind ein- und derselbe. Und während sie seine Bewegungen verfolgen, ihn nachäffen, als er den Aufzug verlässt, treten sie alle aus verschiedenen Aufzügen in verschiedene Lobbys. Unendlich viele Hermans gehen ihre getrennten Wege, sobald sie sein Sichtfeld verlassen und er ihres.

Ein paar Treppen über ihm ist ein Gewirr aus Geräuschen zu hören. Der Lärm wird lauter, während er auf ihn zukommt. Als er das Schild an der Wand passiert, auf dem »11. Stock« steht, wird er überfallartig von einer weinenden Frau aus dem Weg gestoßen. Er landet an der Wand und bleibt dort stehen, da es das einzig Solide in der Umgebung zu sein scheint.

Die Frau hastet an ihm vorbei. Sie heult hysterisch, nimmt ihn gar nicht wahr, ignoriert ihn so ungestüm, dass Herman sich fragt, ob er überhaupt da ist. Er lehnt sich gegen die Wand und beobachtet, wie die Frau auf dem Treppenabsatz schwankend um die Ecke biegt und dann verschwindet. Er setzt seinen Weg nach oben fort, und als er das Schild »14. Stock« erreicht, wird ihr Weinen leiser. Und als er den Griff der Tür zum 15. Stock drückt, kann er sie gar nicht mehr hören.

Der hydraulische Hebel der Treppenhaustür zischt beim Schließen, während Herman in den Korridor vor Grandpas Wohnung tritt. Er bleibt kurz stehen und nimmt in sich auf, wie seine Wahrnehmung den Hausflur mit zunehmender Entfernung immer kleiner erscheinen lässt. Grandpas Tür ist nach dem Treppenhaus die dritte, und sie ist viel kleiner als die erste Tür gleich neben ihm.

Als die Treppenhaustür ins Schloss klickt und das einzig hörbare Geräusch nur noch das Ausatmen der Lüftungsanlage ist, geht Herman auf die Wohnung zu. Er macht sich nicht die Mühe, seinen Schlüssel hervorzuziehen, der an einem Schnürsenkel um seinen Hals hängt. Die Tür ist immer noch unverschlossen. Er weiß das, weil er sich noch nie so geerdet gefühlt hat wie jetzt gerade, so verwurzelt an diesem Ort und zu dieser Zeit. Er öffnet die Tür und betritt die Wohnung. Das Licht von draußen ist schwächer geworden, seit er sie verlassen hat, also knipst er auf dem Weg zum Wohnzimmer die Küchenbeleuchtung an. Es dringt immer noch Helligkeit von außen durch die Fenster, aber viel weniger, weil die umliegenden Gebäude ihre Schatten werfen.

Herman verharrt in der Stille des Wohnzimmers. Es ist eine wirkliche, echte Stille, nicht die falsche, die er hört, kurz bevor er das Bewusstsein verliert. Der Raum erscheint ihm riesig, wie er sich vor ihm ausstreckt, Grandpas Sessel in einer Ecke und Herman in der entgegengesetzten Ecke im Türrahmen.

Hermans Arme sind schwer und erschöpft und ziehen seine Schultern nach unten.

Nach allem, was passiert ist, kommt er sich klein vor und ohne Kontrolle. Das Leben führt ihn mit seiner eigenen Geschwindigkeit und seinen eigenen Absichten in eine Richtung, die es selbst bestimmt. Es ist wie ein Anker für ihn, und obwohl er ihm gern entfliehen würde, weiß er, dass er es nicht kann. Nicht dieses Mal. Es gibt keine Anleitung und keine Willenskraft, oder wenn diese Dinge existieren, dann sind sie ein überalterter Plan und nur das schwache Flüstern einer Kraft. Herman ergibt sich in sein Schicksal, dieser eine der unendlich vielen Hermans zu sein, und betrachtet die Szene vor sich. Die Entfernung zwischen ihm und dem Sessel seines Großvaters scheint groß, obwohl sie es nicht ist.

Herman denkt: Wenn ich zurückgehen könnte, wenn ich dieses Ergebnis ändern könnte, dann würde ich es tun. Ich weiß, wie man jemanden wiederbelebt, ich habe das gelernt. Ich weiß, wo seine Medizin ist. Ich weiß, wie ich sie ihm verabreichen kann. Ich hätte ihn wieder zurückholen können. Es ist mein Fehler.

Herman betrachtet Grandpas reglosen Körper. Grandpas regloser Körper erwidert seine Aufmerksamkeit nicht. Obwohl seine Augen geöffnet sind, sehen sie nichts. Die Biologie ist dahin, das Blut fließt nicht mehr, es ist vorbei. Grandpa ist nicht mehr da. Das, was er einmal war, trägt eine blaue Strickjacke und hat seine Lieblingshäkeldecke auf den Knien. Aber er ist weg, und Herman weiß, dass Wiederbelebungsmaßnahmen und Medikamente nicht aufhalten können, was geschehen muss. Niemand hat Schuld außer der Zeit. Grandpa sitzt leicht zur Seite gelehnt und etwas vorgebeugt. Ein Arm hängt über die Lehne. Die Teetasse auf dem kleinen Tisch schickt keinen Dampf mehr in die Luft. Der Tee ist längst abgekühlt. Ein Teil der Zeitung liegt über sein Knie drapiert, der Rest ist zu einem kegelförmigen Stapel auf dem Teppich zusammengerutscht.

Und wie bei der Geburt von Lavender sieht Herman seinen Großvater als Baby in der Dunkelheit seiner Geburtsnacht, auf der Farm. Grandpa hat ihm so viel von dieser Farm erzählt, dass Herman sie kennt, als wäre es seine eigene. Er sieht Grandpa als Kind, wie er auf dem Kiesweg zum Haus steht, umringt von gelbbraunen Feldern mit Sommerweizen. Seine knochigen Arme schleudern Steine gegen die Holzpfähle, aber er kann nicht zielen, und die Steine landen oft fernab ihrer Bestimmung. Grandpas dünner Hals scheint fast zu zart für das Gewicht des Kopfes, den er tragen muss, schafft es aber doch, der scheinbaren Unmöglichkeit seiner Bewegungen standzuhalten.

Herman spürt die Freude, die Grandpa empfand, als er Grandma in der kleinen Holzkirche der Gemeinde das erste Mal sah. Sie waren Teenager und heirateten mit neunzehn. Gemeinsam erleben sie die Einführung der Elektrizität, das Wunder des Telefons, den Zauber von Automobilen und die Unmöglichkeit der Raumfahrt. Und da war noch so viel mehr. Herman sieht sie bei der Geburt ihrer Tochter einander anlächeln. Er stellt sich alles vor, das zwischen damals und jetzt liegt, und dass, wie bei den Punkten auf Grandpas Papier, Anfang und Ende dasselbe sind, wenn die Ecken des Papiers aufeinander zugebogen werden und sich berühren. Und so beginnt alles von Neuem.

»Tschüss, Grandpa«, sagt Herman, und der Raum antwortet mit Schweigen.

Herman wird aus seiner Trance gerissen, als vor dem Fenster von oben nach unten ein goldener Streifen vorbeizieht. Seine Augen registrieren die Bewegung, aber sein Hirn ist nicht schnell genug, um dem Eindruck Sinn zu geben. Instinktiv rennt Herman durchs Zimmer zum Fenster. Bei seinem ersten Schritt verschwindet das goldene Aufblitzen aus seinem Sichtfeld und gerät unter den Fensterrand. Herman sprintet am Sessel vorbei. Als er das Fenster erreicht hat und sich flach gegen die Scheibe presst, um hinunterzusehen, erkennt er unten nur das Gewimmel einer kleinen Menschenmenge auf dem Gehsteig und einen zweiten Krankenwagen, der über den Bordstein fährt.

Der wird jetzt für Grandpa sein, denkt Herman. Jeden Augenblick laufen irgendwo durchs Haus die Sanitäter, die seine einsame Wohnung suchen.

Der goldene Streifen ist weg.

Kapitel 54

*In dem Ians verhängnisvoller Fall
beginnt und endet.*

Und hier beginnt nun alles, am Ende, mit dem Goldfisch in seinem Glas. Auch die Schnecke ist da und schlabbert die Algen von der Glaswand.

Ian schwimmt in seinem Fischglas von einer Seite auf die andere, kreist im Uhrzeigersinn an der Peripherie entlang. Er durchschneidet das Wasser, spaltet es mit seinem Körper und stellt sich hin und wieder vor, er sei ein Raubfisch, vielleicht ein Hai oder ein Barrakuda.

Ian schwimmt an Troy vorbei.

Troy mampft Algen.

Ian blickt auf die Stadt hinaus, eine flimmernde, flüssige Sicht auf Gebäude vor Gebäuden hinter anderen Gebäuden im hellen Licht des Nachmittags. Für die niedrigen Etagen hat die Sonne bereits angefangen unterzugehen, das neunte Stockwerk wird in vorzeitige Dämmerung getaucht.

Dann ist Ian plötzlich verwirrt und schwimmt eine Weile gegen den Uhrzeigersinn. Er überlegt, wie das zustande kam. »Eine Körperdrehung in die genau entgegengesetzte Richtung sollte man doch eigentlich bemerken«, denkt Ian, »wenn ich zuvor überhaupt in die andere Richtung geschwommen bin.« Er kann sich nicht erinnern, und dann vergisst er, dass es ihn verwirrt hat.

»Also«, denkt er, »was hab ich gerade gemacht?«

In der Mitte des Glases, egal, in welche Richtung er schwimmt, steht die Burg aus Plastik. Sie steht in einem Nest aus rosa und blauen Steinchen. Die Zugbrücke der Burg ist heruntergelassen, das Fallgitter offen, der Vorhof breit und gedrungen. Die Burg hat vier Bastionen mit Schießscharten. Es gibt sogar kleine Erkertürmchen auf den Bastionen und Balken und Fensterchen. Die Details sind beeindruckend. Die pinkfarbenen Mauersteine, die in die Festungsmauer eingeritzt sind, sind an den Rändern lila eingefärbt, um dem Ganzen mehr Tiefe und einen Hauch von Realismus zu verleihen. Es ist die realistischste neonpinke Plastikburg, die Ian je gesehen hat, und er schätzt sich glücklich, dies Glas als sein Zuhause bezeichnen zu können. Diese Burg schlägt eine versunkene Galeone oder blubbernde Schatzkiste bei Weitem, auch wenn jene besser in das nautische Thema seiner Welt passen würden.

»Kitschiger Nippes«, denkt Ian.

Er schwimmt an Troy, der Schnecke, vorbei.

»Also«, denkt er, »was hab ich gerade gemacht?«

Dieses unablässige Fressen kann einen Fisch in den Wahnsinn treiben, ehrlich. Das reibende Geräusch, während Troy bei Tag und bei Nacht seine Ernte vertilgt, macht es schwer, sich zu konzentrieren. Die Schallwellen wandern durch das Wasser und verleihen ihm eine Struktur, die Ian in seinem Fischfleisch fühlen kann.

Ian stupst Troy mit dem Maul.

Troy merkt es nicht und futtert weiter.

Es ist überall, dieses Geräusch – trocken, als würde man einen Wattebausch auseinanderziehen oder zwei Steine gegeneinander reiben.

Ian stupst Troy noch einige Male und schafft es mit einiger Anstrengung, ihn von der Glaswand zu lösen. Alles wird still, während Troy wie ein Blatt, in sanften Bögen hin und her schaukelnd, durch das Wasser abwärtstaumelt und auf dem Boden des Fischglases landet. Die Stille ist absolut, aber nicht von Dauer. Es ist nur eine Frage der Zeit, bis Troy die Glaswand wieder hinaufgekrochen ist und von vorn beginnt.

Ian kreist im Glas.

Er erinnert sich nicht, wann das Geschrei begonnen hat. Er entdeckt gerade alle Bereiche seines Fischglases von Neuem, als er es bemerkt. Auch weiß er nicht, was gesagt wird, aber er kann es spüren. Die Bedeutung der Worte ist ihm fremd, aber er spürt die Anspannung in der Frequenz ihrer Schallwellen, sie steigt an, und die Amplitude wird größer. Im Wasser verbreiten sich Vibrationen mit den Wellenlängen von Erregung und Konflikt. Sie machen Ian einen Moment lang nervös.

Er beobachtet durch das Wasser hindurch wellenartige Bewegungen, Gegenstände außerhalb des Fischglases, große Gegenstände. Durch die Schiebetür der Terrasse sieht er zwei wasserartige Körper hin und her flutschen, erst in die eine Richtung, dann in die andere. Dann kommen beide durch die Tür und stehen draußen. Ihre Körper sind einander nahe, dem jeweils anderen zugeneigt, und gestikulieren heftig. Ian beobachtet die Szene, wird nach langen Sekunden jedoch des wassergefilterten Dramas müde. Er dreht der Terrassentür die Schwanzflosse zu, dem Paar den Rücken.

Vor ihm erstreckt sich die Stadt, schön und groß. Da ist so viel mehr als diese kleine Ecke des Balkons. So viel mehr zu sehen als diese vier Liter Wasser, so viele Möglichkeiten und Gelegenheiten außerhalb seiner kleinen Blase. Ian sehnt sich danach, alles zu sehen, darin einzutauchen, mehr zu sein als nur ein kleines Inventarstück, mittendrin und doch außen vor.

Als die Vibrationen deutlich stärker werden, wird Ian aus seinem Gedankengang gerissen. Er dreht sich auf der Stelle um sich selbst. Eine der Figuren, ein verschwommener Fleck aus Licht und Farbe, bewegt sich geschmeidig auf ihn zu. Ian bekommt Angst, aber in den vier Litern Wasser gibt es nichts, wohin er fliehen könnte. Ein Krachen, als der Kaffeebecher auf dem Balkonboden zerschellt. Ian beobachtet, wie sich der Papierstapel Blatt für Blatt in die Luft hebt, und plötzlich wird es im Fischglas heller. Die Dissertation, die die Öffnung des Glases bedeckte, ist verschwunden, der Ausgang frei. Ian braucht eine Weile, um zu erkennen, dass das Glas nicht mehr abgedeckt ist – wie lange, weiß er nicht, weil er kein Konzept von Zeit hat. Aber als er es bemerkt, packt er die Gelegenheit beim Schopf.

Er kreist einmal durch das Glas, um Tempo zu gewinnen, und schießt dann mit einem schnellen Schlag seiner Schwanzflosse und einem kurzen geschlängelten Kraftakt nach oben. Er durchbricht die Wasseroberfläche und ist frei. Mit Leichtigkeit lässt er den Rand des Glases hinter sich und sieht dann, eher unerwartet, wie die Balkonbrüstung unter ihm vorbeizieht. Er hatte keinen Plan gefasst, als er das Glas verließ, aber hätte er es getan, so wäre darin sicherlich nicht die Überraschung enthalten gewesen, sich plötzlich siebenundzwanzig Stockwerke über dem Beton des Gehsteigs zu befinden. Es ist ein eigenartiges Gefühl, ein Ganzkörperschaudern, ein Schock. Ian hatte keinen Plan, sondern nur den starken instinktiven Drang nach Freiheit. So kommt es, dass Ian sich durch die flatternde Schicht aus Papierbögen fallend wiederfindet und mehr und mehr an Geschwindigkeit aufnimmt.

Ein Goldfisch braucht weniger als vier Sekunden, um die Entfernung zwischen dem siebenundzwanzigsten Stock und dem darunterliegenden Gehsteig zu überwinden. Wie ein Blitz. Es ist die Zeitspanne, die man braucht, um eine Haustür aufzuschließen. Die Zeitspanne, die man braucht, um einen oder zwei Sätze zu lesen. Für Ian ist es eine Lebensspanne der Wunder.

Zunächst ist da diese neue Welt, in die er eingetreten ist. Alles ist ihm fremd, die Schönheit des Ausblicks auf die taumelnden Dissertationsseiten um ihn herum, das Gefühl, zum ersten Mal frei von den Begrenzungen irgendeines Goldfischglases oder Aquariums oder Plastikbeutels zu sein. Die ganze Zeit über hat es diese Welt außerhalb seiner Glaswand gegeben. Und bis zu diesem Moment hat er sie als flirrenden Hintergrund seines Lebens wahrgenommen. Jetzt ist sie hier, kristallklar und interaktiv.

Wie ein Fallschirmspringer ohne Fallschirm, wie ein sonnenverbrannter Kosmonaut, der aus dem Orbit auf die Erde zurückfällt, wird Ian zu Boden gezogen. Die anfängliche Freude verfliegt, und er wird sich seines unkontrollierten Absturzes bewusst. Die einzigen Gewissheiten sind die Richtung seiner Reise und dass die Geschwindigkeit mit jeder Sekunde zunimmt. Der Kontrollverlust ist gleichermaßen erregend wie beängstigend. Es ist schwer, irgendeine Zuversicht zu empfinden, wenn man vom Himmel zur Erde gedrängt wird. Und es gibt kein Zurück, keine Wiederkehr. Das einzig Sichere an dieser Reise ist ihr Ende, dort unten, und das war's. Die einzigen Gewissheiten sind die Richtung nach unten und die Unausweichlichkeit, mit der er in Kürze auf den Betonboden aufprallen wird.

Der Fall vergeht mit zunehmender Geschwindigkeit und Verwirrung und gleichzeitig mit immer weniger Kontrolle. Ian sieht das Ende nahen, der harte Beton unter ihm wird größer und dominiert bald sein gesamtes Gesichtsfeld. Doch er sieht sein Näherkommen nicht mit fatalistischer Resignation, sondern mit pragmatischer Akzeptanz.

Ian sieht, wie sich die Tür des *Seville on Roxy* öffnet. Faye tritt aus dem Gebäude und trinkt einen Schluck aus ihrer Wasserflasche mit der extragroßen Öffnung für Eiswürfel. Faye telefoniert und bekommt nicht mit, dass Ian mit einem »Plopp« in ihre Trinkflasche fällt. Er stößt mit dem Kopf auf dem Boden auf, was ihn Sterne sehen und einen Tag lang Kopfschmerzen haben lässt, aber zum Glück ist da nicht viel Hirn, das Schaden erleiden kann.

Ian atmet einige Male tief durch, das Wasser durchströmt seine Kiemen.

Faye schraubt den Deckel wieder auf, ohne ihren blinden Passagier zu entdecken.

Als der Deckel fest sitzt, befindet sich Ian in völliger Dunkelheit.

»Also«, denkt er, »was hab ich gerade gemacht?«

Kapitel 55

*In dem wir unsere Reise beenden
und den geschätzten Bewohnern des
Seville on Roxy Lebewohl sagen.*

Dies war ein kurzer Blick in den Kasten. Und die Zeit läuft weiter, und Leben werden in kleinen, sekundenlangen Schritten mitgeschleift. Der Kasten füllt sich mit unendlich dünnen Schichten an Erfahrungen, mit jedem kurzen Innehalten des Sekundenzeigers fällt eine auf die vorige. Die Schichten sind so fein und die Erfahrungen so flüchtig, dass er niemals voll werden wird. Die Schichten sammeln sich mit der Zeit, liegen aufeinander, werden zu etwas Größerem, aber nie zu etwas Vollständigem oder Vollkommenem. Die Überreste der Erfahrungen treiben wie Zellophanhüllen in den Windböen, die die Hüter des Kastens im Vorbeigehen erzeugen, in ihren Atemzügen des Lebens und des Sterbens.

Keine dreißig Minuten sind vergangen, seit Katie zwei Straßenecken vom *Seville on Roxy* entfernt aus dem Drugstore trat. Danny und Garth haben sie beobachtet und sich kurz darauf voneinander verabschiedet. Danny ging ein Bier trinken, und Petunia Delilahs Baby beschloss, auf die Welt zu kommen, wofür es einen ziemlich schwierigen Weg wählte. Herman ist ein paarmal aufgewacht und in Ohnmacht gefallen, was für Herman an stressigen Tagen nichts Besonderes ist. In einer Wohnung im fünfzehnten Stock endete friedlich ein Leben. Grandpa hatte eine erfüllte und glückliche Zeit, doch sein Organismus wurde müde und stellte seine Aktivität ein. Alles Übrige von Grandpa machte einfach ohne seinen Körper weiter, verwandelte sich in eine andere Art von Leben, eines, das in der Erinnerung gelebt wird.

Es ist keine dreißig Minuten her, seit Jimenez sein kleines gelb beleuchtetes Büro neben dem Heizkeller des *Seville* verließ. Er wurde mit defekten Gerätschaften konfrontiert, mit Dunkelheit, Selbstverbrennung sowie einem undichten Wasserhahn und überlebte alles mit Stil. Morgen wird er das Ganze von Neuem tun, weil irgendjemand das Gebäude am Laufen halten muss.

Garth kehrte vom *Baineston on Roxy* ins *Seville on Roxy* zurück, blickte im Treppenhaus tief in das Herz der Einsamkeit, fand Trost in seinem neuen Kleid und spürte bei Sonnenuntergang aufkeimendes Glück, weil er sich akzeptiert fühlte. Auch Jimenez fand jemanden, der die Leere in seinem Leben füllt, und nun, da er weiß, dass Garth in dem Gebäude wohnt, erscheint ihm sein vergünstigtes Zwei-Zimmer-Apartment über den Müllcontainern weniger leer als zuvor.

Ian, der Goldfisch, brauchte weniger als vier Sekunden für seinen Fall vom Fischglas in die Wasserflasche. In dieser Zeitspanne wurden wir Zeugen einer magischen Liebe auf den ersten Blick und spürten den Schmerz einer Liebe, die vergeht. In knapp vier Sekunden erlebten wir die erregende Ekstase der Lust sowie die Trauer, wenn ein Leben eine Familie verlässt. Wir wurden Zeugen von Selbsterkenntnis und Selbstzweifel, sahen neues Leben auf die Welt kommen und erlebten die Befriedigung nach dem Reparieren eines Aufzugs. Es bestand die Gefahr eines Feuers. Nach einem Geheimrezept, das seit Generationen weitergegeben wird, entstand eine Quiche. Und es passierte so viel mehr. Das alles in seiner Summe zu erleben, mag für ein einzelnes Individuum ein gesamtes Menschenleben dauern, die Bewohner des *Seville* brauchen jedoch nur knapp vier Sekunden, um kollektiv ein ganzes Leben zu erfahren. Wir erhaschten einen Blick auf ein paar Momente, und doch gibt es so viele mehr … in dem Gebäude … in der Stadt. Und alle werden alles immer wieder tun, solange die Zeit besteht.

Wir sahen einen Crossdresser und eine Agoraphobikerin und ein verräterisches rosa Schlafshirt. Wir begleiteten einen herabfallenden Goldfisch, eine Mutter, die um das Leben ihres Kindes kämpfte, und einen armen kleinen Kerl, der für das Leben schlecht gerüstet ist und sich dennoch tapfer durchboxt. Treuebande wurden geprüft und für gut befunden, andere wurden geprüft und versagten.

In dieser Zeit fand der Goldfisch, der in scheinbar hoffnungsloses Verderben stürzte, an dem unwahrscheinlichsten aller Orte seine Rettung. Wunder oder Zufall? Sehr wahrscheinlich beides, da sie einander nicht ausschließen – beide können Seite an Seite existieren, als wunderbarer Zufall.

In dieser Zeit nahm das Leben seinen Gang, alle Spieler taten, was sie konnten, keiner besaß irgendeine Kontrolle. Nicht wirklich. Man sagt, dass alles aus einem Grund geschieht, aber nicht, dass dieser Grund stets ein guter ist. Er mag auf einer Entscheidung beruhen, auf Zufall oder Schicksal oder auch nicht.

Gerade jetzt beginnt die ganze Geschichte im *Seville on Roxy* von Neuem. Nicht genau dieselbe, sondern eine mit ganz und gar neuen Abenteuern.

Vielleicht hat die einsiedlerische Claire ihr Fenster geöffnet, als ersten Schritt, sich wieder der Außenwelt zu präsentieren. Schließlich muss sie sich auf ihre Verabredung mit Schweinchen vorbereiten. Dann wird sie entscheiden müssen, ob sie für ein Vorstellungsgespräch ihre Wohnung verlassen will, aber … ein Schritt nach dem anderen.

Vielleicht rauchen Jimenez und Garth zusammen eine Zigarette auf dem Balkon, tragen dabei die gleichen Bademäntel mit Gürtel und strecken dem Abend ihre runden, behaarten Bäuche entgegen. Vielleicht überlegen sie, ob sie zusammenziehen, aber wahrscheinlicher ist, dass sie noch nicht so weit sind und erst einmal sehen wollen, wohin ihr Experiment sie führt.

Vielleicht wollen Petunia Delilah und Danny noch ein Kind. Vielleicht ist es dafür noch zu früh. Allerdings ist es wahrscheinlich, dass Herman bald bei ihnen leben wird, da er sonst niemanden hat, zu dem er gehen kann. Er muss Petunia Delilah nur fragen, und das wird er beizeiten tun. Sie wird Ja sagen. Erst einmal müssen Petunia Delilah und die Sanitäter natürlich aus dem widerspenstigen Aufzug herauskommen.

Vielleicht wird der Bösewicht Connor Radley, nachdem er seine verletzende Lebensweise erkannt hat, die nächste Frau gut behandeln und sie so lieben, wie sie es verdient. Vielleicht auch nicht. Trotzdem ist es zu spät, allen Schaden wiedergutzumachen, den er Katie angetan hat.

Katie wird sich wieder verlieben, da besteht kein Zweifel. Sie tut es einfach. Es ist ihre Superkraft. Das nächste Mal wird sie es jedoch vorsichtiger tun. Für die Welt ist es ein Verlust, dass Katie ihre Gefühle durch ihre Vernunft bezwingt, denn was ist Liebe anderes als ein gedankenloses und unbekümmertes Vergessen der Vernunft zugunsten von Gefühlen? Der nächste Mann, den sie liebt, wird sie gut behandeln. Er wird sich bei romantischen Abendessen mit ihr unterhalten, ihre Handtasche nehmen, während sie eine neue Jacke anprobiert, und viel lächeln, wenn er bei ihr ist. Der nächste Mann, den sie liebt, wird sie auch lieben, aber nicht für immer.

Alles geschieht aus einem Grund. Manchmal aufgrund einer Entscheidung, manchmal aufgrund eines glücklichen Zufalls, manchmal durch göttliches Zutun. Aber es ist egal, denn das Leben geht einfach weiter. Alles geschieht aus einem Grund, doch meist ist dieser Grund ohne den Vorzug des Rückblicks nicht klar erkennbar.

Meistens passieren diese Dinge einfach. Niemand hat die Kontrolle, jedenfalls nicht wirklich. Die Menschen können sich für eine bestimmte Kaffeesorte entscheiden oder für bestimmte

Frühstücksflocken, aber sie können nicht entscheiden, nichts zu essen oder zu trinken. Sie können sich für einen Partner oder eine Partnerin entscheiden, für eine Religion oder die Ausstattung ihres Wagens, aber sie können nicht entscheiden, nicht zu lieben, nicht an etwas zu glauben oder ewig zu leben.

Manchmal muss man es einfach geschehen lassen.

Vielleicht wird Ian neue Abenteuer erleben. Das heißt, falls Faye erkennt, dass sie einen blinden Passagier in ihrer Sportflasche hat, bevor sie ihn mittrinkt. Aber diese Entscheidung liegt nicht bei Ian. Ian ist gesprungen und in einer Wasserflasche gelandet, und dort muss er vorerst bleiben.

Es ist eine schöne Vorstellung, dass Ian in diesem Moment irgendwo draußen in der Welt ist, in Fayes Trinkflasche gefangen, aber ganz ohne Sorgen in seinem schmerzenden Kopf. Ian macht sich aus zwei Gründen keine Sorgen. Erstens besitzen Fische nicht die Fähigkeit, sich zu sorgen. Zweitens weiß Ian, dass ein Goldfisch nur einen gewissen Handlungsspielraum hat. Der Rest bleibt dem Leben überlassen, und das Leben kümmert sich um ihn, auf die eine oder andere Weise. Ob die Weise gut oder schlecht ist, ist egal, denn ihren Glanz oder ihr Leid wird er ohnehin nur kurze Zeit erfahren.

Nur das *Seville on Roxy* kann wissen, was innerhalb seiner Wände, unter seinem Dach und über seiner Tiefgarage stattgefunden hat und stattfinden wird. Allein das Gebäude, das mit der Ferse an seinen eigenen Schatten gebunden ist, kann bezeugen, dass kein einziger Mensch sein Leben allein lebt; wir alle leben unsere Leben gemeinsam. Das Gebäude ist ein stummer Wächter, der dies beobachtet und auch alles andere. Alle paar Jahrzehnte erhält es eine neue Schicht Farbe und ein paar Renovierungen. Hin und wieder gibt es da und dort undichte Stellen, aber dann wird repariert. An einer Ecke bröckelt es ein wenig, der Heizkessel wird erneuert, die Rohrleitungen werden ausgebessert.

Irgendwann wird sich die Wohngegend verschlechtern, dann wird sie wieder besser werden. Das *Seville on Roxy* wird futuristische Isolierungen bekommen und ein futuristisches Sicherheitssystem. Es wird sogar eine Zeit geben, in der das Gebäude leer steht, aber nach ein paar Jahren wird es wieder bewohnt sein.

Im Moment steht es da, zwei Blocks vom *Baineston on Roxy* entfernt, einem Gebäude, das im nächsten Frühjahr fertiggestellt werden soll. Einhundertachtzig Luxuswohnungen werden darin verkauft. Und laut dem Aufkleber mit den eingerollten Ecken sind vierzig Prozent davon bereits vergeben.

Danksagung

Ohne die Liebe und die Hilfe einiger großartiger Menschen hätte Ian die Flasche verfehlt.

An erster Stelle und bis in alle Ewigkeit bin ich meinem Ehemann Nenad Maksimovic dankbar dafür, dass er mich in meinem Traum vom Bücherschreiben immer unterstützt hat. Manchmal denke ich, dein Glaube an mich ist stärker als mein eigener, und dafür bin ich ganz und gar dankbar.

Dank an meine Agentin Jill Marr bei der Sandra Dijkstra Agency. Du bist eine wundervolle Seele, das wusste ich vom ersten Moment an. Danke für deine gute Arbeit, deine Unterstützung, deinen Einsatz und deine Führung. Dank auch an Silissa Kenney und das Team von St. Martin's Press. Euer Verständnis, eure Energie und eure Begeisterung für dieses Projekt waren unvergleichlich. Ihr habt den Ruf eures Verlags noch übertroffen, was nicht einfach ist.

Und wieder einmal möchte ich den anderen Mitgliedern der stetig wachsenden, sich stetig verändernden und stets wunderbaren Textwerkstatt danken, die ich besuche. Elena Aitken (für die Inspiration, die deine Hingabe zum Schreiben bedeutet), Nancy Hayes (für deine Suche nach den genau richtigen Wörtern in der genau richtigen Reihenfolge), Leanne Shirtliffe (für deine unablässige Unterstützung, dein gutes Herz und die vielen lieben Worte), Sam Burke (dafür, dass du der Englischlehrer bist, den ich mir immer als Englischlehrer gewünscht habe) und Trish Lloye (für deine

Anforderungen an Erzählfluss und sinnvolle Handlung) – ihr alle habt euch auf wundervolle Weise eingebracht und ein gutes Auge für Stil, Inhalt und redaktionelle Arbeit bewiesen. Ein Kompliment auch an Amanda Dow (die jedes Wort gelesen hat).

Die Abenteuer von Ian dem Goldfisch wurden zuerst in einer Kurzgeschichte mit dem Titel »*Sunburnt Cosmonaut*« (»Der sonnenverbrannte Kosmonaut«) aufgezeichnet, die von den fantastischen Leuten beim *Potomac Review* veröffentlicht wurde (Heft #52, Winter 2013). Ich hatte schon mehrfach das Vergnügen, mit ihnen zusammenzuarbeiten, und es ist eine wirklich wunderbare Zeitschrift, die einige erstaunliche Schriftsteller unterstützt.

Und wie immer danke ich dir, dem Leser, dass du mir erlaubt hast, deine Fantasie zu kapern. Dieses Buch wäre sonst bloß ein unbedeutender, untätiger Gegenstand. Das Schreiben einer Geschichte ist nur die halbe Arbeit … Danke, dass du dich der Aufgabe, es zum Leben zu erwecken, gestellt und damit bewiesen hast: Kein einziger Mensch lebt sein Leben allein; wir alle leben unsere Leben gemeinsam.